Michelle Schrenk & Emily Ferguson

Feel My Soul

New York Dreams 1

Montlake

Das Buch

Mary verlässt Florida, um in New York ihren Traum von einer Musikkarriere wahr zu machen. Damit lässt sie nicht nur ihren Heimatort, sondern auch die schmerzhaften Erinnerungen an ihre Jugendliebe Tad hinter sich.

Als sie in der Kultbar Jones erste Erfolge feiert, wird sie von einem Gast gehört, der sie für ein privates Konzert bucht. Der anonyme Kunde will sich nicht zu erkennen geben und stellt eine Bedingung: Sie soll mit verbundenen Augen spielen …

Die Autorinnen

Michelle Schrenk wurde 1983 in Nürnberg geboren und begann bereits in der Grundschulzeit mit dem Schreiben von Geschichten. Träume, Sehnsüchte und die große Liebe spielen eine wichtige Rolle in ihren Büchern. Sie ist überzeugt, dass es viele Wege zum Glück gibt, und hofft, ihren Lesern ein wenig davon zu schenken.

Die Autorin hat mehr als 10 Liebesromane verfasst. Ihr Bestseller »Kein Himmel ohne Sterne« schaffte es 2017 an die Spitze der Kindle Charts.

Emily Ferguson wurde 1981 in Killeen/Texas geboren und ist in Deutschland aufgewachsen. Sie liebt das Reisen mit dem Rucksack, vor allem in den USA, wo sie sich zu ihren zeitgenössischen, romantischen Romanen inspirieren lässt.

Von der Autorin sind bisher die Titel »Der letzte Glanz des Sommers« und »Im Wind der Wahrheit« erschienen.

Michelle Schrenk
Emily Ferguson

FEEL *my* SOUL

New York Dreams

ROMAN

Montlake

Deutsche Erstveröffentlichung bei
Montlake, Amazon Media EU S.à r.l.
38, avenue John F. Kennedy, L-1855 Luxembourg
Januar 2020

Umschlaggestaltung: zero-media.net, München
Umschlagmotiv: © Zakharchuk / Shutterstock; © Undrey / Shutterstock
© Chinnapong / Shutterstock; © tomertu / Shutterstock;
© Wasant / Shutterstock; © Bokeh Blur Background / Shutterstock
1. Lektorat: Ute Köhler
2. Lektorat und Korrektorat: VLG Verlag & Agentur, Haar bei München,
www.vlg.de
Gedruckt durch:
Amazon Distribution GmbH, Amazonstraße 1, 04347 Leipzig /
Canon Deutschland Business Services GmbH, Ferdinand-Jühlke-Straße 7,
99095 Erfurt /
CPI books GmbH, Birkstraße 10, 25917 Leck

ISBN 978-2-91980-804-5

www.montlake.de

Für alle, die Erinnerungen an die Liebe im Herzen tragen und deren Klang nie vergessen haben.

PLAYLIST

John Mayer – *Free Fallin'*
Lady Gaga & Bradley Cooper – *Shallow*
Lady Gaga – *Always Remember Us This Way*
Taylor Swift – *Red*
Lady Gaga – *Million Reasons*
Ed Sheeran – *Kiss Me*
Jessie J – *Flashlight*
Anne Marie & James Arthur – *Rewrite the Stars*
Calum Scott & Leona Lewis – *You Are the Reason*
James Arthur – *Say You Won't Let Go*
Sam Smith – *Too Good At Goodbyes*
James Arthur – *Naked*
Ella Henderson – *Yours*
Gabrielle Aplin – *Please Don't Say You Love Me*
Katelyn Tarver – *You Don't Know*
Anna Clending – *Boys Like You*
Jessica Mauboy – *Never Be the Same*
Chord Overstreet – *Hold On*

Prolog

Nur ein Klang.

Nur ein einziges Wort.

Nur ein Duft.

Schon verrückt, was vermeintlich *nur* alltägliche Dinge so plötzlich mit uns machen können.

Mir wird es bewusst, als ich in meinem Apartment sitze, mich auf meinen Auftritt vorbereite und dieses Lied im Radio höre. *Free Fallin'* von John Mayer.

Nur ein Lied, möchte man meinen, doch es ist viel mehr als nur ein Song, der von guten Mädchen und schlimmen Jungs handelt.

Gerade noch im Hier und Jetzt, mitten in New York, in meinem Apartment, befinde ich mich auf einmal in einer anderen Zeit. In einem anderen Leben, an einem anderen Ort, weit weg von der Gegenwart in einer eigenen Welt, die man Erinnerung nennt.

Sofort muss ich an ihn denken. An Tad.

Und mir wird klar, wie oft ich an ihn denke. Meistens, wenn ich etwas erledige. Wie meine Sachen für den gleich anstehenden Auftritt zu packen. Genau dann schleicht er sich in meine Gedanken zurück, und bei den Klängen dieses Songs ist es so stark, als wäre er nie weggewesen. Plötzlich bin ich wieder in Florida, in jenem Sommer, als meine Träume noch groß waren und ich mir ausgemalt habe, als Sängerin in New York zu leben. Es war ein Sommer voller Wünsche. Voller Hoffnung und Liebe. Aufregend und gefüllt mit Hunderten von neuen Erfahrungen.

Mein Herz beginnt heftig zu schlagen, während die Erinnerungen auf mich einströmen, sich entfalten und mich schließlich ganz vereinnahmen.

Ja, meine Liebe war groß. Und von dieser Art, wie sie in Songs beschrieben wird. Ich fühle den Wind, höre die Worte, und ehe ich mich's versehe, werde ich fortgetragen. Zurück auf den Leuchtturm. Der erst mein Ort und dann zu unserem wurde. Ich bin wieder in Florida, meiner alten Heimat, zurück in jenem Sommer, der so voller Liebe war.

Kapitel 1

Florida, Sommer 2015

»Hey, Becca, es tut mir echt so leid, ich denke, ich kann heute Abend nicht mitgehen, hier herrscht noch immer das reinste Chaos«, sage ich, das Handy ans Ohr geklemmt, während ich einige der Scherben zusammensammle, die auf dem Holzboden liegen.

»Diese Idioten, die hier eingebrochen sind, haben die gesamte Bäckerei verwüstet. Mr Bakerfield ist total am Boden zerstört. Ich bin immer noch am Aufräumen, aber das dauert sicher noch eine Weile.« Ich werfe die Scherben einer hübschen Zuckerdose – die ich so mochte – in einen Eimer und seufze, als ich das klirrende Geräusch höre. Dann lasse ich meinen Blick durch den Raum wandern.

Was sinnlose Wut doch anrichten kann.

Die Zuckerdose ist nur der Auslöser dafür, dass ich Tränen in meinen Augen spüre, dahinter steckt viel mehr. In der Nacht ist in der kleinen Bakery, in der ich mir etwas zu meinem Taschengeld und Ersparten dazuverdiene, eingebrochen worden. Und da die Kasse nach Ladenschluss immer geleert wird und die Einbrecher somit nichts finden konnten, haben sie einfach alles wahllos herumgeworfen, zerstört und beschmiert. Letzteres ist bei Weitem das Schlimmste. Die Theke, die, gefüllt mit glasierten Leckereien, Cupcakes und Pies, immer so schön glänzte, ist voller Farbe. Die Bilder an der Wand hängen schief, und das Porträt, das den Besitzer Mr Brian Bakerfield und seine Frau Martha in jungen Jahren stolz im Verkaufsraum zeigt, liegt in einer Ecke. Anstelle des Dufts nach frischem Brot und Gebäck riecht es heute penetrant nach Putzmittel von meinen vergeblichen Versuchen, die Farbe vom Glas zu entfernen.

»Mary, bist du noch dran?«, höre ich Beccas Stimme und räuspere mich.

»Ja, ich bin noch da, tut mir leid«, erwidere ich und hebe das Bild auf. Der Rahmen ist zerbrochen, und ich lege es behutsam auf einen Stehtisch, den ich wieder aufgestellt habe.

»Ich verstehe das wirklich nicht«, flüstere ich und weiß nicht, ob ich es zu mir oder zu Becca sage.

»Wie kann man so was machen?«, will ich wissen, doch Becca kann mir die Frage nicht beantworten. Genauso wenig wie ich selbst.

»Auch mir tut das wirklich sehr leid«, sagt sie und fährt etwas zögerlich fort: »Du denkst jetzt gar nicht daran, aber ich habe mich schon so auf die Party mit dir heute Abend gefreut. Ich meine, es ist das letzte Jahr, bevor wir studieren gehen. Wer weiß, wie oft wir uns dann noch sehen.«

Sie seufzt und ich muss ihr recht geben. Nach diesem Sommer trennen sich unsere Wege. Ein neuer Abschnitt beginnt, für jede von uns.

»Wenn alles klappt, wie du es dir wünschst, gehst du an die Juilliard«, sagt sie, »und ich werde dich so vermissen und …« Sie stoppt, weil ich sie unterbreche.

»Ach, Becca, ich werde dich auch vermissen. Aber wer weiß, ob es wirklich klappt. Ich hab echt keine Ahnung.«

»So ein Unsinn. Ich bin ganz sicher, dass sie dich nehmen. Genau deswegen müssen wir uns heute auch sehen, auf dieser Party – die vielleicht schon die letzte ist«, sagt sie, und ich will gerade widersprechen, als ich eine vertraute Stimme höre.

Sie gehört zu Mr Bakerfield. Ich drehe mich um und entdecke ihn im Türrahmen stehend. »Du kannst ruhig gehen, Mary«, wiederholt er freundlich.

Er sieht müde aus und atmet tief durch. Ich schüttle den Kopf – ob unbewusst oder nicht, könnte ich nicht sagen –, aber er blickt mich ernst an.

»Pass auf, Mädchen, wir haben ja schon einiges geschafft. Also mach ruhig Schluss für heute, und vor allem, geh heute Abend aus, hab Spaß. Wenn du darauf verzichtest, ändert das auch nichts an der Situation hier. Wir machen einfach morgen weiter. Ich muss sowieso noch Lösungsmittel, Farbe und ein paar andere Kleinigkeiten aus dem Baumarkt besorgen. Da kann ich dich nicht gebrauchen.«

Ich nehme das Handy vom Ohr. »Wirklich?«, frage ich und sehe den Mann mit den lieben braunen Augen an.

»Ja, wirklich, geh mit Becca aus, ich denke, sie freut sich darüber.«

Womit er recht hat, denn noch ehe er den Satz zu Ende gesprochen hat, höre ich bereits einen kleinen Freudenschrei.

»Mary? Mary?«

Ich halte das Telefon wieder ans Ohr. »Hast du alles mitgehört?«

»Ja, und? Das ist doch toll, und du brauchst kein schlechtes Gewissen zu haben, also dann um sieben?«

Ich sehe noch mal zu Mr Bakerfield, der gerade das Bild betrachtet, auf dem er und seine Frau zu sehen sind. Das Bild, das ich eben auf den Stehtisch gelegt habe und das diese beiden wundervollen Menschen zeigt, die nicht nur für ihre Liebe zum Detail bekannt sind, sondern vor allem für ihre Liebe füreinander. Was er wohl dabei fühlt, es nun so mutwillig zerstört zu sehen? Sehnsucht nach seiner Frau, nach der Vergangenheit, als alles noch in Ordnung war? Ich habe meinen Chef eigentlich noch nie mürrisch erlebt und auch nicht traurig. Er ist stets positiv, und das, obwohl er es nicht immer leicht hatte. Als seine Frau Martha vor drei Jahren an Krebs gestorben ist, war ihm der schmerzliche Verlust natürlich deutlich anzumerken, und dennoch hatte er ein Lächeln auf den Lippen. Als ich ihn irgendwann mal danach gefragt habe, wie er es schafft, trotz Kummer und mancher Tiefschläge so voller positiver Energie zu sein, hat er gemeint, dass es genug Trübsinn auf dieser Welt gebe und dass er einfach beschlossen habe, glücklich zu sein. Ob er das gerade auch so macht? Vielleicht ist doch Wut in ihm, die überwiegt. Verstehen würde ich es.

»Na schön. Um sieben am Pier, du Nervensäge«, antworte ich Becca. Ich weiß, wie sehr sie sich jetzt freut, und sehe sie förmlich vor mir, wie sie dabei mit ihren blonden seidigen Haaren spielt, um die ich sie wirklich ein klein wenig beneide. Ich streiche meine dunklen Locken glatt.

»Super. Oh, Mary, das wird eine total coole Party heute. Am Strand mit Lagerfeuer. Und Jay wird da sein. Er ist so heiß«, schwärmt sie und ich muss lächeln.

»Oh. Jay also. Da haben wir den eigentlichen Grund, warum du so dringend zur Party willst. Von wegen, letzter Sommer und so.«

»Ach komm, das eine schließt das andere doch nicht aus. Ich meine, ja, er ist ein Grund. Und mal ehrlich, dieser sportliche Körper ist sogar ein absoluter Grund, aber vor allem werden wir beide uns großartig amüsieren. Also, keine Widerrede mehr.«

»Na schön.«

»Wunderbar, ich lege jetzt auf. Ich muss überlegen, was ich anziehe. Das rote Kleid oder die Shorts oder …«

Ich rolle mit den Augen. »Mach du mal, bis später.«

»Bis später«, flötet sie, dann beenden wir das Gespräch. Ich stecke das Handy ein und sehe erneut zu Mr Bakerfield, der nach wie vor das Bild in der Hand hält. Mir ist, als würde ich seine Traurigkeit fühlen.

»Es tut mir so leid«, sage ich zaghaft und er dreht sich zu mir um.

»Du kannst doch nichts dafür. Im Gegenteil, du bist eine große Hilfe und ich danke dir sehr.«

»Hat die Polizei schon einen Verdacht, wer dahinterstecken könnte?«, frage ich und streiche mir eine Haarsträhne hinters Ohr.

Mr Bakerfield schüttelt den Kopf. »Bisher nicht. Die einzige Hoffnung, es herauszufinden, sind die Videoaufnahmen, die mittlerweile bei der Polizei liegen. Mal sehen und Daumen drücken. Vielleicht ungewöhnlich, dass die Bäckerei videoüberwacht ist. Aber Mr Bakerfield versucht sich gern an der Technik, und als neulich auch schon in einem anderen Laden eingebrochen worden ist, hat er sie installiert.

Ich nicke. Dann werfe ich noch ein paar Scherben in den Eimer. Meine grünen Augen spiegeln sich darin und ich denke an Hoffnung. Vielleicht gibt es wirklich Hoffnung, dass die Täter gefasst werden. Ich greife nach dem Besen, um noch zusammenzukehren, als Mr Bakerfield sich räuspert. Er lächelt leicht.

»Los, stell den Besen weg und mach, dass du wegkommst, Mary, heute hast du genug getan.«

»Wirklich? Jetzt schon?«

Mr Bakerfield nickt. »Ja, wirklich.« Er tritt zu mir und nimmt mir den Besen aus der Hand. »Los, husch, sonst kehre ich dich persönlich hier raus, Mädchen.«

Ich lächle nun ebenfalls, als er den Besen schwingt, eile in Richtung Tür und schnappe mir meinen Gitarrenkoffer, den ich am Morgen dort abgestellt habe. Als stolze Besitzerin wollte ich Mr Bakerfield meine Errungenschaft zeigen, denn in gewisser Weise habe ich es ja ihm zu verdanken, dass ich mir die neue

Gitarre überhaupt leisten konnte. Dank meiner Arbeit in der Bäckerei konnte ich zusätzlich Geld sparen. Das meiste meiner Ersparnisse benötige ich für die hohen Studiengebühren, falls ich tatsächlich auf der Juilliard angenommen werde. Ich kann zwar auf ein Teilstipendium hoffen, aber dennoch wird es alles andere als leicht, zu studieren und den Rest nebenher dazuzuverdienen, das hat schon die Aufnahmeprüfung gezeigt. Doch eine andere Uni kommt für mich nicht infrage. Nun, ich werde ihm die Gitarre das nächste Mal zeigen, heute jedenfalls hat das Chaos alles in den Hintergrund gestellt.

Ich hänge mir den Koffer über die Schultern und höre, wie sich Mr Bakerfield erneut räuspert.

»Ist sie das? Die so ersehnte Collings?«

Abrupt wende mich um und nicke stolz. »Ja, das ist sie.«

»Darauf hast du so lange gespart, ich hoffe, sie bringt dir Glück.«

»Danke, das hoffe ich auch.« Vorsichtig streiche ich über den Koffer aus dunklem Leder, in dem sich die so lang ersehnte Gitarre befindet. Es ist eine besondere Gitarre, für die sich die Mühe absolut gelohnt hat. Jeder Ton ist wahrlich ein Genuss. Es ist ein ganz anderes Klanggefühl. Eine Collings spielt man stets in mittlerer Lautstärke und hat dann noch immer genügend Reserven, um bei Solopassagen weit vorn zu sein. Einfach unglaublich, sie jetzt zu besitzen. Während ich so darüber nachdenke, krampft sich für einen Moment mein Magen zusammen. Ich wüsste nicht, wie ich reagieren würde, wenn mir jemand die Gitarre mutwillig kaputt machen würde. So wie es Mr Bakerfield mit seinem Laden ergangen ist.

»Sie sind sicher sehr wütend, oder?«, frage ich und er sieht mich nachdenklich an.

»Ich jedenfalls wäre es, wenn jemand meine Gitarre zerstören würde, ich weiß nicht, was ich dann tun würde – und Sie lieben den Laden doch genauso«, erkläre ich, und Mr Bakerfield streicht sich durch seine grauen Haare, ehe er antwortet.

»Nichts macht uns blinder als die Wut. Wenn man Dinge klar sehen will, ist Wut der größte Feind.« Er lächelt leicht, ehe er weiterspricht. »Ich versuche, es eher positiv zu sehen, ich meine, sieh dich um«, er macht eine Handbewegung, »die Wände hätten längst gestrichen werden müssen und jetzt bekomme ich das Geld dafür sogar von der Versicherung. Das hat doch etwas durchaus Positives, oder?«

Ich bewundere ihn wirklich für diese Eigenschaft. Ich wünschte, ich könnte die Dinge auch immer in diesem Licht sehen.

»Ich will damit sagen, man sollte stets versuchen, nicht gleich schwarzzusehen. Auch für dich ist es im gewissen Sinne erfreulich, immerhin hast du jetzt eher Feierabend und kannst noch auf deinen geliebten Leuchtturm steigen und deine Songs üben. Das hast du doch sicher vor, bevor es zur Party geht, oder?«

Ich lächle. Er hat mich durchschaut.

»Ja, das stimmt, das habe ich jetzt wirklich vor.«

Er lacht. »Siehst du.« Dann atmet er tief durch. »Eines muss ich dir bei dieser Gelegenheit noch sagen. Du und der Leuchtturm – ich werde ganz traurig sein, wenn du nicht mehr hier bist und ich dich da oben nicht mehr spielen höre.« Er hält einen Moment inne, als würde er in Erinnerungen abdriften.

»Aber ich weiß, es ist gut für dich. Du hast für deinen Traum bereits viel Mühe auf dich genommen. Es ist an der Zeit, dass du ihn lebst.«

Ich habe Mr Bakerfield von meinem Traum erzählt, in New York zu studieren. Davon, wie sehr ich mir wünsche, diese Ausbildung zu erhalten und irgendwann Musik zu meinem Beruf zu machen. Und er hat mir oft gut zugeredet und Mut gemacht. Denn meine Eltern sind alles andere als begeistert davon. Obwohl sie sehen, wie sehr ich dafür arbeite, sind sie nicht überzeugt, dass dies der richtige Weg für mich ist. Sie können nicht verstehen, warum ich den Sunshine State verlassen will. Sie mögen meine Musik, ja, aber sie glauben nicht, dass ich davon leben kann.

Für sie sind die Beispiele derer, die es geschafft haben, viel zu gering. Zudem wollen sie mich einfach hier haben. In Florida. Mein Dad hat schon gefühlte hundert Mal auf mich eingeredet, dass ich etwas in seinen Augen Solides studieren soll. Aber mich zieht es eben nach New York. Natürlich ist mir klar, dass jeder, der nach New York geht, um einen Traum zu verwirklichen, es schwer haben wird, aber ich will es wenigstens versuchen. Es gab bisher schon viel Streit deswegen und ich war sehr traurig über ihre Aussage, dass ich auf keinen Fall auf Unterstützung hoffen soll.

Als ich einmal kurz nach einer solchen Auseinandersetzung in die Bäckerei musste und dort die Tränen nicht verbergen konnte, tröstete mich Mr Bakerfield. »Du machst das Richtige, Mädchen, du bist jung und talentiert. Nicht ohne Grund haben sie dich zum Auswahlverfahren eingeladen«, meinte er und gab mir damit genau diese Art Unterstützung, die ich in diesem Moment brauchte.

»Mal sehen, so weit ist es ja noch nicht«, erwidere ich nun auch auf seinen erneuten Zuspruch, »ich bin noch nicht wirklich guter Dinge und habe keine Ahnung, ob ich beim Aufnahmetest gut genug war.«.

»Kopf hoch, Mary, ich bin davon überzeugt, dass du den Studienplatz bekommen wirst.« Er sieht mich ernst an. »Ich hatte mir das zwar anders vorgestellt, aber ich habe etwas für dich und denke, gerade ist der richtige Moment, es dir zu geben«, sagt er und verschwindet in Richtung der Backstube.

Ich frage mich, was er meint, als er schon zurückkommt. In der Hand hält er ein Buch. Es ist in schwarzes Leder gebunden. Mr Bakerfield reicht es mir und sieht mich an.

»Du hast mich gefragt, warum ich so positiv bin. Das hier ist einer der Gründe.«

Als ich es entgegennehme, lächelt er mich aufmunternd an. »Im Leben kommt man immer an Punkte, an denen man wütend ist, alles schwarz sieht, an sich zweifelt und aufgeben will. Auch mir ging es ab und an so. Aber dann habe ich in dieses Buch geblickt. Darin sind viele Sprüche, die Mut machen. Ich habe sie im Lauf der Jahre gesammelt. Die meisten davon habe ich selbst gehört. Andere sind Zitate von Aussprüchen weiser Menschen und auch Martha hat einige darin für mich niedergeschrieben.«

Ich schlage es auf und lese gleich zuallererst:

> Die Wut ist oftmals unser größter Feind. Und sie hilft rein gar nichts, nur dass man blind ist gegenüber dem, was sich vielleicht dahinter verbirgt.

»Das haben Sie mir eben fast genauso gesagt«, stelle ich fest und er nickt.

»Ja, und die Worte passen sehr gut, finde ich, oder was meinst du?«

Ich nicke ebenfalls. »Ja, das tun sie wirklich.«

Er tritt heran, blättert zu einer anderen Seite. »Und dieser Spruch hier trifft es auch.«

Ich lese die in geschwungener Handschrift eingetragenen Zeilen.

> »Das Schicksal schickt uns auf den richtigen Weg. Auch wenn wir zuerst nicht daran glauben.«

»Das bedeutet, es geht weiter. Mach dir keine Gedanken. Ich weiß, du wirst deinen Weg gehen. Also sei mutig und glaub an dich. Nutz das Buch, um selbst Sprüche und Gedanken dazuzuschreiben und deine Träume, damit du sie nicht vergisst. Irgendwann wirst du daraus Kraft schöpfen können.«

»Danke«, flüstere ich und merke, wie mir die Tränen kommen. Dieses Geschenk ist wirklich eines der schönsten, die ich je bekommen habe, aber …

»Es ist wundervoll, aber ich kann das nicht annehmen.«

Er hebt die Hand. »Doch, kannst du und du wirst. Ich bin sicher, es wird dir gute Dienste leisten. Und du wirst es irgendwann brauchen.«

»Ich werde es in Ehren halten«, sage ich und dann drücke ich Mr Bakerfield einfach.

Er klopft mir auf den Rücken und räuspert sich, als wir uns voneinander lösen. Dann sieht er mich lächelnd an. »Vergiss bloß nicht, mir ein Autogramm zu geben, bevor du gehst. Das hänge ich mir hier auf, und bevor man sichs versieht, ist es eine Menge wert.« Er tippt an die Wand und ich spüre die Röte auf meinen Wangen.

»Danke«, flüstere ich nochmals, weil es mir ein Bedürfnis ist, aber er winkt ab.

»Nicht dafür, und jetzt raus mit dir.«

Folgsam will ich endlich gehen, doch dann fällt mir noch etwas ein.

»Es ist bestimmt albern, aber wenn ich dort oben auf dem Leuchtturm bin, fühlt es sich an, als stünde ich tatsächlich auf einer großen Bühne, als wäre das Meer mein Publikum.«

Er lacht. »Du gehörst auf alle Fälle auf eine große Bühne. Aber jetzt los mit dir, ich werde auch gleich gehen. Sonst ist im Baumarkt wieder so ein Gedränge.«

Ich stecke das Buch ein und trete aus dem Laden. Draußen atme ich tief die warme Luft ein.

Ich bin dankbar, fühle mich gerade so gestützt und wohl.

Ja, die Sonne, das Meer, all das mag ich an Florida. Dieser Duft der Sonne, vermischt mit dem Salzgeruch des Meeres. Die schwere Wärme, die für manch einen vielleicht erdrückend wirkt, aber für mich ist sie genau richtig. Ich liebe die Sonne und ich werde das Meer hier natürlich vermissen, aber ich weiß auch, dass sich mein Herz danach sehnt, nach New York zu gehen.

Auf dem Weg zum Leuchtturm, der am Strand steht, nehme ich eine Abkürzung über einen quer verlaufenden Pfad. Mr Bakerfield hat recht. So schlimm das alles mit dem Einbruch heute auch war, freut es mich tatsächlich ein klein wenig, eher frei zu haben und jetzt auf meiner Gitarre spielen zu können. Den Dingen etwas Positives abzugewinnen, ist durchaus von Vorteil, und ich beschließe, mir das zu merken. Und das Buch wirklich in Ehren zu halten. Eine Stunde kann ich sicherlich proben, ehe ich nach Hause gehen sollte, um mich noch rechtzeitig für die Party fertig zu machen.

Als ich mich allerdings dem Strand nähere, stocke ich, denn es dringt ein lautes Gegröle an mein Ohr. Leider kann ich mir gleich denken, von wem es ausgeht. Und vermute richtig. Eine Gruppe von Jungs – die Pains, wie sie sich selbst nennen –, darunter unter anderem Cane Stevens und Nick Ruben, die schon seit der Highschool nichts Besseres zu tun haben, als Ärger zu machen, stehen genau auf meinem Weg. Ich mag diese Schlägertypen nicht, die nur Mist bauen und wahrscheinlich unter anderem dafür verantwortlich sind, dass die kleine Holzhütte in der Nähe des Strandes verwüstet wurde. Augenblicklich stoppe ich und denke nach. Ob sie auch etwas mit dem Einbruch in die Bäckerei zu tun haben? Blitzartig schießt der Gedanke in meinen Kopf und ich finde ihn gar nicht so abwegig.

Doch egal, was die Jungs getan haben, bisher sind sie immer irgendwie fein rausgekommen. Ich denke an die Videoaufnahmen, die Mr Bakerfield angesprochen hat. Vielleicht ist darauf ja was zu finden. Es wäre gut, wenn ihnen mal etwas nachgewiesen werden könnte.

Noch immer stehe ich da und blicke in ihre Richtung. Was nun? Natürlich würde ich gern den Leuchtturm aufsuchen, aber ich habe keine Lust, an ihnen vorbeizugehen und mir blöde Sprüche anhören zu müssen. Es bleibt mir also nichts anderes übrig, als umzukehren und den längeren Weg zu nehmen.

Also schicke ich mich an zurückzulaufen, doch dann höre ich unverkennbar Canes Stimme.

»Hey, O'Hanna, wart mal«, ruft er und ich zucke zusammen.

Mist, sie haben mich entdeckt. Reflexartig drehe ich mich auch noch zu ihnen um, was ein böser Fehler ist, denn jetzt kommt er auf mich zu. Mit einigen Metern Abstand folgt ihm ein anderer Junge, aber ich beachte ihn nicht.

»Was willst du, Cane?«, frage ich mit zusammengekniffenen Augen.

Er lacht. »Das willst du nicht wissen, Baby. Oder vielleicht doch?«

Er nervt mich, ich mag es nicht, wie er mich mustert. Und wie er jedes Mal versucht, mich dazu zu bringen, mit ihm oder einem seiner Kumpel auszugehen.

Sein Blick wirkt dunkel und ich bekomme ein merkwürdig fieses Gefühl im Bauch.

»Deine Beine, wohoo, sehr scharf. Da kann ich dich doch nicht einfach davonspazieren lassen.«

Hinter ihm ertönt Gelächter und ich rolle mit den Augen. Auf keinen Fall lasse ich mir anmerken, wie unwohl ich mich fühle.

»Ja, schärfer als dein Verstand allemal. Und sie werden davonspazieren, und zwar jetzt«, sage ich, stolz, wie gut ich gekontert habe. Ich will mich abwenden, aber er ist schneller und stellt sich mir mit breiter Brust in den Weg.

»Ganz schön frech, das Gitarrenmäuschen.« Er deutet auf meinen Koffer. »Bist du unterwegs zum Leuchtturm?«, fragt er, ohne eine Miene zu verziehen.

Weder will ich mit ihm reden, noch geht es ihn irgendetwas an, was ich vorhabe.

»Ich muss jetzt los, Cane, lass mich vorbei«, sage ich und mache Anstalten, mich an ihm vorbeizuschieben, doch er hält mich am Arm fest. Sein Griff ist kräftig, und ich spüre, wie mein Herz zu klopfen beginnt.

»Wart mal, O'Hanna, wenn du mich schon nicht willst, vielleicht darf dich unser lieber Tad glücklich machen. Dich vernaschen, du weißt, was ich meine.«

Mir reicht es, doch gerade als ich versuche, etwas Schlagfertiges zu entgegnen – vor allem, dass er mich nicht Gitarrenmäuschen zu nennen hat –, bekomme ich einen Schubs und falle nach hinten. Samt meinem Gitarrenkoffer verliere ich das Gleichgewicht und falle gegen etwas Hartes. Ein Blick nach hinten zeigt mir, dass ich gegen den Oberkörper eines weiteren Jungen geprallt bin. Hastig trete ich zurück und versuche, das Gelächter zu ignorieren und die Fassung wiederzuerlangen. Schiebe den Riemen des Koffers wieder auf die Schulter und bin echt genervt.

»Cane, du bist echt …« Ein Idiot, will ich sagen. Aber plötzlich nehme ich den Typ wahr, gegen den ich gefallen bin, und verstumme. Er hat dunkles, leicht verstrubbeltes halblanges Haar und unglaublich blaue Augen, die mich an das Meer erinnern und einen kurzen Moment so heftig anziehen, dass ich ein leichtes Flattern in meinem Bauch spüre. Ein Flattern, das zwar zart, aber doch so mächtig ist, dass ich kurz alles vergesse.

»Alles okay?«, fragt er, und ich nicke.

Er wirkt doch ganz nett, und ich frage mich, warum er sich mit diesen Hammeln umgibt.

»Los! Sag ihr schon, was du willst, Tad«, fordert Cane ihn auf.

Tad. Ach, jetzt verstehe ich.

Er ist also Tad. Derjenige, der mich vernaschen will.

Ich sehe ihn an, und mit einem Mal verändern sich der Blick und die Mimik seines Gesichtes, die gerade noch weichen Züge verhärten sich. Es ist, als würde er mit einem Mal eine Rolle spielen. Eine Rolle, die nicht zu ihm passt. »Ja also, wie sieht es aus? Du und ich? Ich hatte gleich das Gefühl, dass du es willst«, sagt er jetzt so plump, dass das leichte Flattern, das ich eben noch gespürt habe, sofort verfliegt.

Wie bitte? Ist das sein Ernst? Ich ziehe eine Augenbraue nach oben. »Ach ja, merkst du das? Tad?«

Er trägt ein weites, helles Shirt, das er sich seitlich in den Hosenbund geklemmt hat. Ich versuche, ihn nicht zu sehr mit meinem Blick zu prüfen, doch es gelingt mir nicht.

»Ja, das merke ich«, sagt er, seine Stimme klingt jetzt tief und rau und vibriert durch meinen Körper. Auch wenn ich es nicht will, löst sie dennoch etwas in mir aus.

»Ach, und was will ich deiner Meinung nach?«, entgegne ich.

Er grinst schief und seine Mundwinkel zucken. »Mich. Du willst mit mir ausgehen, Gitarrenmäuschen. Oder warum starrst du sonst meinen Körper so an? Wir können natürlich das Vorspiel lassen und gleich loslegen.«

Was bildet er sich ein? Ich stemme die Hände in die Hüften. »Sorry, mit so einem Idioten wie dir würde ich niemals ausgehen. Was glaubst du eigentlich, wer du bist? Im Übrigen stehe ich nicht auf Hühnerbrüste.« Nach dieser Ansage wende ich mich beherzt ab und gehe so schnell wie möglich davon.

»Das werden wir ja noch sehen!«, ruft er mir hinterher.

Wieder setzt Gelächter ein, und ich höre Sprüche wie: »Megacool, Tad, die kriegst du sowieso rum. Die ziert sich nur.«

Ich spüre Wut im Bauch. Niemals würde ich mit diesem eingebildeten Kerl ausgehen. Doch sosehr ich auch fluche, ich kann nicht leugnen, dass mein Herzschlag sich nicht nur vom schnellen Laufen so beschleunigt hat und das leichte Flattern in meiner Brust noch immer anhält.

Kapitel 2

»Das ist so cool, oder? Ich bin echt froh, dass wir hier sind.« Becca sieht mich strahlend an.

Die Strandparty ist bereits in vollem Gange. Musik dröhnt aus den aufgestellten Boxen, es gibt Bier und Bowle, und die meisten Mädels tanzen beschwingt in ihren hübschen Sommerkleidern. Auch ich habe mich für eines entschieden, ein weißes mit mintfarbenen Blumen. Ich liebe das Kleid, weil es zu meinen dunklen Haaren und meinen grünen Augen perfekt passt. Becca hingegen trägt ein rotes Kleid, was ihr auch gut steht. Sie nippt an ihrer Bowle und sieht mich neugierig mit ihren braunen Augen an. »Was ich noch fragen wollte: Dieser Typ, er hat dich also so plump angebaggert?«

Ich nicke. »Plump ist kein Ausdruck, echt unmöglich war das«, sage ich.

»Aber er war heiß, kann das sein?« Sie sieht mich eindringlich an, und ich habe das Gefühl, als ob sie mich durchschaut.

Ich habe ihr von der Begegnung mit den Pains berichtet, und zusammen haben wir gleich versucht herauszufinden, wer dieser Tad ist. Doch auch Becca weiß nicht mehr, als dass er wohl den Sommer hier verbringt. Angeblich wohnt er in einem der Ferienhäuser.

Ich schüttle den Kopf. Doch sie lacht. Sie kennt mich zu gut und schließlich nicke ich. »Okay, er sieht gut aus, aber wenn er mit Cane und Ruben herumhängt, kann er ja nichts taugen.«

Wieder denke ich an den Ausdruck in seinen Augen, als wäre da etwas ganz anderes hinter der Fassade gewesen. Doch dann erinnere ich mich daran, wie sich auf einmal seine Mimik verändert hat. Als Becca mich anstupst, schiebe ich die Gedanken an ihn beiseite.

»Weil wir gerade bei attraktiven, lagerfeuerheißen Männern sind, Mary, da hinten ist Jay«, raunt sie mir zu. Sie blickt zu dem großen Jungen mit den hellblonden Haaren und ihre Wangen werden rot. Sie ist schon viel zu lange total in ihn verschossen.

»Na, dann geh doch endlich mal zu ihm hin und sprich ihn an. Frag, ob ihr was zusammen trinken wollt.«

Sie wirft mir einen bösen Blick zu. »Was? Nein. Wenn, dann muss er herkommen.«

»Wer sagt das?«

»Na ich. Also wirklich, Mary, er muss schon Interesse zeigen.«

»Vielleicht traut er sich ja nicht, und du verpasst deine Chance.« Ich hebe die Hand, und noch ehe sie mich daran hindern kann, rufe ich: »Hey, Jay!«

Prompt dreht er sich zu uns um und lächelt. Dann kommt er tatsächlich her.

»Ich bringe dich um«, flüstert Becca noch, dann steht er schon vor uns.

»Hey, was ist los? Alles klar?«, fragt er.

Ich nicke. »Ja. Und bei dir? Becca meinte gerade …«, ich mache eine kleine Kunstpause, bevor ich weiterspreche, »… dass du sie auf einen Drink einladen könntest.«

»Ach ja, könnte ich das?«

Beccas Wangen sind mittlerweile dunkelrot, und ich erkenne an ihrem Blick, dass sie mich gerade am liebsten erwürgen würde.

»Ja, also, na ja …«, stammelt sie.

»Gute Idee«, meint Jay. »Also, was wollen wir uns holen? Mary?«

»Geht ihr nur allein«, wende ich rasch ein. »Ich habe gerade jemanden entdeckt, dem ich kurz Hallo sagen möchte.«

Mit einem zufriedenen Lächeln sehe ich den beiden schließlich hinterher. Ehrlich gesagt war diese Aktion nicht ganz uneigennützig von mir. Auch wenn die Party so weit in Ordnung ist, habe ich keine große Lust, länger hierzubleiben. Lieber würde ich noch auf den alten Leuchtturm steigen, um ein bisschen Musik zu machen. Nachdem es vorhin nicht geklappt hat, wäre jetzt die Gelegenheit. Ich bin sehr gern dort oben, vor allem wenn es dunkel ist, der Sternenhimmel scheint dann so nah. Zudem spüre ich die ganze Zeit diesen Drang in mir, diesen Song, den ich angefangen habe, zu Ende zu bringen.

Ich sehe mich um, und als ich feststelle, dass Becca in das Gespräch mit Jay vertieft ist, beschließe ich, meinen Plan in die Tat umzusetzen und mich davonzustehlen. Ich will gerade los, als ich jemanden aufschreien höre: »Was soll das? Lass das! Seid ihr bescheuert?« Die Stimme gehört zu Haley Kingsley aus meiner Nachbarschaft. Vor ihr steht Cane Stevens, zusammen mit Ruben und den anderen Jungs. Offenbar haben sie mal wieder nichts Besseres zu tun, als Ärger zu machen.

Cane packt Haley an der Hand. »Jetzt hab dich nicht so, lass uns tanzen«, lallt er sichtlich angetrunken.

Haley will die Hand wegziehen, und auch ihr Freund Charly geht jetzt dazwischen, woraufhin Cane die Hand loslässt.

»So eine langweilige Party!«, ruft Cane. »Echt ey, es ist nur ein Tanz, also spiel dich mal nicht so auf«, fügt er an Charly gerichtet hinzu.

Charly baut sich vor ihm auf. »Wenn es so langweilig ist, dann haut doch ab, keiner will euch hierhaben«, sagt er und auf einmal passiert es. Cane holt aus und verpasst Charly einen Schlag mit der Faust, woraufhin der zurücktaumelt. Er fängt sich, stürzt sich auf Cane und es kommt zu einem heftigen Gerangel.

Schnell gehe ich zu Becca und Jay hinüber, die ebenfalls den Vorfall beobachten.

Cane, der Charly inzwischen in den Sand geschubst hat, hebt die Arme und lässt sich von seinen Jungs feiern. »Jetzt zeigen wir euch mal, wie man wirklich feiert, also dreht mal richtig auf!«

Schon beginnen seine Jungs, die Party zu übernehmen.

»Wir sollten gehen«, sage ich zu Becca. »Mit denen wird es nur unangenehm, die sind schon ganz schön angetrunken.«

In diesem Augenblick entdeckt mich zu meinem Leidwesen Cane und steuert prompt auf uns zu. »Ach, da ist ja unsere liebe Mary O'Hanna, unser Gitarrenmäuschen. Komm, Baby, spiel doch ein bisschen für uns!«

»Sicher nicht«, antworte ich kühl.

Kurz wirkt er enttäuscht, doch er lässt nicht locker und sieht mich provozierend an. »Wie wäre es stattdessen mit einem Tänzchen, du und ich?«

Ich will zurücktreten, doch er kommt noch näher.

»Lass es, Cane«, zische ich.

»Und was, wenn nicht?« Er zieht mich an sich, und ich merke, wie mein Magen sich verkrampft.

»Hey, Cane, wie wäre es mit ein paar Mutproben? Lass doch die Langweiler, Alter«, ertönt auf einmal eine Stimme. Als ich aufsehe, blicke ich in die blauen Augen des Jungen von heute Nachmittag. In Tads Augen. Für einen Moment liegen unsere Blicke intensiv aufeinander. Er trägt noch immer das helle

Shirt, das er ebenso wie am Nachmittag in seinen Hosenbund gesteckt hat.

Zum Glück löst Cane sich nun von mir, und ich frage mich, ob Tad das gemacht hat, um mich vor Cane zu retten. Kurz fühlt es sich so an, vielleicht steckt aber auch gar nichts Besonderes dahinter.

»Du hast recht. Also, dann lass uns was Verrücktes unternehmen«, antwortet Cane. »Mach's gut, Gitarrenmäuschen. Bis bald.« Dann wendet er sich ab, und ich sehe den beiden erleichtert hinterher.

»Wir sollten schleunigst hier abhauen«, sage ich zu Becca und Jay, die natürlich einverstanden sind, und so machen wir uns auf den Weg über den Strand in Richtung Straße.

Verstohlen werfe ich einen Blick zurück. Tad ist weg.

»Das war ein Abend, oder?«, fragt Becca, als wir bei mir zu Hause ankommen. Sie hat noch ein Stück Weg vor sich, und Jay, der in ihrer Nähe wohnt, bietet an, sie zu begleiten, was ihr sichtlich gefällt. Sie hat zwar versucht, mich zu überreden, dass wir drei noch ins Diner gehen, um was zu trinken, aber ich habe ihr gesagt, dass ich wirklich lieber nach Hause will. Was nicht ganz stimmt, da ich insgeheim noch immer vorhabe, auf den Leuchtturm zu steigen. Ich bin mir sicher, dass Becca nicht böse ist. Denn die beiden können ja dennoch ein bisschen Zeit zusammen verbringen – und zwar allein. Wir drücken uns schließlich zum Abschied, und sie verspricht, mir eine Nachricht zu schicken, wenn sie zu Hause angekommen ist.

Während ich ihnen hinterhersehe, beschließe ich, meinen Plan mit dem Leuchtturm in die Tat umzusetzen. Ich hole meine Gitarre aus dem Gartenhaus, die ich schon in weiser Voraussicht dort deponiert habe, schultere sie und mache mich wieder auf.

Der Weg ist nicht allzu weit, ich kann ungehindert die Abkürzung nehmen, die mich am hinteren Ende des Strandes vorbeiführt. Ich habe keine Angst, aber ich weiß, meine Mum würde ausflippen, wenn sie wüsste, dass ich allein in der Dunkelheit dorthin spaziere. Aber das ist mir gerade egal, ich will jetzt einfach nur dort oben spielen.

Doch als ich den Turm erreiche, scheine ich nicht allein zu sein, ich höre Stimmen und sehe Schatten, die sich bewegen.

»Was ist jetzt, du Schisser? Große Sprüche und nichts dahinter, oder was? Ich dachte, du willst springen?« Die Stimme gehört eindeutig Cane, und ich zucke zusammen.

Springen? Vom Leuchtturm? Das ist doch lebensmüde und kann tödlich enden. Wer wohl da oben steht?

Ich stoppe. In der Hoffnung, dass sie mich nicht entdecken, gehe ich leicht in die Hocke und starre nach oben. Tatsächlich, auf dem Balkon des Leuchtturms erkenne ich die Umrisse einer Person. Da steht wirklich jemand. Sofort beschleunigt sich mein Puls.

»Alter, wenn du jetzt nicht endlich springst …«, erklingt erneut Canes drohende Stimme.

Eine Weile stehen er und seine Kumpel noch da, bis Ruben zu Cane sagt: »Komm, lass ihn. Hauen wir lieber ab. Der springt eh nicht. Der hat die Hosen gründlich voll.«

Die spinnen doch. Immerhin ist der Leuchtturm hoch. Und unten um ihn herum nichts als Sand. Wenn er springen würde, dann könnte er sterben.

»Okay, wir verschwinden, Tad, richtig Scheiße von dir!«, ruft Cane, und wenige Augenblicke später sehe ich zu, wie die Gruppe endlich in der Dunkelheit verschwindet. Der Schatten oben am Geländer des Turmes ist noch da.

Was nun? Die Antwort fällt mir nicht schwer. Ich beschließe, wie geplant nach oben zu steigen.

Als ich auf der Plattform ankomme, steht Tad unverkennbar mit seinem hellen Shirt und mit dem Rücken zu mir am Geländer und schlägt mit der Faust gegen das Eisen.

»Verdammte Scheiße ist das.«

Ich zucke zusammen, er hat nicht bemerkt, dass ich da bin, und seine Wut ist spürbar. Ich weiß nicht, was ich jetzt tun oder sagen soll, aber dann nehme ich all meinen Mut zusammen. »Das solltest du lieber nicht machen«, sage ich und er hält inne.

Dann dreht er sich zu mir herum. »Was meinst du? Gegen das Geländer schlagen? Das ist mein Problem und geht dich nichts an.«

»Ja, aber ich denke, das tut weh, und, na ja …«

Er sieht mich an. Eine ganze Weile, dann zuckt er nur mit den Schultern.

»Weißt du was? Das ist mir völlig egal.« Er wendet sich wieder um, und ich denke schon, dass er weitermachen will, aber stattdessen tritt er noch näher ans Geländer, lehnt sich vor und breitet die Arme aus. In meinem Magen krampft sich alles zusammen. Was hat er vor? Er wird doch nicht …?

Ich stelle den Gitarrenkoffer ab und sehe zu, wie er auf die erste Stufe steigt.

»Geh einfach«, knurrt er, starrt voran, wendet sich dann aber doch kurz um. »Was willst du überhaupt hier?«

Ich deute auf den Gitarrenkoffer. »Eigentlich will ich nur ein bisschen Musik machen. Das tue ich hier immer. Und was willst du hier?«

»Was ich will?« Er lacht zynisch auf. »Fliegen, einfach hier runter, weg von allem Scheiß. Von diesem miesen …« Er unterbricht den Satz und sieht sich nach mir um. »Ach, vergiss es.«

Doch ich spüre die Traurigkeit in seinen Worten. Wut und Verzweiflung sind eine ungesunde Mischung. Es wirkt, als ob er sich schon von allem verabschiedet hätte. Vorsichtig gehe ich einen Schritt auf ihn zu.

»So mies ist das Leben gar nicht, also lass es, was immer du hier vorhast. Es geht nicht gut aus.«

Er antwortet nicht.

»Glaub mir, es liegt noch einiges vor dir, denke ich zumindest.«

»Klar, ganz bestimmt ein tolles Leben.« Seine Stimme trieft vor Sarkasmus, aber ich gehe nicht darauf ein.

»Immerhin besser als das, was du gerade tun willst. Glaub mir, das hier ist keine Lösung.«

Er beugt sich weiter vor und mein Herz beginnt, wie wild zu hämmern. Er will wirklich springen!

Fassungslos starre ich ihn an, er beugt sich weiter nach vorn, und das ist der Moment, in dem ich einfach nichts mehr denke, sondern handle. Ich gehe zu ihm, ziehe ihn heftig am Shirt zu mir heran, weg vom Geländer. Sichtlich davon überrascht, taumelt er zurück, sucht nach Halt, greift nach mir, und wir stolpern rückwärts nach hinten. Dann merke ich, wie wir fallen. Ich warte auf den Schmerz und registriere, dass ich auf ihm gelandet bin, auf Tads Oberkörper, und dass ich mich an ihm festhalte. Mein Herz hämmert gegen seine Brust, ich spüre ihn durch den dünnen Stoff meines Kleides. Er fühlt sich warm an, doch ich komme nicht dazu, weiter darüber nachzudenken, denn mit einem Mal bewegt er sich mit mir, macht einen Ruck zur Seite, und schon finde ich mich auf dem Rücken wieder. Sein Körper liegt auf meinem, und ein heftiges Kribbeln rauscht durch mich hindurch, als ich merke, dass ich ihn mit meinen Beinen umklammere. Rasch löse ich sie von ihm.

»Was sollte das?«, fragt er und sieht mich mit dunklen Augen an. Das Blau beinahe schwarz. Eine Strähne hängt ihm ins Gesicht und ich schlucke. Hitze schießt in meine Wangen.

»Ich wollte dich retten«, versuche ich, mich zu erklären. Sein Blick fesselt den meinen. Das jetzt so dunkle Blau seiner Augen scheint mich zu durchbohren. Ich spüre sein Gewicht auf mir, noch intensiver sein Becken an meinem, und wieder merke ich, wie diese Hitze jeden Millimeter meines Körpers erfasst.

»Du denkst, ich wollte wirklich springen?«

Ich kann nicht sagen, was ich denke. Gerade jedenfalls nicht. Aber ja. Womöglich war das mein Gedanke gewesen, als ich ihn weggezogen habe.

Er hebt eine Augenbraue.

»Jetzt tu nicht so, als ob das so absurd war. Du hast gegen das Geländer geschlagen und dann hast du dich vorgebeugt und …«

Er lächelt, und ich spüre erneut Hitze in mir, ausgelöst von seinem Körper, der noch immer auf mir liegt, von seinem Duft in meiner Nase. Ich atme ihn tief ein, diesen herben Duft, der von ihm ausgeht. Mein Blick schweift über seine Lippen.

»Und das sollte man echt gut überlegen. Denn am Ende bist du nicht tot, sondern schwer verletzt und, na ja …« Was rede ich da?

Verdammt, das hier fühlt sich gerade viel zu gut an. Seine Lippen sind zu nah.

»Und wenn schon«, flüstert er; seine Stimme ist rau, seine Lippen scheinen noch näher an den meinen, so nah, dass ich ihn einatme.

»Du bist schwer«, seufze ich, weil ich nicht weiß, wie ich sonst aus der Situation kommen soll, ohne ihn am Ende zu küssen.

Er hebt seinen Körper an und schließlich dreht er sich von mir runter.

Ich stehe hastig auf, klopfe mein Kleid zurecht und setze mich dann auf den Boden. Mein Herz hämmert noch immer. Keine Ahnung, was hier gerade passiert. Ich bin nervös und …

»Ich spiele dann mal ein bisschen, das hatte ich eigentlich vor – und du, keine Ahnung.«

Kurz zögere ich, doch dann packe ich die Gitarre aus dem Koffer und lasse die Finger über die Saiten wandern. Die Klänge werden klar, vermischen sich mit dem Wind, und ich sehe zu Tad, der wieder ans Geländer tritt. Ich weiß nicht, was das gerade war, diese Nähe, sie war greifbar. Irgendwann bemerkte ich aus dem Augenwinkel, dass er sich vom Geländer wegbewegt, schließlich auf mich zukommt und sich neben mich setzt.

Als ich mit meinem Lied fertig bin, drehe ich den Kopf zu ihm und sehe ihn an. Obwohl es dunkel ist, erkenne ich das satte Blau seiner Augen wieder ganz deutlich. Jetzt nicht mehr fast schwarz, sondern so tiefblau wie heute Nachmittag, als ich ihn das erste Mal gesehen habe.

»Das war ein wirklich schöner Song«, sagt er und erwidert meinen Blick. »So klare Worte, und deine Stimme«, er stoppt kurz, »sie klingt sehr schön«, meint er, und ich spüre, wie verlegen er wirkt. Dann räuspert er sich. »Aber den Riff, du könntest ihn markanter spielen, auch ohne die Saiten so stark zu schlagen, ich meine, das hier ist immerhin eine Collings, also reicht es, wenn du leichter streichst, aber länger, ungefähr so.« Er deutet auf die Gitarre und ich bin verwundert, dass er weiß, was für eine Gitarre ich da habe.

»Darf ich?«, fragt er, und ohne weiter drüber nachzudenken, reiche ich sie ihm. Ich bin neugierig, was er mir zeigen will, sehe, wie er danach greift, und weiß sofort, dass er nicht das erste Mal eine Gitarre in der Hand hält.

Er setzt sie an, legt seine Finger auf die Saiten und streicht darüber, sodass ein warmer, längerer Klang entsteht, und ich schaue ihn überrascht an. Er weiß wirklich, wovon er redet.

Kurz verliert er sich und spielt eine Melodie, die ich kenne. John Mayer – *Free Fallin'*.

Ich fange an zu singen, leicht – und Tad spielt weiter. Als er aufhört, atmet er tief durch.

»Ich mag den Song«, sage ich und er nickt.

»Ich auch«, flüstert er. Dann räuspert er sich. »Versuch es mal.« Tad reicht mir die Gitarre und als ich sie positioniert habe, streiche ich schließlich so über die Saiten, wie er es mir gezeigt hat. Und tatsächlich, es klingt viel besser. Sanfter und doch stark zugleich.

Er nickt. »Ja, sehr gut, genau so, merkst du, es klingt gleich intensiver.«

Ich nicke. »Danke.«

»Kein Ding.«

Dann sitzen wir eine Weile da.

»Woher kannst du das?«, will ich wissen und er zuckt mit den Schultern.

»Musik bedeutet mir etwas, oder hat sie zumindest mal.«

Ich beobachte ihn, wie er über seine Arme streicht, und entdecke darauf mehrere Narben. Auch seine Hand ist verletzt. Klar, so hart, wie er gegen das Geländer geschlagen hat. Doch ehe ich weiter darüber nachdenken und ihn fragen kann, warum er das getan hat und was es mit den Narben auf sich hat, sieht er mich an.

»Handelt der Song vorhin von dir?«

Ich nicke verlegen. Mit der Frage hatte ich nicht gerechnet.

»Ja, davon, was uns erwartet, von den Träumen, die man vom Leben hat, von dem, was vor uns liegt. Oder wir uns wünschen. Aber dass es eben auch nicht leicht ist und man es keinem immer nur recht machen kann.«

Still sieht er nach vorne, dann schluckt er. »Ja, das ist wohl so.« Er flüstert die Worte beinahe und fügt dann an: »Und was wünschst du dir, Mary O'Hanna? Lebensretterin werden?«

Wie er meinen Namen ausspricht, ich mag das, denke ich, schüttle dann aber den Kopf.

»Nun, wäre eine Überlegung.« Er lächelt ganz leicht.

»Nein, ich will Sängerin werden in New York. Dort spielen vor Publikum, Songs schreiben, die die Menschen ins Herz treffen, das wäre es.«

Er nickt mit einem ernsten Ausdruck im Gesicht. »Du willst also in die große Stadt, du weißt …«

Ich unterbreche ihn. »Ja, ich weiß, es ist schwer, die Stadt ist erbarmungslos, aber trotzdem, und ich habe einen Plan – und vielleicht das Glück, auf die Juilliard zu gehen. Ich warte nur noch auf das Ergebnis des Tests, vielleicht ist es eine Zusage und …«

Er lächelt und schüttelt den Kopf. »Das wollte ich nicht sagen, ich wollte sagen, du weißt, was du willst, und das finde ich gut.«

Ich nicke überrascht, weil ich nicht mit Zuspruch gerechnet habe. »Ja, ich vermute es mal. Wobei das nicht heißt, dass mir ganz klar ist, worauf ich mich einlasse.«

»Ja, das stimmt, aber ich denke, du machst das schon. Der Song ist toll, wirklich. Du hast Talent, unverkennbar. Und die Juilliard – ich meine, da wird nicht jeder zum Test eingeladen.«

»Handelt der Song von dir, ich meine, der von John Mayer? Findest du dich darin wieder?«

Er grinst. »Du meinst, weil es darin um Bad Boys geht und um ein gutes Mädchen? Findest du dich denn darin wieder?«

Ich grinse ebenfalls. »Ich mag ihn nur.«

Er nickt. »Ich auch«, sagt er und streicht sich durchs Haar, schiebt sich die Strähne aus der Stirn, und ich bemerke, dass er leicht am Auge blutet. Wie konnte ich das nicht sehen, als wir uns so nah waren? Vielleicht wegen der kleinen Strähne, die ihm ins Gesicht hing. Oder weil ich zu beschäftigt damit war, seine Lippen anzustarren.

»Du bist ja verletzt«, flüstere ich. »Ist das meine Schuld?«

Er greift sich ans Auge. »Unsinn. Ist nicht schlimm, bei einer Mutprobe kommt so was schon mal vor.« Er berührt sein Auge und sieht mich dann wieder an. »Das ist es wert. So konnte ich Cane vorhin wenigstens von dir weglocken. Das war mir wichtig.«

Also doch. Hat er den Vorschlag also doch wegen mir gemacht. Diesen Vorschlag zu irgendwelchen bescheuerten Mutproben.

»Dann war das also Cane?«, will ich wissen. »Das mit deinem Auge?«

»Ja, es ging darum, wie viel man einstecken kann. Eigentlich in den Magen, ich habe ihn öfter getroffen und, na ja, dann wurde er unfair und tada!«

»Danke«, flüstere ich.

»Für was?«

»Na ja, dass du ihn mir vom Leib gehalten hast und für den Tipp mit dem Riff.«

»Gern geschehen. Aber das hättest du sicher auch ohne mich herausgefunden.«

»Kann sein.«

Er lächelt.

»Trotzdem, danke«, wiederhole ich. »Für beides.«

Tad blickt kurz in die Ferne, ehe er sich wieder zu mir umwendet. »Er ist ein Arsch, dieser Cane.«

»Da kann ich dir nur beipflichten, aber trotzdem hast du mit ihm herumgehangen. Sorry, dass ich das sage.«

Er zuckt mit den Schultern. »Ja, ist mir bewusst. So bin ich offenbar, ich tue viele Dinge, die Scheiße sind, oder habe Scheißideen, glaub mir.«

Ich merke, wie sich mein Magen verkrampft. Wollte er wirklich springen oder meint er was anderes mit Scheißideen? Ob er was mit dem Einbruch in die Bäckerei zu tun hat?, schießt es mir in den Kopf, aber ich schiebe den Gedanken gleich wieder weg. Stattdessen nehme ich meinen Mut zusammen und frage: »Tad …?«

Er sieht mich an.

»Wolltest du hier runterspringen?«

Kurz zuckt er mit den Schultern, und wieder spüre ich diese Traurigkeit, die ich nun beinahe greifen kann.

»Kein Plan. Aber wahrscheinlich hätte ich es letztendlich eh nicht getan. Weil ich ein Feigling bin – meint mein Dad zumindest. Tja, so hätte ich ihm beweisen können, dass ich alles andere als feige bin, aber …«

»Unsinn«, fahre ich dazwischen. »Damit hättest du eher gezeigt, dass du erst recht feige bist, ich meine, sich einfach aus dem Leben stehlen, das ist nicht sehr mutig. Doch warum solltest du ihm das beweisen müssen?«

»Wie auch immer«, sein Mundwinkel zuckt, »vermutlich wäre es ihm eh egal gewesen. Und um ehrlich zu sein, er ist mir auch egal, es ging nicht um ihn, sondern …«

Jetzt will ich es wissen. »Sondern?«, frage ich und kurz räuspert er sich. Ob ihm das zu intim ist? Vielleicht, aber irgendwie ist die Stimmung zwischen uns gerade so vertraut, dass auch ich ihm allerhand anvertrauen könnte. Fragt sich nur, ob er das auch so sieht.

Ein paar Sekunden verstreichen, bis er sagt: »Ich habe an meine Mum gedacht, dass ich bei ihr sein könnte, wenn ich die Arme ausbreiten und springen würde und …«, er winkt ab. »Sorry, vergiss es.«

Damit habe ich nicht gerechnet. An seine Mum?

»Schon okay, erzähl ruhig, was ist mit deiner Mum? Ich will es gern wissen«, sage ich vorsichtig. Wieder verstreicht die Zeit wie der leise Wind, der hier oben weht, dann wendet sich Tad mir erneut zu.

»Sie ist gestorben, vor sechs Wochen. Meine Schwester ist völlig fertig. Sie ist in psychologischer Behandlung und sucht die Nähe zu unserem Vater mehr denn je. Bei mir und Dad ist allerdings eher das Gegenteil der Fall. Er schickt mich weg. Also wer weiß, vielleicht wäre es gut gewesen.«

Ich greife nach seiner Hand, einfach so, und fühle seine warme Haut an meiner. »Das tut mir leid. Und ich weiß nicht, was da los ist, aber ich denke ehrlich nicht, dass er das wollen würde.«

»Wer weiß, außerdem hast du es ja eh verhindert, ob ich es nun vorhatte oder nicht.« Er streicht mit dem Daumen über meinen Handrücken. Sanft zeichnet er kleine Kreise darauf. Keine Ahnung, warum, aber diese zärtliche, liebevolle Berührung, begleitet von seinen Worten, zaubert so viel Wärme in meinen Bauch, dass ich mich daran gewöhnen könnte.

»Ja, und das ist gut so. Glaub mir.«

Er nickt.

»Ihr habt also kein gutes Verhältnis, du und dein Dad? Deswegen bist du hier? In Florida?«

»Kann man so sagen. Er ist sicher froh, dass er mich los ist. Ich soll hier endlich zu mir finden. Keine Scheiße mehr bauen, zu dem finden, zu dem ich seiner Meinung nach im Leben bestimmt bin. Ein guter Sohn werden, auf den er stolz sein kann. Nicht das Problemkind sein, das ich bin.«

»Problemkind?«, frage ich.

Er nickt. »Ja, das bin ich immer.«

Er schweigt einen Moment, und ich wage es nicht, auch nur ein Wort zu sprechen.

»Na ja, und ich hänge mit Leuten rum, die kein Umgang für mich sind, und baue ständig nur Mist. Wie gesagt, aber wenn ich ehrlich bin – mir gibt das eigentlich gar nichts. Keine Ahnung, was ich gesucht habe. Ich wünschte eher, ich könnte vieles wieder rückgängig machen …«

Plötzlich kommt mir erneut der Gedanke, ob er doch was mit dem Einbruch in die Bäckerei zu tun haben könnte. Und schließlich sehe ich ihm direkt ins Gesicht. »Du weißt, ich arbeite in der Bäckerei, oder?«

Er nickt.

»Dort wurde eingebrochen und alles verwüstet.«

»Ja, ich weiß«, antwortet Tad und sieht an mir vorbei.

Ich atme tief durch. »Scheiße, sag nicht, dass ihr … dass du etwas damit zu tun hast.«

Er wendet seinen Blick wieder zu mir und ich kann die Antwort darin lesen. Aber auch, dass er es ernst meint, dass er anders ist als Cane oder Ruben.

»Glaub mir, es tut mir sehr leid. Scheiße, der Abend war Mist und ich wollte das ehrlich nicht.« Er streicht sich durchs Haar, und ich habe keine Ahnung, was ich sagen soll. Ich erinnere mich, wie ich heute im Laden überlegt habe, wer, zur Hölle, fähig ist, so etwas zu tun, sinnlos Dinge zu zerstören. Wie wütend ich wäre, wenn jemand das zum Beispiel mit meiner Gitarre tun würde. Dann denke ich an die Worte von Mr Bakerfield. Dass Wut nichts ändert. Dass man Dinge positiv sehen soll. Weil manchmal auch etwas Gutes daraus geboren wird. Vielleicht ist das so ein Moment. Denn da sitzt er, Tad. Und er hat mir sein Herz ausgeschüttet. Das Schicksal hat uns heute irgendwie zusammengebracht. Und vielleicht ist es genau das, was er gerade braucht, keine Verurteilung, sondern jemanden, der da ist. Und ich frage mich, ob wir uns nicht sogar irgendwie gesucht haben. Plötzlich habe ich genau das Gefühl.

Ich atme tief durch, als mein Handy klingelt. Ich sehe auf das Display. Es ist meine Mum.

»Mist, ich muss gehen, meine Mum«, sage ich und stehe auf.

»Okay, klar.« Er steht ebenfalls auf. »Ich bring dich, okay? Du solltest nicht allein gehen.«

Ich winke ab. »Unsinn, ich schaff das schon, habe ich schon hundert Mal gemacht.« Ich steige die Treppen hinunter, aber er folgt mir.

»Dann ändern wir das jetzt eben zum hundertundersten Mal«, meint er, als wir unten ankommen.

Und dann geht er einfach mit mir mit. Und wir schweigen die meiste Zeit.

Als wir kurz vor unserer Straße sind, stoppe ich und breche die Stille. »Tad, du willst es wirklich rückgängig machen? Das mit der Bäckerei? Und es tut dir aufrichtig leid?«

»Ja, sehr.«

»Dann kannst du Folgendes tun: Komm morgen früh zur Bäckerei, und dann redest du mit Mr Bakerfield und hilfst mir, die Wände zu streichen und den Laden wieder auf Vordermann zu bringen: Keine Scheiße, keine Pains – kein Cane und kein Ruben. Ist das ein Deal?«

Er legt seinen Kopf schief und sieht mich an. »Ist das dein Ernst? Aber, Mr Bakerfield, was wird er …«

»Glaub mir, er wird dir zuhören. Also?«

Er lässt den Blick wandern, ehe er wieder zu mir sieht. »Warum tust du das? Wir kennen uns nicht, ich habe dir gerade gesagt, was ich Furchtbares getan habe, und trotzdem …«

»Weil ich glaube, du bereust es wirklich. Also, tu was Gutes, statt mit diesen Idioten herumzuhängen. Das macht es nämlich nicht besser, sondern nur noch schlimmer. Ich glaube, in dir steckt noch viel mehr, und vielleicht hast du sogar noch ein paar Tipps, von denen ich profitieren kann. Ist also nicht uneigennützig.« Ich deute auf die Gitarre, er lächelt und wieder begegnen sich unsere Blicke.

»Wirst du denn auch da sein?«, will er wissen.

»Ich denke schon. Ich meine, ich sagte ja, hilf mir, oder?«, antworte ich und er nickt. Ich weiß nicht, was das ist, aber ich mag ihn. Auch wenn ich ihn nicht wirklich kenne.

»Aber dir ist schon klar, dass du dann Zeit mit mir verbringen musst? Dabei hast du mir doch zu verstehen gegeben, ich sei ein Idiot, und du würdest nie mit mir ausgehen.«

Ich muss lächeln. »Nun, wer hat denn was von ausgehen gesagt? Ich sagte, wir streichen die Wände und ich profitiere von deinem Wissen, die Gitarre betreffend.«

Sein Blick liegt jetzt intensiv auf meinem. »Okay, klingt gut.« Er kommt mir etwas näher und mein Herz beginnt von Neuem, heftig gegen meine Brust zu schlagen.

»Ich muss dann«, hauche ich beinahe.

»Okay, also.« Er will sich gerade abwenden, als er doch noch etwas hinterhersetzt. »Also, keine Chance, Mary?«

»Mal sehen, vielleicht überlege ich es mir ja noch anders, wenn du morgen auftauchst.«

Tad ist aufgetaucht und hat mit Mr Bakerfield geredet, der ihm zugehört hat, aufmerksam. Jedes Wort in sich aufgenommen und ihn dabei angesehen hat. Als Tad fertig war, hat er genickt und ohne ein weiteres Wort auf den Farbeimer und die Folie gedeutet.

»Dann legen wir mal los, wir haben viel zu tun«, hat Tad gesagt und mir zugenickt.

Zusammen haben wir alles abgeklebt und gemeinsam den Laden gestrichen. Wand für Wand haben wir dem Laden eine neue Farbe gegeben und dann eine ganze Woche lang die Bäckerei gemeinsam wiederaufgebaut. Die Bilder an ihren Platz zurückgehängt, die Scheiben geputzt, die Theke saniert und schließlich für die Neueröffnung in der Backstube mitgeholfen. Zuerst haben wir uns nur schüchterne Blicke zugeworfen, doch mit der Zeit haben wir mehr und mehr herumgealbert und sind immer enger miteinander geworden – auch dank der Musik. Tad hat mir zugehört, wenn ich in den Pausen gespielt habe, er hat mir Tipps gegeben und irgendwann sogar selber gespielt. Zusammen haben wir mehr und mehr harmoniert.

Schließlich haben wir auch nach Feierabend Zeit zusammen verbracht und gemeinsam am Strand gesessen oder sind auf den Leuchtturm gestiegen. Dort haben wir abwechselnd gespielt. Nur wir, begleitet vom Klang der Wellen.

Nicht zu vergessen die Florida Key Lime Pies – eine Spezialität von Mr Bakerfield, die wir gegessen haben, als die Backstube wieder auf Vordermann gebracht worden war. Wir streiten uns immer um den letzten. Niemals werde ich vergessen, wie ich ihm einmal den letzten Cupcake überlassen habe, der angeblich eine neue Spezialität gewesen ist, aber eigentlich ein Hundetörtchen war. Sein Gesichtsausdruck sprach Bände und wir haben Tränen gelacht.

Irgendwann haben wir ein Spiel entwickelt, um zu entscheiden, wer den letzten Cupcake bekommt. Man erzählt sich Geschichten aus dem Leben und die intensivere gewinnt. Ich habe das Ritual sofort gemocht.

Niemals hätte ich gedacht, dass ich mit dem Jungen, dem ich bei der ersten Begegnung ins Gesicht geknallt habe, niemals mit ihm auszugehen, plötzlich ständig zusammensein wollte. Von einem Tag auf den anderen war nichts mehr, wie es war.

Kapitel 3

»Okay, das hier sind eindeutig meine Lieblingstörtchen«, verkünde ich.

Tad und ich sitzen auf dem Leuchtturm, essen Key Lime Pie und blicken dabei übers Meer in die Ferne, wie wir es so gern und oft machen. Dennoch habe ich kurz das Gefühl, dass irgendetwas anders ist. Vielleicht weil Tad heute mitbekommen hat, dass ich mit meiner Mum telefoniert habe, und wir angefangen haben zu streiten? Es ist mir nicht gelungen, meine Traurigkeit zu überspielen, und nach Hause gehen habe ich auch nicht gewollt. Tad hat das wohl gespürt und deshalb vorgeschlagen, dass wir noch ein bisschen Zeit zusammen verbringen und auf dem Leuchtturm spielen könnten. Er hat es geschafft, mich in wenigen Minuten wieder aufzuheitern.

Tad beißt gerade in sein Törtchen, als ich schon nach dem letzten greifen will. Er kaut und verzieht den Mund zu einem Lächeln. »Du bist echt ein Vielfraß, kann das sein? Aber so läuft das nicht, du kennst unser Spiel. So einfach kriegst du das letzte nicht.«

Ich schlucke hinunter und ziehe eine Augenbraue nach oben. »Wie bitte? Ein Vielfraß? Also ehrlich, so was sagst du zu einem Mädchen bei einem Date?«

Er sieht mich verwundert an, und ich bin auch kurz darüber erschrocken, was da aus mir herausgeplatzt ist. Die Luft scheint zu flirren und ich merke die plötzliche Hitze auf meinen Wangen.

Dann lacht er. »Ich dachte, das hier sind keine Dates.«

Ich nicke schnell. »Ist es ja auch nicht, aber es könnte ja theoretisch eines sein, also, merk dir, nicht solche …«

»Aha, theoretisch, aber wie du sagst, ist es ja keines, also kann ich sein, wie ich bin.« Er zwinkert und blickt wieder aufs Wasser.

Die Sonne geht langsam unter und überzieht das Meer mit einem roten Schimmer.

»Bei dir übrigens sowieso.«

Ich lasse die Worte nachklingen und suche seinen Blick, aber er sieht noch immer nach vorn. Wie hat er das gemeint?

»Bei mir sowieso, was?«, hake ich vorsichtig nach, stupse ihn zart an und er wendet mir sein Gesicht zu.

»Da habe ich irgendwie das Gefühl, sein zu können, wie ich bin, du hast mich gleich so angenommen. Auch in der Nacht, hier oben, da hast du mir zugehört«, sagt er jetzt und in meinem Bauch spüre ich ein heftiges Kribbeln. Es ist schon merkwürdig, denn eigentlich kennen wir uns nicht, zumindest noch nicht sehr gut. Ich weiß so wenig von Tad, er redet nicht viel von seiner Familie oder darüber, woher er kommt. Zumindest selten. Ich weiß von der ersten Begegnung hier oben, dass er seine Mum verloren hat. Dass sie vor erst sechs, mittlerweile sieben Wochen gestorben ist und dass seine Schwester damit heftig zu kämpfen hat. So wie er, aber dass er stark sein will, das spüre ich. Ich weiß, dass sein Dad ihn für ein Problemkind hält, und ich frage mich, warum. Ja, das mit dem Einbruch war Mist, aber ich bin überzeugt, dass Tad so nicht ist. Dass ihn vieles bedrückt, aber er ein guter Kerl ist. Ich frage mich, was das alles mit der Musik zu tun hat und warum er sie aufgegeben hat.

»Warum eigentlich?«, fragt er jetzt, reißt mich aus meinen Gedanken und ich zucke mit den Schultern.

»Das hast du schon einmal gefragt. Ich weiß nicht, es gibt keinen Grund. Ich dachte einfach, dass es das wert ist«, flüstere ich beinahe und unsere Blicke vertiefen sich. Noch während wir uns ansehen, nimmt er meine Hand und streicht mit dem Daumen über meinen Handrücken. Ich mag dieses Gefühl. Schon als wir das erste Mal auf dem Leuchtturm gesessen haben, habe ich es gemocht, und er tut es ab und an immer wieder unbewusst oder bewusst. Ich weiß es nicht, nur dass es gut ist und irgendwie jetzt schon zu uns gehört. Diese Berührung wärmt meinen Magen noch ein bisschen mehr und ich genieße es.

»Danke«, sagt er und ich lächle.

»Nicht dafür.«

Dann räuspert er sich. »Doch, denn ich war bisher nur für einen Menschen etwas wert, meine Mum, weißt du, und das bedeutet mir sehr viel.«

Ich nicke.

Dann schweigen wir kurz.

»Was war heute bei dir los? Was war mit deiner Mum?«

Ich merke, wie mein Magen sich verkrampft. »Du meinst das Telefonat?«, frage ich und denke mit einem fiesen Gefühl an den Anruf meiner Mutter, der mich heute in der Bäckerei kalt erwischt hat.

Er nickt.

»Meine Mum, meine Eltern … Um ehrlich zu sein, sie halten nichts davon, dass ich nach New York will. Sie sagen, es ist Unfug. Dass die Uni zu teuer ist. Und Künstler sein eine brotlose Existenz ist. Ich würde mich in was verrennen, und deswegen gab es mal wieder Streit. Und es macht mich traurig. Ich will doch, dass sie zu mir halten und wir uns verstehen.«

»Aber du wünschst es dir, oder? Es ist dein Traum. Und du bist nahe dran. Vielleicht klappt es, dass du angenommen wirst, und dann, ich meine, das ist wirklich toll, und das hast du allein dir erarbeitet, es gibt also keinen Grund, dass du es dir vermiesen lässt.«

Ich lächle. »Ja, sehr. Aber die Uni ist auch teuer. Ziemlich sogar. Und selbst wenn es klappt, krieg ich nur ein Teilstipendium, das stellt mich vor eine echte Herausforderung.«

»Ja, klar, das tut es. Aber du schaffst das, ganz sicher. Und du solltest es machen. Denn du hast wirklich Talent und ...« Er sieht mich intensiv an.

»Glaub mir, wenn du es nicht machst, wirst du dich für immer eingeengt fühlen. Ich weiß, wovon ich rede.«

Als er die Worte ausspricht, fühle ich seine Traurigkeit wieder, sie ist beinahe so tief wie das Blau des Meeres.

»So wie du? Wegen deines Dads?«, will ich wissen.

»Ja, kann sein.«

»Tad?«

»Ja?«

»Was ist da los? Sag es mir!«

Es ist ihm sichtlich anzumerken, wie schwer es ihm fällt, darüber zu reden.

»Vieles ist los. Ich denke, ich bin einfach jemand, der nicht seinen Erwartungen entspricht. Schon immer. Vor allem als Sohn.« Tad sieht mich an. »Weißt du, ich bin einfach nie gut genug gewesen, egal was ich getan habe. Wenn ich Musik gemacht habe, etwas, das mich so glücklich gemacht hat, dann war es für ihn nur Mist. Er ist Geschäftsmann durch und durch und denkt nur an seine Firma und dass ich in seine Fußstapfen gehöre. Alles ist Mist, und na ja, dann dachte ich eben irgendwann, tue ich einfach das, was er sowieso von mir glaubt. Scheiße bauen, Mist machen.«

Ich nicke, weil ich jetzt noch mehr verstehe, was ihn angetrieben hat. Er wollte von seinem Dad gesehen werden.

»Und das also nicht nur hier, sondern auch zu Hause?«, frage ich. Unsere Hände berühren sich kurz, und ich spüre, wie sich seine Muskeln anspannen.

»Ja, so ist es, und dann wurde ich hergeschickt«, sagt er jetzt, und ich merke, dass da noch viele Wunden nicht verheilt sind. Mein Blick fällt auf seinen Arm, zu seiner Hand, die noch am Heilen ist, und ich denke erneut an den Moment, als ich ihn dabei erwischt habe, wie er in der Nacht nach der Party hier oben gegen das Geländer geschlagen hat.

»Was hat es mit den Narben auf sich?«, will ich wissen und streiche darüber.

Er atmet tief durch. »Wenn ich wütend bin, dann muss ich die Wut rauslassen. Ich habe das Gefühl, nichts zu spüren, und dann tue ich das, damit ich was fühle.«

Ich merke diesen Stich im Bauch.

»Ich habe damit angefangen, als Mum weg war, und weil …« Er zögert, sieht mich dann aber an.

»Als ich nicht mehr gespielt habe. Da habe ich etwas gebraucht … Sonst konnte ich die Musik nutzen, um Dinge rauszulassen, aber keine Ahnung, es ist kompliziert, so wie ich. Ich komm einfach mit vielen Gefühlen nicht klar. Ich bin einfach verkorkst. Aber jetzt, seitdem du da bist … und die Musik … geht es mir besser. Macht das Sinn?«

»Es ist jedenfalls schön, dass du das sagst … und … du bist nicht verkorkst«, beantworte ich seine Frage.

»Ein wenig vielleicht, und«, er hält inne, »nun, dann, ich würde sagen, dank meiner traurigen Geschichte, habe eindeutig ich den letzten Cupcake verdient.« Er grinst und greift danach.

Ich grinse zurück. »Das ist unfair, meine Geschichte ist viel trauriger! Hallo! Wenn ich auf die Juilliard gehe, bin ich verschuldet.« Ich will ihm den Cupcake aus der Hand nehmen, aber schon beißt er hinein und kaut genüsslich.

»Zu spät.«

»Fiesling«, sage ich und er grinst noch mehr.

»Vielfraß.« Ich boxe ihn.

»Hey, das stimmt nicht, die Törtchen schmecken einfach so gut.«

Und mit einem Mal liegen unsere Blicke intensiv aufeinander. Eine ganze Weile. Dann sehe ich, wie Tads Blick zu meinem Mund wandert.

»Ich denke, von deinen Lippen schmecken sie noch besser«, flüstert er plötzlich, legt den Cupcake weg, greift nach meiner Hand und zieht mich etwas an sich.

»Dann probier es doch mal aus.« Ich rücke auf und mit einem Mal sind wir uns unheimlich nah.

Tad beugt sich nach vorne, näher, noch näher, und ganz langsam legt er seine Lippen auf meine, und dann ist da nur noch Tad, umgeben von Tausenden von Gefühlen. Seine Hand an meiner Wange, seine Lippen, sanft, nicht drängend, aber intensiv und voller Verlangen. Wie eine heftige Welle rauscht Wärme durch meinen Körper. Seine Zunge streicht sanft über meine Unterlippe und ich seufze gegen seinen Mund. Als sie sich mit meiner verbindet, wird die Wärme zu einer prickelnden Hitze, die ich nie mehr missen will. Ich habe mir vorgestellt, wie es sein könnte, ihn zu küssen, aber niemals hätte ich gedacht, dass es so viel besser als jede Vorstellung ist.

»Wenn du mich immer so küsst, kannst du den letzten Cupcake gern haben«, flüstere ich gegen seinen Mund, als wir kurz innehalten, noch ganz benommen von all den Gefühlen.

»Wenn wir das immer machen, brauch ich keine Cupcakes mehr«, haucht er.

Und ich denke bei mir, dass das ein guter Deal ist, ehe diesmal ich meine Lippen auf seine lege.

Kapitel 4

Drei Wochen sind wir schon zusammen, und ich kann mir gar nicht mehr vorstellen, wie es ohne Tad war. Wie schön es ist, mit jemandem Musik zu machen. Mit jemandem, der genau das Gleiche fühlt wie man selbst und die gleiche Leidenschaft teilt. Tagsüber sind wir zusammen bei Mr Bakerfield im Laden, albern herum, helfen aus und bedienen, und am Abend verbringen wir die Zeit in trauter Zweisamkeit. Oft gehen wir zum Strand und steigen dort meist auf den Leuchtturm, wo mir Tad den Song von John Mayer vorspielt. Aber wir üben auch andere Lieder, erfinden Melodien, und es macht so viel Spaß, dass wir alles andere darüber vergessen. Hin und wieder sind wir auch schon mit Becca und Jay ausgegangen, nachdem sich meine beste Freundin beschwert hat, dass ich kaum Zeit für sie habe. Also waren wir schließlich zu viert im Kino und im Diner. Der Sommer scheint unendlich zu sein, voller Möglichkeiten, und ich will gar nicht daran denken, was wohl passiert, wenn er vorbei ist. Wir sind durch die kleinen Läden gebummelt, und Tad hat eine Gitarre entdeckt, die er schön fand.

»Irgendwann kauf ich mir wieder eine«, hat er gemeint, und ich habe mir insgeheim überlegt, ihn zu seinem Geburtstag, den er in einer Woche feiert, damit zu überraschen.

Als ich einmal wieder so drüber nachgedacht habe, wie die Zeit doch vergeht, habe ich von Tad wissen wollen, wann und wohin er wieder nach Hause muss und wie es für ihn weitergeht. Doch er hat nur gemeint, dass er es nicht weiß. Dass sein Vater viele Häuser hat, in New York, Kalifornien, San Francisco, und dass er sich nie wirklich irgendwo zu Hause gefühlt hat, außer in meiner Nähe, was mein Herz hat höher schlagen lassen.

Wir haben begonnen, an einem gemeinsamen Song zu arbeiten. Geboren aus seiner Melodie und meinen Worten, ist er nach und nach entstanden. Ich habe Tad meinen Eltern vorgestellt. Und war überrascht, dass sie ihn nett fanden. Mum hat sogar ein Foto von uns beiden geschossen, auf dem wir sehr verliebt aussehen, und ich weiß, ich werde es immer irgendwo bei mir haben.

Als Tads Geburtstag endlich da ist, kann ich es kaum erwarten, ihn zu überraschen. Zusammen sind wir auf den Leuchtturm gestiegen und ich bitte ihn, die Augen zu schließen.

Als er so dasteht, die Augen zugekniffen, flattert mein Herz heftig unter meiner Brust.

»Also schön, Augen auf«, sage ich und Tad öffnet sie leicht.

Ich stehe vor ihm und halte ihm mein Geschenk entgegen, eingepackt in helles Papier, mit einer Karte daran.

»Du hast doch nicht?«

Ich grinse. »Mach es auf, sonst wirst du es nie erfahren.«

Wir setzen uns und Tad nimmt zuerst die Karte.

Du und ich.
Klänge und Worte.
Damit du weiter Musik machen kannst
und mich nie vergisst.
In Liebe
Mary

Er sieht mich an, sein Blick liegt intensiv auf meinem.

»Ich würde dich nie vergessen«, flüstert er, beugt sich dann vor und gibt mir einen Kuss auf die Lippen, ich schließe meine Augen und versinke in dem Gefühl, seinen Mund auf meinem zu spüren.

Als wir uns langsam voneinander lösen, widmet er sich dem Geschenk.

Ganz langsam zieht er das Papier ab, und als mein Geschenk zum Vorschein kommt, sieht er mich entgeistert an.

»Es ist wirklich eine Gitarre, Mary …« Er sieht die Gitarre an, dann mich.

»Ich habe sie nicht allein gekauft, Mr Bakerfield hat etwas dazugegeben, wollte aber nicht, dass ich großes Aufsehen deshalb mache.«

»Das ist wirklich das schönste Geschenk … ich weiß nicht, was ich sagen soll.«

Ich lächle. »Nichts, ich hoffe einfach, dass sie dir gefällt, jetzt können wir noch besser am Song arbeiten, zusammen spielen und, na ja …«

»Aber war das nicht teuer? Mary, ich kann das nicht annehmen. Du brauchst das Geld.«

Ich hebe die Hand.

Er versteht und nickt. »Danke, wirklich …«

»Bitte«, flüstere ich und dann greift er nach meiner Hand und zieht mich wieder zu sich.

»Tad?«

Er sieht mich ernst und fragend an. »Ja?«

Ich ziehe etwas aus der Hosentasche und reiche es ihm.

»Was hast du da?«

»Das hier ist die Chance oder ein Anfang, ich weiß es nicht«, sage ich und reiche ihm den Flyer.

Er nimmt ihn in die Hand und fängt an zu lesen. »Vorsingen in Nashville? Singer Songwriter Contest?«

»Was meinst du? Wir haben so viel geübt, und jetzt können wir noch mehr üben, und dann fahren wir dahin? Du und ich. Ich glaube, wir hätten eine Chance, und dann, wer weiß, wir können es versuchen, wir …«

Er lächelt. »Ich liebe dich, Mary.«

Seine Worte klingen in meinen Ohren und gehen tief unter meine Haut. Es ist neben Tads Melodie der schönste Klang, den ich je gehört habe.

Ich beiße mir auf die Lippe, ehe ich flüstere: »Ich liebe dich auch.« Ich rücke an ihn heran, näher, doch dann zieht er mich schon an sich, wir küssen uns und halten uns ganz fest. Ich spüre seine Lippen, seine Zunge, die Hitze, die er in mir auslöst, und weiß, dass ich mehr davon will. Viel mehr. Als wir uns lösen, sieht er mich an.

»Mein Dad, ich werde mit ihm reden, ich werde ihm sagen, wer ich bin, ich werde dafür einstehen, was ich möchte, und dann – ich gehe mit dir überallhin, nach New York, nach Nashville, egal …«

»Wirklich?« Mein Herz klopft heftig in meiner Brust.

Er nickt. »Ja, wirklich, aber zuerst lass es uns versuchen, lass uns dahinfahren, nach Nashville.«

Ich lächle, merke, wie warm es in meinem Bauch wird, und dann küsse ich ihn erneut so stürmisch, dass er rückwärts auf den Boden fällt und ich auf ihm lande. Unsere Lippen berühren sich, voller Sehnsucht und Leidenschaft. Ich will nichts als Tad. Und das will ich so sehr. Und noch mehr.

Irgendwann seufze ich gegen seinen Mund und traue mich, ihm das zu sagen, was ich mir noch mehr wünsche, als ihn nur zu küssen.

»Tad!«

Er hält inne und sieht mich an. »Ja?«

»Da wäre noch was, etwas, das ich gern tun würde.«

Unsere Blicke verschmelzen.

»Und das wäre?«

Einen kurzen Moment atme ich tief durch. »Schlaf mit mir«, flüstere ich, und als ich die Worte ausspreche, sieht er mich an.

Bist du sicher – scheint sein Blick zu fragen.

Ich bin es – antwortet meiner und ich gebe ihm einen Kuss. Lege meine Lippen sanft auf seine. Er küsst mich zurück, greift um meine Taille und besiegelt das gegenseitige Versprechen damit.

Kapitel 5

»Hey, alles okay?«

Ich trete aus dem Laden und gehe zu Tad. Eben hat er einen Anruf von seinem Dad erhalten und ist dann nach draußen gerannt und hat mit voller Wucht gegen die Mauer des Nachbarladens geschlagen.

»Scheiße, alles Scheiße«, flucht er und tritt nun dagegen, ehe ich zu ihm komme. Dann schlägt er schon erneut zu.

»Hör auf, das ist doch Wahnsinn. Sag lieber, was gewesen ist?«, will ich wissen und gehe dazwischen, sehe ihn an.

Tad atmet schwer und ich greife nach seiner Hand. Sie blutet und ist schon sichtlich angeschwollen.

»Er ist einfach unfair und es ist immer das Gleiche. Egal was ich tue. Ich hasse ihn. Ernsthaft.«

Sein Blick wirkt dunkel, voller Wut, und ich frage mich, was passiert ist.

»Hast du ihm von unserem Plan erzählt?«

Er nickt.

Tad war so aufgeregt, so voller Elan. Er wollte seinem Dad sagen, was er vorhat. Dass wir nach Nashville gehen wollen, doch mein Gefühl sagt mir, es ist alles andere als gut gelaufen.

»Ja, und er …« Er hält inne. »Ich habe keine Lust, es zu wiederholen«, sagt er und ich wünsche, ich könnte ihm die Last abnehmen, ihm irgendwie helfen. Dass er jetzt so wütend und traurig ist, zerreißt mich fast – vor allem, weil wir geplant haben, dass der Tag unser Tag wird und vor allem die Nacht unsere.

»Sag schon, was meinte er?«

Ich trete näher heran, sehe ihm in die Augen und darin den Schmerz, die Verwirrung, den Wunsch, den er hatte, einfach mal gelobt zu werden. Aber was haben wir erwartet, wenn nicht mal meine Eltern wirklich was von meinem Traum halten und ich eigentlich ein gutes Verhältnis zu ihnen habe.

»Er meinte, ich soll mir die Flausen aus dem Kopf schlagen, und dass er die Schnauze voll hat, endgültig. Und dass ich mich lieber um die Bewerbungen für die Uni kümmern soll. Und, keine Ahnung … Was ich für eine Enttäuschung bin, dass ich eine Enttäuschung für Mum wäre, für die ganze Familie und … ich hab dann einfach aufgelegt«, sagt er und seine Stimme klingt hart, und ich verstehe, warum. Die Worte, die er hören musste, sind nämlich noch viel härter.

Ich berühre seine Hand. »Komm, lass uns reingehen, Mr Bakerfield hat sicher Verbandszeug, um dich zu verarzten, okay? Wir lassen uns den Tag jetzt nicht verderben, wir … wir haben uns.« Ich weiß nicht, was ich sagen will, als plötzlich Cane neben uns auftaucht. Zusammen mit Ruben und den anderen.

»Ach, hast du dir wehgetan, Taddy?«, fragt er und Tad dreht sich zu den beiden um.

»Geht dich nichts an!« Tad funkelt wütend in seine Richtung, und ich habe mit einem Mal das Gefühl, als wäre die Luft elektrisch geladen.

»Komm, gehen wir rein«, sage ich zu Tad, als Cane zu lachen anfängt.

»Ja, hör nur auf sie wie ein Hündchen, ich weiß ja, du bist jetzt mit ihr zusammen.« Er hebt spöttisch eine Augenbraue, und ich merke, wie sich Tads Muskeln anspannen.

»Komm, wir gehen«, sage ich drängender, als Cane näher kommt und schließlich dicht vor Tad steht.

»Was mich brennend interessiert: Bringt es das Gitarrenmäuschen denn im Bett?« Seine Stimme ist provokant.

Tad baut sich vor ihm auf. Er gibt Cane einen Schubs. »Nenn sie nie wieder so, hast du mich verstanden?«

Mit einem Schritt tritt Cane ihm entgegen. »Musst ja nicht gleich so angefressen sein, ich würde ja nur gern wissen, ob es sich lohnt. Ich würde sie nämlich gern selbst mal singen lassen, wenn du verstehst, was ich meine«, sagt er, und eine Sekunde später landet Tads Faust in Canes Gesicht. Der taumelt zurück, fällt und Tad drischt weiter auf ihn ein.

»Tad, hör auf, hör auf!«, rufe ich, als Mr Bakerfield aus dem Laden kommt.

»Was ist hier los? Tad?«, ruft er, aber Tad scheint so wütend zu sein, dass er nichts um sich herum wahrnimmt.

»Tad!«, rufe ich nun auch erneut, schreie beinahe. »Lass es!« Ich will ihn zurückziehen, er dreht sich zu heftig um und ich falle auf den Boden.

»O nein, Mary! Sorry!« Er sieht mich verzweifelt an. »Das wollte ich nicht, wirklich«, sagt er, aber ich bin so erschrocken, dass ich ihn nur wortlos anstarre.

Cane liegt ebenfalls noch am Boden.

»Schaut, dass ihr hier verschwindet!«, ruft jetzt Mr Bakerfield Cane und den anderen zu. »Sonst hole ich die Polizei, und ihr wisst, was dann passiert.«

Cane rappelt sich auf. »Was soll schon passieren?«

Mr Bakerfield sieht ihn ernst an. »Das Video, Junge, also untersteh dich, sonst mache ich meine Drohung ernst, hörst du?«

Cane macht einen Schritt rückwärts, stolpert, fängt sich wieder und schickt sich an zu gehen. Doch plötzlich dreht er sich noch mal zu Tad um. »Das wirst du bereuen, ich schwöre es dir«, zischt er. »Du weißt genau, warum.« Dann rennt er davon.

»Scheiße«, flucht Tad und bückt sich zu mir. »Mary, es tut mir echt so leid, ich war so sauer und – hast du dir wehgetan?« Er reicht mir seine Hand, ich greife sie und lasse mich zu ihm in den Stand ziehen.

»Verzeih mir, bitte«, flüstert er und drückt mich an sich. »Verzeih mir!«

Ich nicke. »Ja, alles gut, wirklich.«

»Jetzt kommt erst mal rein und lass dir die Hand versorgen«, sagt Mr Bakerfield und wir gehen mit ihm in den Laden.

Es ist wie ein Sturm gewesen, der uns gerade erfasst hat. Ich habe gefühlt, wie schwer Tad all das trifft, und ich wünsche, ich könnte ihn aus dem Strudel ziehen, doch für den Moment kann ich nur da sein und seine Hand halten.

Als wir wenig später im Laden sitzen, desinfiziert Mr Bakerfield die Wunde und verbindet sie anschließend.

Dann sieht er Tad ernst an. »Was war denn los, Junge?«

Tad atmet tief durch. »Mein Dad, ich hab ihm gesagt, dass ich mit Mary nach Nashville will, um dort zu spielen, und dass ich genau das will. Und er ist ausgerastet, hat mich angeschrien und … ich konnte nicht anders … und dann auch noch Cane, das war zu viel, ich kann damit nicht umgehen, ich …«

Mr Bakerfield nickt. »Du musst es lernen. Ich weiß, wie schwer es ist, wenn die eigenen Eltern einen nicht unterstützen. Aber das hier, sich selbst wehzutun und anderen, ist keine Lösung.«

Tad schaut beschämt zu Boden.

»Was meinte er damit, dass du es noch bereuen wirst?«, fragt Mr Bakerfield und ich frage mich das Gleiche.

Aber Tad zuckt nur mit den Schultern. »Ich weiß es nicht, Cane ist einfach ein Idiot. Ich hätte nie mit ihm herumhängen sollen, und das mit dem Laden …«

»Ich weiß es, Junge. Ich weiß, dass er und Ruben dabei waren. Ich habe es auf der Videoaufnahme gesehen«, erwidert Mr Bakerfield.

Tad sieht ihn überrascht an. »Ich dachte, darauf wäre nichts?«

»Ich habe der Polizei nur kein Go gegeben weiterzuforschen, weil du ebenfalls drauf zu sehen bist und ich nicht will, dass du Ärger bekommst. Du bist ein guter Junge, Tad, und ich weiß, dass du es nicht wolltest …«

Ich sehe Tad an, wie viel ihm die Worte von Mr Bakerfield bedeuten.

»Und ich liebe euren Song. Ich habe mitbekommen, dass ihr heute Nacht auch gern üben wolltet. Also«, er räuspert sich und zieht dann einen Schlüssel aus der Hosentasche, »das kleine Haus gehörte Martha und mir, da seid ihr ungestört.«

Dann steht er auf. »Wir sehen uns nach dem Wochenende. Und jetzt, weg mit euch, hört ihr!«, sagt er, dann wendet er sich ab und lächelt.

Kapitel 6

»Das ist ja wunderschön hier, wer hätte das gedacht«, flüstere ich und blicke aus dem Fenster aufs Meer. Das kleine Haus liegt direkt am Strand und ist wirklich romantisch. Während ich so dastehe, merke ich, wie aufgeregt ich bin. Auf der einen Seite habe ich es mir immer erträumt, eine Nacht mit Tad zu verbringen, auf der anderen Seite bin ich unheimlich nervös. Er ist schon erfahren im Gegensatz zu mir, aber ist das nicht sogar gut? Doch die Vorstellung, dass er vor mir schon mit anderen geschlafen hat, ist für einen Moment auch merkwürdig. Ich schiebe sie schnell weg, sie hat hier keinen Platz. Hier sollen nur wir sein.

»Hey, alles okay?« Tad tritt neben mich ans Fenster.

»Ja, alles okay.«

Unsere Blicke liegen aufeinander und ich weiß nicht, ob er meine Nervosität spürt, aber er lächelt schief.

»Wollen wir uns nach draußen setzen, an den Strand und noch etwas spielen?«

Ich blicke zu seiner verbundenen Hand. »Geht das denn?«

Er legt den Kopf leicht schief. »Ich versuche es, also was ist?«

Schließlich sitzen wir mit den Gitarren draußen am Strand auf einer Decke und trotz der Verletzung beginnt Tad, leise zu spielen. Es ist unsere Melodie, und ich singe ebenso leise dazu, während ich meinen Kopf an seine Schulter lege.

Die Sonne geht unter, verschmilzt mit dem Meer, färbt das Wasser golden, und irgendwann wird es dunkel. Immer mehr Sterne betupfen den Nachthimmel, und wir liegen einfach da, mein Kopf in seiner Armbeuge. Ich wünsche so sehr, ich könnte den Moment einfrieren. Irgendwann rapple ich mich ein wenig auf, lasse meinen Finger sanft zu seinem Gesicht wandern und streiche über die kleine Narbe an seinem Auge, die von der Verletzung der Nacht zurückgeblieben ist, als Tad mich auf der Party mehr oder weniger vor Cane gerettet und die Sache mit der Mutprobe ins Rollen gebracht hat.

»Tut es eigentlich noch sehr weh?«

»Nein, gar nicht.«

Tad dreht sein Gesicht in meine Richtung und wir sind uns ganz nah.

»Tut mir leid, dass du sie meinetwegen hast.«

Er schüttelt den Kopf. »Unsinn. Ich werde sie immer mit Stolz tragen, denn irgendwie hat sie uns ja zusammengebracht. Du hast mich gerettet.«

»Du bist bescheuert.« Ich stupse ihn in die Seite und er zuckt leicht zusammen. »Apropos retten, weißt du, was mir immer Mut macht?«, frage ich ihn.

»Was denn?«

Ich greife nach meiner Tasche und ziehe das Buch von Mr Bakerfield daraus hervor.

Tad mustert den schwarzen Einband und ich streiche darüber.

»Mr Bakerfield hat es mir gegeben. Darin sind Sprüche, die Mut machen, und er meinte, ich soll es nutzen, um meine Träume hineinzuschreiben, es mit Leben füllen und zusätzlich welche eintragen, wenn mir was einfällt. Wünsche und so, damit ich sie nicht vergesse …«

»Das ist ein toller Gedanke«, sagt er. »Darf ich?«

Ich nicke und er schlägt es auf.

»Der ist schön«, sagt er und deutet auf den Spruch mit dem Neuanfang.

> Niemand kann zurückgehen und einen neuen Anfang schaffen, aber jeder kann heute starten und ein neues Ende kreieren. – Maria Robinson

»Das passt zu uns, oder? Wir fangen neu an. Zusammen.«

Die Worte wärmen mich und er lächelt. »Hey, mal im Ernst. Die Geschichte, wie wir uns kennengelernt haben, die ist doch irgendwie filmreif, und wenn wir sie hier drin verewigen, können wir sie noch unseren Kindern vorlesen. Wie du mich todesmutig vom Geländer gezogen hast.«

Ich sehe ihn schmunzelnd an, wir sind beinahe Nase an Nase. »Kinder? Wie bitte?«

»Ja, jetzt noch nicht, aber warum nicht irgendwann? Das wäre doch schön. Was meinst du, halten wir unsere Gedanken fest?«

Ich lächle, dann krame ich nach einem Stift. »Na schön, dann tun wir das, also.« Ich blättere zu einer freien Seite und schreibe: Mary und Tad und unsere Wünsche.

»Also Kinder?« Er lacht, als ich das Wort eintrage.

»Was noch?«

Er nickt. »Wie wäre es mit einer Bar, die wir zusammen haben. Klingt verrückt, aber keine Ahnung … ich finde den Gedanken schön. Eine Bar, in der wir auftreten. Irgendwo in New York. Das ist mein kleiner Traum.«

Ich schreibe den Satz auf. »Das klingt nach einem guten Traum. Was noch?«

»Einfach mit dir zusammen sein.«

Ich nicke.

Er nimmt mir den Stift aus der Hand und trägt es selbst ein. »Ewig wir«, schreibt er dann und blickt nach oben zu den Sternen.

Wie schön sie funkeln. Wie ein Meer aus abertausend Träumen. Träume, die gerade so greifbar nah wirken, weil wir sie festhalten.

»Ja, der Gedanke gefällt mir«, sage ich und schließlich sehen wir uns wieder an. Sehen auf die wenigen Worte, die da stehen und zugleich in meinem Kopf klingen.

»Tad?«

»Ja?«, will Tad wissen und ich atme tief durch.

»War das ernst gemeint, dass du mit nach New York gehst?«

»Ja, mein voller Ernst«, sagt er, und ich merke, wie schnell mein Herz klopft.

»Das ist schön, und ich hoffe, es wird sich alles regeln. Mit deinem Dad, mit meinen Eltern.«

»Das hoffe ich auch.« Kurz ist wieder diese Traurigkeit in Tads Blick. Ich weiß, er denkt an seinen Dad, an das Gespräch mit ihm, und ich frage mich wirklich, warum sein Dad so sein muss. Warum er sich nicht freut, dass Tad Musik macht. Dass er ein Ziel hat. Aber dann denke ich an meine Eltern, die ja ebenfalls nicht gerade begeistert sind.

»Tad?«

»Mmm?«

»Egal, was dein Vater sagt, du bist kein Versager, keine Enttäuschung, du bist so viel mehr. Wir sind es und wir zeigen es ihnen zusammen«, versuche ich, ihm gut zuzureden. »Ich meine, mal ernsthaft, unsere Eltern haben uns zwar das Leben geschenkt, aber deswegen dürfen sie nicht darüber bestimmen.«

Er nickt. »Ja, wir ziehen das durch, du und ich, denn ich weiß, was ich will, und das ist, mit dir zusammen zu sein. Und hier steht es, schwarz auf weiß. Und wenn wir das erreicht haben, kommen wir hierher zurück.«

Ich schlucke. Merke, wie sehr mich die Gefühle ergreifen, blicke auf die Sätze, blinzle die Tränen weg, die sich aus meinen Augen stehlen wollen, und Tad zieht mich noch enger an sich.

Er klappt das Buch zusammen. »Hey, es ist alles gut. Mach dir keine Sorgen, okay?«

Ich nicke, und doch kann ich die Angst vor der Zukunft nicht leugnen. Es ist so sicher, dass wir zusammengehören, daran zweifle ich in keiner Sekunde. Und doch ist es, als wäre alles nur ein viel zu schöner Traum, aus dem wir jeden Moment erwachen könnten.

»Es wird alles gut, du wirst sehen.« Zärtlich streicht er über meine Wange bis zu meinem Kinn, wo er einen Moment verharrt. Ich liebe diese Berührung, die mir mittlerweile so vertraut ist. Genauso wie die kleinen Kreise, die er immer mit dem Daumen auf meine Handfläche zeichnet. Auch wenn wir uns erst seit etwas mehr als einem Monat kennen, diese Zeit ist die intensivste in meinem ganzen Leben.

»Du machst mich vollständig, Mary«, sagt Tad. »Was auch passiert, ich werde mich immer an den Klang deiner Worte erinnern, weil sie mich ins Leben zurückgeholt haben. Damals. Dort oben. Und dieses Leben will ich mit dir verbringen.«

Bei seinen Worten setzt mein Herz einen kurzen Schlag aus. »Das will ich auch«, sage ich und Tad legt seine Hand an meine Wange.

»Ich glaube fest an unseren Traum«, flüstert er jetzt, und ich nicke, weil ich auch daran glauben will. Gerade eben noch viel mehr.

Wir sehen uns an, unsere Lippen nur Zentimeter voneinander entfernt. So nah, dass ich seinen Atem spüre, ihn einatme.

Meine Hand streicht über seine Brust, und sein Herz fühlt sich an, als würde es nur für mich schlagen, für uns. Als führe uns eine unsichtbare Macht, schmiegen sich unsere Körper immer enger aneinander. Mein Knie liegt zwischen seinen Beinen. Das Meer rauscht, mein Herz pocht gegen seines.

Sein Gesicht nähert sich dem meinen, wenige Zentimeter noch, Millimeter – und dann kein Raum mehr dazwischen. Sanft streichen seine Lippen meine und ich schließe die Augen. Will Tad nur fühlen, seinen Kuss erwidern, der jetzt intensiver wird. Stürmischer. Ich ziehe ihn zu mir, seinen Körper an meinen, und fühle irgendwann sein Gewicht auf mir. Wärme rast durch meinen Körper, von der ich nicht genug kriege, ausgelöst von seiner Nähe. Ich will ihn mehr, als ich jemals etwas gewollt habe. Unsere Lippen verbinden sich immer wieder, und irgendwann öffne ich den Mund leicht, spüre, wie seine Zunge die meine berührt, und seufze. Ein Kribbeln nach dem anderen jagt durch mich hindurch. Von meiner Brust in meinen Magen in meinen Unterbauch.

»Ich wollte noch nie etwas so sehr wie dich, Mary«, haucht er gegen meinen Mund, als er mich schließlich ins Haus trägt und dort auf dem Bett ablegt.

»Willst du mich auch?«, fragt er und sieht mich an.

»Ja«, flüstere ich, auch wenn ich nervös bin. Ich bin mir sicher, er merkt es.

Er beugt sich vor, küsst mich erneut, küsst meinen Mund, dann meinen Hals, um mich dann wieder anzusehen.

»Wir haben alle Zeit der Welt …«, sagt er leise, aber ich schüttle den Kopf.

»Heute«, sage ich nur, und er nickt, dann wandern seine Hände langsam über meinen Oberkörper, streichen über meine Brüste, und ich seufze, als er schließlich den Rand meines Shirts erreicht und seine Finger meine nackte Haut darunter berühren.

Es fühlt sich gut an, vertraut und doch neu, und ich genieße es, wie er den Stoff langsam nach oben schiebt, Zentimeter für Zentimeter, und das Shirt schließlich über meinen Kopf zieht. Dann ist er über mir, küsst mich den Hals abwärts, über mein Dekolleté und ich spüre, wie er hinter meinen Rücken greift und den BH öffnet, ihn sanft zur Seite schiebt und erst seine Finger zart über meine Brustwarzen gleiten lässt und dann seine Lippen.

Ich ziehe ihn an mich, taste unter sein Shirt, spüre seine Haut, und er hilft mir dabei, es auszuziehen, damit auch ich ihn ganz fühlen und berühren kann.

Eine ganze Weile erkunden wir auf diese Art unsere Körper, bis Tad innehält, mich kurz ansieht, etwas von mir abrutscht, sich zwischen meine Beine kniet und beginnt, seine Finger über meinen Bauchnabel wandern zulassen, tiefer, immer tiefer, bis er den Rand meiner Shorts erreicht. Unsere Blicke treffen sich. Eine stumme Zusage und schließlich öffnet er den Knopf und schiebt mir die Shorts über meine Hüften und von meinen Beinen. Dann kniet er sich dazwischen, küsst sich meine Beine entlang, die Innenseiten meiner Oberschenkel, so lange, bis er meinen Slip erreicht, den er jetzt langsam hauchzart ebenfalls von meinen Beinen schiebt. Ich spüre ein tiefes Ziehen im Unterbauch, das ich so nicht kenne.

Es ist ungewohnt, aber vor Tad schäme ich mich nicht, auch nicht, als er mit jedem seiner Küsse Zentimeter um Zentimeter nach oben klettert und ich mehr und mehr eine brennende Hitze in mir spüre. Als er meine empfindliche Stelle erreicht, keuche ich auf, genieße das Gefühl und stöhne, als seine Zunge zwischen meinen Beinen dieses heiße Kribbeln durch mich wandern lässt und er mit seinem Mund gibt, wonach ich mich so sehne. Mit jeder Bewegung mehr. Langsam, schneller und intensiv. So lange, bis ich das Gefühl habe, in Flammen zu stehen. Meine Gedanken sind schwerelos, ich kralle mich an das Laken, und als er irgendwann stoppt, in seine Hosentasche greift und ein Kondom hervorzieht, hämmert mein Herz.

Er sucht meinen Blick, ich nicke und er öffnet die Verpackung und streift es sich über. Dann ist er wieder bei mir, schiebt sich sanft zwischen meine Beine, und mein Atem geht abgehackt, als ich fühle, wie nah er mir ist.

Er sieht mich an. »Ich höre sofort auf, wenn ich dir wehtue.«

Ich nicke und er senkt seine Lippen. Küsst meine Brust, meinen Hals, schiebt sich weiter vor, so nah an mir, wie noch nie ein Mann an mir war. Ich halte mich an ihm fest, seine Lippen legen sich auf meine. Ich zucke zusammen, als er weiter vordringt, und kralle meine Finger in seinen Rücken, als ich ihn tief in mir spüre.

Ein ungewohntes Gefühl, begleitet von einem leichten Schmerz, aber intensiv.

»Ich liebe dich«, flüstert er und beginnt sich in mir zu bewegen, langsam, sanft, vor und zurück, und ich halte ihn ganz fest, fühle ihn in mir, und auch wenn es erst noch etwas wehtut, ist dieses Gefühl, ihm so nah zu sein, so mächtig und voller Lust, dass mir nichts mehr wehtut. Mit Tad so verbunden zu sein, den Mann, den ich liebe, so zu umfangen, ist intensiver als alles andere, was ich je erlebt habe.

»Ich liebe dich«, flüstere ich, küsse ihn, streiche mit den Händen über seinen Rücken, seine Haut, seinen Hintern. Berühre ihn, wo es nur geht. Keuche, verspüre, als er sich schneller bewegt, immer schneller, nichts als Lust. Wir sind eins. Und gerade fühlt es sich so an, als könnte uns nichts jemals wieder trennen.

Kapitel 7

Wir haben uns mit Becca und Jay zum Billardspielen getroffen, die anderen sind gerade an der Reihe und ich sitze auf Tads Schoß.

Zwei Wochen sind seit unserem Abend in der Hütte vergangen und ich könnte nicht glücklicher sein.

Übermorgen würden wir nach Nashville fahren, wir haben geprobt, wir haben uns geliebt, wir sind bereit und wir sind zusammen – das ist alles, was zählt und wichtig ist.

»Ihr seid dran«, sagt Becca und reicht mir das Queue. Ich stehe auf und sehe Tad an.

»Dann zeigen wir den beiden mal, wie man das macht.« Er lächelt, ich beuge mich vor und versuche, die halben Kugeln, für die wir zuständig sind, einzulochen.

Ich schaffe es sogar und grinse. »Das wird schwer für euch«, sage ich. In diesem Moment geht die Tür zur Bar auf und Cane und Ruben kommen herein.

Sofort merke ich, wie sich alles an Tad anspannt. Ich gebe ihm das Queue und suche seinen Blick.

»Lass sie einfach, wir sind hier, die beiden sind unwichtig, hörst du?«

Er nickt, nimmt das Queue, doch dann stehen sie schon vor uns.

»Ach, sieh einer an«, sagt Cane.

Tad wendet sich ab.

»Ich rede mit dir!«, ruft Cane jedoch und Tad sieht sich nun doch zu ihm um.

»Und?«

»Was und? Dann antwortest du mir gefälligst!«

»Du hast mir gar nichts zu sagen, kapiert?«

»Ich denke schon. Kommst du raus, oder soll ich es vor allen sagen?«

Ich sehe Tad, der jetzt sichtlich zusammenzuckt.

»Du kannst mir nicht drohen. Mary weiß es und Mr Bakerfield auch, also sei du lieber ruhig, sonst …«

»Sonst was?« Cane grinst ihn provozierend an. »Ich denke, es ist schlimmer für dich als für mich, wenn da was rauskommt, siehst du das nicht auch so?«

»Was willst du?«, will Tad wissen.

»Du hast mich blamiert, also komm raus, Mann gegen Mann.« Er tritt auf Tad zu, schubst ihn und dieser schubst zurück, so heftig, dass Cane gegen einen der Tische knallt.

»Das hättest du nicht tun sollen!«, brüllt er, geht auf Tad los und mit einem Mal herrscht ein wildes Durcheinander.

»Hör auf, Tad, das ist es nicht wert!«, rufe ich, aber die beiden lassen nicht voneinander ab. Irgendwann befreit sich Cane, rennt zur Tür, Tad hinterher, und ich, Becca und Jay folgen den beiden.

»Tad, bitte!«, rufe ich, als wir nach draußen treten. »Er ist es nicht wert!«

Aber schon fangen die beiden wieder an, sich zu schlagen.

»Tad, bitte.« Ich will ihn wegziehen, doch dann spüre ich nur einen heftigen Schlag und taumle zurück. Im nächsten Moment wird alles schwarz.

»Mary, ist alles okay? Verdammt, Mary!«

Ich öffne die Augen und sehe Tad.

»Ich wollte das nicht, geht's dir gut?«

Ich weiß gerade, ehrlich gesagt, nicht, wie es mir geht. Noch immer ist alles so unwirklich. Ich setze mich auf. »Was ist passiert?«, frage ich benommen.

Tads Augen sind voller Sorge. »Das ist alles meine Schuld. Ich … ich habe mich umgedreht und dich erwischt. Du bist hingefallen, es tut mir so leid«, sagt er. In der Ferne ist Blaulicht erkennbar. Wenig später ist die Polizei da.

»Was ist hier passiert? Mary?« Der Beamte ist Jake Lighter, ein Bekannter meiner Eltern.

»Es ist nichts«, sage ich, aber er lässt nicht locker.

»Wirklich? Wir wurden gerufen, weil jemand eine Schlägerei angezettelt hat.«

Ich sehe mich um, von Cane und Ruben natürlich keine Spur.

»Es ist nicht seine Schuld, Cane und Ruben …«, sage ich, merke allerdings, wie sich alles noch um mich dreht. Mir ist schwindelig.

»Du musst jetzt erst mal zum Arzt, und du«, er wendet sich an Tad, »du kommst schön mit!«

»Nein, Tad, bitte, er soll hierbleiben!«, rufe ich noch, doch dann wird mir erneut schwarz vor Augen.

Kapitel 8

Der Klang des Windes, der den alten Leuchtturm umspielt, vermischt sich mit dem Rauschen des Meeres und dem Knistern des Papiers, das ich in den Händen halte. Ich atme die salzige Luft ein und schmecke sie auf meinen Lippen. Währenddessen lese ich die Zeilen, die Tad mir hinterlassen hat. Seine Worte sind schwer – so wie die Nacht, die sich langsam über den Küstenort legt.

Ich streiche über den Brief in der Hoffnung, die Worte irgendwie verändern zu können. Aber es gelingt mir nicht, denn sie setzen endgültig einen Schlussstrich unter unsere Geschichte, die sich in diesem Sommer zugetragen hat. Tad ist nicht mehr da. Er ist fort mit all den Träumen, die wir hatten.

Ich erinnere mich an die vielen Momente voller Glück. Wir beide am Strand, hier oben am Leuchtturm, als Tad den Klängen meiner Gitarre gelauscht hat. Als er mir vorgespielt hat, unser Lied. *Free Fallin'*. Ich denke daran, wie wir zusammen Musik gemacht haben, und an die Zeit in der Bäckerei. Ich denke an die Nacht, als wir uns zum ersten Mal geküsst haben, und an die Nacht, als wir uns geliebt haben.

Ich lasse meine Augen über die wenigen Wörter wandern:

> Es tut mir sehr leid, aber vielleicht ist es besser so. Es gibt so vieles, das ich dir nicht sagen kann, dir aber gern irgendwann anvertraut hätte.

Ich halte kurz inne. Frage mich, was passiert ist. Wir waren uns so nah, und jetzt? Wie gut habe ich diesen Menschen eigentlich gekannt? Und was hat er mir alles verschwiegen?

Das denke ich vor allem, weil er mir etwas in dem Umschlag hinterlassen hat. Geld. Nicht wenig. Um genau zu sein: zwanzigtausend Dollar. Ich starre es an, dann wieder den Brief. Und es schmerzt mich.

Mit zitternden Händen lese ich weiter:

> Mich umgeben einfach zu viele Geheimnisse. Aber eines sollst du wissen, wenn es auch zu spät ist: Das mit uns war echt und ich werde mich immer an den Klang deiner Worte erinnern.

Ich atme tief durch, betrachte dann den zweiten Zettel, der zusammen mit dem vielen Geld im Umschlag liegt.

> Das Geld ist für dich. Für die Unannehmlichkeiten. Ich hoffe, es erleichtert dir einiges. Such nicht nach mir.

Erleichtern? Unannehmlichkeiten? Wie meint er das? Und glaubt er wirklich, dass ich dieses Geld nehme? Ja, ich kann es gebrauchen. Aber …

Tränen brennen auf meinen Wangen, als ich über das Meer blicke und noch einmal dem Wind lausche, ehe ich beschließe, den Leuchtturm zu verlassen. So wie Tad mich verlassen hat. Er hat mir vieles gesagt, vieles versprochen, doch eigentlich weiß ich überhaupt nicht, wer er ist. Und ich werde es vielleicht auch nie erfahren.

Kapitel 9

New York, heute

»Mary, musst du nicht los?« Ich zucke zusammen, bin wieder im Hier und Jetzt und sehe zu meiner Freundin und Mitbewohnerin Sam.

»Alles okay?«, fragt sie. »Ich glaube, du warst gerade irgendwo anders.« Ihre dunklen gelockten Haare sind noch feucht, und sie trägt einen pinken Bademantel. Sie ist offenbar gerade aus der Dusche gekommen und mustert mich verwundert.

Meine Sam. Erst war sie nur meine Mitbewohnerin, doch inzwischen ist sie viel mehr als das. Zugegeben, am Anfang hat es ein wenig gedauert, bis wir eine Verbindung zueinander aufgebaut hatten. Ihre chaotische Art ist bisweilen nämlich echt nervenaufreibend. Was nicht heißen soll, dass ich selbst nicht auch ein wenig chaotisch bin. Aber Sam ist mehr als das. Bunt, fröhlich und Chaos pur, was ich mittlerweile nicht mehr missen möchte, denn auch wenn es erst etwas schwierig gewesen ist, fühlt es sich jetzt umso vertrauter an.

»Wenn du weitertrödelst, kommst du noch zu spät zu deinem Auftritt«, meint sie und ich nicke.

Sie hat recht, ich habe die Zeit total vergessen. »Sorry, ich beeile mich.« Schnell rapple ich mich auf, schiebe die Gedanken alle weg, die ich eben noch hatte, greife nach dem Gitarrenkoffer und hänge mir den Gurt über die Schulter.

»Ich bin so weit«, sage ich und sie nickt.

»Okay, gut.« Sie mustert mich erneut. »Wirklich alles in Ordnung?«

»Ja, mach dir keine Gedanken, ich war nur etwas abwesend wegen des Vorsingens morgen und bin noch mal den Text für den Song durchgegangen. Ich bin ziemlich aufgeregt, du kennst mich doch.«

»Das wird schon, mach dir keine Sorgen. Du wirst sehen, der Song wird gut ankommen, ganz sicher. Heute testest du ihn am Publikum und morgen beeindruckst du damit diese verflixte Jury, okay? Danach musst du mir unbedingt erzählen, wie es war, ich bin später noch da. Jetzt mach ich erst mal meine Nägel. Ich dachte an viele verschiedenen Farben ...«

Ich lächle. »Okay, mach das. Viel Spaß, ich bin weg.« Mit diesen Worten öffne ich die Tür und verlasse unsere Wohnung. Doch ehe ich mich umdrehe, blicke ich noch mal gedankenverloren zum Radio, dessen Lied mich eben weggetragen hatte.

Ich werde mich immer an den Klang deiner Worte erinnern, ertönt seine Stimme mit einem Mal in meinen Ohren. Ich seufze.

Es ist schon über fünf Jahre her, und doch habe ich gerade jetzt das Gefühl, als hätte er mich erst vor wenigen Sekunden verlassen, mit keiner anderen Erklärung als den Worten, die in diesem Brief standen.

Ich schüttle die Gedanken weg. Tad ist nicht da, er ist nie zurückgekommen. Und auch wenn ich weiß, dass es keinen Sinn macht, darüber nachzudenken, frage ich mich einen kurzen Moment, warum ich ihn doch immer wieder und überall fühle ...

Kapitel 10

Das Licht blendet mich, die Wärme im Raum ist spürbar. Mein Herz klopft heftig, so angespannt bin ich. Positiv angespannt. Ich liebe dieses Gefühl. Und ich liebe diesen Ort. Dieses Kribbeln auf der Bühne, die Vorfreude auf das, was kommt. Hier im *Jone's*, einer kleinen New Yorker Wohnzimmerbar, fühle ich mich wohl und zu Hause.

Jeden Donnerstag bin ich hier und lebe meinen Traum, zumindest einen kleinen Teil davon. Dafür bin ich so unendlich dankbar. Aufzutreten, zu singen und die Menschen mit der Musik, die ich spiele, zu erreichen. Das ist es, was ich will und was ich immer tun wollte, schon seit ich denken kann.

Ich lasse meinen Blick über die Gesichter im Saal schweifen und räuspere mich. »Guten Abend, alle zusammen. Ich bin Mary O'Hanna und freue mich, dass ich heute wieder hier sein darf«, sage ich ins Mikrofon. Dann lasse ich meine Finger über die Saiten meiner Gitarre wandern. Als die ersten zarten Töne erklingen, blicken die Leute zu mir auf die Bühne. Die Gespräche verstummen mehr und mehr, bis es ganz still ist. »Es ist immer eine Freude und vor allem eine Ehre für mich, hier im *Jone's* zu spielen. Ich hoffe, ihr habt eine gute Zeit. Los geht's.«

Dann fange ich ohne Umschweife zu spielen an, und wie immer, wenn die Klänge meiner Gitarre durch den Saal hallen, sind meine Finger, die über die Saiten tanzen, nicht mehr zu bremsen. Meine Lippen vibrieren und wollen endlich singen. Ich bin voll und ganz erfüllt von der Wärme der Musik. Die Töne fliegen in den Raum, und in mir breitet sich eine unglaubliche Ruhe und Zufriedenheit aus.

Nach ein paar Takten setzt dann auch der Text ein. Der Song ist mir erst vor ein paar Wochen eingefallen. Es war eine dieser Nächte, in denen man im Bett liegt und die Augen eigentlich schon geschlossen hat, das Unterbewusstsein aber weiterarbeitet. Und so waren auch die Worte ganz plötzlich da. Sie handeln vom Suchen und Finden des Glücks, von dem, was uns zufrieden macht. Irgendwie verschmolzen in dieser Nacht die Zeilen in meinen Gedanken und wurden beinahe von selbst zu einer Melodie. Solche Momente sind magisch und bei Weitem nicht selbstverständlich. Es sind die Augenblicke, die sich jeder Sänger und Songwriter wünscht. Ein Gefühl, das einen spüren lässt, dass gerade etwas Gutes, etwas Besonderes passiert, und das einem sagt: Ja, genau so ist es richtig.

Ich singe, bin ganz versunken in dem Lied, und als ich schließlich die letzten Akkorde gespielt habe, die letzten Töne verklungen sind, überkommt mich die Nervosität. Es ist immer sehr aufregend, dem Publikum etwas Neues zu präsentieren. Aber nur so erfährt man, ob das Lied ankommt oder nicht. Mein Herz schlägt heftig, doch als eine Sekunde später schon der Applaus über mir hereinbricht und die Anspannung von mir nimmt, werde ich ruhiger. Die Reaktion des Publikums belebt mich, meine Augen wandern über die Gäste, über ihre strahlenden Gesichter. Ich sehe zu, wie sie klatschen, und atme tief durch.

Jetzt kann ich richtig loslegen.

»Vielen Dank, ich freue mich wirklich sehr, dass euch das Lied gefallen hat. Mein nächster Song handelt von einer großen Reise. Und von einem Mädchen, das nach New York gekommen ist, um ihren Traum zu leben«, sage ich lächelnd und fange sogleich wieder an zu spielen.

In der nächsten halben Stunde lege ich all meine Liebe in die Musik, und die Zeit verfliegt unheimlich schnell, so wie jeden Donnerstag, wenn ich auf der Bühne stehe.

Nachdem ich das letzte Lied beendet habe, verbeuge ich mich, atme den Applaus ein, bevor ich wieder ans Mikrofon trete. »Es war mir wie immer eine Freude, hier im *Jone's* zu spielen. Bis nächsten Donnerstag.« Noch ein letztes Mal blicke ich ins Publikum, lasse meine Augen über die vielen Gesichter gleiten – und stocke.

Es ist nur eine winzige Sekunde, aber als ich ihn entdecke, beschleunigt sich mein Puls, bevor er leicht aus dem Takt gerät. Denn ganz hinten in einer etwas versteckten Ecke sitzt er, die dunklen Haare hängen ihm verstrubbelt in die Stirn, darüber die Kapuze eines ebenfalls dunklen Hoodies. Und sofort denke ich wieder an die Erinnerungen, die heute in mir hochgekommen sind, bevor ich zum Auftritt gefahren bin. Immer, wenn ich auftrete, ist er da, und genauso schnell ist er danach auch wieder verschwunden. Schon oft habe ich mich gefragt, ob er meinetwegen hier ist oder ob es einen anderen Grund dafür gibt, dass er sich jeden Donnerstag in diese Bar im Westen von New York begibt. Komischerweise ist er an anderen Tagen nie hier zu sehen. Das wäre mir aufgefallen, denn im *Jone's* halte ich mich nicht nur auf, wenn ich Gigs habe. Aber das ist nicht der einzige Gedanke, den ich heute bei seinem Anblick habe. Gerade heute, nachdem mich dieses Lied in die Vergangenheit entführt hat, frage ich mich, ob dieser Strubbelkopf nicht vielleicht wirklich Tad sein könnte. Tad, der Junge, dem ich einige Songs gewidmet habe, mit dem ich diese unvergessliche Zeit hatte und dem nach wie vor ein Stück meines Herzens gehört, obwohl er es gebrochen hat. Der Gedanke lässt mich kurz zusammenzucken, doch dann schiebe ich ihn rasch beiseite.

Trotzdem bleibt der Wunsch, es heute endlich zu schaffen und aus der Nähe einen Blick auf den Unbekannten zu erhaschen. Denn auch wenn ich es gar nicht will und es mir eigentlich auch egal sein sollte, möchte ich doch wissen, was oder wer unter dem Hoodie steckt.

Also winke ich dem Publikum noch mal zu, trete rasch von der Bühne, um mich auf direktem Weg an der Bar vorbeizuschieben und in den hinteren Bereich des Gastraums und somit in seine Nähe zu gelangen.

Doch mein Vorhaben wird von Jone, dem Besitzer der Bar, durchkreuzt. Er stellt sich mir in den Weg und strahlt mich an. »Das war wie immer ein gelungener Auftritt, Mary. Du hast es wirklich drauf, Kleines.«

Ich spüre, wie mir die Röte in die Wangen steigt. Niemand anderem würde ich erlauben, mich Kleines zu nennen – außer Jone. Ich kann ihn jetzt auch nicht einfach stehen lassen, das wäre unhöflich, und so lächle ich zurück. »Danke. Ich war schon etwas nervös wegen des neuen Songs, aber ich wollte testen, wie er ankommt. Wegen morgen, du weißt schon, dieses Casting, das die Agentur eingefädelt hat.«

Jone lacht. »Du bist immer nervös, dabei hast du gar keinen Grund dazu. Das eben war richtig gut, du brauchst absolut nicht aufgeregt zu sein, schon gar nicht wegen morgen. Das machst du mit links. Bestimmt bekommst du den Job als Songwriterin, die wären ja blöd, wenn sie ihn dir nicht geben würden. Und sie wissen, du hast Talent, immerhin warst du auf der Juilliard«, sagt er.

Ja, ich hatte es auf die Juilliard geschafft und dieses unglaubliche Studium absolvieren dürfen. Es öffnet mir einige Türen, dass ich an dieser großartigen Uni studiert habe, aber so richtig Glück hatte ich bisher nicht. Zudem habe ich einen Berg an Schulden, den ich nun auch noch abbezahlen muss. Ich seufze.

Ja, ich habe damals viel Geld von Tad im Umschlag gefunden. Und ja, ich würde lügen, wenn ich behaupte, den Gedanken, es zu benutzen, noch nie gehabt zu haben. Verzweifelt genug war ich schon das ein oder andere Mal. Aber es zu verwenden, würde für mich in gewisser Weise bedeuten, dass ich ihm verziehen hätte … dass das das Honorar für unsere Liebe wäre. Niemals will ich mit so einem Tauschgeschäft etwas zu tun haben.

»Ja, wir werden sehen. Wäre schön, wenn es mal klappt.«

»Nur Geduld, Liebes. Das wird. Ich glaube an dich und deine Songs, tu du es auch.«

Jone ist einfach ein Unikat. Mit seinen langen braunen Haaren, die er zu einem Dutt gebunden hat, und den vielen Tattoos wirkt er eigentlich wie jemand, der in ein Modemagazin gehört oder auf Instagram mindestens hunderttausend Follower haben sollte. Wäre er dreißig Jahre jünger, dann wäre das auch ganz sicher so. Doch Jone legt auf solche Dinge absolut keinen Wert. Ich glaube, es gibt keinen besseren Ort für ihn als diese Bar. Er ist das *Jone's*. Er hat den Laden vor über zwanzig Jahren eröffnet und mittlerweile zu einem der bekanntesten und beliebtesten Treffpunkte für Musikfans in ganz New York gemacht. Irgendwann hat er mir mal erzählt, dass es schon immer sein größter Traum war, einen Ort zu schaffen, an dem Musik gemacht wird und wo sich Menschen aus den unterschiedlichsten Schichten begegnen. Einen Ort, der Geschichten schreibt, der magisch ist und Wunder vollbringt. »Wunder sind möglich, vor allem in New York.« Diesen Satz habe ich nun schon so oft von ihm gehört, und da er von Jone kommt, kann ich ihn durchaus auch glauben.

Während ich mir eine meiner dunklen Haarsträhnen aus dem Gesicht streiche, sehe ich mich um. Mein Blick schweift über all die Leute, die sich hier tummeln. Männer in Anzügen mit glänzenden Schuhen, andere wiederum in Hoodies und tief sitzenden Jeans oder in ganz normaler Straßenkleidung. Frauen sowohl in hohen Schuhen mit viel Schmuck als auch in legeren Sneakers. Ja, Jone ist das, was er sich vorgenommen hatte, ohne Zweifel gelungen. Nicht ohne Grund will im *Jone's* jeder auftreten.

Umso glücklicher bin ich, hier einen Stammplatz zu haben, denn das ist alles andere als selbstverständlich und, wenn ich so darüber nachdenke, vielleicht mein ganz persönliches Wunder. Nie hätte ich gedacht, dass ich dieses Glück mal haben könnte, als ich vor fünf Jahren mit meinem Traum, Musikerin zu werden, im Gepäck hierher in die große Stadt am Hudson River gekommen bin, um mein Studium zu beginnen. Denn New York ist riesig, mit Millionen unterschiedlichster Menschen, von denen jeder seine ganz persönliche Geschichte und seinen eigenen Traum hat. Ich spüre Dankbarkeit und atme tief durch.

»Alles okay? Hängst du wieder deinen Gedanken nach?«, will Jone wissen.

Ich kann mir ein Lächeln nicht verkneifen. »Vielleicht ein wenig.«

»Willst du was trinken? Einen Manhattan?«

»Danke, nein. Ein Wasser reicht völlig. Ich muss morgen fit sein und deine Mischung ist tödlich.«

Er grinst. »Na schön, dann ein Wasser für dich.«

Ich folge ihm an die Bar. Kurz denke ich noch daran, dass ich eigentlich mehr über den geheimnisvollen jungen Mann herausfinden wollte, um endlich sicherzustellen, dass er nicht Tad ist. Oder eben vielleicht doch. Aber als ich einen Blick in den hinteren Teil des Raumes werfe, ist er bereits verschwunden. So wie immer. Also verwerfe ich den Gedanken, stehe stattdessen wenige Schritte später am Tresen und klettere auf einen der hölzernen Barhocker.

Dennoch lässt mir das Ganze noch keine Ruhe, und so suche ich ein weiteres Mal mit den Augen den Raum ab. Aber der Mann ist wirklich nicht mehr zu sehen. Der Tisch, an dem er vorhin noch gesessen hat, ist längst mit anderen Gästen besetzt.

»Wusste ich es doch. Du suchst nach ihm«, stellt Jone fest, während er das Glas Wasser vor mir abstellt.

Ich räuspere mich. »Ach, Unsinn. Nein, ich habe mich gefragt, wo Ray ist. Ist er heute nicht da?«

Ray ist ein Straßenmusiker, den ich hier im *Jone's* kennengelernt habe und den ich auch immer vor meiner Schicht im *Miky's* treffe, einem Diner, in dem ich auch noch nebenbei arbeite, um die Gebühren abzuzahlen und meinen Lebensunterhalt zu sichern.

»Du schwindelst, Mary, ich weiß genau, dass du nach dem jungen Mann Ausschau hältst. Du hast doch selbst gesagt, dass mein Manhattan tödlich ist«, meint Jone mit einem breiten Grinsen.

Ich muss daran denken, wie ich an einem Donnerstagabend zu viel davon gehabt und mich Jone anvertraut hatte. Ich habe ihm von meinen Träumen erzählt und dass ich mich frage, wer der junge Mann ist, der immer hier auftaucht. Und dass ich so froh bin, Jone zu haben, der für mich nicht nur ein Arbeitgeber, sondern auch ein wirklich guter Freund geworden ist. Deshalb habe ich ihm auch von Tad erzählt, nicht viel, aber ich habe ihn als »eine Sommerbekanntschaft damals in Florida« bezeichnet.

Das freche Lächeln, das sich auf Jones Lippen ausbreitet, kenne ich zu gut. Ich weiß, er hat mich durchschaut.

»Um deine Frage zu beantworten: Ray ist heute verhindert, er meinte, er hätte dich gern spielen gehört. Aber es ist angeblich ganz besonders wichtig, und deswegen sollen wir ihm auch nicht böse sein. Ich bin ja gespannt, was dahintersteckt.

Genauso wie es dich nicht loslässt, wer der junge Mann ist«, meint er mit einem Augenzwinkern.

»Na schön«, gebe ich schließlich seufzend zu. »Ich weiß, es ist albern. Weißt du wirklich nicht, wer er sein könnte? Sonst kennst du doch immer alle Gäste.«

Während ich einen Schluck von meinem Wasser nehme, greift er nach einem Glas und wischt es mit einem Tuch aus. »Na ja, alle Menschen, die meine Bar besuchen, kenne ich nun auch wieder nicht, nur die Stammgäste. Außerdem ist dieser Typ ja nie lange hier. Er trinkt höchstens ein Bier, und nach deinen Auftritten verschwindet er immer so schnell, wie er gekommen ist. Ich kann dir da leider nicht weiterhelfen. Und ein Hellseher bin ich auch noch nicht.« Lachend lehnt er sich zu mir vor. »Kleiner Tipp: Wenn du ihn kennenlernen willst, musst du schon selbst versuchen, ihn irgendwie zu erwischen.«

Ich winke ab. »Ach, eigentlich ist es mir ja auch egal. Wer weiß, was ich mir da einbilde. Vielleicht ist es auch besser, es nicht zu wissen.« Ich sehe Jone fest in die Augen. »Für Männergeschichten habe ich sowieso keine Zeit.«

»Keine Zeit für die Liebe? Das ist wirklich zu traurig. Dabei schreibt die Liebe die schönsten Lieder und liefert die beste Inspiration.«

»Das kann schon sein. Aber sie schreibt auch die traurigsten Songs und bringt ganz viel Chaos und Drama mit sich.«

Jone runzelt die Stirn. »Die erfolgreichsten Liebeslieder sind nun mal die traurigsten«, gibt er zu bedenken. »Denk mal an *November Rain* von Guns N' Roses. Oder Roxette, die haben ja auch so viele Liebeslieder. Die singen von wahren Gefühlen.«

»Oder *Tears in Heaven* von Eric Clapton«, ergänze ich. »Das ist auch sehr traurig und berührend.«

Ich muss daran denken, wie Tad mir damals *Free Fallin'* auf der Collins vorgespielt hat. Und wie ich den Song vorhin im Radio gehört habe. Sofort entfalten sich erneut in meinem Kopf gefühlt Hunderte von Bildern aus unserer gemeinsamen Zeit in Florida. Ich spüre den Wind oben auf dem alten Leuchtturm, höre die Klänge der Vergangenheit und bin für einen kurzen Moment wieder weit weg.

Es ist schon faszinierend. Wir fragen uns immer, ob es möglich ist, die Zeit zurückzudrehen, auf eine Zeitreise zu gehen. Dabei ist es so einfach. Mit Musik. Denn jeder hat doch seine persönlichen Songs, die einen wegtreiben. Zum ersten Kuss, zu Liebesnächten, zu Augenblicken, in denen die Tränen nicht trocknen wollten, weil der Herzschmerz oder die Trauer einen fast zerrissen hat. Sie entführen uns in Clubs, in denen wir bis zum Morgengrauen getanzt haben, zu Sonnenuntergängen, Hochzeiten und wichtigen Lebensereignissen, die sie untermalt haben. Und mit jedem Klang erzählen sie vor allem eines: unsere Geschichten, die so vieles beinhalten – auch Menschen, die man verloren hat.

Wieder denke ich an Tad, den ich verloren habe, denke an unsere kurze Geschichte. Wir haben unzählige Lieder zusammen gespielt, ihnen gelauscht. Doch wären wir beide ein Song, dann wäre es ein unfertiger. So, wie es unserer geblieben ist.

»Alles in Ordnung?«

Ich zucke zusammen. »Ja, alles gut.« Ob Jone mir glaubt, weiß ich nicht. »Ich habe wirklich keine Zeit dafür, also für die Liebe«, stammle ich.

Jone seufzt. »Erst dreiundzwanzig und schon so verbittert?«

»Von wegen.« Ich schlucke. »Ich bin nicht verbittert, aber in meinem Leben war es bislang nun mal immer so. Niemand hat je verstanden, warum ich so viel Zeit in die Musik stecke. Selbst meine Familie sieht trotz des Studiums alles nach wie vor kritisch. Sie sind zwar beruhigter, seit sie wissen, dass mit einer Anstellung bei *Corporate Music* regelmäßiges Einkommen einfließen könnte, aber es ist ja noch nichts in trockenen Tüchern. Und auch bei den Männern, die ich bislang kennengelernt habe, war es eben so. Irgendwann gab es immer Streit und Konflikte, die ich echt nicht gebrauchen kann.« Zumindest hat es kein Mann außer Tad verstanden, füge ich in Gedanken hinzu.

»Nun, dennoch finde ich, dass du den geheimnisvollen jungen Mann das nächste Mal ansprechen solltest«, entgegnet Jone. »Allein schon deinem Seelenfrieden zuliebe. Und außerdem ist er ja vielleicht nett, wer immer er auch ist. Lern ihn doch einfach mal kennen, ganz locker. Du sollst ihn ja nicht gleich heiraten. Ein bisschen Spaß reicht manchmal schon. Auch davon handeln Songs. Ja, und wer weiß, vielleicht ist er ja wirklich deine alte Sommerbekanntschaft.« Er lächelt. »Hätte ich meine Sarah damals nicht angesprochen, dann wäre ich sicher nicht so glücklich geworden, wie ich jetzt bin.« Sein Blick wandert zu der Landkarte, die er zusammen mit Sarah hinter dem Tresen aufgehängt hat. »Ich hätte auch nie gedacht, dass ich eine Frau finde, die das alles hier aushält und so geduldig wartet. Aber ich sage dir eines: Irgendwann hänge ich diese Weltkarte ab und erkunde das alles mit Sarah im realen Leben.«

Jone und Sarah sind wirklich ein Traumpaar, und ich gönne es ihnen von Herzen, wenn sie sich irgendwann ihren Traum einer Weltreise verwirklichen. Sie teilen die gleichen Leidenschaften. Man kann es erst nicht glauben, aber die beiden malen sehr gern und beschäftigen sich mit Kunst. Zudem setzen sie sich für soziale Projekte ein und immer wieder finden auch hier im *Jone's* Veranstaltungen statt. Doch obwohl sie so vieles gemeinsam haben, sind sie nicht immer einer Meinung. Auch das gehört schließlich zu einer Beziehung. Das Wichtigste ist doch, dass man hinter dem Menschen steht, den man liebt, und hinter dem Traum, den er lebt. Und das tut Sarah. Genau wie Jone hinter ihr steht. Denn mal ganz ehrlich, ich weiß nicht, ob jede Frau das über all die Jahre ausgehalten hätte. Das Barleben ist nämlich nicht immer einfach, man denke nur mal an die Arbeitszeiten. Aber Sarah ist da anders.

»Weißt du, Mary«, dringt Jones Stimme in meine Gedanken, »für mich ist Sarah das schönste Lied, das es gibt. Und deswegen, ich …« In seinem Blick ist mit einem Mal etwas, das ich nicht deuten kann. Fragend sehe ich ihn an, und er räuspert sich mehrmals. »Ich muss dir was sagen. Ich habe …«

Doch er kommt nicht dazu weiterzusprechen, denn nun taucht Sarah hinter ihm auf. »Das hast du aber schön gesagt. Und du hast was?«, fragt sie neugierig.

Jone schüttelt den Kopf. »Nichts, alles okay.« Kurz streift sein Blick meinen, und ich habe das Gefühl, dass ihm das, was er mir sagen wollte, wichtig ist. Aber offenbar möchte er nicht, dass Sarah davon erfährt, warum auch immer. Und so antwortet er lediglich: »Ich wollte Mary nur sagen, wie glücklich ich bin, dich zu haben.«

Ich muss schlucken, denn ich spüre die Liebe in seinen Worten.

»Das will ich doch hoffen.« Sarah stellt das Tablett mit den leeren Gläsern auf dem Tresen ab und gibt Jone einen Kuss. Mit ihrem zierlichen Körper und den langen blonden Haaren, die sie zu einem Pferdeschwanz gebunden hat, wirkt sie zwar ein wenig unscheinbar, aber ich weiß, dass Jone nur so stark ist, weil er sie hat. Weil sie ihm nach den stressigen Arbeitstagen und den vielen Schichten, die er absolvieren muss, die Ruhe und Geborgenheit gibt, die ihn erdet und die man nur in der wahren Liebe findet.

»Darauf musst du nicht hoffen, das ist eine Tatsache.« Jone drückt ihr nun ebenfalls einen Kuss auf die Wange.

Sarah wendet sich mir zu. »Und über was redet ihr sonst so?«

»Wir haben über Musik gesprochen«, erklärt Jone an meiner Stelle. »Ich habe Mary auch gesagt, dass sie sich ruhig mal trauen und sich auf die Liebe einlassen soll.«

»Ah, und wie seid ihr darauf gekommen? War der Unbekannte wieder da?« Sarah wirft mir einen verschwörerischen Blick zu, und ich muss lächeln. Sie hat damals meinen Gefühlsausbruch miterlebt, der eindeutig dem Manhattan geschuldet war.

»Ja, er war hier. Aber ich habe Jone gerade schon gesagt, dass ich daran kein Interesse habe.«

Sarah nimmt sich ein Glas und schenkt sich Tonic Water ein. »Ja, Männer bringen das Leben ganz schön durcheinander. Aber sei mal ganz ehrlich, Mary, wir verdanken ihnen auch viel Positives.« Ihr Blick wandert zu Jone, der gerade einem Gast ein Bier serviert. »Ja, sie sind anstrengend, ab und an auch mürrisch. Aber sie bringen uns auch im positiven Sinne um den Verstand. Bedenk mal die Schmetterlinge im Bauch, die sie auslösen können. Dieses Flattern … oder ein heißes Prickeln«, sie zwinkert mir zu, »doch dazu muss man sich auf sie einlassen und mit ihnen ausgehen. Wann warst du denn zum letzten Mal mit einem Mann aus?«

Die Frage trifft mich unvorbereitet, aber ich versuche, es mir nicht allzu sehr anmerken zu lassen. »So lange ist das noch nicht her, ich glaube …«

Jone ist mittlerweile wieder zu uns getreten und unterbricht mich. »Also sehr lange.«

»Ihr beide seid schrecklich, wisst ihr das?« Ich greife nach meinem Wasser und nehme eilig einen Schluck. »Aber wie auch immer, es ist egal, denn alles, was momentan für mich zählt, ist nun einmal die Musik. Da ist kein Platz für Schmetterlinge. Und meinen Verstand brauche ich auch, vor allem für das Casting morgen. Sonst kann ich nämlich meine Miete nicht bezahlen. Von Luft und Liebe lebt keiner.«

Sarah lacht. »Da hast du dich jetzt aber geschickt aus der Affäre gezogen.«

»Nicht wahr?« Jetzt zwinkere ich ihr zu. »Aber mal im Ernst. Ich meine, Songwriterin bei *Corporate Music* ist kein so schlechter Job. Ich hätte ihn schon gern.«

»Das packst du sicher mit links.«

»Ich hoffe es. Wäre gut für meine noch fälligen Studiengebühren.«

Ja, die Gebühren. Sie sind da und sie bleiben. Kurz denke ich erneut an das Geld von Tad – und schiebe den Gedanken rasch weg.

Jone winkt ab. »Das ist ja nicht alles, was zählt. Und überhaupt, was heißt hier hoffen. Ganz ehrlich, wenn du morgen beim Casting auch so einen Auftritt hinlegst wie eben und ihnen diesen Song präsentierst, dann können alle anderen einpacken. Oder, Sarah? Mary war doch großartig, und ihr neuer Song ist wirklich absolute Klasse. Sehr gefühlvoll. Mich würde es sehr wundern, wenn er bei Instagram nicht wieder eine Menge Likes bekommt.«

»Das sehe ich genauso«, pflichtet Sarah ihm bei. »Du packst das, daran habe ich keinen Zweifel.«

»Wie lieb von euch.« Ich atme tief durch. »Aber ich weiß auch, dass es schwer wird. Da sind sicherlich wieder viele gute Musiker am Start.«

Jone mustert mich eindringlich. »Konkurrenz gibt es überall. Und verbeiß dich nicht. Wenn es nicht sein soll, dann eben nicht, dann öffnet sich irgendwo eine andere Tür. Das ist ja das Schöne im Leben. Und an New York. Alles ist vielfältig und voller Überraschungen. Nichts, was du erlebst, ist umsonst, auch wenn du im ersten Moment glaubst, dass es unnütz war.«

»Okay, ich werde daran denken.«

»Gut so. Du machst das schon. Denn du bringst alles mit, der Rest ergibt sich dann. Und mal im Ernst, du hast als Musikerin schon so viel geschafft. Das spricht für dich, und es ist ja auch nicht einfach hier in New York. Du hast bereits über zehntausend Fans auf Instagram und neben denen hier im *Jone's* auch noch andere Auftritte. Das hast du dir erarbeitet.«

»Stimmt, ich habe bereits einiges dafür getan, und ich liebe es auch, dass es die Möglichkeit auf Instagram gibt. Dort kann ich meine Musik zeigen und sie wird geteilt.« Ich seufze. »Aber sag das alles mal meinen Eltern.«

Jone sieht mich an. »Immer noch so schlimm?«, will er wissen und ich zucke mit den Schultern.

»Was heißt schlimm. Ihre Skepsis kennt keine Grenzen, dabei habe ich ihnen sogar die Schulden verschwiegen, weil ich absolut keine Lust auf ihre Predigten habe.« Ich winke ab.

»Irgendwann wird das schon, du wirst sehen«, muntert Jone mich auf und Sarah greift nach meiner Hand. »Wir glauben jedenfalls an dich. Alles ist möglich.«

Ich nicke. Ja, alles ist möglich, und genau jetzt will ich auch daran glauben. Wäre da nicht …

»Jone?« Ich sehe ihn fragend an.

»Ja?«

»Ich weiß, es ist albern, aber …«

»Aber?«

Kurz warte ich noch, dann sage ich es einfach. »Aber ich habe gehört, dass ein gewisser Ethan Blake wohl auch bei dem Casting sein wird. Habt ihr schon mal von ihm gehört?«

»Ja, schon. Der Typ ist sehr wohl sehr eigen, man erzählt sich alles Mögliche über ihn.«

»Angeblich ist er kein Kind von Traurigkeit, ein ziemlicher Aufreißer und Frauenmagnet«, fügt Sarah hinzu. »Trotzdem ist er sehr kamerascheu, sein Account ist wohl privat. Wenn doch irgendwo ein Foto von ihm veröffentlicht wird, tummeln sich darauf die Frauen um ihn, obwohl er angeblich mit dieser Catherine van Irgendwas liiert ist. Eigentlich ein liebes Mädchen, das auch viel ehrenamtlich tätig ist. Wir haben sie mal auf einer Veranstaltung kennengelernt. Ihre Familie ist ebenso reich wie die Familie Blake.«

»Wer weiß, ob das alles stimmt«, gibt Jone zu bedenken. »Ich glaube eher, dass er ebenfalls sein Päckchen zu tragen hat. Sein Vater wirkt ja nicht gerade wie die Herzlichkeit in Person.«

»Das kann durchaus sein. Er wirkt sehr in sich gekehrt«, meint Sarah nachdenklich. »Und dann immer diese Sonnenbrille, die er trägt. Entweder hat er etwas zu verbergen, oder er will sich selbst dahinter verstecken.«

Damit hat sie vielleicht gar nicht so unrecht. »Aber warum sitzt ausgerechnet so ein Typ in dieser Jury?«, frage ich und blicke zwischen den beiden hin und her.

»Soweit ich weiß, ist die Familie Blake Teilhaber von *Corporate Music.* Er ist wahrscheinlich schlichtweg als Aushängeschild für die Familie da«, vermutet Jone.

»Oder es hat einen anderen Grund«, überlegt Sarah. »Ich habe mal gehört, dass seine Mutter sich für Musik interessiert hat. Vor ihrem Tod hat sie sich sehr für die Förderung von Talenten eingesetzt. Vielleicht ist das bei ihm ja auch der Fall.«

Kurz zucke ich zusammen. Tad scheint nicht der Einzige zu sein, dessen Mutter sich vor ihrem frühen Tod für Musik begeistert hat.

Sarah lächelt mich an. »Wie auch immer, Mary, davon darfst du dich nicht aus der Ruhe bringen lassen. Ob du den Job bekommst oder nicht, liegt ja nicht an diesem Ethan Blake. Du hast Talent; wenn sie das nicht erkennen, sind sie ehrlich gesagt selbst schuld. Und falls dich dieser Kerl nervös macht«, sie kommt näher zu mir heran, »dann stell ihn dir einfach nackt vor. Ohne Kleidung sind wir alle gleich.« Sie zwinkert mir zu, und ich muss lachen, vor allem, als ich dann noch Jones Gesicht sehe.

»Du stellst dir andere Männer nackt vor? Ihr Frauen seid wirklich schrecklich«, meint er, woraufhin Sarah ihm fröhlich einen Kuss auf die Lippen drückt.

»Na, wenn es hilft …«, antworte ich und stehe auf. »Ich werde versuchen, daran zu denken. So, ich mache mich dann mal auf den Weg nach Hause.«

Ich will Jone das Geld für meine Getränke auf den Tresen legen, aber er schiebt meine Hand weg. »Lass dein Geld bei dir. Wir wünschen dir für morgen viel Erfolg. Du schaffst das.« Er streckt den Daumen nach oben, und Sarah tut es ihm gleich.

»Wir drücken alle vier Daumen. Und vergiss nicht von wegen nackt und so«, fügt sie grinsend hinzu.

Ich greife nach meinem Gitarrenkoffer und hänge ihn mir über die Schulter. »Ich werde daran denken. Also bis nächste Woche, ihr zwei.« Dann winke ich den beiden noch mal zu und verlasse schließlich das *Jone's*.

Als ich ins Freie trete, empfängt mich die für Ende Februar in New York typische Kälte. Der Winter liegt noch ein bisschen über allem, und ich bleibe einen Moment stehen und blicke in den Himmel. Trotz der Helligkeit, die aufgrund der vielen Lichter in der Stadt herrscht, sind hier und da ein paar Sterne zu sehen. Sie leuchten – so wie meine Hoffnung, dass ich, wenn ich nächsten Donnerstag wieder hier stehe, meinem Ziel ein gutes Stück näher gekommen bin.

Ich denke an Jones Worte, dass ich einfach entspannt an die Sache rangehen soll, dass die Dinge so kommen werden, wie sie es sollen. Ich glaube, das ist wirklich die beste Strategie. Dabei fällt mir ein, dass er mir ja noch etwas sagen wollte. Ich werde ihn einfach beim nächsten Mal danach fragen.

Ich werfe einen letzten Blick in den Himmel, bevor ich losgehe. Ja, in einer Woche wird alles anders sein, ob besser oder schlechter, ich weiß es nicht. Es wird so sein, wie es sein soll. Aber in wenigen Stunden werde ich zumindest alles geben, um den Sternen am Himmel ein bisschen näher zu kommen.

Kapitel 11

Vom *Jone's* brauche ich nur gute zwanzig Minuten zu dem Haus, in dem ich lebe. Es ist ein typisches New Yorker Backsteinhaus, mit einer roten Feuerleiter, einem klapprigen alten Fahrstuhl, den ich nur selten benutze, und auch der Putz an den Wänden könnte gut und gern mal wieder erneuert werden. Trotz mancher Makel liebe ich es hier, denn das Haus hat Charme. Ecken und Kanten – so wie meine Mitbewohnerin Sam und ich ebenfalls einige haben.

Um uns herum ist immer Leben und Lärm, was ich mittlerweile genieße. Zwar musste ich mich in den ersten Wochen wirklich daran gewöhnen, denn in Florida ist das Leben sanfter, die Menschen sind ruhiger und entspanner. Man ist weniger von der Stadt getrieben als vom Meer. Doch es dauerte nicht lange, bis ich die Stadt mehr als lieb gewonnen habe. Sogar den Winter. Manchmal, wenn ich nicht schlafen kann, setze ich mich auf das Dach unseres Hauses, blicke über die Stadt, auf die vielen Lichter der Wolkenkratzer, lausche dem Verkehr, spiele Gitarre und beobachte das nächtliche Treiben. Ich stelle mir vor, ich säße auf dem alten Leuchtturm, den ich zu Hause so geliebt habe, und die Stadt unter mir wäre das Meer. Ich male mir dort oben so vieles aus. Hin und wieder frage ich mich auch, wie mein Leben wohl in fünf Jahren aussehen wird. Ob ich dann irgendwo auf einem anderen Dach oder womöglich wieder auf einem Leuchtturm sitzen werde? Ob ich am Ende auf einer Bühne stehen und für die Menschen, die meine Musik lieben, spielen werde, ob mein Traum sich bis dahin erfüllt oder sich in meinem Leben etwas ganz anderes ergeben haben wird?

Als ich vor der Haustür stehe, krame ich im schwachen Schein der Eingangsbeleuchtung in meiner Tasche nach dem kleinen goldfarbenen Hausschlüssel. Zum Glück finde ich ihn gleich, dann schließe ich die Tür auf, schultere wieder den kurz abgestellten Gitarrenkoffer und steige die Treppen nach oben in den achten Stock, denn dort befindet sich unser Apartment – nur eine Etage unterhalb des Daches, auf dem ich hin und wieder neue Songs schreibe.

Oben angekommen, fällt mein Blick auf die bunte Fußmatte vor der Wohnungstür. Sam hat sie vor geraumer Zeit auf einem Flohmarkt ergattert. Sie hat eine Schwäche dafür, nach alten Gegenständen zu stöbern. Mit einem Lächeln will ich den Schlüssel ins Schloss schieben, doch da wird die Tür schon von innen aufgerissen, und Sam strahlt mich erwartungsvoll aus ihren dunkelgrünen Augen an. »Da bist du ja wieder. Sag mal, hast du eine Ahnung, wo diese verflixte Nagelfeile ist? Ich suche sie die ganze Zeit, ich wollte mir doch die Nägel machen, aber weg ist sie!«, ruft sie mir entgegen. Mittlerweile hat sie ihre dunklen lockigen Haare zu einem Zopf geflochten. Ihre Lippen sind rot geschminkt, und zu dem ebenfalls roten Top mit der Aufschrift *Glam Club* trägt sie eine dunkelblaue Jeans und hohe goldene Schuhe. In diesem Aufzug wirkt sie so farbenfroh wie die Fußmatte vor unserer Tür. Das ist eben Sam. Wie schon gesagt, fröhlich, bunt und Chaos pur.

Mit ihrer quirligen Art passt sie wie die Faust aufs Auge zu New York und vor allem in mein Leben. Sam arbeitet als Kellnerin in einem angesagten VIP-Club, der bis in die

Morgenstunden geöffnet hat. Dementsprechend sind ihre Arbeitszeiten recht ungewöhnlich. Ich dachte, sie hätte heute frei, aber anscheinend doch nicht.

»Die haben mir vorhin geschrieben, ob ich eine Schicht tausche«, sagt sie, als mein Blick über ihr Shirt wandert und ich nicke.

»Aber sorry, eigentlich total egal, was mit dieser blöden Feile ist, erzähl lieber, wie war dein Auftritt? Kam der neue Song gut an? Ich habe ganz fest an dich gedacht. Während ich nicht nach der Feile gesucht habe.« Sie zwinkert mir zu und nimmt mir den Gitarrenkoffer ab. Dann folge ich ihr in unsere Wohnung, wo sie den Koffer unter der Garderobe abstellt, die eigentlich nur aus ein paar Haken besteht. Während ich meine Jacke aufhänge, stupst sie mich an. »Jetzt sag schon.«

Lachend drehe ich mich zu ihr um. »Was wolltest du noch mal wissen? Wo die Nagelfeile ist? Ich überlege, also …«

Sie grinst. »Jetzt sag.«

»Na schön. Es war gut. Klar war ich erst sehr nervös, aber es lief wirklich super, und am Ende haben sie geklatscht.«

Gemeinsam betreten wir die Wohnküche. In unserer kleinen Chaoswohnung ist alles bunt und wild zusammengewürfelt. Das Sofa ist alt und schon etwas durchgesessen, aber unheimlich bequem. Sam hat es bei einer Wohnungsauflösung im vierten Stock ergattert. Ich liebe die Flickendecke, die darauf liegt, die bunten Kissen, die sich von dem braunen Stoff abheben, den kleinen, aber feinen runden Holztisch, auf dem wir ein paar Kerzen stehen haben und der ein Geschenk meiner Mum ist.

»Zum Glück hast du den Song gespielt«, sagt Sam. »Ich finde ihn so wahnsinnig schön. Wie bist du denn überhaupt darauf gekommen? Ich meine, schon diese eine Zeile, in der du hoffst, dass der Klang der Musik ihn einmal zurückbringen wird …« Sie seufzt laut hörbar auf, während ich mir ein

Glas aus dem eierschalenfarbenen Hängeschränkchen hole. Ich denke daran, wie greifbar die Erinnerung noch vor wenigen Stunden war. Und dass der Song mit Tad zu tun hat, aber das ist mein Geheimnis.

»Handelt der Song eigentlich von jemand Bestimmtem?«

Ich zucke zusammen und hoffe gleichzeitig, dass sie es nicht bemerkt. Denn auch wenn ich Sam sonst alles erzähle, von Tad habe ich noch nie gesprochen. Ich weiß nicht, warum. Vielleicht, weil das Ende der Geschichte zu sehr geschmerzt hat und weil ich Angst habe, kaum vernarbte Wunden wieder aufzureißen, wenn ich daran denke. Jone und Sarah haben ja auch nur wegen des Manhattans davon erfahren und nicht wirklich alles. Obwohl sie bestimmt ahnen, dass es mehr als nur eine Sommerbekanntschaft war.

Um ehrlich zu sein, ich war mir gar nicht sicher, ob ich wirklich darüber singen soll, doch als ich es dann getan habe, war es ein gutes Gefühl. Als würde ich anfangen, all das zu verarbeiten.

»Ähm, nein«, stammle ich, »einfach so ganz allgemein.«

Ich weiß nicht, ob sie mir glaubt, aber für den Augenblick muss sie es.

Um ein wenig Zeit zu gewinnen, gehe ich zum Kühlschrank und gieße mir ein Glas Milch ein, bevor ich mich wieder Sam zuwende, die an der kleinen Theke lehnt. »Die Nagelfeile lag übrigens in dem kleinen Schälchen im Badezimmer, als ich sie zuletzt gesehen habe«, sage ich.

Sam beginnt zu strahlen. »Perfekt, ich schau gleich mal nach.« Sie verschwindet ins Bad und kommt keine Minute später wieder zurück – ohne Nagelfeile. »Da lag sie nicht mehr. Keine Ahnung, wo ich sie hingeräumt habe. Ist aber auch nicht so wichtig. Und, bist du jetzt nervös wegen morgen, oder hat dein Auftritt im *Jone's* die Aufregung etwas genommen?«, will sie wissen.

»Na ja, ich bin trotzdem nervös. Nur weil der Song heute gut angekommen ist, muss das morgen nicht automatisch so sein. Aber ich hoffe es natürlich.«

»Bestimmt, zumindest hast du die Aufgabe erfüllt. Und die war ja, einen Song für das Casting zu schreiben, um zu zeigen, dass man unter Druck und in kurzer Zeit etwas abliefern kann.«

Ich nicke. »Ja, schon. Ich muss gelassen sein. Jone meinte auch, dass es schon werden wird und dass alles seinen Sinn hat. Trotzdem …«

»Jone hat recht. Sei ganz entspannt. Du musst da genauso locker rangehen wie sonst auch immer bei deinen Auftritten in der Bar. Und falls du dir noch immer Gedanken wegen dieses Ethan Blake machst«, Sam hebt die Hand und winkt ab, »pfff, bitte, der kocht auch nur mit Wasser, glaub mir. Diese reichen Typen sind so. Ich erlebe sie im Club beinahe täglich, ihn eingeschlossen. Der Kerl hat echt Komplexe. Ich meine, der trägt seine Sonnenbrille selbst im Club. Wie albern ist das denn? Er ist sowieso komisch, immer so in sich gekehrt. Manchmal wirkt er sogar total abwesend.«

»Schon, aber trotzdem bin ich nervös. Allein sein Ruf, so launisch zu sein. Was, wenn er morgen irgendwas an mir auszusetzen hat?«

»Er soll wirklich nicht einfach zu haben sein«, meint Sam nachdenklich. »Und zudem noch arrogant.«

Ich seufze. »Das wird ja immer besser.«

»Aber du darfst dich nicht davon einschüchtern lassen. Du machst dein Ding, hast einen tollen Song, bist vorbereitet, hast echt was vorzuweisen, also sei ganz entspannt.«

»Na gut, ich werde es versuchen. Ein Nein habe ich schon, ich kann mir nur noch ein Ja holen, oder?«

»Genau das ist die richtige Einstellung.« Mit einem Lachen sorgt sie dafür, dass ich mich nun ein wenig besser fühle.

Das liebe ich an Sam ebenfalls, diese Unbeschwertheit, mit der sie es schafft, Räume zu füllen. Mit ihr ist vieles einfach leichter. So ist das überhaupt mit Freunden. Sie nehmen einem vieles ab.

»Ah, da ist sie ja, dieses kleine Biest.« Sie hebt die Nagelfeile hoch, die auf der Ablagefläche in der Küche wohl zwischen das Geschirr gerutscht war.

»Na also, dann kannst du sie dir ja wenigstens noch feilen.«

Sie nickt und fängt auch gleich schon an, sich die Nägel zu richten. In der Küche. Ich werfe ihr einen Blick zu und sie stoppt.

»Sorry, jedenfalls, mach dir keine Gedanken, und jetzt ab ins Bett, damit du morgen fit bist.«

»Ja, Mama.« Ich nicke brav, woraufhin sie kichert und mir über den Tresen hinweg mit der Feile zart in die Brust pikt.

»Und wer weiß, am Ende ist dieser Blake so entzückt von dir, dass er dir verfällt, mit Haut und Haaren.«

Ich rolle mit den Augen. »Ja, sicher.«

»Warum nicht? Würde dir sowieso nicht schaden, mal wieder ein bisschen Spaß zu haben.«

Ich spüre, wie meine Wangen warm werden. »Jetzt fang du nicht auch noch davon an. Jone und Sarah haben vorhin auch schon so ähnlich auf mich eingeredet.«

»Das heißt, der geheimnisvolle Unbekannte war wieder da?« Sofort weiten sich Sams Augen. »Hast du ihn heute aus der Nähe gesehen?«

Ich bereue es ehrlich, dass ich Sam von ihm erzählt habe. Zwar habe ich ihr nicht verraten, dass ich denke, er könnte Tad sein, denn dann hätte ich überhaupt von ihm erzählen müssen. Dennoch ist sie seitdem überzeugt davon, dass der Typ etwas mit meinem Schicksal zu tun hat. Und vor allem glaubt sie, dass alles eine tiefere Bedeutung hat. Sie liebt dieses Schicksalszeug. Ab und an legt sie sogar Karten oder pendelt. Ich hingegen sehe das eher als Spaß an, und mit einem Glas Wein oder einem Manhattan zu viel ist es durchaus spannend, sich irgendwelche Theorien auszumalen. Aber das ist nicht das reale Leben. Denn in Wahrheit hat es absolut nichts zu bedeuten.

Sie mustert mich intensiv, während ich die Stirn runzele und versuche, streng zu wirken, was mir natürlich nicht gelingt. Nicht bei Sam. Und schließlich, nachdem sie beide Augenbrauen abwechselnd anhebt, grinse ich auch.

»Jetzt hör schon auf, mich so anzusehen. Ja, er war da, aber er war wie nach jedem Auftritt gleich wieder verschwunden. Und ja, ich habe vielleicht kurz überlegt, zu ihm zu gehen. Aber dann kam Jone dazwischen und hat mich in ein Gespräch verwickelt, na ja, dann war der Mann sowieso schon wieder weg. So wie immer eben. Im Prinzip ist es auch besser so und vernünftiger.«

»Vernünftiger?«

Ich weiß, dass Sam das nicht verstehen kann, aber ich weiß auch, wie schwer ein gebrochenes Herz heilt und dass es lange dauert. Ich habe das bereits erlebt, und gerade habe ich echt keinen Nerv für gebrochene Herzen. Denn sie tun nicht nur weh, sie lenken auch zu sehr ab.

In dieser Hinsicht sind Sam und ich total verschieden. Sam hat regelmäßig Dates mit Männern, chattet mit ihnen und hat auch immer wieder mal eine lockere Affäre. Theoretisch finde ich das aufregend, ich kann mir das in meiner Fantasie auch ausmalen, aber ich denke, dass ich mit diesem Gefühlschaos auf Dauer nicht klarkommen würde.

»Um den Richtigen zu finden, muss das Herz auch ab und zu brechen«, hat Sam mir irgendwann einmal gesagt. »Die Liebe ist eben bittersüß, und der Schmerz gehört dazu.« Sicher hat sie ein Stück weit recht damit. Aber ich möchte mein Herz einfach nur schonen. Denn der Bruch, den es damals erlebt hat, war schmerzhaft genug. Ich habe wirklich gelitten, und das kann ich momentan einfach nicht gebrauchen.

»Das ist echt so spannend«, reißt sie mich aus meinen Gedanken zurück. »Ich wüsste zu gern, wer der Typ ist. Und wenn er dich neugierig macht, heißt das ja schon was. Dass vielleicht mehr dahintersteckt?«

Ich atme tief durch. »Nein, da steckt nicht mehr dahinter. Ich fand es einfach spannend, dass er anscheinend immer nur am Donnerstag zu meinen Auftritten kommt. Wie gesagt, es ist gut, so wie es ist. Kein Bedarf. Und mal ehrlich, irgendwie ist das auch unheimlich, oder? Wer weiß, ob er nicht so ein verrückter Stalker ist.«

»Unsinn, wir sind in New York, Schätzchen. Wenn schon, dann ist er ein Serienkiller.« Bei den letzten Worten ist ihre Stimme ganz tief und düster geworden.

Belustigt ziehe ich eine Augenbraue nach oben. »Das klingt wirklich viel besser. Nun bin ich beruhigt. Danke, liebe Sam.«

Jetzt müssen wir beide lachen.

»Quatsch, Mary, jetzt mal im Ernst. Wahrscheinlich ist er ein verkappter Superheld, der nicht enttarnt werden darf und nachts durch die Bars schleicht, weil er … ach, keine Ahnung, irgendwas sucht.«

»Aha. Und was soll er suchen?«

»Den Klang deiner Stimme.« Sie kichert, und ich rolle mit den Augen. »Wo bleibt denn deine Fantasie, Mary? Der arme Kerl hat sich vielleicht wirklich unsterblich in deine Musik verliebt, und jetzt wartet er die ganze Woche sehnsüchtig darauf, dass endlich Donnerstag ist und er deine Stimme wieder hören darf.«

»Du solltest wirklich ein Buch schreiben, Sam. Bist du dir auch tatsächlich sicher, dass du Anwältin werden willst? Du, eine brottrockene Anwältin?«

Sie grinst. »Klar. Wer boxt dich sonst aus unangenehmen Situationen raus? Glaub mir, als Musikerin wirst du noch dankbar sein, mich an deiner Seite zu wissen.«

»Das bin ich so oder so«, entgegne ich.

Sam wirft einen Blick auf ihre Armbanduhr und sieht dann hektisch zu mir auf. »Mist, ich muss dann mal, meine Schicht geht gleich los.« Eilig rennt sie hinaus in den Flur, schnappt sich dort ihre Jacke und ihre Tasche, bevor sie doch noch mal den Kopf zur Küchentür hereinsteckt. »Ich bin dann mal weg. Und du huschst jetzt wirklich ins Bett, hörst du? Damit du morgen fit bist und es allen zeigen kannst.«

»Zu Befehl, Mama.«

»Gut so. Und morgen, wenn du zurück bist, koche ich uns was Schönes, dann feiern wir.« Sie streckt den Daumen nach oben. »Glaub mir, du wirst sie umhauen, weil du es dir einfach verdienst und weil du so hart dafür gearbeitet hast.« Schließlich reißt sie die Wohnungstür auf und wirft sie hinter sich ins Schloss.

Ich bin so froh, diesen Menschen in meinem Leben zu haben, und wünsche mir nichts auf der Welt mehr, als dass sie recht hat.

Nachdem Sam gegangen ist, trinke ich meine Milch noch aus, checke meinen Instagram-Account und lade das Video meines heutigen Auftritts hoch, das Jone gedreht und mir inzwischen schon zugeschickt hat – mit dem Hinweis, dass ich morgen ganz entspannt sein soll. Ich sende ein Smiley und ein Herzchen zurück. Kurz überlege ich, ob ich ihn darauf ansprechen soll, dass er mir ja noch was sagen wollte, tue es dann aber doch nicht. Sicher ist es besser, wenn ich das von Angesicht zu Angesicht mache.

Schließlich sehe ich mir die ersten Reaktionen auf Instagram an. Sofort bekomme ich einige Likes und positive Kommentare für das Video und ich liebe das. Es ist wirklich faszinierend, dass man heutzutage gerade im künstlerischen Bereich eine solche Möglichkeit hat, auf sich aufmerksam zu machen. Natürlich ist es noch ein weiter Weg, aber dennoch freue ich mich über die lieben und aufmunternden Nachrichten, die ich oft erhalte.

Als ich fertig bin, gehe ich ins Bad, schminke mich ab und schlüpfe in meinen Pyjama, der aus blauen Shorts und einem weißen Shirt besteht. Kritisch betrachte ich mich im Spiegel. Irgendwie sieht man mir die Nervosität doch an. Aber es wird schon werden, rede ich meinem Spiegelbild gut zu. Und wenn mich dieser Ethan Blake zu sehr nervös macht, kann ich ja immer noch Sarahs Taktik anwenden und ihn mir nackt vorstellen.

Mit diesem Gedanken lege ich mich ins Bett und schlafe wider Erwarten relativ schnell ein. Am Ende wirbelt nur noch ein Gedanke durch meinen Kopf: Was habe ich denn zu verlieren? Nichts. Es verliert doch nur derjenige, der es erst gar nicht versucht. Ja, was auch immer mich erwartet, das Leben wird es schon richten. Ich bin jedenfalls bereit dazu.

Kapitel 12

Mein Puls geht viel zu schnell, als ich die Bühne betrete und mich vor die Jury stelle, die etwas abseits in einem abgedunkelten Bereich des Saales sitzt. Mich hingegen umfängt grelles Scheinwerferlicht, weshalb ich die Gesichter der Jurymitglieder nicht allzu gut erkenne, was vielleicht gar nicht so schlecht ist. Dann werde ich wenigstens nicht von ihren kritischen Blicken abgelenkt.

Was auch immer passiert, es wird gut gehen. Mit diesem Satz habe ich mich heute Morgen erneut motiviert, und ich versuche es auch noch weiter. Doch die Nervosität nimmt mich mehr und mehr gefangen.

Die Jury setzt sich aus drei Leuten zusammen: aus einem älteren Herrn mit weißem Haar, der sich mir als Gilbert McNeill vorstellt, aus einer gewissen Adriana Lane, einer freundlich wirkenden, etwas pummeligen Dame mit einem hübschen bunten Schal, und aus einem Mann in einem schicken schwarzen, unübersehbar edlen Anzug, dessen ganze Körperhaltung zeigt, dass er keine besonders große Lust hat, hier zu sein. Seine Augen versteckt er hinter einer dunklen Sonnenbrille.

Ethan Blake.

Mein Herz hämmert nun heftig in meinem Brustkorb, obwohl ich das doch gar nicht will. Ich kann jetzt nur mein Bestes geben, sage ich mir, um mich weiter zu motivieren, aber ganz so leicht gelingt mir das nicht. Mein Körper ist voller Adrenalin, alles in mir kribbelt. Tief durchatmen, das hier ist meine Chance, und die werde ich jetzt auch nutzen. Entschlossen balle ich die Hände zu Fäusten und versuche, meinen Herzschlag irgendwie unter Kontrolle zu bekommen.

Ich räuspere mich mehrmals, um den Kloß in meinem Hals zu verbannen. »Hallo, ich bin Mary O'Hanna und freue mich wirklich sehr über diese Chance, hier meinen eigenen Song vorstellen zu dürfen. Es war schon immer mein Traum, Musikerin zu werden, und ich würde sehr gern für *Corporate Music* arbeiten.« Mein Blick schweift erneut zur Jury. Die Frau nickt, auch der Mann mit den weißen Haaren wirkt aufmerksam. Von Ethan Blake hingegen kommt keine Regung. Gelangweilt sitzt er da, mit gesenktem Kopf, und blickt auf das Papier vor sich. Sicherlich mein Vorstellungsbogen. Und jetzt? Soll ich einfach anfangen?

Die Zeit zieht sich wie Kaugummi, bis Ethan Blake den Kopf hebt und wohl in meine Richtung blickt – ob das tatsächlich so ist, kann ich aufgrund seiner dunklen Brille nicht sagen. »Miss Mary O'Hanna also«, sagt er. Seine raue, aber bestimmend klingende Stimme dringt durch den Raum und vibriert durch meinen Körper. Irgendwie kommt sie mir kurz bekannt vor, aber ich verwerfe den Gedanken.

»Ja, die bin ich«, antworte ich. Noch immer scheint sein Blick auf mir zu haften. Das mit der Sonnenbrille ist wirklich albern, doch ich versuche, nicht weiter darüber nachzudenken. Zudem erkenne ich ihn sowieso nicht gut genug wegen des Lichts.

»Sie haben also einen Song vorbereitet? Und würden gern als Songwriter für unser Unternehmen arbeiten?«, fragt die Frau, Adriana Lane, neben ihm.

»Ja, das ist richtig.«

»Nun, Sie haben auf der Juilliard studiert, wir sind schon gespannt, was sie uns nun präsentieren. Also dann.« Sie blickt in die Runde. »Los«, sagt sie und lehnt sich zurück.

Auch Ethan Blake scheint zu nicken. Dann sehe ich nur, dass auch er sich zurücklehnt, genauso wie der Mann mit den weißen Haaren.

Okay, Mary, jetzt musst du dich zusammenreißen, einfach ganz ruhig spielen und dein Bestes geben. Die Jury besteht ja nicht nur aus ihm. Auch wenn er dich nervös macht.

Fest entschlossen greife ich nach der Gitarre, schließe kurz die Augen und stelle mir vor, ich wäre im *Jone's*. Dann öffne ich die Augen wieder und fange an zu spielen. Ganz zart lasse ich meine Finger über die Saiten wandern, und die ersten Klänge, die sogleich den Raum fluten, beruhigen mich etwas. Das Lied liegt mir am Herzen, und ich will es gut machen.

Es gelingt mir tatsächlich, alles andere auszublenden. Die Melodie treibt mich weg von hier, und es ist wirklich beinahe wie im *Jone's*. Der Knoten in meinem Magen löst sich langsam. Einfach alles geben, mehr kann ich jetzt nicht tun.

Ich lege all mein Herz in den Refrain, sehe abermals zur Jury, und als mein Blick bei Ethan Blake hängen bleibt, bewegt er sich tatsächlich. Er beugt sich kurz vor, stützt sich mit den Ellbogen auf der Tischplatte ab und schlägt die Hände über dem Kopf zusammen. Wenigstens scheint er auf mein Lied zu reagieren, wenn auch auf eine ganz merkwürdige Weise.

Doch schon wenige Sekunden später greift er an seine Jackentasche, zieht ein Telefon heraus und rauscht aus dem Saal.

Okay, das ist jetzt echt respektlos. Was denkt der sich eigentlich?

Ich singe weiter, mit weichen Knien und einem klopfenden Herzen. Das ist nicht gut, denke ich, aber ich bringe es zu Ende.

Mit den letzten Klängen hebt die Frau auch schon die Hand. »Das reicht. Danke für Ihre Zeit, Miss O'Hanna, wirklich sehr nett, wir haben alles und melden uns bei Ihnen, ja?«

Mein Herz setzt für einen kurzen Moment aus.

Aber dann nicke ich. In meinem Bauch liegt ein schwerer Stein. Irgendwie habe ich mir das alles anders vorgestellt.

»Okay. Danke, dass ich hier sein durfte«, sage ich nur noch, ehe ich mich abwende, um von der Bühne zu treten.

»Ich verstehe das nicht, Jone. Wie kann man nur so arrogant und respektlos sein?«, frage ich, das Handy fest ans Ohr gedrückt.

Eigentlich wollte ich ja Sam anrufen, als ich hinter der Bühne meine Gitarre in den Koffer packte, aber sie ging nicht ran. Deswegen habe ich es dann bei Jone versucht. Ich kann es noch immer nicht fassen. Ist der doch einfach aufgestanden und abgehauen! Ich will jetzt nur noch weg, all das hier hinter mir lassen. Vor allem Ethan Blake.

»Das ist in der Tat unfreundlich. Aber vielleicht war es ja wirklich ein wichtiges Telefonat«, versucht Jone, mich zu beruhigen, doch für mich ist das keine Entschuldigung.

»Unsinn! Warum sitzt er dann in der Jury? Wenn ihn das so sehr nervt, soll er es sein lassen, oder?«, entgegne ich vielleicht eine Spur zu laut, während ich das Foyer betrete und mich in Richtung Ausgang bewege.

»Lass das nicht so an dich heran«, meint Jone. »Wie gesagt, wenn es nicht sein soll, dann eben nicht. Beruhige dich und nimm dir das nicht so zu Herzen. Zudem waren doch auch andere Leute in der Jury, oder?«

Er hat recht. Aber ich bin wirklich wütend, und ich bin enttäuscht. Ich bleibe stehen und atme tief durch.

»Ja, schon. Aber im Ernst, Jone. Wenn er kein Interesse an der Musik hat, warum sitzt er dann bitte in der Jury?«

Er seufzt. »Weil er es kann. Und jetzt ärgere dich nicht.«

»Ich versuche es.« Mittlerweile habe ich den Ausgang erreicht. »Aber ganz ehrlich, würde dieser arrogante Mensch mir gegenüberstehen, dann würde ich ihn ansehen und sagen: Mr Blake, auch wenn Sie glauben, in der Stadt ein großes Tier zu sein, mit so einem Verhalten zeigen Sie nur, wie armselig und respektlos Sie sind. Denn ich habe mich vorbereitet, mein Song war gut. Ich habe Respekt verdient, Ihre Aufmerksamkeit, und ich glaube, Sie wissen das auch. Und überhaupt …«

Ich will gerade aus der Tür treten, als ich mit jemandem zusammenstoße. Augenblicklich erstarre ich. Ich blicke nach oben, ganz langsam, und erstarre, denn die Brust, gegen die ich gelaufen bin, gehört zu einem Mann mit dunkler Sonnenbrille. Nein, bitte nicht! Ich stehe da und bin total perplex. Das darf nicht wahr sein.

»Sorry«, murmle ich, ohne ihn auch nur anzusehen. Mit gesenktem Blick wende ich mich schnell ab.

»Mary, bist du noch dran?«, höre ich Jone fragen, während ich davoneile, durch die Ausgangstür hetze, hinaus ins Freie.

»Verdammter Mist«, fluche ich. »Jone, weißt du, mit wem ich gerade zusammengeknallt bin?«

»Ähm, nein?«

»Ethan Blake«, sage ich und er beginnt zu lachen.

»Das ist nicht lustig, überhaupt nicht«, ereifere ich mich. »Oh, Jone, ich kann nur hoffen, dass er mich nicht gehört hat. Denn dann bin ich so was von unten durch in der Stadt und bekomme nie wieder einen Fuß in die Musikbranche.« Noch immer klopft mein Herz so heftig in meiner Brust, dass ich das Gefühl habe, einen ganzen Marathon gelaufen zu haben.

»Ach, mach dir keinen Kopf. Und wenn schon, wer weiß, wofür es gut ist.«

»Sehr witzig«, sage ich mit noch immer klopfendem Herzen. »Das ist fürchterlich«, jammere ich. »Ich hätte nicht so über ihn schimpfen sollen.«

Doch er beruhigt mich. »Ob Fehler oder nicht, wer weiß das schon. Manchmal erwächst aus dem scheinbar Schlechtesten das Allerbeste.«

Kapitel 13

Während ich mit der U-Bahn zurück zu unserer Wohnung fahre, schwirren die Gedanken wild in meinem Kopf umher. Ich überlege, ob Ethan Blake mich womöglich gar nicht gehört hat, doch so wirklich beruhigt mich das nicht. Vor meinem geistigen Auge spiele ich die Szene wieder und wieder durch. Das Ganze ist so peinlich und ich weiß nur eines: Falls er mich verstanden hat, habe ich Ethan Blake beleidigt. Er kennt nun meine Meinung, und ich glaube nicht, dass sie ihm gefällt.

Dann denke ich an Jone. Er hat recht. Wenn es daran scheitert, wenn ich deswegen den Job nicht bekomme, dann ist es nun mal so. Im Prinzip wirkten die in der Jury alle nicht sehr sympathisch. Aber der Job wäre schon gut gewesen, ein weiterer Schritt, und natürlich hatte ich schon die Hoffnung, dass es damit etwas werden könnte. Auch um meine Schulden zu bezahlen. Außerdem wären dann Mum und Dad vielleicht endlich zufrieden und lägen mir nicht mehr ständig in den Ohren. Aber was soll ich schon tun? Wenn es mit dem Job nichts wird, dann soll es eben nicht sein. Dann öffnet sich eine andere Tür, oder?

Zumindest versuche ich, mich mit diesem Gedanken zu beruhigen. Dennoch frustriert mich nach wie vor die Art und Weise, wie respektlos das alles ablief. Denn jeder, der an diesem

Casting teilnimmt, hat so wie ich viel Arbeit in die Vorbereitung gesteckt. Ein Song kommt meistens aus dem Herzen. Wobei ich schon auch das Gefühl hatte, dass mein Lied etwas in Ethan Blake ausgelöst hat, zumindest für diesen flüchtigen Moment, als er sich nach vorne gebeugt hat. Natürlich kann ich es mir auch nur eingebildet haben. Denn gleich danach stand er ja auf und eilte beinahe fluchtartig aus dem Saal.

Die Antwort werde ich wohl nie erfahren, denke ich mir, als ich schließlich unser Wohnhaus erreiche, das ich vor ein paar Stunden noch so zuversichtlich verlassen habe. Doch jetzt ist die Zuversicht weg. Sie hat sich aufgelöst wie Nebel in der Morgensonne. Ich will einfach nur aufs Sofa, mich in meine bunte Lieblingsdecke kuscheln und mich selbst bemitleiden. Zumindest für einen Moment.

Verzweifelt suche ich in meiner Tasche nach dem Schlüssel und verfluche mich im Stillen. Kann es sein, dass ich in der Eile vergessen habe, ihn mitzunehmen? Bitte nicht.

Ich krame noch ein paar Augenblicke weiter, aber der doofe Schlüssel will sich einfach nicht finden lassen. Ganz toll. Notgedrungen beschließe ich zu klingeln in der Hoffnung, dass Sam mir öffnet, aber auch nach dem zweiten Klingeln tut sich nichts. Vielleicht schläft sie ja noch und ist deswegen auch nicht ans Handy gegangen. Oder sie ist unterwegs. Hat sie nicht gesagt, sie wolle etwas kochen, wenn ich heimkomme?

Ich beschließe, sie auf jeden Fall noch mal anzurufen, und so geht die Suche in den endlosen Tiefen meiner Handtasche weiter – diesmal nach dem Handy.

Kaum habe ich angefangen zu wühlen, leuchtet mir tatsächlich mein Telefon entgegen. Kurz keimt Hoffnung in mir auf. Vielleicht ist das ja Sam, die mir sagen will, wann sie hier sein wird. Ungeduldig fische ich das Handy aus der Tasche und werfe einen Blick auf das Display. Aber es ist nicht Sam, sondern meine Mum. O nein, nicht auch das noch.

Ich räuspere mich und nehme dann mit glockenheller, gespielt fröhlicher Stimme den Anruf entgegen. »Hey, Mum, wie geht es Dad und dir? Ich vermisse euch so.«

Ich schiebe meinen grobmaschigen wollenen Schal höher in Richtung Kinn und hoffe, dass ich dadurch das Klappern meiner Zähne weitestgehend unterdrücken kann. Verdammt, ist das kalt!

»Gut geht es uns, Sweetheart! Du wirst es nicht glauben, wir sitzen gerade im Wintergarten und genießen die Sonne. Wie ist das Wetter in New York? Ich habe gelesen, dass es einen Schneesturm gab. Da habe ich mir Sorgen gemacht, weil du doch heute zu dem Casting musstest.«

Ich lächle. Sie hat recht, es hat tatsächlich einen kurzen Schneesturm gegeben, aber der ist für New Yorker Verhältnisse harmlos gewesen. »Alles okay, Mum, der Sturm war ganz klein, du brauchst dir also keine Sorgen zu machen. Ich bin gut dort angekommen und auch wieder zurück.«

Ich kann Mum regelrecht vor mir sehen und gleichzeitig die wärmende Sonne Floridas auf meiner Haut spüren. Mit geschlossenen Augen beame ich mich gedanklich zu ihnen, sodass ich Mums Parfum beinahe schon riechen kann.

»Da bin ich aber froh. Dad hat sich ebenfalls Sorgen gemacht, auch wenn er immer so tut, als wäre er ganz cool. Aber jetzt erzähl, wie ist es gelaufen?«

Einen Moment überlege ich, zu flunkern und zu sagen, ich könne nicht wissen, wie es ausgeht. Doch dann bringe ich es nicht übers Herz. »Nicht sonderlich gut, leider.«

»Was? Warum denn das?« Ihre Stimme wird ein klein wenig schrill. »Hast du nicht diesen neuen Song gespielt, den du uns geschickt hast?«

»Ja, das habe ich. Aber einer aus der Jury ist mitten im Auftritt einfach aufgestanden und gegangen. Der Typ ist bekannt dafür, launisch und respektlos zu sein, und, na ja, heute hat es eben mich getroffen. Und was noch schlimmer ist: Als ich mich danach über sein arrogantes Verhalten lautstark am Telefon ausgelassen habe, bin ich ihm direkt in die Arme gelaufen.«

Mum schweigt einen Moment und atmet tief durch. »Vielleicht ist es an der Zeit heimzukommen, Mary. Dad hat mit einem Kollegen geredet und …«

Ich unterbreche sie. »Nein, Mum, schon okay, ich krieg das hin.«

Wir schweigen eine Weile, und ich befürchte, dass wir uns gleich wieder streiten, aber sie wechselt das Thema und wir plaudern ein wenig. Mum hat ausgemistet, und ich höre ihr nur mit halbem Ohr zu, als sie plötzlich sagt: »Ach übrigens, noch etwas ganz anderes, Liebes. Weißt du, worauf ich gestoßen bin?«

Ich schüttle den Kopf, auch wenn mir klar ist, dass sie es durchs Telefon nicht sehen kann. »Nein, auf was denn?«

»Ein Bild von dir und diesem Jungen, diesem Tad. Erinnerst du dich an den Sommer, den ihr zusammen verbracht habt? Du hast ihn so gemocht.«

In mir zieht sich alles zusammen. »Wo hast du das Foto denn entdeckt?«

»Es lag in einem der Alben, ist da wohl reingerutscht, ich wollte sie sortieren, und dann, na ja. Ihr beide seht so verliebt darauf aus. Schon komisch, wie das plötzlich zu Ende ging.« Sie hält kurz inne. »Was wohl aus ihm geworden ist?«

Doch ihre Frage ist völlig sinnlos. Kurz spüre ich eine Schwere im Bauch. »Keine Ahnung, Mum«, antworte ich nur.

»Na ja, ich wollte es dir zumindest sagen. Wenn du willst, schicke ich dir das Foto aufs Handy?«

»Klar, mach das.«

»Ich muss jetzt auflegen. Später kommen die Hansons zum Barbecue vorbei. Du weißt ja, wie das ist. Die Männer werden beim Football vor dem Fernseher versacken, während Fran und ich bei einem guten kalifornischen Weißwein in Erinnerungen schwelgen«, erzählt sie mir mit fröhlicher Stimme, und ich weiß, dass sie mich damit ein wenig aufheitern will. »Und, Mary?«

»Ja?«

»Du weißt, du kannst jederzeit nach Hause«, sagt sie und ich seufze.

»Ja, Mum, ich weiß«, antworte ich, während ich noch einmal in meiner Tasche zu wühlen beginne.

Plötzlich spüre ich etwas Metallenes zwischen meinen Fingern. Der Schlüssel. So ein Glück.

»Also gut, euch dann viel Spaß«, sage ich. »Ich sollte jetzt auch reingehen, ich stehe noch draußen in der Kälte. Wir hören uns einfach in den nächsten Tagen wieder. Grüß Dad lieb von mir.« Ich schicke ihr ein Küsschen durchs Telefon, dann lege ich auf.

Während ich das Handy noch in der Hand halte, starre ich gedankenverloren ins Leere – zumindest so lange, bis das Display aufblinkt und ich eine Nachricht von Mum erhalte. Als ich sie öffne, macht mein Herz einen heftigen Satz. Das Foto zeigt wirklich Tad und mich. Ich kann mich noch genau daran erinnern, wann es aufgenommen wurde.

Damals, als wir zusammen gegessen haben. Ich bin überzeugt gewesen, es immer bei mir zu tragen. So kann man sich täuschen. Ich betrachte es genauer. Tad und ich sehen wirklich verliebt darauf aus. Wenn ich daran denke, wie unsere erste Begegnung ablief, kann ich noch immer nicht glauben, wie innig es danach zwischen uns wurde. Auf den ersten Blick wirkten wir so unterschiedlich – und doch waren wir gleich.

Noch immer starre ich das Bild an, das diese beiden Menschen aus einer anderen Zeit zeigt, als ich eine Stimme hinter mir höre.

Kapitel 14

»Hey, Mary. Da bin ich, ich habe mich extra beeilt.«

Es ist Sams Stimme, die mich aus meinen Gedanken zurückholt.

»Alles okay?«, fragt Sam. »Was hast du denn da?«

Ich klicke das Foto rasch weg und stecke das Handy ein. »Nichts, ich habe gerade den Schlüssel gesucht, dann hat meine Mum angerufen. Und ich durfte mir wieder allerhand anhören. Wo warst du?«

Sie streckt die Papiertüte hoch, die sie in der Hand hält. »Das tut mir leid. Ich war einkaufen. Nur das Beste für dich. Ich bin extra noch nach Chinatown geflitzt. Tut mir leid, mein Handy war wieder auf Lautlos und …« Sie hält inne. »Wie war's denn beim Casting?« Erwartungsvoll blickt sie mich an, und ich weiß nicht, was ich darauf antworten soll. »Jetzt sag schon, können wir den Sekt gleich köpfen?«

Nun kann ich mich endgültig nicht mehr zurückhalten. Keine Ahnung, warum ich plötzlich so emotional bin, ob es wirklich an dem verpatzten Casting liegt oder doch eher daran, dass Mum spürbar nicht an mich glaubt, oder an dem Bild von mir und Tad. Tatsache ist, dass ich mit einem Mal laut aufschluchze, woraufhin Sam schnell ihre Tüte auf dem Boden abstellt. »Hey, was ist denn? Ist es nicht gut gelaufen?«

Das ist doch verrückt, denke ich. Was ist nur mit mir los?

»Jetzt sag schon. Also nicht gut?«, hakt sie nach.

Ich schüttle den Kopf. »Nein, ganz und gar nicht. Erst schon, aber dann … dieser Ethan Blake, er ist ein arroganter Wichtigtuer. Ich bin so wütend und …« Ich schlucke ein paarmal. »Er hat sich unmöglich verhalten. Während meines Liedes ist er einfach aufgestanden und aus dem Saal gestürmt. Und dann … ach, Sam.«

Sie zieht eine Packung Taschentücher aus ihrer Jacke und reicht mir eines davon. Während ich mir die Nase putze, bin ich mir noch immer nicht sicher, ob ich gerade wirklich wegen dieses arroganten Ethan Blake und der verpatzten Chance weine oder vielleicht doch eher wegen des Fotos von Tad und mir. Jedenfalls überrennen mich die Gefühle und entladen sich in Tränen, die nicht aufhören wollen, über meine Wange zu kullern.

Sam streicht mir sanft über den Arm. »Nicht weinen. Und jetzt mal alles ganz langsam nacheinander. Was ist denn passiert? Er ist wirklich aus dem Saal gerannt, während du gesungen hast?«

»Ja, er ist einfach aufgestanden und abgehauen.«

Ihre Augen weiten sich. »Ehrlich? Das hat er gemacht? Was für ein Idiot! Und dann? Haben sie dir abgesagt?«

Ich schüttle den Kopf. »Nein, das nicht. Aber sonderlich freundlich waren sie auch nicht. Keiner von denen.«

»Und wenn schon, sie haben nicht abgesagt, also ist das Thema noch nicht durch. Jetzt lass uns erst mal hochgehen, und du erzählst mir alles ganz genau.«

Oben in unserer Wohnung angekommen, werfe ich das verschniefte und tränennasse Taschentuch weg, lege meine Jacke ab und schleppe mich zur Couch, um mich dort in meine bunte Wolldecke zu kuscheln. Sam stellt mir einen Tee hin, packt dann ihre Einkäufe aus, und während sie zu kochen beginnt, schildere ich ihr ganz genau, was passiert ist. Wenig später zieht ein würziger Duft durch die Wohnung. Essensduft. Auch wenn mein Magen sich noch schwer anfühlt, freue ich mich darauf. Denn Sam kann wirklich gut kochen.

Schließlich erzähle ich ihr von dem dummen Zusammenstoß, der mich noch immer nicht loslässt. »Das war so schlimm, Sam. Da habe ich Jone am Ohr, lasse mich über diesen Ethan Blake aus, und dann laufe ich mitten in ihn hinein, während ich lauthals schimpfe, wie respektlos und arrogant er doch ist. Ich dachte wirklich, mir bleibt das Herz stehen.«

Sam legt den Rührlöffel beiseite. »Also, ich finde es urkomisch. Das ist ja wirklich so …«

»Bekloppt, ich weiß.«

»Nein, das ist genial!«

Ich zucke mit den Schultern. »Na ja, wie man es sieht. Falls er gehört hat, was ich gesagt habe, bin ich in New York womöglich für alle Zeiten unten durch.«

»So ein Unsinn. Hat er denn irgendwie reagiert?«

»Nein, bevor er irgendetwas sagen konnte, habe ich schnell das Weite gesucht.«

»Das ist echt der Wahnsinn. Und als du so dicht vor ihm standst, wie sah er da aus? Schon zum Anbeißen, oder?«

»Du bist echt bescheuert. Darauf habe ich doch nicht geachtet. Klar ist er groß und trainiert, aber mit mehr habe ich mich wirklich nicht beschäftigt.«

Sam ist mittlerweile fertig geworden und stellt einen Teller mit leckeren Pad-Thai-Nudeln vor mir ab, tauscht meine große Tasse Tee gegen ein noch größeres Glas Weißwein aus und geht dann wieder zurück zum Herd, um sich selbst etwas zu holen.

»Weißt du, was ich nicht verstehe?«, frage ich. »Warum benimmt man sich so?«

Während sie sich eine Portion Nudeln auf den Teller häuft, antwortet sie: »Das liegt daran, dass Männer wie er jeden Tag gesagt bekommen, wie toll sie sind. Die glauben dann, sich alles herausnehmen zu können. Und weißt du was? Deswegen würde es mich ehrlich freuen, wenn er jedes einzelne Wort verstanden hat. Er soll ruhig wissen, was die Leute wirklich über ihn denken.«

»Schon, wobei ihn das bestimmt nicht sonderlich interessiert.« Seufzend nehme ich einen Schluck von meinem Wein.

Sam kommt mit ihrem Teller zu mir her. »Vielleicht ja, vielleicht aber auch nicht. Wie auch immer, mach dir keinen Kopf. Es ist ja auch noch gar nichts entschieden. Am Ende hast du die Jury vielleicht doch erreicht. Und falls nicht, dann ist es eben nicht das Richtige für dich.«

»Stimmt, da hast du recht.«

»Ja klar, ich bin so schlau.« Sie zwinkert mir zu, und ich muss lachen. »Nein, mal im Ernst, es ist doch total egal, was die denken. Ich jedenfalls bin jedes Mal, wenn du nur übst, schon so geflasht von deiner wunderbaren Stimme, von dem Gefühl, das du mit deinen Texten vermitteln kannst. Im Einklang mit deiner Gitarre erreichst du die Herzen! Selbst wenn es bei *Corporate Music* nicht klappen sollte, dann gibt es bestimmt noch viele andere Wege.« Nachdem sie ihren Teller abgestellt hat, holt sie für sich selbst auch ein Glas Wein und setzt sich dann zu mir. »Weißt du, Mary, du hast Talent. Und dieses Talent kann selbst ein Ethan Blake nicht leugnen. Also lass dich von ihm nicht runterziehen, okay?«

Ich nicke. Vielleicht sollte ich das ja wirklich so sehen.

»Vorschlag: Wenn du magst, gucken wir ab heute immer gemeinsam in den Briefkasten. Und wenn das Schreiben von

Corporate Music da ist und du es öffnest, halte ich deine Hand. Abgemacht?«

Ich hebe mein Weinglas. »Abgemacht«, antworte ich, und schließlich lassen wir unsere Gläser aneinanderklirren. Sam lächelt mir zu, ein Lächeln, das mein Herz erwärmt. Einfach so, weil mir danach ist, stehe ich auf, um sie zu umarmen. Ich bin wirklich so froh, Sam als Freundin zu haben. Was würde ich nur ohne sie tun?

Nachdem wir uns wieder hingesetzt haben, machen wir uns über die Nudeln her, die einfach köstlich schmecken. Mit jedem Bissen geht es mir besser und besser.

»Um noch mal auf diesen Ethan Blake zurückzukommen«, meint Sam irgendwann kauend, »ich habe ihn ja schon im Club gesehen, da sah er, zugegeben, attraktiv aus, zumindest das, was man von ihm erkennen kann. Das Problem ist, dass er es weiß und es auch sichtlich ausnutzt. Ihm ist klar, dass er alles tun und haben kann, was er will. Zumindest denkt er das. Er verlässt den Club niemals allein. Und auch in der Presse steht ja beinahe täglich etwas über seine Affären. Dabei ist er doch mit dieser Catherine verlobt. Deswegen feiere ich dich umso mehr, auch wenn du es nicht mit Absicht gemacht hast.«

Ich erinnere mich, dass Jone auch diese Verlobte erwähnt hat. »Die kann einem ja echt nur leidtun.«

»Na ja, sie weiß wohl, worauf sie sich einlässt.« Sam lächelt. »Bestimmt ist das alles nur arrangiert. Ist doch oft so in reichen Familien.«

»Das könnte ich nicht, jemanden zu heiraten, den ich nicht liebe«, sage ich nachdenklich.

»Ich denke, darum geht es bei diesen Leuten nicht. Da geht es oft um das Ansehen und darum, noch reicher zu werden. Zudem soll Ethans Vater da auch seine Hand im Spiel haben. Der Typ muss ja noch ätzender sein als sein Sohn.«

Bei Sams Worten verspüre ich sogar ganz kurz so etwas wie Mitleid, denn ich muss an Tad denken, der ebenfalls unter der Tyrannei seines Vaters gelitten hat.

Doch ich schüttle den Gedanken ab und atme tief durch. Das alles ist Vergangenheit und sollte mich nicht mehr belasten, denn das hat es schon viel zu lange getan.

Nach dem Essen legen wir uns gemeinsam aufs Sofa und schauen uns Serien an. Es tut einfach gut, mal an nichts zu denken.

Als es gegen zehn Uhr ist, streckt sich Sam und gähnt. »Ich bin total müde. Diese dauernden Nachtschichten schaffen mich. Ich glaube, ich muss heute mal früher ins Bett.« Ihre Augen sind in der Tat ganz glasig, und auch ich spüre mittlerweile, wie sehr mich der heutige Tag geschlaucht hat. Die Müdigkeit greift gnadenlos nach mir.

Ich setze mich auf und sehe sie an. »Ich denke, etwas eher schlafen zu gehen, kann heute echt nicht schaden. Morgen früh muss ich ja auch bald raus.« Ich seufze. Schon der Gedanke an den morgigen Tag bereitet mir Übelkeit. »Sam, ich sage es dir, ich habe wirklich keine Lust mehr, im *Miky's* zu arbeiten. Wenn ich nur an diese blöde Kuh von Tessa denke, bekomme ich Brechreiz.«

Neben meinen Auftritten im *Jone's* und in einigen anderen Bars arbeite ich zusätzlich noch in *Miky's Diner*, einem typischen New Yorker Burgerrestaurant. Die Arbeit dort ist leicht – wenn da nicht meine verhasste Kollegin Tessa wäre. Jedes Mal, wenn ich eine Schicht zusammen mit ihr habe, gibt es irgendein neues Drama. Sie versucht stets, mir das Leben total schwer zu machen. Keine Ahnung, warum.

Sam nickt wissend. »Lass dich von der Tussi nicht ärgern. Die bekommt schon irgendwann, was sie verdient.« Sie streckt sich erneut und steht dann auf. »Tut mir so leid, ich muss jetzt echt ins Bett. Wir sehen uns morgen, ja?«

»Ja, bis morgen. Schlaf gut und träum was Schönes.«

Sam lächelt mir noch einmal zu, bevor sie in ihr Zimmer verschwindet. Ich räume noch kurz die Gläser weg, dann gehe ich ebenfalls in mein Zimmer, wo ich in meinen Pyjama schlüpfe und mich dann für einen Moment aufs Bett setze. Obwohl ich wirklich müde bin, beginnen die Gedanken in meinem Kopf erneut zu kreisen und lassen mich nicht zur Ruhe kommen. Wieder muss ich an Ethan Blake denken. Was er wohl verbirgt? Oder ist es nur Show und es steckt einfach gar nichts dahinter?

Obwohl ich dermaßen müde bin, stehe ich noch einmal auf und hole mir meinen Laptop. Irgendwie bin ich neugierig, und so beschließe ich, mehr über diesen Mann herauszufinden. Als ich Google aufgerufen habe, tippe ich seinen Namen in die Suchleiste ein und drücke auf *Enter.* Sofort werden mir Unmengen von Fundstellen angezeigt, von denen sich die meisten mit seinem Liebesleben beschäftigen ebenso wie mit seinem Luxusleben und dem ausschweifenden Lebensstil. Auf den Fotos erkennt man ihn praktisch nie, dafür sorgt er mit jeder Pose. Und natürlich mit seiner dunklen Sonnenbrille.

Ich lese unzählige Überschriften wie:

Ethan Blake – der Mann mit der Sonnenbrille.
Ethan Blake schon wieder mit einer Neuen an seiner Seite!?
Kommt dieser Mann denn nie zur Ruhe?
Ethan Blake verlobt mit Catherine Van Sailen.
Ethan Blake übernimmt Familienimperium.

Eigentlich nichts Besonderes. Also klappe ich den Laptop nach einer Weile zu und lege mich ins Bett. Was interessiert mich das ganze Drumherum um diesen aufgeblasenen Typen überhaupt? Dennoch lässt mich das Gefühl nicht los, dass da etwas in ihm vorgegangen ist, dass ich ihn mit meinem Song irgendwie erreicht habe. Diesen Eindruck hatte ich einfach. Aber warum ist er dann verschwunden? Wie auch immer, es bringt nichts, dass ich mir den Kopf darüber zerbreche.

Ich greife nach meinem Handy und sehe, dass Mum mir geschrieben hat.

> Wir haben es ganz schön hier und reden über alte Zeiten. Was sagst du zu dem Bild? Schön ist es schon, oder? Wie die Zeit vergeht. Du fehlst hier.

Mir zieht es im Bauch. Ich weiß, was sie mir damit sagen will. Komm nach Hause. Aber das will ich nicht, ich wünschte einfach, sie würden mir sagen, dass sie an mich glauben und ich es schaffe …

Gedankenverloren betrachte ich das Foto erneut. Tad und ich. Ja, die Zeit mit ihm war schon aufregend. Sehr aufregend. Und ja, ich vermisse Florida manchmal. Und diese Zeit. Aber es ist, wie es ist. Ein Blinken auf dem Handy zeigt mir, dass ich eine E-Mail habe. Als ich lese, von wem sie ist, fängt mein Herz an zu rasen, denn sie ist von Ethan Blake.

Im Ernst?

Mein Herz klopft, als ich sie neugierig öffne und gleich darauf die wenigen Worte lese.

> Guten Tag, Miss O'Hanna,
>
> es tut mir leid, wie das heute gelaufen ist.
>
> Ich hatte nicht die Absicht, Sie zu beleidigen. Das sollten Sie wissen.
>
> Kann ich es wiedergutmachen? Bei einem Drink?

Nachdenklich lasse ich meine Finger über das Antwortfeld gleiten. Was soll ich jetzt antworten?

Warum sollte ich das tun? Etwas mit ihm trinken gehen? Meint er das ernst?

> Ist das eines Ihrer Spiele? Tut mir leid, aber daran habe ich kein Interesse!

schreibe ich und frage mich im selben Moment, als ich es abschicke, warum ich das geschrieben habe.

Es dauert nicht lange, da ploppt schon die nächste Nachricht auf:

> Ich denke schon, dass Sie Interesse haben. Oder warum haben Sie sich sonst so über mich aufgeregt? Das ist Ihre Chance, mir die Meinung zu sagen, Miss O'Hanna – direkt ins Gesicht und nicht in irgendein Telefon. Überzeugen Sie mich. Ich gebe Ihnen eine Chance.

Ich atme tief durch. Er hat es also wirklich gehört.

Ich lese noch mal den letzten Satz. Überzeugen Sie mich – ich gebe Ihnen eine Chance. Wie meint er das? Zweideutig?

Ich tippe.

> Ich wollte Sie heute mit meinem Song überzeugen, aber diese Chance haben Sie mir genommen, weil etwas anderes wichtiger war. Es tut mir leid, dass Sie das mitbekommen haben, was ich über Sie gesagt habe – wobei – eigentlich tut es mir nicht leid. Ich finde, Ihr Verhalten war respektlos. Und …

Ich halte inne. Ich denke an das Angebot, daran, dass ich jetzt wirklich eine Chance hätte, denn anscheinend hat er Interesse an mir. Er hat Einfluss und am Ende bekomme ich so den Job. Und viele meiner Probleme würden sich in Luft auflösen. Doch so schnell, wie der Gedanke aufgetaucht ist, so schnell schiebe ich ihn auch wieder beiseite. Ich bin nicht so ein Mädchen. Deswegen habe ich damals das Geld von Tad auch nicht verwendet. Ich denke kurz an Tad – und in meinem Bauch sticht es. Er dachte wohl auch, ich sei so ein Mädchen.

Nein, nicht mit mir. So bin ich nicht.

Also schreibe ich weiter.

> Und das ist alles, was ich Sie wissen lassen wollte.

Ich schicke die Nachricht ab und sehe, dass er schon wieder schreibt. Es dauert dann auch nicht lange, bis eine weitere Antwort eintrudelt.

> Stecken Sie Menschen immer so schnell in Schubladen? Lohnt sich kein Blick hinter die Kulissen? Vielleicht hatte ich ja meine todkranke Oma am Telefon, als ich den Raum verlassen habe.

Ich atme tief durch und ertappe mich sogar dabei, wie ich leicht lächle. Vielleicht sollte ich doch auf die ganze Sache eingehen. Aber dann tippe ich:

> Schönen Abend noch, Mr Blake.

Nachdem ich die Nachricht abgeschickt habe, verlasse ich meinen E-Mail-Account. Obwohl ich mir keine Gedanken machen will, weshalb Ethan Blake mich angeschrieben hat, tue ich es trotzdem. Bin ich vielleicht wirklich etwas zu streng? Hat er recht mit seiner Behauptung, dass ich nicht hinter die Fassade blicken will? Aber warum interessiert ihn überhaupt, was ich denke? Das ist sicherlich eine Masche und ich habe auf so was keine Lust.

Während ich so daliege, denke ich an Tad. Damals dachte ich, dass ich hinter die Fassade geblickt hätte. Heute weiß ich, dass ich mich getäuscht habe.

Ich liege noch eine ganze Weile wach im Bett, aber irgendwann schlafe ich schließlich doch ein.

Kapitel 15

»Miss Mary! Hey, Miss Mary!«, höre ich eine vertraute Stimme nach mir rufen. Als ich mich umdrehe, entdecke ich Ray auf der gegenüberliegenden Straßenseite.

Wie an jedem Samstag sitzt er mit seinem Saxofon in einer windgeschützten Ecke gegenüber von *Miky's Diner*, wo ich gleich meinen Dienst antreten werde. Ich freue mich immer, ihn zu sehen, vor allem jetzt, nachdem er am Donnerstag nicht im *Jone's* war. Wir plaudern immer einen Moment, bevor meine Arbeit beginnt. Doch heute habe ich eigentlich keine Zeit dafür, da ich viel zu spät dran bin. Irgendwie war die Nacht zu aufreibend. Ich hatte merkwürdige Träume, Fetzen aus Erinnerungen an Tad, und dann waren da auch noch die Gedanken an Ethan Blake und seine Nachrichten. Das alles hat dazu beigetragen, dass ich mich heute Morgen wie gerädert fühle. Die große Frage ist noch immer, warum Ethan Blake mich gestern Abend angeschrieben hat, was wohl der Sinn dahinter sein mag. Habe ich ihn mit meinen Worten tatsächlich so sehr getroffen?

Natürlich habe ich darüber auch mit Sam gesprochen. Sie war sofort ganz Ohr, konnte gar nicht glauben, was ich ihr da erzählte, und verschluckte sich beinahe an ihrem Morgenkaffee. Nachdem sie sich wieder gefangen hatte, meinte sie: »Ist doch ganz klar, er ist ein Mann. Du hast mit deiner Abwehrhaltung und den harten Worten ihm gegenüber ganz eindeutig seinen Jagdinstinkt geweckt.«

Das leuchtete mir dann auch ein. Aber ich habe auch noch ein anderes Gefühl. Könnte es sein, dass ich einen wunden Punkt bei ihm getroffen habe und wirklich mehr hinter seiner Fassade steckt? Oder will ich das nur glauben, weil ich das immer glauben will – so wie ich es bei Tad getan habe?

Ich atme tief durch und denke an Ethan Blakes letzte Nachricht, die ich erst heute Morgen gelesen habe:

Ich werde Sie schon überzeugen.

Erneut frage ich mich, warum ihm das überhaupt so wichtig ist. Ihm kann doch egal sein, was ich von ihm halte. Anscheinend ist es ihm aber nicht egal, warum auch immer. Mit diesem Gedanken überquere ich die Straße, um zumindest kurz mit Ray zu sprechen.

Als ich vor ihm stehen bleibe, sieht er mich lächelnd an. »Hey. Na, alles gut bei dir?«

»Ja, bis auf die Tatsache, dass ich spät dran bin«, antworte ich und gehe vor ihm in die Hocke. »Tut mir leid, ich habe deswegen nicht viel Zeit.«

Er winkt ab. »Ach, Mary, das ist doch nicht schlimm. Ich wollte dich auch nicht aufhalten, sondern nur fragen, wie dieses Vorsingen gelaufen ist. Ich habe dir jedenfalls ganz fest die Daumen gedrückt. Und der Auftritt am Donnerstag, wie war der denn? Jone meinte, du warst grandios.« Seine mandelbraunen Augen blicken mich erwartungsvoll an.

»Hätte besser laufen können«, erwidere ich und beschließe, ihm die ganze Geschichte rund um Ethan Blake und meinen Auftritt zumindest in Kurzform zu erzählen.

Als ich fertig bin, atmet er tief durch. »Das tut mir sehr leid, aber du hast alles richtig gemacht, das ist das Wichtigste. Und dieser Blake, von ihm lässt du dich nicht runterziehen, hörst du? Wart doch einfach mal ab. Ich sage mir immer, alles ist für irgendetwas gut.«

Wie immer bin ich fasziniert, wie positiv er trotz seiner Situation alles nimmt und meistert. Gerade in meiner Anfangszeit hier in New York war Ray mir eine große Stütze, und er ist es immer noch. Wie oft haben wir uns im *Jone's* unterhalten. Er hat mir von seiner Zeit als Musiker bei den *Banners* erzählt, die wohl mal sehr gefragt waren. Und selbst heute noch lebt er das Musikerdasein und hat seinen ganz eigenen Stil. Sein Dialekt ließ mich sofort an die Südstaaten denken. Ich liebe die Art, wie die Menschen dort sprechen. Es hört sich vertraut, rund und direkt an und kommt einfach aus dem Herzen. Irgendwie heimelig.

Auch wenn das Leben für ihn beileibe nicht leicht ist, macht er immer das Beste daraus und hat stets aufmunternde Worte parat. Sein Motto ist: Wer seinen Traum verfolgt, der ist schon mitten im Geschehen. Zudem ist er immer so verständnisvoll. Ich mag ihn einfach total gern, und er erinnert mich auch irgendwie an Mr Bakerfield.

»Warum warst du eigentlich am Donnerstag nicht im *Jone's*?«, will ich noch wissen, ehe ich gehe. »Jone meinte, du hättest was Wichtiges vorgehabt.«

Er lächelt mich an. »Du wirst es nicht glauben, aber der alte Mann hatte eine Verabredung.«

Erstaunt sehe ich ihn an. »Wirklich? Ein Date? Jetzt bin ich aber neugierig.« Ich blicke kurz hinüber zum Diner, dann wieder zu Ray. »Pass auf, in zwei Stunden habe ich bereits meine erste Pause. Wir könnten uns doch dann vor dem Diner zum Essen treffen. Ich besorge Burger, wir setzen uns damit auf die Bank, du erzählst von deinem Date. Was hältst du davon?«

Ray kann ein leichtes Grinsen nicht unterdrücken. »Okay, Miss Mary, ich werde da sein, verlass dich drauf!«

Als ich den Diner betrete, weht mir die vertraute Mischung von Fett aus der Fritteuse, Bacon und Kaffee um die Nase. Ohne nach links und rechts zu blicken, haste ich in den Nebenraum zu dem hellgrauen Metallspind, wo ich meine Arbeitskleidung aufbewahre. Sie besteht aus einem hellblauen Kleid und einer weißen Schürze, die ich mir umbinde, nachdem ich in das Kleid geschlüpft bin. In fünf Minuten beginnt meine Schicht, und ich bin froh, dass Mr Harris, der Manager, nirgendwo zu sehen ist. Er hasst es, wenn man auf den letzten Drücker zur Arbeit erscheint.

Ich wasche mir noch rasch die Hände, bevor ich in die Küche gehe und vor Jerry, dem Koch, stehen bleibe. Ich kann ihn sehr gut leiden. Hin und wieder plaudern wir auch eine Runde, wenn Mr Harris nicht da ist.

»Hey, Jerry, könntest du mir für die Pause zwei Burger machen und zur Seite legen? Ich bezahle sie dann, wenn ich gehe. Wäre das möglich?«

Jerry nickt. »Aber sicher, für dich mache ich das gern.« Er sieht mich eindringlich an. »Und? Hast du mir nicht was zu sagen?« Klar, auch ihm hatte ich von dem Casting erzählt.

»Es war nicht so toll, leider. Aber mal sehen, was kommt.«

»So ist es richtig, immer weiter«, meint er noch, dann widmet er sich wieder seinen Töpfen und Pfannen, während ich durch die Küchentür den Gastraum des Diners betrete, wo Tessa, meine verhasste Kollegin, schon auf mich wartet, ihre ziemlich spitze Nase rümpft und mich abschätzig mustert.

»Ach, auch schon da?«, fragt sie, wobei sie es nicht mal für nötig hält, wenigstens für einen Moment mit dem Kaugummikauen aufzuhören. »Du bist zu spät.«

Ich deute auf die Uhr. »Nein, ich bin pünktlich!«

O Mann! Wie sehr ich es hasse, zusammen mit ihr eine Schicht zu haben. Sie kann mich nicht leiden, und ich frage mich immer wieder, warum das so ist. Zudem scheint sie auch noch Spaß daran zu haben, mir das Leben im Diner zur Hölle zu machen. Oft sind es nur Kleinigkeiten, aber irgendeine Gemeinheit fällt ihr immer ein.

Letzte Woche hat sie zum Beispiel für mich eine Bestellung von Tisch vier am Fenster aufgenommen. Das teuerste Menü im Angebot. Es war wirklich viel zu tun, und ich war froh, dass sie das für mich erledigt hat. Als ich dann aber das bestellte Essen servieren wollte, regte sich der Gast lautstark auf. Er habe nur gebackene Zwiebelringe bestellt, und es sei eine Frechheit, ihm das teuerste Menü der Karte vor die Nase zu setzen. »Denken Sie, ich bin zu dumm, um zu merken, welche Strategie Sie damit verfolgen?«, wetterte er. »Der Gast wird schon essen, was man ihm vorsetzt. Aber nicht mit mir!«, schimpfte er weiter.

Mir fehlten die Worte, und ich wusste überhaupt nicht, wie mir geschah. Ich blickte zu Tessa hinüber, deren amüsierter Gesichtsausdruck sehr wohl verriet, dass sie dafür verantwortlich war. Ich entschuldigte mich tausend Mal bei dem Gast und spendierte ihm ein Bier aufs Haus, das ich natürlich aus meiner eigenen Tasche bezahlen musste. So konnte ich gerade noch vermeiden, dass er sich bei Mr Harris beschwerte, was sicherlich meinen Rausschmiss bedeutet hätte, da man ihm mit Erklärungen gar nicht zu kommen braucht. Er hasst es, wenn seine Angestellten nicht funktionieren, und dabei ist es ihm völlig egal, ob es einen berechtigten Grund dafür gibt oder nicht. Wutentbrannt – was bei mir normalerweise nicht so schnell passiert – stapfte ich auf Tessa zu, die mal wieder provokativ auf ihrem rosa Kaugummi herumkaute und Blasen knallen ließ, während sie sich in voller Statur, also mindestens einen Kopf größer als ich, vor mir aufbaute.

»Alles in Ordnung bei dir, Schätzchen?«, fragte sie gespielt besorgt und wickelte eine rote Haarsträhne um ihren Finger, was mich die Fäuste noch fester ballen ließ. »Warum ist denn der Gast an Tisch vier so aufgebracht? Hast du was mit der Bestellung verwechselt?«, flötete sie und grinste.

»Das weißt du ganz genau!«, zischte ich ihr zu. »Er hatte Zwiebelringe bestellt, aber du hast mir gesagt, er will das Double Smacker Menu!«

Tessa stemmte die Hände in die Hüften und tat schockiert. »Wie bitte? Ich bin entsetzt. Wie kannst du mir so eine Dreistigkeit vorwerfen? Ice Tea und Zwiebelringe wollte er, und genau so habe ich es dir ausgerichtet. Du musst eben aufmerksamer zuhören. Es ist unverschämt, dass du immer versuchst, andere für deine Fehler verantwortlich zu machen. Mach nur so weiter, und ich werde mich beim Manager über dich beschweren«, sagte sie und tippte sich gegen die Brust. »Seit Jahren arbeite ich nun schon hier bei *Miky's* und nie sind so viele Fehler passiert. Aber seitdem du da bist, gibt es nur noch Beschwerden seitens der Gäste. Ich habe dich immer verteidigt, und jetzt kommst du mir ernsthaft mit solch einer Unterstellung?« Beleidigt warf sie ihr rotes Haar über die Schulter und drehte mir den Rücken zu.

Es war unglaublich! Wie versteinert stand ich da und konnte nicht fassen, was ich eben gehört hatte. Sie verdrehte die Situation komplett und wollte tatsächlich mir die Schuld in die Schuhe schieben! Was auch immer sie so verbittert werden ließ, es musste etwas Schlimmes gewesen sein.

»Das kann jeder behaupten«, mault sie und reißt mich damit zurück ins Hier und Jetzt. Ich drücke mich an ihr vorbei und versuche, ihre Provokation zu ignorieren und mich meiner Arbeit zu widmen; deswegen bin ich ja schließlich hier.

Es dauert nicht lange, bis ich mitten im Geschehen bin. Ich nehme Bestellungen auf, spüle Gläser und serviere. Die Zeit vergeht.

Gerade als ich für einen Gast, einen älteren Mann, Kaffee aus der Maschine lasse, geht die Tür auf, und eine Frau betritt das Lokal. Ihre kinnlangen blonden Haare sind perfekt frisiert, die Fingernägel äußerst gepflegt, und ihre Kleidung ist schick und modisch. Sie dürfte so Ende vierzig sein. Sie setzt sich an einen der freien Tische am Fenster und holt ihr Handy aus der Tasche. Zu gern würde ich wissen, was eine Frau von solcher Klasse in unseren Burgerladen geführt hat. Alles an ihr scheint nicht hierherzugehören, sondern vielmehr in die Fifth Avenue. Schon allein die Art und Weise, wie sie ihr Smartphone in der Hand hält, ist viel zu elegant für diesen Laden.

Während ich die Frau noch beobachte, stupst Tessa mich mit ihrem spitzen Ellbogen in die Rippen. »Mary, was ist jetzt mit dem Kaffee? Kriegst du das hin, oder soll ich deinen Tisch kurz übernehmen?«, fragt sie zuckersüß.

Ungläubig starre ich sie an. Sie tut jetzt tatsächlich so, als hätte es den Vorfall letzte Woche niemals gegeben. Für wie blöd hält sie mich eigentlich?

Mir ist klar, dass sie bei dieser Kundin die Chance auf ein fettes Trinkgeld sieht. Aber nicht mit mir! Ebenso süß erwidere ich: »Oh, Tessa, vielen Dank, das ist ja lieb. Aber das schaffe ich schon. Du hast ja genug mit deinem Bereich zu tun. Vielen lieben Dank trotzdem.«

»Wenn du meinst«, murrt sie und will vermutlich gerade zu einer weiteren Unverschämtheit ausholen, doch da ruft ein Gast nach ihr, und sie wendet sich kaugummikauend ab.

Manchmal frage ich mich, was Mr Harris mit dieser unfreundlichen Kuh bloß will.

Nachdem ich dem älteren Herrn den Kaffee serviert habe und er sich mit einem Lächeln bedankt hat, mache ich mich auf, um die Bestellung der eleganten Frau entgegenzunehmen. Als ich vor ihr stehen bleibe, sieht sie zu mir auf. Ihre Augen sind blau und wach.

»Willkommen im *Miky's Diner*. Ich bin Mary, was darf ich Ihnen bringen?«, frage ich sie mit unserem gewohnten Standardsatz, woraufhin sie mir freundlich zulächelt.

»Ich nehme einen Kaffee, das reicht fürs Erste.«

Ich erwidere ihr Lächeln und verlasse dann den Tisch, um ihren Kaffee herzurichten, den ich ihr dann auch gleich serviere. Nachdem ich die Tasse vor ihr abgestellt habe, bestellt sie doch noch einen Doppelcheeseburger mit Bacon und Ei, dazu ein großes Glas Wasser. Nebenbei werfe ich einen Blick auf die Uhr. Es ist Zeit, um in die Pause zu gehen, ich werde nur noch eben diese Bestellung erledigen.

Als ich in die Küche komme, hat Jerry neben dem Burger für die Dame auch schon meine beiden Burger fertig.

»Danke, du bist ein Schatz, Jerry.« Ich werfe ihm ein Luftküsschen zu. »Ich bringe nur noch eben die Bestellung raus, dann hole ich meine Burger und gehe in die Pause.«

Er sieht kurz von seiner dampfenden Pfanne auf und nickt mir lächelnd zu.

Nachdem ich die Bestellung zu der Kundin gebracht habe, hole ich meine Burger, die Jerry in eine Tüte gepackt hat. Im Hinausgehen werfe ich Tessa einen kurzen Blick zu. »Ich bin dann mal in der Pause.« Sie nickt nur, und ich verlasse das Diner ohne ein weiteres Wort.

Als ich aus der Tür trete, steht Ray schon da, und ich freue mich sehr, die Zeit jetzt mit ihm zu verbringen. Ich deute auf die Bank vor dem Diner und hebe die Tüte mit den Burgern hoch. »Ich hoffe, er schmeckt dir.«

Ray strahlt, als ich ihm die Tüte reiche. Er nimmt sich dankbar einen Burger heraus. Auch wenn es kalt ist, zaubert das Zusammensein mit ihm eine angenehme Wärme in meinen Körper.

Während wir essen, plaudern wir. Ich erzähle ihm noch einige Details vom Casting und er mir von seiner Verabredung. Die Frau, die er getroffen hat, heißt Cherry, und wenn er von ihr spricht, hat er diesen ganz bestimmten Glanz in den Augen.

»Ich würde mich für dich freuen, wenn du jemanden findest«, sage ich ehrlich.

Er lächelt. »Ja, ich würde mich auch freuen.«

Dann ist es kurz still, und wir widmen uns weiter unseren Burgern. »Kennst du eigentlich diesen Ethan Blake?«, frage ich irgendwann.

»Kennen? Na ja, jeder in New York weiß, wer Ethan Blake ist, aber kennen ist schon was anderes. Ich lese manchmal von ihm oder seiner Familie, aber nur in der Zeitung.«

»Blöd nur, dass ich mich so von ihm aus der Fassung habe bringen lassen. Und dann dieser Zusammenstoß.«

»Es ist jetzt, wie es ist«, meint Ray. »Mach dir keine Gedanken darüber. Wer weiß, wofür es gut ist.« Er nimmt einen Bissen von seinem Burger und will noch irgendetwas ergänzen, da öffnet sich mit einem Mal die Tür des Diners, und Tessa rauscht auf uns zu. Ich ahne Unheilvolles.

»Das ist ja wohl nicht dein Ernst, oder?«, blafft sie mir entgegen. »Was soll das? Wir sind doch nicht die Wohlfahrt!«

Irritiert sehe ich sie an. »Was willst du, Tessa? Ich habe Pause und esse mit einem Freund. Also wo ist dein Problem? Warum spielst du dich so auf?«

»Mein Problem ist, dass du hier nicht Essen verteilen kannst, wie es dir beliebt! Deswegen spiele ich mich ganz sicher auf.«

»Wie bitte? Ich bezahle alles und habe es auch in der Küche geregelt«, antworte ich und versuche dabei, so bestimmt wie möglich zu klingen. »Also misch dich nicht ein. Ich denke, das geht dich gar nichts an.«

»Das geht mich sehr wohl etwas an. Wie wirkt das denn auf die Gäste, wenn du hier mit einem obdachlosen Penner herumsitzt?« Ihr abschätziger Blick wandert kurz zu Ray, dann wieder zu mir. »Mehrere Gäste haben sich bereits beschwert und angekündigt, dass das heute ihr letzter Besuch hier war, wenn dieser Diner jetzt zu einer Suppenküche wird. Also sieh zu, dass er von hier verschwindet!«

Ich merke, wie sich Wut in mir anstaut. »Echt jetzt, Tessa, es reicht. Erstens ist Ray kein obdachloser Penner. Und zweitens, was ist eigentlich dein Problem?« Die Worte kommen mir einfach so über die Lippen, ganz direkt und zugegebenermaßen vielleicht etwas zu laut. Meine Stimme bebt hörbar, und ich weiß, dass ich lieber meinen Mund halten sollte, aber es geht einfach nicht. Nicht mehr. Ich habe Tessas ständige Schikanen satt.

Als ich an ihr vorbei zum Diner blicke, haben einige der Gäste am Fenster die Köpfe zu uns gewandt. Ich weiß, ich sollte mich von dieser Kuh nicht provozieren lassen, aber ich kann ihre arrogante Art wirklich nicht mehr ertragen.

»Noch nie habe ich so eine unmögliche und herzlose Person wie dich erlebt! Ich frage mich echt, was mit dir verkehrt läuft.« Jetzt habe ich mich wirklich in Rage geredet. »Du bist so verbittert, dass du nicht mal merkst, wie kalt du bist. Gibt es außer dir selbst irgendwas in deinem Leben, das dir etwas bedeutet? Hast du jemals einen uneigennützigen, freundlichen Satz über deine Lippen gebracht?«

»Lass es gut sein, Miss Mary.« Ray versucht, mich zu beruhigen, und zupft vorsichtig an meinem Arm.

»Das kann ich nicht, Ray. Du bist ein guter Mensch, das können hier ruhig alle wissen. Und wenn mich etwas stört, dann sage ich das auch.« Ich werfe Tessa einen Blick zu, der mindestens genauso eisig ist wie ihrer gerade eben. »Ray ist ein toller Musiker, und es steht niemandem zu, über ihn zu urteilen. Darüber sollte jeder mal nachdenken.« Ich stehe auf und nicke Ray zu. »Lass uns gehen.«

»Ja, verzieht euch!«, ruft Tessa. Abwertend spuckt sie mir die Worte entgegen, was das Gefühlschaos in mir erneut in Wallung bringt.

Ich greife nach meinem Getränk, das noch immer auf der Bank steht, und kippe es Tessa mit voller Wucht ins Gesicht.

Tropfnass und schockiert starrt sie mich an. »Das wirst du bereuen! Ich mache dich so was von fertig! Was denkst du eigentlich, wer du bist?« Sie dreht sich zum Diner um und schreit: »Haben Sie das alle gesehen? Sie hat mich angegriffen!«

Während sie rot vor Wut und mit nassem Haar vor mir steht, wird mir erst bewusst, was ich getan habe. Und dass einige der Anwesenden das ganze Schauspiel mit dem Handy gefilmt haben. Na, wunderbar.

Auf einmal dringt eine tiefe Stimme in meine Ohren. »Was zur Hölle ist denn hier los?«

Wie auf Knopfdruck beginnt Tessa laut zu schluchzen und zu heulen. »Mary ist ohne Grund auf mich los. Nur weil ich ihr gesagt habe, dass wir nicht kostenlos Essen an irgendwelche Obdachlose ausgeben können.«

»Stimmt das, Mary?« Mr Harris sieht mich aufgebracht an.

Mein Herz rast in meiner Brust. »Es ist nicht so, wie sie sagt. Ray ist kein Obdachloser, und sie hat …«

Wie zu erwarten war, lässt er mich den Satz nicht beenden. »Spar dir das. Pack auf der Stelle deine Sachen! Ich werde so ein Verhalten in meinem Diner nicht akzeptieren. Du hast fünf Minuten! Und du«, er sieht Ray mit zusammengekniffenen Augen an, »du bezahlst dein Essen, und dann lässt du dich hier nie, nie wieder blicken!«

»Mr Harris, Ray hat damit nichts zu tun«, versuche ich ihn zu besänftigen. »Es geht alles auf mich. Ich habe ihn eingeladen, ich bezahle alles.«

»Das wirst du allerdings. Und jetzt geh!«

Das tue ich dann auch. Ich packe meine Sachen, bezahle die beiden Burger und die Getränke und verlasse binnen kürzester Zeit das Diner, ohne mich umzusehen. Ich kann noch immer nicht fassen, was da eben passiert ist.

Als ich mit Ray vor dem Laden stehe, sieht er mich traurig an. »Das ist alles meine Schuld. Es tut mir so unendlich leid. Jetzt hast du meinetwegen deinen Job verloren.«

Ich winke ab. Unter keinen Umständen darf Ray denken, dass er Schuld hat. »Dann ist das eben so. Aber dafür kannst du nichts, Ray. Tessa ist einfach schrecklich. Sie hat es von Anfang an darauf angelegt, dass ich fliege«, entgegne ich und hoffe, dass er sich jetzt nicht allzu viele Gedanken macht. Also lächle ich. »Wie sagst du immer? Alles ist für irgendwas gut, oder? Also ist das Ganze hier vielleicht auch für etwas gut.« Ich würde das selbst zu gern glauben, auch wenn ich mich damit gerade etwas schwertue. Aber im Prinzip habe ich die Arbeit hier sowieso gehasst.

»Lass uns gehen«, sage ich schließlich, als ich eine Stimme neben mir höre. Sie gehört zu der eleganten Frau, die ich vorhin noch im Diner bedient habe. Mit ihren blauen Augen sieht sie mich fest an.

»Das war ja was. Eine unangenehme Person, diese Tessa«, meint sie und lächelt leicht.

Ich lächle zurück. »Allerdings. Tut mir leid, dass Sie das mitbekommen mussten.«

»Alles in Ordnung.« Sie winkt ab. »Ich bin vielmehr froh, dass ich dich noch erwischt habe.«

»Mich?«

»Ja, dich.« Sie öffnet ihre bronzefarbene Clutch, zieht eine Visitenkarte heraus und reicht sie mir. »Mein Name ist Georgia Donavan, ich bin die Geschäftsführerin einer sehr exklusiven Dienstleistungsagentur. Einer meiner Kunden ist im *Jone's* auf dich aufmerksam geworden, und deswegen bin ich hier.«

Verblüfft sehe ich sie an. Einer ihrer Kunden? Aufmerksam auf mich? Im *Jone's*? Es ist nicht ungewöhnlich, dass Agenturen sich melden, aber im *Jone's*?

»Dieser Kunde hat dich bei einem Auftritt gesehen und war von deiner Musik so angetan, dass er dich buchen möchte. Ich wollte ja vorhin schon mit dir reden, aber dann bist du in die Pause gegangen«, erklärt sie mir.

Ich blicke zu Ray, der mir aufmunternd zunickt. Dann betrachte ich die Karte. Sie ist auf beiden Seiten komplett schwarz, und rechts unten in der Ecke ist in goldenen Buchstaben der Schriftzug *ESA – Exclusive Service Agency* eingedruckt. Die Schrift ist schön geschwungen, erhaben und wirkt sehr edel auf mich.

»Um alles zu besprechen, sollten wir uns treffen«, schlägt Ms Donavan vor. »Wie wäre es morgen?«

Wie war das? Eine Tür geht zu und eine andere auf? Ohne weiter zu überlegen, sage ich zu.

Sie beginnt zu strahlen. »Wunderbar. Kannst du um fünf Uhr ins *Pen State Inn* an der W 55th Street kommen? Da gibt es eine wirklich schöne Bar im obersten Stock.«

»Das klingt gut. Dann morgen Nachmittag um fünf Uhr, ich werde da sein.«

»Das freut mich. Also dann …« Ehe ich mich's versehe, wendet sie sich ab und steigt in eine dunkle Limousine, die genau in diesem Moment vor ihr anhält.

Ich blicke erneut auf die Karte und dann zu Ray, der mir zulächelt. »Wie gesagt, alles im Leben ist für irgendwas gut.

Und ich habe so ein Gefühl, als ob da ein Abenteuer auf dich wartet, Miss Mary.«

Nach unserem Yogakurs, bei dem Abby, unsere Trainerin, Sam und mich mächtig ins Schwitzen gebracht hat, indem sie uns die neuesten und innovativsten Yogaformen ausprobieren ließ, habe ich gefühlt den Muskelkater meines Lebens. Eigentlich will ich nur nach Hause, der Tag war ja schon aufregend genug. Aber Sam hat vorgeschlagen, dass wir uns noch ein wenig in den Sportclub setzen und bei der Gelegenheit gleich versuchen, etwas über diese geheimnisvolle *Exclusive Service Agency* herauszufinden.

Und so sitzen wir bei einem Switchel, dem momentan in der Stadt total angesagten Gesundheitsgetränk, an einem der vielen Tische, blicken auf mein Handy und betrachten die Website von ESA. Sie wirkt geheimnisvoll und gibt nur wenig Aufschluss darüber, worum es sich bei dem Unternehmen wirklich handelt. Es gibt im Prinzip lediglich eine Kontaktseite mit einem professionellen Porträtfoto von Georgia Donavan. Auch auf dem Bild wirkt sie überaus elegant und dadurch ein wenig unnahbar, aber dennoch sehr freundlich, und ich mustere einen Moment lang das ebenmäßige Gesicht, die hellen Haare und die auffallend blauen Augen. Ansonsten sind auf der Seite kaum Informationen zu finden. Man erfährt nur, dass die Agentur anscheinend für wichtige Personen arbeitet, die anonym bleiben wollen.

»Das ist ja echt spannend. Ich meine, wirklich viel Auskünfte bekommt man ja nicht, aber ich denke, das soll so sein. Macht jedenfalls einen höchst exklusiven Eindruck«, meint Sam. »Und was hat sie noch mal genau gesagt?«

Ich sehe vom Display meines Smartphones auf. »Dass sie mich für einen Kunden buchen möchte, der wohl von meiner

Musik begeistert ist. Alles Weitere erfahre ich erst bei unserem Treffen morgen in diesem Hotel.«

»Das ist nicht irgendein Hotel, Mary, das ist das *Pen State Inn*. Du bist ein Glückspilz, das Hotel ist nämlich echt der Wahnsinn!«

Ich sehe sie fragend an.

»Sag bloß, du kennst das *Pen State Inn* nicht? Da verkehren nur die Reichsten der Reichen.«

Geistesabwesend nicke ich, denn mit einem Mal werde ich total nervös. Hunderte von Fragen kreisen in meinem Kopf. Was soll ich denn da nur anziehen? Wer ist wohl der Kunde, der mich gesehen hat und buchen will? Und warum muss es so ein nobles Hotel sein?

Als hätte Sam meine Gedanken gelesen, sieht sie mich aufmunternd an. »Mach dir keinen Stress. Wenn du magst, kannst du mein schwarzes Designerkleid von Chanel anziehen und die hübschen hohen Stiefel. Die stehen dir sicherlich gut. Was aber nicht unbedingt nötig wäre, du siehst so oder so gut aus.«

Ich lächle. »Du bist ein Schatz. Wäre das wirklich okay für dich?«

»Natürlich ist das okay.« Sie streicht sich eine Haarsträhne aus dem Gesicht und lehnt sich dann zurück. Der Milchschaum des Cappuccinos, den sie sich nach unserem Wellnessdrink bestellt hat, hat einen weißen Bart auf den feinen Härchen über ihrer Oberlippe hinterlassen. »Hast du überhaupt keine Idee, wer der Kunde sein könnte?«

Erst zucke ich mit den Schultern, doch dann dämmert es mir plötzlich. »Meinst du, das könnte Ethan Blake sein? Glaubst du, er steckt dahinter?«

Sie wiegt den Kopf hin und her. »Jetzt, wo du es sagst … Aber ich weiß nicht, das wäre schon ganz schön schräg von ihm, oder?«

Ich denke an seine letzte Nachricht, in der er geschrieben hat, dass er es mir beweisen will. Aber würde er ernsthaft eine Agentur auf mich ansetzen? Zudem hat er mich doch gar nicht im *Jone's* gesehen. Allein diese Tatsache würde ihn ja schon aus dem Kreis der möglichen Auftraggeber ausschließen. Und das sage ich Sam dann auch.

»Stimmt, das würde nicht zusammenpassen«, meint sie. »Hat er sich seither eigentlich noch mal gemeldet?«

»Du meinst seit gestern Abend? Nein, bisher nicht.«

Eine Weile sitzen wir da, nippen an unseren Getränken und hängen unseren Gedanken nach, bis mir eine weitere Idee kommt. »Sam, weißt du was? Ob es wohl etwas mit dem Mann zu tun hat, den ich immer im *Jone's* sehe?« Wenn ich es so sage, hört es sich merkwürdig an. Dennoch frage ich mich, ob es so sein kann.

Ihre Augen weiten sich. »Du meinst den, der immer am Donnerstag bei deinen Auftritten zusieht und danach so schnell wieder verschwindet?«

»Albern, oder? Aber ich dachte gerade, dass es vielleicht etwas mit ihm zu tun haben könnte.«

»So abwegig ist das nicht. Wer weiß, am Ende ist es wirklich so. Na ja, was soll's.« Grinsend stupst sie mich in die Seite. »Wer auch immer dahintersteckt, morgen schon wirst du es erfahren.«

Kapitel 16

Am nächsten Tag weiß ich vor lauter Aufregung nichts mit mir anzufangen. Mal scheint die Zeit kaum zu vergehen, dann wieder unheimlich schnell.

Als ich kurz vor halb fünf in Sams Chanel-Kleid und den hohen Stiefeln vor ihr stehe, strahlt sie mich an. »Du siehst umwerfend aus. Wirklich, als wärst du die reiche Tochter eines New Yorker Unternehmers, die eben was trinken gehen will. Du wirst in der vornehmen Umgebung gar nicht auffallen.«

Ich atme tief durch. Obwohl ich mich in dem Outfit wirklich wohlfühle, kann ich nicht leugnen, wie nervös ich bin. In den letzten Tagen ist so viel passiert, dass ich noch gar nicht dazu gekommen bin, alles zu verarbeiten. Aber vielleicht ist das die Chance, mich mit meiner Musik weiterzubringen. Und wenn der Job gut ist, dann bringt er auch Geld.

Kurz überkommen mich Zweifel, ob ich mir nicht zu viel davon verspreche. »Soll ich wirklich hingehen?«, frage ich Sam, die mich aufmunternd ansieht.

»Natürlich. Was spricht dagegen? Triff dich mit dieser Georgia Donavan, danach bist du schlauer. Wer weiß, am Ende hat sich ein wohlhabender Mann in dich verschossen und kann jetzt nicht mehr aufhören, an dich und deine Musik zu denken.«

Ich rolle mit den Augen. »Genau. So wird es sein.«

»In New York ist alles möglich. Ich meine, denk mal an diesen Ethan Blake, der mit dir ausgehen wollte.« Sie zwinkert mir zu. »Aber jetzt raus mit dir, sonst kommst du noch zu spät. Und du willst doch keinen schlechten Eindruck machen.«

»Du hast recht. Also bis später, drück mir die Daumen.« Mit diesen Worten wende ich mich ab und verlasse unser Apartment.

Ich brauche nur eine gute Viertelstunde bis in die Upper East Side. Hier ist es wirklich schön, dennoch habe ich das Gefühl, dass ich einfach nicht hierhergehöre. Und dieser Eindruck verstärkt sich noch viel mehr, als ich vor dem mächtigen Hotel angekommen bin, denn das *Pen State Inn* an der W 55th Street ist ein wirklich beeindruckendes Gebäude aus Stein mit mächtigen Verzierungen. Mein Herz schlägt nun immer heftiger. Ich blicke auf die Uhr. Noch fünf Minuten, dann müsste Miss Donavan hier erscheinen. Ich muss versuchen, gelassen zu sein. Es ist einfach nur ein Termin, rede ich mir ein. Und doch lässt sich mein Puls nicht so leicht beruhigen.

»Sind Sie Mary O'Hanna?«, höre ich mit einem Mal eine tiefe Stimme hinter mir. Rasch drehe ich mich um. Ein Mann in einem schicken schwarzen Anzug steht vor mir und lächelt mich an.

Ich nicke. »Ja, das bin ich.«

»Ich komme im Auftrag von Miss Donavan und soll Sie schon einmal nach oben bringen. Würden Sie mir bitte folgen?«

Gemeinsam treten wir an die golden verzierte große Glastür. »Bitte nach Ihnen.« Er deutet eine leichte Verbeugung an und zeigt ins Innere des Gebäudes.

Wenig später finde ich mich in dem beeindruckenden Foyer wieder, in dem alles funkelt und glänzt. Viele Menschen tummeln sich hier, einer schicker als der andere. Es fühlt sich an, als würde man eine ganz andere Welt betreten.

Wir gehen geradeaus auf den Aufzug zu und warten kurz, bis sich die Türen öffnen.

»Bitte nach Ihnen«, sagt der Mann erneut.

Nachdem wir den goldglänzenden verspiegelten Lift betreten haben, zückt er eine Karte und drückt dann den Knopf des dreiundzwanzigsten Stockwerks, neben dem ich die Bezeichnung *Salon de Ning* lese. Ich bin unheimlich gespannt, was mich hier noch alles erwartet.

Die Fahrt dauert keine Minute, und als der Aufzug anhält und die Türen sich öffnen, komme ich aus dem Staunen nicht heraus. Denn wir befinden uns im obersten Bereich des Hotels, von wo aus man über die ganze Stadt blicken kann.

Der Mann führt mich an einen Tisch am Fenster. »Ms Donavan ist gleich da, nur einen Moment Geduld, bitte.«

»Danke«, antworte ich nur, dann sitze ich da und sehe mich um.

Es ist einiges los, die Leute unterhalten sich, trinken Wein oder Champagner, alles wirkt so edel und schick. Leise Musik spielt im Hintergrund, und wenn ich dachte, ich könnte nicht nervöser sein, werde ich gerade eines Besseren belehrt. Am besten bleibst du hier ganz still sitzen und wartest einfach ab, versuche ich mich zu beruhigen. Dennoch spüre ich diesen Knoten in meinem Magen ganz deutlich.

Endlich betritt Georgia Donavan den Saal. Sie trägt ein silberfarbenes Kostüm und unter dem Blazer einen dünnen schwarzen Pullover, vermutlich aus feinster Wolle.

Als sie meinen Tisch erreicht hat, stehe ich auf.

»Hallo, Mary. Schön, dass du es einrichten konntest.« Ihr Händedruck ist fest, aber nicht zu hart.

Sie setzt sich, und ich tue es ihr gleich.

»Um ehrlich zu sein, bin ich natürlich sehr aufgeregt, was mich heute hier erwartet«, gestehe ich ohne Umschweife.

Georgia nickt. »Das kann ich mir gut vorstellen. Ich will dich auch gar nicht lange auf die Folter spannen. Lass uns aber zuerst etwas bestellen, dann erkläre ich dir alles. Ist das in Ordnung? Ich bin kurz vorm Verhungern. Ein Termin jagt heute den nächsten.« Ohne eine Antwort abzuwarten, greift sie nach der Karte.

Ja, Essen ist eine gute Idee. Vielleicht hilft es auch, meinen flauen Magen zu beruhigen. Heute Morgen war ich nämlich so nervös, dass ich keinen Bissen hinuntergebracht habe. Ich lasse meine Augen auf der Karte hin und her wandern und entscheide mich schließlich für das Grilled Chicken Sandwich. Ein Preis steht nicht auf der Karte. Aber ich hoffe, dass es eines der günstigeren Gerichte ist. Möglichst unauffällig wende ich die Karte, um zu sehen, ob eventuell auf der Rückseite Preisangaben stehen, aber bis auf die Desserts entdecke ich auch hier nichts.

Georgia hat mich durchschaut. Das spüre ich an der Art, wie sie mich ansieht. Sie hat längst gemerkt, wonach ich suche, und lächelt mich freundlich und offen an. Ich bin sofort beruhigt und spüre, wie mein Puls langsamer wird.

»Mach dir keine Gedanken, die Rechnung geht auf mich.«

Ich nicke. »Vielen Dank, ich weiß das zu schätzen. Das ist sehr nett von Ihnen, Miss Donavan.«

»Und du solltest mich bitte auch duzen. Ich bin Georgia, ja?«

»Das freut mich. Danke.«

Ein Blick von ihr reicht, um den Kellner am Tisch erscheinen zu lassen, damit wir bestellen können. Georgia nimmt einen Caesar Salad und ich das besagte Grilled Chicken Sandwich. Dazu bestellt sie uns zwei Gläser Champagner.

Sie wartet, bis der Kellner den Tisch verlassen hat, dann meint sie: »Sicherlich bist du gespannt, worum es geht.«

»Ja, Sie sagten … Entschuldigung, du sagtest, ein Kunde möchte mich buchen, weil er mich im *Jone's* gesehen hat. An was hatte er denn da gedacht?«

Lächelnd beugt sie sich zu mir vor und will gerade etwas antworten, als der Kellner zurückkommt und die beiden Gläser mit Champagner vor uns abstellt.

»Danke schön.« Nachdem er wieder gegangen ist, greift sie nach ihrem Glas. »Auf einen angenehmen Abend.«

Sie hebt ihr Glas, ich meines, und wir stoßen an.

Das prickelnde Getränk belebt mich sofort, doch ich muss mich damit zurückhalten, mein Magen ist noch zu leer.

»Also.« Georgia stellt ihr Glas ab und sieht mich an. »Mein Unternehmen arbeitet für Kunden, die aufgrund ihrer gesellschaftlichen Stellung bei den Dienstleistungen, die wir anbieten, auf Diskretion achten. In deinem Fall geht es um einen Musikliebhaber. Er hätte gern – sagen wir es so – ein exklusives Konzert.«

Ich nicke und frage mich zugleich, was *exklusives Konzert* wohl bedeutet.

Als hätte sie meine Gedanken gelesen, lächelt sie. »Es geht dabei wirklich nur um die Musik. Er war schlichtweg fasziniert von deiner Stimme. Er hat sich informiert, findet dich talentiert. Du warst auf der Juilliard? Das ist beeindruckend.«

Ich nicke und spüre Hitze auf den Wangen. »Danke.«

»Jedenfalls: Er will dich sehen.«

»Ich fühle mich wirklich geschmeichelt, aber …« Ich zögere. »Wie soll ich mir das vorstellen? Ich meine, es klingt toll, aber auch etwas unheimlich.«

Sie schüttelt den Kopf. »Nein, wirklich nicht. Es ist ganz einfach. Der Kunde möchte, dass du zu ihm kommst und dort für ihn singst. Dafür wirst du natürlich entlohnt.«

Gedankenverloren blicke ich durch das riesige Fenster auf die Stadt, die sich vor uns ausbreitet. Der Anblick ist atemberaubend. Man fühlt sich so mächtig und klein zugleich. Unbeschreiblich.

Dann sehe ich wieder zu Georgia. »Und wie lange soll ich für ihn spielen?«

»Erst mal nur eine Stunde. Dafür bekommst du fünfhundert Dollar. Weitere Auftritte werden dann im Anschluss organisiert. Es wird auch alles vertraglich geregelt. Du musst dir keine Gedanken machen, ich passe auf meine Klienten immer sehr gut auf. Den Kunden kenne ich schon lange, er ist vertrauenswürdig, darauf kannst du dich verlassen.«

Ich kann nicht glauben, was ich da höre. Fünfhundert Dollar? Für eine Stunde? Das ist unfassbar viel Geld. Dafür, dass ich nur singen soll?

Wieder tritt der Kellner an unseren Tisch und bringt das Essen. Sofort steigt mir ein betörender Duft in die Nase.

»Denk einen Moment darüber nach, Mary«, fährt Georgia fort. »Jetzt essen wir erst mal. Lass es dir schmecken.«

Schon der erste Bissen ist einfach herrlich. Ich weiß nicht, ob ich jemals so ein leckeres Grilled Chicken Sandwich gegessen habe. Wir sitzen uns gegenüber und genießen unsere Leckereien, während wir zusehen, wie sich die Sonne golden über New York senkt und hinter den hohen Häusern verschwindet. Es dämmert, und aus den vielen Büros und Apartments der Wolkenkratzer blitzen uns Lichter in den verschiedensten Weiß- und Gelbtönen entgegen. Ein perfekter Augenblick.

»Das Essen war wunderbar, Georgia«, sage ich, als ich fertig bin und mein Besteck auf dem Tellerrand ablege.

»Ja, das finde ich auch«, erwidert sie, während der Kellner unser Geschirr abräumt und unseren Platz nachbereitet.

»Darf ich Ihnen ein Dessert anbieten?«, fragt er. »Crème brûlée für die Damen?«

»Nein, danke«, antwortet Georgia. »Du, Mary?«

»Danke, für mich auch nichts mehr.«

»Wie Sie wünschen«, entgegnet der Kellner und lässt uns wieder allein.

»Und ich soll nur singen?«, frage ich schließlich und nehme damit das Thema von vorhin wieder auf.

»Genau, es geht um die Musik. Heißt das, du kannst es dir vorstellen?«

Ich nehme all meinen Mut zusammen. »Ehrlich gesagt, ja, ich kann es mir vorstellen. Die Bezahlung ist unglaublich. Und ich brauche wirklich dringend einen neuen Job und vor allem Geld, nachdem ich im Diner gefeuert worden bin.«

»Ja, das war wirklich keine schöne Sache. Diese andere Kellnerin scheint äußerst unangenehm zu sein.«

»Sie konnte mich nicht leiden, warum auch immer.« Ich zucke mit den Schultern. »Es war für mich ein Job, den ich gebraucht habe, um die Miete zu zahlen.«

»Nun, dann ist das hier ja vielleicht ein Anfang. Warte, ich zeige dir mal alle weiteren Konditionen.« Sie bückt sich zu ihrer Aktentasche aus weichem Leder, die links neben ihrem Stuhl steht, und holt eine Mappe heraus. Wieder leuchten mir die Initialen *ESA* entgegen. Die Mappe ist genauso tiefschwarz wie die Visitenkarte, die ich von Georgia bekommen habe. Während sie mir die Mappe in die Hand drückt, mustert sie mich und sagt: »Alles, was du wissen musst, steht in diesen Unterlagen. Wir können sie eben zusammen durchgehen.«

»Gern.« Meine Augen wandern über die verschiedenen Punkte.

Ich lese, dass ich für einen Kunden gebucht werde, um ihm mit musikalischen Diensten zur Verfügung zu stehen. Außerdem ist vermerkt, dass ich mich jederzeit mit Fragen und Wünschen an Georgia wenden kann und dass sie immer für mich erreichbar sein wird. Im Gegenzug muss ich einwilligen, ebenfalls jederzeit zur Verfügung zu stehen. Es wird garantiert, dass meine Daten sensibel behandelt werden und niemand erfährt, dass ich für *ESA* arbeite. Außerdem muss ich eine Verschwiegenheitserklärung unterschreiben, die den Kunden schützen wird. Der Vertrag kann jederzeit gekündigt werden. Wir besprechen erneut das Honorar, und mein Herz fängt heftig an zu pochen, als ich die Zahl schwarz auf weiß lese. Fünfhundert Dollar pro Stunde.

Noch einmal überfliege ich die einzelnen Punkte und sehe dann zu Georgia.

»Hast du noch irgendwelche Fragen?«

Ich schüttle den Kopf, denn Georgia hat mir wirklich alles sehr gut erklärt. »Ich bin dabei. Wann soll es losgehen?«

»Das freut mich. Dann musst du nur noch hier unterschreiben.« Sie reicht mir einen Stift und lehnt sich in ihrem Stuhl zurück. »Allerdings …«

Jetzt kommt es. Ich atme tief durch.

»Da wäre noch eine Sache …«

Auf dem Weg nach Hause wirkt alles immer noch so surreal auf mich. Ich kann noch immer nicht glauben, dass ich den Vertrag wirklich unterschrieben habe. Auch wenn ich eigentlich ein gutes Gefühl dabei habe, bin ich dennoch sehr aufgeregt. Denn schon morgen soll das erste Treffen stattfinden, und ich habe keine Ahnung, was und vor allem wer mich erwartet.

Ich beschließe, Sam anzurufen. »Hey, störe ich dich?«

»Ach, Mary, du störst doch nicht. Eigentlich rettest du mich gerade vor einer Diskussion mit meiner Mutter.«

»O weh, geht es schon wieder um den Job im Club?«

»Ja, ja. Immer dieselbe Leier. Zu spät, zu gefährlich. Aber egal. Bist du schon zu Hause? Wie war es?«

»Fast, und ich sage es dir, es war alles so aufregend.«

»Erzähl, ich bin total gespannt.«

In diesem Augenblick beginnt es zu tröpfeln. Zum Glück habe ich einen kleinen Schirm für Notfälle in der Handtasche.

Um diese Jahreszeit schwenkt das Wetter in New York gern einmal von jetzt auf gleich um. Eilig ziehe ich ihn heraus und versuche, ihn zu öffnen, während ich das Telefon zwischen Wange und Schulter klemme. »Verdammter Mist«, entfährt es mir.

»Was? Ich dachte, es war gut.«

»Ach, nicht du, entschuldige. Ich versuche nur gerade, meinen Schirm zu öffnen. Aber egal. Also, es war absolut beeindruckend, ich habe das Ganze ehrlich gesagt noch immer nicht richtig verarbeitet.«

»Das klingt spannend. Jetzt erzähl schon.«

Und dann berichte ich Sam alles. Dass ich für einen Kunden, einen Musikliebhaber, gebucht werden soll und dass es einen Vertrag gibt.

»Gosh!«, ruft sie, als ich ihr das unglaublich hohe Honorar nenne – ein Wort, das sie gern verwendet, wenn sie von einer Sache total beeindruckt ist. Ich muss lächeln, als ich mir Sam vorstelle, wie sie jetzt wohl mit offen stehendem Mund dasitzt.

»Nicht dein Ernst? Fünfhundert Dollar pro Stunde? Und du brauchst nichts weiter zu tun, als für ihn zu singen? Das ist ja mal ein Ding.«

»Ja. Allerdings gibt es da eine Sache, die mich nervös macht.« Ich muss daran denken, wie Georgia mir den Stift gereicht und dann diesen letzten Punkt angesprochen hat. Es ist verrückt, aber schließlich habe ich dennoch eingewilligt.

»Und die wäre?«, hakt Sam nach.

»Ich werde ihn nicht sehen, ich muss sozusagen mit verbundenen Augen für ihn singen.«

Erst sagt sie gar nichts, sondern zieht hörbar Luft ein. »Ehrlich? Ist das dein Ernst?«

»Ja, ich werde morgen abgeholt und dann zu einem geheimen Treffpunkt gebracht.« Ich atme tief durch. »Sag mir, dass ich nicht den größten Fehler meines Lebens begehe. Dass es nicht total dumm ist.«

Der Regen wird stärker, während ich weitergehe und auf ihre Antwort warte.

»Also«, beginnt sie zögernd, »ich weiß nicht, was ich dazu sagen soll.« Doch dann hört sich ihre Stimme schon viel leichter an. »Klar ist es irgendwo verrückt, aber dann auch wieder aufregend und spannend. Und sogar ein bisschen erotisch.«

»Was? Erotisch? Nein, ich singe nur.« Jetzt wird mir doch ein bisschen flau im Bauch, denn an Erotik habe ich ja selbst kurz gedacht, als Georgia mir das Honorar genannt hat. Bis jetzt zumindest habe ich das verdrängt. Und der Gedanke gefällt mir nicht besonders. Ich ziehe meinen Schal noch etwas enger und bleibe einen Moment lang stehen. »Sam, ich sollte das vielleicht doch nicht tun, oder? Ich meine, wer weiß, was das am Ende für ein Kerl ist. Wie war das noch mal mit dem Serienkiller in New York?«

Sie lacht. »Nein, ein Superheld. Schon vergessen?«

Ich rolle mit den Augen.

»Okay, jetzt werd mal nicht panisch. Wir sollten das Ganze logischer angehen. Diese Georgia meinte also, dass dieser Kunde dich im *Jone's* spielen gehört hat«, sagt sie und wirkt mit einem Mal ganz euphorisch.

»Ja, Sam. So weit waren wir doch schon. Worauf willst du hinaus?«

»Jetzt lass mich doch erst einmal ausreden.«

»Schon gut«, grummele ich ins Telefon und Sam fährt fort.

»Wir bräuchten eine Möglichkeit, um rauszufinden, ob es wirklich der Typ ist, der dir immer zusieht.«

»Ach, und du meinst, das wird er mir einfach so erzählen? Ganz offensichtlich hat der Typ irgendwas zu verheimlichen. Und genau deshalb lässt mich unser Gedanke von neulich auch nicht los. Anscheinend will er um jeden Preis unerkannt bleiben. Genauso wie der Typ donnerstags in der Bar.«

»Ich weiß, aber vielleicht können wir ihn ja überlisten, um es herauszufinden. Da fällt mir sicher was ein.«

»Das wiederum ist gut möglich, meine zukünftige Staranwältin«, necke ich sie.

Sam ignoriert meine spitze kleine Bemerkung. Sie ist voll in Fahrt. In der Vergangenheit kam sie schon ein-, zweimal mit der Idee, den Unbekannten irgendwie zu überlisten. Doch das war mir bisher einfach zu doof. Jetzt hat sich die Situation verändert und ich bin wirklich mehr als neugierig, wer dahintersteckt. »Angenommen, er ist es wirklich?«, holt Sam mich aus meinen Gedanken.

Ich bin gespannt, auf was sie hinauswill. Dass es sich um denselben Mann handelt, halte ich mittlerweile auch für gut möglich. Er könnte es wirklich sein. Mein Herzschlag beschleunigt sich. Wie oft habe ich mich schon gefragt, wer er ist. Bietet sich jetzt also die Gelegenheit, dass ich auf diesem Wege hinter sein Geheimnis komme, oder spinnen wir uns einfach was zusammen?

»Die Frage ist, wer dieser mysteriöse Auftraggeber ist«, überlegt Sam weiter. »Anscheinend handelt es sich ja um jemanden, den man kennen muss, sonst wäre da nicht die Sache mit den verbundenen Augen.«

Das stimmt wohl. Und doch frage ich mich, ob es auch einen anderen Grund geben könnte. Ohne dass ich es will, schiebt sich Tad in meine Gedanken, und ich schlucke. Aber das wäre sehr weit hergeholt, oder?

»Alles okay?«, will Sam wissen.

»Ja, ich habe nur nachgedacht.«

Sie schlussfolgert weiter: »Weißt du, das würde auch erklären, warum er immer so schnell verschwindet.«

»Ja, vielleicht ist es so, aber das sollte mir im Prinzip egal sein. Es geht mir um das Geld. Und das ist schnell und gut verdient. Dazu noch mit etwas, das ich liebe. Das ist alles, was zählt.«

»Klar, da hast du recht. Aber aufregend ist es trotzdem.«

Stimmt, aufregend ist das Ganze wirklich.

»Mal abgesehen von der großen Frage: Wer ist Mr Mystery? Welche Songs wirst du denn spielen?«

»So genau weiß ich es noch nicht. Ich habe eine kleine Playlist zusammengestellt. Sie reicht für eine knappe Stunde. Sie ist eine Mischung aus den letzten neueren Songs, aber auch einigen aus alter Zeit.« Ich erzähle ihr nicht, dass ich *Nur ein Klang* spielen werde. Es ist ein Song, den ich vor langer Zeit für Tad geschrieben habe. Nie werde ich vergessen, wie aufgeregt ich war, als ich ihn ihm vorspielte. Sollte es wirklich Tad sein, dann … Ich verschiebe den Gedanken.

»Das hört sich gut an. Kenne ich die alten Stücke?«

»Fast alle«, antworte ich.

Kapitel 17

Als ich am darauffolgenden Tag aus meinem Zimmer komme, mustert mich Sam von oben bis unten und hebt dann anerkennend den Daumen. »Wow, du siehst echt gut aus.«

»Ja, meinst du? Ist ja eher schlicht«, antworte ich und merke dabei, wie nervös ich schon wieder bin. Keine Ahnung, wie oft ich mich umgezogen habe. Denn ich hatte wirklich keinen Plan, was ich anziehen soll. So habe ich mich schließlich nur für eine schwarze Bluse mit leichtem Spitzenbesatz und eine helle Jeans entschieden. »Ich weiß nicht, ich fühle mich so merkwürdig. Ob es wirklich eine gute Idee war zuzusagen?«

Ein Grinsen huscht über Sams Gesicht. »Fünfhundert Dollar, mein Herz. Es war eine verdammt gute Idee.«

»Genau, es geht nur um das Geld, und ich kann spielen.« Ich atme tief durch. »So muss ich es sehen.«

»Das ist eine gute Einstellung.«

Ich schnappe mir meine Jacke und den Gitarrenkoffer. »Also, ich bin dann mal weg«, verabschiede ich mich, bleibe dennoch stehen und sehe Sam fragend an.

»Das wird schon, nur Mut. Du rockst das«, muntert sie mich auf.

Ich versuche ein leichtes Lächeln, dann verlasse ich die Wohnung endgültig.

Unten angekommen, öffne ich die Haustür und sehe mich um. Wie verabredet steht tatsächlich ein Wagen bereit, und ein Mann im Anzug kommt auf mich zu. »Mary O'Hanna? Ich bin Jeff, ich bringe Sie jetzt zu unserem Auftraggeber. Sind Sie bereit?«

Bevor ich antworte, lasse ich meinen Blick die Hausfassade entlang nach oben wandern und entdecke Sam, die am Fenster steht und mir zuwinkt.

Bin ich bereit? So kann man es eigentlich nicht sagen, aber schließlich nicke ich.

Jeff hält mir die Tür auf, und ich setze mich in den Fond des Wagens. Nachdem er auf dem Fahrersitz Platz genommen hat, dreht er sich zu mir um. »Wir werden jetzt eine Weile unterwegs sein. Kurz bevor wir am Ziel sind, werde ich anhalten und Ihnen die Augen verbinden«, erklärt er.

Ich nicke, auch wenn mir die Sache noch immer nicht geheuer ist. Denn wie soll es einem auch geheuer sein, wenn man weiß, dass man mit verbundenen Augen ein exklusives Konzert für einen unbekannten Mann geben soll?

Jeff scheint irgendwie zu spüren, wie ich mich gerade fühle, denn er lächelt mir aufmunternd zu, bevor er sich nach vorne dreht und den Wagen startet. Seine freundliche Art beruhigt mich, und ich versuche, meine Nervosität in den Griff zu bekommen. Diese Georgia war doch wirklich nett, überlege ich. Sie weiß, um wen es sich bei dem geheimnisvollen Kunden handelt, daher sollte ich ihr einfach vertrauen. Es wird schon alles gut gehen.

Die Fahrt zieht sich in der Tat eine Weile hin. Während Jeff sich unaufgeregt einen Weg durch den dichten New Yorker Verkehr bahnt, blicke ich aus dem Fenster und lasse meine Gedanken kreisen.

Natürlich frage ich mich immer noch, wer dieser ominöse Kunde ist. Ist er wirklich derjenige, der immer donnerstags im *Jone's* auftaucht? Liegt ihm wirklich so viel an der Musik, dass er bereit ist, eine Menge Geld dafür zu zahlen? Oder hat es womöglich doch etwas mit Tad zu tun? Die letzte Frage huscht mir kurz durch den Kopf, aber ich ermahne mich sogleich. Daran darf ich nicht denken. Und ich weiß auch, dass ich für den Moment keine Antworten auf meine Fragen bekommen werde, sosehr ich mir auch den Kopf zerbreche. Ich muss mich einfach darauf einlassen. Wie sagte Ray noch? Er glaubt, dass ein Abenteuer auf mich wartet, und genau als solches sollte ich es sehen.

Als Jeff den Wagen an den Straßenrand lenkt und anhält, schlägt mein Herz noch heftiger. »Wir sind gleich da«, sagt er, »deswegen werde ich Ihnen jetzt die Augen verbinden.«

Ich nicke, obwohl ich sofort diesen festen Stein im Bauch fühle. Das war nun mal die Abmachung.

Er steigt aus und kommt um den Wagen zu mir herum. »Würden Sie bitte auch aussteigen?«

Natürlich tue ich, worum er mich bittet. Was bleibt mir auch anderes übrig? Ich wende ihm den Rücken zu, dann legt er mir ein Stück schwarzen Stoff über die Augen und verknotet ihn fest hinter meinem Kopf. Das Tuch ist so dicht, dass nicht mal ein kleiner Lichtschein hindurchdringt.

»Ist es in Ordnung, wenn ich Ihre Hand nehme?«, fragt Jeff hinter mir. »So kann ich Sie besser zurück ins Auto führen.«

Ich strecke meine Hand aus, und er greift sofort danach.

»Nur einen Schritt, dann ducken Sie sich bitte.«

Wenige Sekunden später sitze ich wieder auf der Rückbank. Ich lausche, wie Jeff die Tür neben mir zuschlägt und wieder auf der Fahrerseite einsteigt.

»So, nun geht es schon wieder los. Nur noch gute zehn Minuten«, erklärt er mir und startet den Motor.

Nachdem sich das Auto wieder in Bewegung gesetzt hat, kreisen die Gedanken erneut in meinem Kopf. Es wird schon alles gut werden, sage ich mir wieder und wieder – so lange, bis das Auto plötzlich stoppt.

»Miss O'Hanna, geben Sie mir bitte Ihre Hand?«, höre ich Jeff fragen, als er die Wagentür wieder öffnet.

Wir sind also da.

Mein Herz hämmert heftig gegen meinen Brustkorb, und ich beginne am ganzen Körper zu zittern. Doch als Jeff meine Hand ergreift, fühle ich mich etwas sicherer.

»Ganz langsam, einen Fuß nach dem anderen und bitte den Kopf gesenkt halten.« Mit diesen Worten hilft er mir aus dem Auto.

Ich versuche, so elegant wie möglich auszusteigen und nicht allzu unbeholfen zu wirken. Irgendwie gelingt es mir, und als ich wieder festen Boden unter den Füßen spüre, atme ich tief durch. Frische Luft umweht meine Nase, und ich lausche einen Moment. Vielleicht, weil ich auf etwas Vertrautes hoffe, auf irgendeinen winzigen Hinweis, der mir verrät, wo ich bin. Aber das ist natürlich Unsinn. Wie soll ich das erkennen? Das ist unmöglich.

»Ich hole Ihren Gitarrenkoffer«, reißt mich Jeffs Stimme aus meinen Gedanken. Ich höre es klappern, dann schließt sich die Wagentür. »Ich denke, ich trage ihn für Sie. Ist das in Ordnung?«

Ehrlich gesagt bin ich schon mehr als genug damit beschäftigt, einfach nur anwesend zu sein. Denn ich bin ja völlig orientierungslos. »Ja, natürlich. Das wäre sehr nett«, entgegne ich daher.

Wieder klopft mein Herz gegen meine Brust, als wäre es auf der Flucht. Es ist ein merkwürdiges Gefühl. Zwar fühle ich mich in Jeffs Nähe schon sicher, aber dennoch auch so wehrlos.

Ich weiß nicht, wo ich bin, was mich erwartet, und erst recht nicht, wem ich da gleich gegenüberstehen werde.

»Ich hake Sie jetzt bei mir unter«, erklärt mir Jeff. »Wir gehen ein paar Schritte, dann kommt eine Treppe, und ich werde Sie die Stufen nach oben führen. Keine Angst, ich passe gut auf, wir kriegen das hin.«

Dann gehen wir los, Schritt für Schritt, und als wir vor der Treppe angekommen sind, dirigiert mich Jeff wie versprochen nach oben. Ich zähle sieben Stufen, dann ertönt eine Klingel – wahrscheinlich hat Jeff sie gedrückt. Schritte sind zu hören, und schließlich öffnet sich eine Tür.

Ich lausche, aber derjenige, der die Tür offenbar geöffnet hat, gibt keinen Laut von sich. Nur Jeff spricht. »Guten Tag, ich bringe wie vereinbart Miss Mary O'Hanna«, sagt er, und abermals bekomme ich ein flaues Gefühl im Bauch.

Denn das hört sich an, als wäre ich ein Paket, eine Lieferung, die man sich bestellt hat. Gut, in gewisser Weise bin ich das ja auch. Irgendwie. Dieser Gedanke beunruhigt mich mit einem Mal. Meine Atmung beschleunigt sich. In den letzten Tagen ist einfach so viel passiert, etwas zu viel.

»Alles gut«, sagt Jeff, der bemerkt haben muss, wie es mir gerade geht. Vielleicht auch, weil ich mich unbewusst etwas zu stark an ihn geklammert habe. »Es gibt wirklich keinen Grund zur Beunruhigung, versprochen. Ich bringe Sie jetzt in den Raum, in dem Ihr Konzert stattfinden soll. Haben Sie keine Angst, es ist alles in Ordnung.« Seine Stimme wirkt beruhigend, und ich glaube ihm. Ich muss ihm glauben, mir bleibt schließlich nichts anderes übrig. Natürlich könnte ich alles abbrechen, aber das möchte ich dann doch nicht.

Als wir weitergehen, atme ich einen herben Duft ein. Irgendwie kommt er mir bekannt vor, aber ich weiß nicht, woher. Der Boden unter meinen Füßen wirkt glatt, also halte ich mich weiter an Jeff fest.

Zwölf Schritte zähle ich, es scheint durch eine Art Flur zu gehen. Dann biegen wir nach links ab. Das Knarren einer Tür ist zu hören, durch die wir wohl hindurchgehen, denn sofort verändert sich der Geruch im Raum, und ich atme einen hölzernen Duft ein. Es sind nun noch vier Schritte, bis Jeff mit mir stehen bleibt.

»Ich setze Sie jetzt auf einen Stuhl, Miss O'Hanna«, erklärt er. »Den Gitarrenkoffer stelle ich neben Ihnen ab. Oder soll ich lieber die Gitarre für Sie herausholen?«

Die Idee ist in der Tat nicht schlecht, denn mit verbundenen Augen ist das gar nicht so leicht. Vermutlich hätte ich es üben sollen, aber der Gedanke kommt mir erst jetzt.

»Das wäre ganz nett von Ihnen, Jeff«, antworte ich.

»Sehr gern.«

Dann klickt es, einmal, zweimal, und der zarte Klang von Holz dringt in meine Ohren.

»Das ist eine sehr schöne Gitarre«, stellt Jeff fest, während er sie mir in die Arme legt.

»Danke, ich habe sie mir damals von meinem ersten Geld gekauft.« Sofort umklammere ich die Gitarre, denn sie gibt mir irgendwie Schutz und Sicherheit. Sie ist etwas Vertrautes inmitten all des Unbekannten.

»Ich hole Sie dann wieder ab, versprochen«, sagt Jeff noch. Ich weiß nicht, ob er lächelt, aber zumindest hört es sich so an.

»Danke schön. Und bis nachher.«

»Gern geschehen.«

Dann entfernen sich seine Schritte – es sind vier –, die Tür knarrt wieder, und es wird still, während ich dasitze, mit klopfendem Herzen warte und die Gitarre auf meinem Schoß fest umklammere.

Es riecht ein bisschen nach Bohnerwachs. Auch glaube ich, den Geruch von altem Papier wahrzunehmen. Ich lasse meine Sohlen über den Boden gleiten, unter mir scheint sich ein Teppich zu befinden. Vielleicht bin ich ja in einer Bibliothek oder in einem Musikzimmer. Wenn mein Auftraggeber so reich ist, dass er eine Agentur einschaltet, um mich zu buchen, dann hat er vermutlich solch einen Raum. Die alten Notenblätter könnten den Papierduft verursachen, und mit dem Bohnerwachs wurden vielleicht Instrumente gereinigt oder der edle Holzboden, auf dem der Teppich liegt. Ich male mir allerhand aus und versuche, mir auf diese Weise die Zeit zu vertreiben.

Keine Ahnung, wie lange ich schon dasitze, meine Gitarre festhalte und in die Stille lausche. Doch dann zucke ich zusammen, denn nun höre ich erneut Schritte. Es klingt, als wären es Anzugschuhe, die auf Marmor prallen. Mein Herz zieht sich zusammen. Ob *er* das ist?

Ich bin aufgeregt, nervös und habe auch immer noch ein bisschen Angst.

Die Tür öffnet sich, schließt sich dann wieder, und die Schritte befinden sich nun eindeutig hier im Raum.

Ich sitze da, still, fast regungslos. Etwas hat sich verändert, überlege ich, und dann weiß ich auch, was es ist. Die Luft im Raum hat sich mit einem herben Duft vermischt, jenem Duft, den ich auch schon draußen vor der letzten Tür wahrgenommen habe. Jetzt ist er allerdings intensiver geworden. Ich atme ihn ein und versuche dabei, weiter zu lauschen, was um mich herum vorgeht.

Auf einmal spüre ich, dass er hinter mir steht. Mein Puls rast, und ich weiß nicht, was ich tun soll. Nun wird der Knoten an meinem Hinterkopf fester zusammengezogen. Er scheint also zu befürchten, dass ich doch etwas sehen könnte.

Wie festgewurzelt sitze ich da und warte, was als Nächstes kommt.

Schritte entfernen sich, ein Stuhl wird über den Boden geschoben, dann herrscht wieder Stille.

Eine Weile warte ich, aber niemand sagt ein Wort. Hitze fließt durch meine Venen, und ich frage mich, ob ich jetzt etwas sagen soll, traue mich dann aber doch nicht. Stattdessen atme ich den herben Duft ein und habe wieder das Gefühl, dass er mir bekannt vorkommt. Aber woher?

Stille liegt im Raum, und ich lasse meine Finger zart über den Gitarrenkorpus gleiten. Soll ich doch etwas sagen? Oder lieber noch warten? Doch schließlich nehme ich all meinen Mut zusammen und räuspere mich. »Ich weiß nicht, wie Sie heißen, aber ich bin, wie Sie ja vermutlich wissen, Mary O'Hanna«, beginne ich vorsichtig. »Georgia Donavan hat mir von Ihrem Auftrag erzählt. Bitte verzeihen Sie, wenn ich sage, dass mir das Ganze hier etwas merkwürdig vorkommt. Dennoch freue ich mich, dass Sie meine Musik mögen.« Ich schlucke ein paarmal fest. Mein Hals ist ganz trocken, was nicht gerade von Vorteil ist, schließlich muss ich ja gleich spielen und vor allem singen. »Tut mir leid, aber könnte ich vielleicht einen Schluck Wasser haben?«

Wieder das leichte Schaben eines Stuhls auf dem Boden, anschließend ein Schritt, zwei, fünf. Ein Geräusch, als würde eine Vitrine geöffnet. Der Klang eines Glases, das auf einen Tisch, vermutlich aus Holz, gestellt wird. Dann das Kratzen des Drehverschlusses am Hals der Flasche und schließlich das klare Geräusch von Wasser, das eingegossen wird. Wieder ein Schritt, zwei, fünf zurück. Der herbe Duft wird stärker, er ist jetzt ganz nah, und schon wird mir etwas Hartes in die Hand gegeben. Ich greife danach, es muss das Glas sein. Langsam führe ich es zu meinen Lippen und nehme einen großen Schluck daraus. Sofort belebt mich die kühle Flüssigkeit, und mein Hals fühlt sich nicht mehr so rau an. Ich nehme noch einen weiteren Schluck und halte das Glas dann in die Richtung, aus der ich es entgegengenommen habe.

»Danke, das war sehr nett von Ihnen. So geht es gleich viel besser.« Ich lächle leicht, auch um die Unsicherheit, die ich noch immer verspüre, zu überspielen. Natürlich gelingt es mir nicht, aber ich versuche, das Beste aus der Situation zu machen.

Das Glas wird mir aus der Hand genommen, wieder Schritte, das Glas wird weggestellt, jetzt noch einmal Schritte und das Schaben des Stuhls. Dann ist Stille.

»Also schön«, sage ich nun und bringe die Gitarre in Position. »Ich fange dann mal an, denn ich bin ja schließlich hier, um ein kleines privates Konzert für Sie zu geben.« Ich lege die Finger auf die Saiten und atme tief durch. »Das erste Lied heißt *Nur ein Klang.*«

Ich warte nun nicht länger ab, sondern beginne zu spielen, lasse meine Finger über die Saiten wandern. Zarte Töne erfüllen den Raum, und meine Nervosität lässt etwas nach. Die Musik schafft es, mich zu erden und zu beruhigen. Wenn ich spiele, bin ich in einer anderen Welt.

Musik zu machen, ist einfach das, was ich liebe, was mein Herz ausfüllt, und ich versuche, all meine Gefühle hineinzulegen in die Klänge, in meine Stimme. Meine Musik soll den Zuhörern Freude bereiten, nur darum geht es. Und jetzt habe ich auch keine Angst mehr, keine Sorgen. Da ist nur noch die Musik, die sanften Klänge, und ich hoffe, er kann spüren, wie viel sie mir bedeuten.

Mein Puls schlägt im Takt der Melodie. Und der Takt wird zu warmen, zarten Farbwellen. Ich spiele Lied um Lied, die Zeit vergeht, und als ich die letzten Worte gesungen habe, die letzten Töne verklungen sind, wird es wieder still. Mein Herz klopft, und ich frage mich, ob es ihm wohl gefallen hat.

Ich weiß nicht, wie viel Zeit wirklich vergangen ist – mir zumindest kommt es vor wie eine Ewigkeit –, als er auf einmal in die Hände klatscht. Sofort wird mir warm, und ich bin froh, dass er zumindest ein kleines Zeichen von sich gibt.

Ich räuspere mich. »Danke. Ich hoffe, es hat Ihnen viel Freude bereitet.«

Wieder wird der Stuhl verschoben, gefolgt von Schritten. Geht er jetzt etwa? War es das schon?

Doch er scheint in meine Richtung gekommen zu sein, denn nun nimmt er mir vorsichtig die Gitarre aus der Hand. Okay, was soll ich jetzt tun? Ich höre, wie sich der Deckel des Gitarrenkastens schließt und die Schlösser zuschnappen.

Mein Herzschlag nimmt an Fahrt auf. Zu wissen, dass er mir nah ist, und doch nicht zu wissen, wie nah, macht mich nervös. Während ich leise ein- und ausatme, lausche ich in die Stille.

Plötzlich greift er nach meinen Händen und zieht mich schon im nächsten Moment zu sich heran. Es geht so schnell, dass ich gar nicht weiß, wie ich reagieren soll. Ich gerate ins Schwanken und falle nach vorne, gegen seine Brust. Instinktiv versuche ich, mich festzuhalten, fasse nach dem Stoff seines Shirts, spüre meinen Herzschlag an seinem pochen. Meine Knie werden weich, denn sein Oberkörper ist fühlbar durchtrainiert, und meine Atmung beschleunigt sich.

Was jetzt? In dieser Position verharren und mich nicht bewegen?

Irgendwie ist es schön, ihm nah zu sein, diesen Duft einzuatmen, der so angenehm ist, der mir vertraut ist – vertrauter, als ich zuerst vermutet habe. Und die Wärme zu spüren, die von seinem Körper zu mir durchdringt.

Aber ich bin doch hier, um Musik zu machen. Oder erwartet er am Ende doch noch etwas anderes von mir? Kurz erfasst mich Panik, und ich trete hastig zurück, so hastig, dass ich gegen den Stuhl hinter mir stolpere und den Halt verliere. Schon als ich fürchte zu fallen, hält er mich am Arm fest.

»Tut mir leid, ich bin etwas erschrocken«, erkläre ich die Situation.

Doch er antwortet nichts und hüllt sich in Schweigen.

Ich versuche, mich zu fassen und irgendwie die Kontrolle über mich zurückzubekommen, so schwer es auch ist. »Ich hoffe jedenfalls, dass es Ihnen gefallen hat«, füge ich hinzu und atme tief durch.

Aber er schweigt weiter.

»Wissen Sie, ich liebe die Musik. Schon seit ich ein kleines Mädchen war, habe ich mich in ihr verloren. Oder vielleicht hat sie mich auch gefunden, wer weiß. Jedenfalls war es immer mein Traum zu singen. Und ich wollte immer nach New York kommen.«

Wieder Stille.

Ich räuspere mich. »Nun, okay, ich denke, die Zeit ist dann um. Bringen Sie mich nach draußen, oder soll ich hier auf Jeff warten?«, frage ich und lobe mich im Stillen dafür. Denn so gebe ich ihm zu verstehen, dass dieser Auftrag für mich hiermit erledigt ist.

Schließlich höre ich, wie mein Gitarrenkoffer aufgehoben wird. Seine Hand greift nach meiner und zieht mich mit sich.

Das Ganze ist verrückt und doch so aufregend.

Vorsichtig, Schritt für Schritt nähern wir uns der Tür, und ich fühle seine warme Haut. Kurz lässt er meine Hand los, um die Tür zu öffnen, danach umfasst er sie wieder, und wir gehen noch einige Schritte, wobei sich der Duft im Raum verändert. Offensichtlich befinden wir uns jetzt wieder in diesem Flur.

Dann bleibt er stehen, und seine Hand löst sich von meiner. Ich fühle, dass er mir noch immer nah ist, höre ihn atmen, und in meinem Bauch kribbelt es, als ich daran denke, wie es sich noch vor wenigen Augenblicken angefühlt hat, seine Brust zu berühren. Wenn ich ehrlich sein soll, ist da ein Drang in mir, es wieder zu tun, doch ich schiebe den Gedanken schnell weg. Was ist nur mit mir los? Ich weiß nicht, wie er aussieht, ich weiß nicht einmal, wer er ist. Und doch fühlt es sich gut in seiner Nähe an, so vertraut.

»Also dann«, sage ich, weil mir nichts anderes einfällt. Die Sekunden verstreichen, doch dann fährt er plötzlich mit seinem

Daumen über meinen Handrücken und zeichnet kleine Kreise darauf.

Seine Berührung löst sofort eine Gänsehaut bei mir aus. Nur ein Mann hat mich in meinem bisherigen Leben auf diese Weise berührt. Sofort denke ich an unsere Begegnung auf dem Leuchtturm, an die Nacht, in der er so verzweifelt war. Seine Hand in meiner Hand.

Tad.

Kann es sein? Ist es wirklich er? Habe ich deswegen diese Gefühle?

Ist es tatsächlich möglich, dass der Mann, der mich gebucht hat, Tad ist? Der Mann, den ich vor fünf Jahren auf dem Leuchtturm gerettet habe, mit dem ich diesen unglaublichen Sommer hatte und der dann verschwunden ist, als wäre er nie dagewesen? Und der mich unheimlich gekränkt hat.

Sofort beginnt es in meiner Brust zu ziehen.

»Tad?« Ich weiß nicht, warum, aber die Frage kommt mir einfach so über die Lippen, völlig unkontrolliert. Kaum habe ich sie ausgesprochen, zieht er seine Hand von mir weg.

Ich bin so versunken in dem Gefühl und warte darauf, dass er endlich etwas sagt, aber es bleibt still. Dann sind da Schritte, die sich entfernen. Vier Stück zähle ich, bevor sich eine Tür öffnet. Ist er gegangen?

Was ist nun mit mir? Werde ich abgeholt? Und wenn ja, wann?

Ich lausche, sicherlich kommt Jeff gleich. Doch stattdessen höre ich plötzlich eine tiefe Stimme, die aus einem Nebenraum zu kommen scheint. Gedämpft, nicht zu laut. Anscheinend hat er vergessen, die Tür vollständig zu schließen. »Wir sind fertig. Sie können sie wieder abholen.«

Ich halte den Atem an, um ja nichts zu verpassen. Seine Stimme ist rau und wirkt auch irgendwie bekannt auf mich. Doch ob es wirklich Tad ist, kann ich nicht sagen. Ich lausche weiter und hoffe, dass er noch mal etwas sagt, und tatsächlich klingt die tiefe Stimme erneut zu mir durch. »Ja, alles Weitere bespreche ich mit Georgia.« Das ist alles, was ich noch verstehe, dann ist da nur noch ein Murmeln, zu leise und zu undeutlich.

Krampfhaft versuche ich, in meinem Kopf alles zusammenzubekommen. Es ist bestimmt nicht Tad, er kann es eigentlich gar nicht sein, aber diese Berührung …

»Miss O'Hanna.«

Ich zucke zusammen, denn ich habe gar nicht bemerkt, dass Jeff sich mir genähert hat. Zu sehr war ich abgelenkt.

»Jeff, hallo. O Gott, haben Sie mich erschreckt«, gestehe ich.

Er lacht kurz auf. »Das tut mir sehr leid. Können wir dann?« Ich nicke. »Gut, ich hake Sie jetzt bei mir unter, dann beginnt das gleiche Spiel wie vorhin. Wir gehen zur Tür, dann die Treppen hinunter und zurück zum Wagen. Sind Sie bereit?«

Als ich wenige Minuten später im Auto sitze und Jeff den Motor startet, fällt die ganze Anspannung von mir ab. Natürlich habe ich Tausende von Gedanken in meinem Kopf, Gefühle, die verrücktspielen. Ich denke an den Duft des unbekannten Mannes, an den Moment, als ich an seine Brust gefallen bin und wir uns berührt haben. Und an die Kreise, die er auf meinen Handrücken gezeichnet hat. Gedankenverloren streiche ich mit den Fingerspitzen über die Stelle. Es war so merkwürdig. Vertraut, fremd, aufregend, aufreibend. Meine Hand an seiner Brust. Sofort pocht mein Herz schneller.

War es wirklich Tad?

Ich atme tief durch. Wer auch immer er ist, ich habe ihn schon mal getroffen, ich kann es nur nicht zuordnen. Auf jeden Fall löst er etwas in mir aus – und ich anscheinend auch in ihm. Die Frage ist nur, warum das so ist.

Kapitel 18

»Du lebst noch. Gott sei Dank! Und, wie war es?« Noch ehe ich die letzte Stufe genommen habe, reißt Sam schon die Wohnungstür auf und sieht mich mit großen Augen an. Mittlerweile trägt sie einen kurzen Rock und das Shirt mit der Aufschrift des *Glam Club*. Ich weiß, sie hat nachher noch eine Schicht dort. »Ich will jedes noch so kleine Detail hören«, fügt sie hinzu.

Mit einem Lächeln nehme ich die letzte Stufe und gehe an ihr vorbei. »Ja, sofort. Darf ich vorher noch meine Jacke ausziehen und den Gitarrenkoffer abstellen?«

Sie rollt mit den Augen. »Na gut, ausnahmsweise. Aber beeil dich.«

Aufreizend langsam gehe ich an ihr vorbei, stelle den Koffer ab, schlüpfe aus der Jacke und hänge sie in aller Ruhe an den Garderobenhaken. »Ich habe total Hunger«, stöhne ich, woraufhin sie zu kichern beginnt.

»Ich habe uns Nudeln gekocht, als hätte ich so was geahnt. Magst du welche, sie sind noch warm?« Sie geht vor mir in die Küche und deutet auf zwei Töpfe.

»Mit Tomatensoße?«

»Natürlich. Also?«

»Du bist ein Schatz, total gern.« Ich werfe ihr eine Kusshand zu und hole zwei Teller aus dem Küchenschrank, die ich ihr reiche. Sie häuft Nudeln darauf, übergießt sie mit Soße, und schließlich nehmen wir am Tisch Platz.

Eilig nehme ich den ersten Bissen und seufze. »Das ist jetzt genau das Richtige. Danke schön, Sam, ohne dich wäre ich längst verhungert.«

Sie grinst. »Also, schieß schon los!«

Und dann erzähle ich ihr alles haargenau. Wie aufgeregt ich war, dass Jeff mir die Augen verbunden hat und dass es doch echt gut gelaufen ist.

»Okay, und sonst war nichts? Du hast gesungen und wurdest dann wieder abgeholt?«

Ich schlucke. Denn eigentlich will ich sie nicht anlügen, aber es ist noch nicht an der Zeit. Auch wenn ich heute das Gefühl hatte, dass es Tad sein könnte, habe ich es mir vielleicht auch nur eingebildet. Also nicke ich.

Ihr Gesicht beginnt zu strahlen. »Perfekt. Ich meine, einfacher kann man ja wohl nicht an Geld kommen, oder?«

Das Vibrieren meines Handys erspart mir die Antwort. Die Nachricht, die ich erhalten habe, ist von Georgia.

»Von wem ist das?«, will Sam sogleich wissen.

Doch ehe ich antworte, öffne ich die Nachricht und lese sie rasch. Als ich fertig bin, macht mein Herz einen Satz.

»Jetzt sag schon, spann mich nicht so lange auf die Folter. Wer schreibt dir?«

»Georgia«, antworte ich. »Der Kunde will mich für morgen gleich noch mal buchen. Ist das zu glauben?«

Sie schüttelt den Kopf, als könnte sie es nicht fassen. »Du hast echt ein Glück. Tausend Dollar innerhalb von zwei Tagen. Irgendwas mache ich falsch.« Sie tippt sich mit dem Finger auf die Brust, auf den Schriftzug des Clubs. »Ich sage es dir, ich wünschte, die Schicht wäre schon vorbei. Eigentlich habe ich heute gar keine Lust, viel lieber würde ich mit dir um die Häuser ziehen.«

»Das machen wir ganz bald«, sage ich tröstend. »Und ich gebe die Drinks aus.«

»Das klingt gut.« Mit einem Seufzen steht sie auf. »Räumst du die Teller weg, ja? Ich muss jetzt leider schon los. Vorher ist noch ein Meeting, und na ja, ich will nicht wieder zu spät kommen.«

Ich nicke. »Klar. Du hast gekocht, ich räume auf.«

»Perfekt! Ach, wann sollst du morgen dort sein?«

»Ich soll um vier abgeholt werden.«

»Dann sehen wir uns wohl erst danach. Aber ich will wieder jedes Detail wissen.« Gespielt streng hebt sie den Zeigefinger, bevor sie sich draußen im Flur ihre Handtasche und ihre Jacke schnappt und noch einmal den Kopf zur Tür hereinsteckt. »Bis morgen also. Schlaf schön und träum von dem geheimnisvollen Mann.«

Ich rolle mit den Augen, doch Sam bekommt das gar nicht mehr mit, denn die Wohnungstür ist schon hinter ihr ins Schloss gefallen.

Als ich später im Bett liege, kreisen meine Gedanken natürlich noch immer um meinen mysteriösen Auftraggeber. Könnte er wirklich Tad sein? Die Berührung deutet zumindest darauf hin. Und ich denke an das viele Geld damals in diesem Umschlag. Aus einer armen Familie stammte er schon da nicht und das hat sich heute bestimmt nicht geändert. Wieder spüre ich einen Knoten im Magen.

Und wieder ist da diese Frage in meinem Kopf, was ich wirklich über ihn gewusst habe. Sollte ich nicht eigentlich froh sein, dass er damals nicht gekommen ist, dass sich die Dinge auf diese Weise entwickelt haben? Und doch hat mich in all der Zeit die Frage nach dem Warum gequält.

Ja, die Idee, die wir hatten, war verrückt, absolut verrückt sogar. Aber wir waren so davon überzeugt, zusammen diese Reise anzutreten, bis alles anders kam.

Ich spüre einen Stich im Bauch. Ein Vermissen. So lange Zeit ist es mir gelungen, die Gedanken und vor allem die Gefühle für ihn zu unterdrücken. Doch jetzt scheint die Tür, die ich so lange verschlossen gehalten habe, wieder offen zu stehen. Der Schlüssel sind die Erinnerungen, die überall zu lauern scheinen. Mein Gedanke von neulich fällt mir wieder ein: Wären wir ein Song, dann wären wir ein unvollständiger. Aber ist das am Ende auch der Grund? Muss unser Lied noch fertiggeschrieben werden?

Kapitel 19

Ich sehe auf mein Handy, es ist halb elf. Für meine Verhältnisse habe ich wirklich lange geschlafen. Meistens liege ich nur so lange im Bett, wenn ich in der Nacht davor noch an einem Song geschrieben habe oder ich nicht aufhören konnte zu spielen. Doch diesmal ließ mich etwas anderes nicht los: die Begegnung mit dem geheimnisvollen Mann, die Gefühle, die er in mir geweckt hat. Und die Vermutung, dass es Tad sein könnte, der Mann, den ich so sehr vermisst habe, auch wenn ich es zu unterdrücken versucht habe.

Ich lasse mich zurück in das Kissen sinken. Einen Moment will ich mich noch ausruhen, ehe ich aufstehe, mich dusche und dann frühstücke. Dann möchte ich unbedingt noch etwas Musik machen. Eigentlich wollte ich die ganze Zeit schon an dem neuen Song weiterarbeiten, den ich neulich begonnen habe. Das ist eine gute Idee, denke ich mir. Bis ich gegen vier Uhr abgeholt werde, habe ich ja wirklich noch etwas Zeit, und für den Auftrag habe ich die Stücke, die ich spielen will, bereits im Kopf.

Ich atme tief durch. Der Traum war so real, dass ich ihn noch immer spüren kann. Beinahe jedes Detail, Tads Berührung, seine Worte. Ich rieche noch immer den Wind von damals, fühle Tads Arm, der sich sanft um meine Schultern legte.

Kann er es wirklich sein – oder wünsche ich mir das nur? Und wenn er es ist, wie soll ich darauf reagieren?

Ich ziehe die Bettdecke noch ein Stückchen höher. Nein, ich darf das alles nicht zu sehr an mich heranlassen. Das verursacht nur Chaos, und das habe ich schon zur Genüge in meinem Leben. Es ist ein Auftrag, für den ich viel Geld bekomme. Wer auch immer mich da bucht, am Ende steckt nichts dahinter.

Das Vibrieren meines Handys reißt mich aus meinen Gedanken. Die Nachricht, die mir auf dem Display angezeigt wird, ist von Georgia. Ich öffne sie und beginne zu lesen:

Liebe Mary, wäre eine kurzfristige Planänderung für dich in Ordnung? Könntest du schon um dreizehn Uhr fertig sein? Liebe Grüße, Georgia

Mein Puls beschleunigt sich. Um dreizehn Uhr? Es ist bereits halb zwölf.

Das wird dann allerdings knapp. Und es passt auch absolut nicht zu den Plänen, die ich für heute gemacht habe. Der Gedanke löst ein Lächeln in mir aus. Denn wie sagt man so schön? Wir machen Pläne, und das Leben lacht darüber.

Kurz lasse ich meine Finger über das Antwortfeld gleiten und tippe schließlich ein:

Kein Problem, ich schaffe das. Jeff kann mich um eins abholen. Liebe Grüße, Mary

Die Antwort lässt nicht lange auf sich warten:

Wunderbar, das freut mich. Viel Spaß.

Ich lege das Handy weg, denn jetzt ist Beeilung angesagt.

Kapitel 20

Als ich um fünf vor eins aus der Haustür trete, schläft Sam noch immer. Damit sie Bescheid weiß, dass ich schon weg bin, habe ich ihr einen Zettel geschrieben und an den Spiegel geklebt, nachdem ich noch einen letzten Blick hineingeworfen hatte. Ich habe mich heute für eine weiße Spitzenbluse, dunkle Jeans und meine Lieblingsperlenkette entschieden und leichtes Make-up aufgetragen. Bis auf die Nervosität, die sich schon wieder in mir breitgemacht hat, fühle ich mich eigentlich ziemlich wohl.

Ich muss nicht lange warten, bis Jeff mit dem Auto vorfährt. Er steigt aus, lächelt mich an und öffnet mir die Tür. »Na, dann wollen wir mal«, sagt er.

Nachdem ich auf dem Rücksitz Platz genommen habe und Jeff losgefahren ist, kreisen meine Gedanken erneut. Was mich wohl heute erwartet? Ob ich mehr über den Mann herausfinde und er am Ende mit mir reden wird? So wie gestern bin ich natürlich aufgeregt, allerdings ist es doch ein etwas anderes Gefühl, denn heute weiß ich zumindest schon grob, was auf mich zukommt, was die Sache natürlich erleichtert.

Dafür habe ich jetzt andere Gedanken. Tad. Die Frage, ob er es sein könnte. Immer wieder taucht sie in mir auf, und obwohl ich weiß, dass es eher unwahrscheinlich ist, wünsche ich mir, eine Antwort darauf zu bekommen.

Als Jeff nach einer Weile am Straßenrand anhält, bin ich darauf vorbereitet, dass er mir jetzt die Augen verbinden wird, was er auch sogleich tut. Wie gestern hilft er mir zurück in den Wagen, anschließend fahren wir noch ein Stückchen, bis wir endgültig da sind.

Mein Herz klopft heftig, als Jeff mir aus dem Auto hilft, wir zum Haus gehen, die Stufen nach oben steigen und er mich schließlich – dem Duft und dem Weg nach zu urteilen – in denselben Raum wie gestern bringt.

Er öffnet den Gitarrenkoffer, reicht mir das Instrument, und dann sitze ich da und lausche in die Stille. Wann er wohl kommt? Und wird er mir wieder den Knoten meiner Augenbinde fester ziehen? So viele Gedanken tanzen durch meinen Kopf.

Irgendwann nähern sich Schritte. Die Tür wird geöffnet, und ich weiß, dass er jetzt da ist, denn der Raum füllt sich eindeutig mit seinem Duft. Sofort jagt dieses heftige Gefühl durch mich hindurch. Aufregung, Kribbeln und Neugier, gemischt mit ein klein wenig Angst, die ich trotz allem nicht richtig abstellen kann.

Die Schritte nähern sich, bis er hinter mir steht. Ich höre seinen Atem und fühle seine Finger, die nach dem Knoten der Augenbinde greifen und ihn erneut ein klein wenig fester ziehen.

Dann wieder Schritte, ein Stuhl wird verschoben, er setzt sich.

Ich warte. Eine Sekunde, zwei, drei. Zwanzig. Dann beschließe ich, dass es an der Zeit ist, die Stille zu brechen. »Hallo, ich freue mich, dass ich wieder hier sein darf«, sage ich. »Georgia hat mir erzählt, dass es Ihnen gefallen hat, das schmeichelt mir natürlich.« Ich bringe die Gitarre in Position und lasse meine Finger sacht über die Saiten wandern, ehe ich weiterspreche. »Nun, ich denke, wir sollten keine Zeit mehr verlieren. Ich bin ja hier, damit Sie Musik zu hören bekommen, und nicht, um mit Ihnen zu plaudern.«

Ich lächle. Und irgendwie habe ich das Gefühl, als würde auch er lächeln.

»Also, es geht jetzt los.«

Dann beginne ich einfach, so wie gestern. Und doch ist es anders. Ich bin etwas entspannter, weil ich schon kenne, wie das Ganze abläuft, und ich eigentlich nur das tue, was ich liebe: Musik machen. Dass da jemand sitzt, der meine Musik auch liebt – so sehr sogar, dass er bereit ist, mehrere Hundert Dollar dafür auszugeben, sollte mich anspornen. Und obwohl es albern ist, denke ich daran, wie ich damals für Tad gespielt habe, dort oben auf dem Leuchtturm. Keine Ahnung, ob er es wirklich ist – in dem Moment, als ich anfange, zu spielen und zu singen, stelle ich es mir einfach vor.

Die Zeit verfliegt, und als die Töne des letzten Liedes verklungen sind, kann ich gar nicht glauben, dass es schon wieder vorbei ist. Erneut klatscht er in die Hände, so wie gestern. Ich bin erleichtert, dass ihm offenbar auch meine alten Songs gefallen haben.

»Vielen Dank, ich hoffe, es hat Ihnen gefallen«, sage ich und wünsche mir, er würde jetzt endlich etwas antworten.

Sein Stuhl verschiebt sich, ich höre ein Rascheln, und schon kurze Zeit später greift er nach meiner Gitarre und verstaut sie im Koffer. Ob er mich jetzt auch wieder berührt und nach meinen Händen greift?

Mein Herzschlag beschleunigt sich. Alles in mir ist angespannt.

Und schließlich nimmt er wirklich meine Hände und zieht mich langsam vom Stuhl hoch. Heute bin ich allerdings darauf vorbereitet und falle nicht nach vorne, sondern bleibe dicht vor ihm stehen – so nah, dass ich seinen Atem in meinem Gesicht spüren kann. Ihm so nah zu sein, fühlt sich wieder so vertraut an, dass ich ganz unbewusst meine Hand an seine Brust gleiten lasse. Kurz zuckt er zurück, aber dann bleibt er ganz ruhig stehen, und ich lasse meine Hand dort liegen, wo sein Herz spürbar heftig schlägt.

Ich habe mich also nicht getäuscht, ich löse ebenfalls etwas in ihm aus.

Mit meinen Fingerkuppen taste ich über seine Brust, lasse sie weiter nach oben wandern, dabei wird mir bewusst, wie nah wir uns sind.

Wie gestern trägt er ein Shirt, ich kann es fühlen, doch dann spüre ich warme Haut. Die Haut an seinem Hals. Ganz automatisch trete ich noch ein klein wenig näher an ihn heran und atme den Duft seines Aftershaves ein, während ich vorsichtig seine Wange ertaste. Leichte Bartstoppeln erheben sich unter meinen Fingern, und die Vermutung, dass dieser Mann tatsächlich Tad sein könnte, verfestigt sich immer mehr in meinem Kopf.

Ganz vorsichtig lasse ich meine Fingerspitzen nach oben wandern. Ich weiß, wonach ich suche, nach dem Traum heute Nacht noch mehr. Und als ich die kleine Narbe an seinem Auge fühle, die er sich an diesem einen Abend zugezogen hat, zucke ich innerlich zusammen. Kurz verharren meine Finger darauf, doch dann greift er sofort nach meinem Handgelenk und schiebt mich von sich weg.

»Tut mir leid«, stammle ich. »Das war unangebracht, ich hätte das nicht tun sollen.«

Was ist da nur in mich gefahren?

Er atmet ein paarmal tief ein und aus, und ich frage mich, ob er mir etwas sagen will. Doch auch nachdem weitere Sekunden verstrichen sind, ist es nach wie vor still, er hält nur immer noch meine Arme fest.

Keine Ahnung, wie lange wir so dastehen, als er erneut meine Hand zu seiner Brust führt und sie darauf ablegt.

Hat er deshalb meine Hand von der kleinen Narbe weggeschoben, weil er sich ertappt fühlte? Oder war es am Ende nur Zufall? Aber tief in meinem Herzen weiß ich, dass es kein Zufall sein kann. Dieser Mann ist Tad. Und als ich jetzt seine Hand an meiner Wange spüre, wird es mir endgültig klar. Zart streicht er über meine Haut, und mir stockt erneut der Atem. Wie er seine Finger über meine Wange wandern lässt, wie er mein Kinn berührt …

Nun habe ich Gewissheit. Denn diese Berührung weckt in mir dasselbe Gefühl wie gestern, als er seinen Daumen über meinem Handrücken kreisen ließ.

Ich bin hin und her gerissen, will ihn küssen und gleichzeitig auch wegschieben, möchte wissen, was das soll. Und dann will ich ihn wieder küssen. So verrückt es auch ist, in diesem Augenblick wünsche ich mir nichts mehr als das. Und doch auch wieder nicht. Denn wenn es wirklich Tad ist, der da vor mir steht, ist es leider auch wahr, dass er sich in den letzten Jahren bewusst nicht gemeldet hat.

Mit einem Mal ist da dieser Schmerz, und ich trete einen Schritt zurück. »Tut mir leid, ich … das geht nicht«, sage ich.

Dann höre ich Schritte. Er scheint sich von mir zu entfernen und die Tür zu öffnen. Doch dann kommt er zurück, hebt den Gitarrenkoffer auf und greift schließlich wie schon gestern nach meiner Hand.

Während ich ihm nach draußen folge, drehen sich meine Gedanken im Kreis. Die Wärme von eben weicht einer kälteren Luft – wahrscheinlich sind wir jetzt wieder im Flur –, und als wir nach einigen Schritten stehen bleiben, bin ich einfach nur durcheinander. Von den Gefühlen, von der Tatsache, dass er wahrscheinlich doch Tad ist, und davon, dass ich gerade tatsächlich ganz kurz davor war, ihn zu küssen.

Er will seine Hand wegziehen, doch ich halte sie fest. »Ich weiß, wer du bist«, flüstere ich, dann bricht meine Stimme. Ich lege meine Hand an seine Brust, und mein Herz schlägt noch schneller. »Warum warst du nicht da? Warum das alles? Und warum hast du dich nie mehr gemeldet?«, frage ich noch, aber er schiebt nur meine Hand weg, dann entfernen sich Schritte. Er ist gegangen.

In diesem Moment öffnet sich die Tür hinter mir.

»Bereit zu gehen?«, fragt Jeff.

Auch wenn ich versuche, mir nichts anmerken zu lassen, zittert meine Stimme. »Ja, wir können gehen«, antworte ich, dann lasse ich mich von Jeff nach draußen führen.

Was auch immer für ein Spiel das hier ist, ich verstehe es nicht. Ich weiß nur, dass es einen Grund dafür geben muss. Die Frage ist nur, welchen.

Als ich zu Hause die Wohnungstür öffne, bin ich erschöpft und durcheinander und weiß nicht, wohin mit meinen Gefühlen. Die ganze Fahrt über habe ich mir Unmengen von Gedanken gemacht, aber irgendwie ergibt nichts von alldem wirklich einen Sinn.

»Hey, alles okay?« Sam sitzt in ihrem Lieblingsjogginganzug auf der Couch und sieht mir gespannt entgegen.

Ich schleppe mich ins Zimmer und setze mich neben sie.

»Was ist passiert? Du siehst total fertig aus«, bemerkt sie.

Fertig. Genau das bin ich gerade. Die Begegnung vorhin hat sich so vertraut angefühlt. Seine Hand an meiner Wange, an meinem Kinn. Die Narbe.

Der Mann ist Tad, er muss es sein.

»Jetzt sag schon, was ist los?«

Ich hebe den Kopf und blicke zu ihr. Bisher habe ich die Geschichte mit Tad fest verschlossen in meinem Herzen mit mir herumgetragen. Aber jetzt will ich sie Sam erzählen. Wenn ich meiner besten Freundin nicht alles sagen kann, wem dann?

»Sam, ich … ich glaube zu wissen, wer er sein könnte.«

Sofort weiten sich ihre Augen. »Im Ernst? Wer denn?«

Ich hole tief Luft. »Es gibt da eine Geschichte, die ich dir noch nicht erzählt habe«, antworte ich, und unsere Blicke treffen sich.

»Ein Geheimnis? Jetzt machst du mich aber neugierig. Erzähl.« Sie greift nach meiner Hand. Denn sie merkt wohl, wie schwer es mir fällt, darüber zu reden. »Hey, so kenne ich dich ja gar nicht.«

Ich räuspere mich mehrmals, bevor ich schließlich beginne. »Als ich knapp achtzehn war, habe ich jemanden kennengelernt. In Florida, in den Sommerferien. Einen Jungen, Tad. Wir hatten wirklich eine aufregende Zeit. Zuerst hing er immer mit einer Gang herum, aber eines Abends sind wir uns nähergekommen. Ich habe immer auf einem alten Leuchtturm Musik gemacht, dort bin ich dann auf ihn gestoßen. Ich wusste sofort, dass etwas mit ihm nicht stimmt.«

Bei meinen letzten Worten beißt Sam sich auf die Unterlippe. »Wollte er sich etwa was antun?«

Ich erkenne die Sorge in ihrem Gesicht und nicke. »Ja, er stand ganz nah am Geländer und …«

Sam schlägt sich entsetzt die Hände vor den Mund.

»Es ging ihm schlecht«, erzähle ich weiter. »Er hatte seine Mum verloren, war so traurig und … Jedenfalls wusste ich nicht, was ich tun sollte, und habe einfach angefangen zu spielen. Dadurch habe ich es geschafft, dass er sich zu mir umdrehte. Schließlich hat er sich zu mir gesetzt, und wir haben geredet.«

»Und was ist dann passiert?«

»Wir haben den Sommer zusammen verbracht. Zwei Fremde, die zuerst nichts voneinander wussten, aber irgendwie hat uns das Schicksal zusammengeführt, so kam es mir damals zumindest vor. Und wir haben uns ineinander verliebt.«

Sam lächelt. »Das hört sich schön an. Tad also. Und der Sommer war gut?«

»Gut? Es war der schönste Sommer meines Lebens, wir hatten uns so unheimlich viel zusammen ausgemalt. Wir wollten zusammen weggehen, nach Nashville.«

»Nach Nashville?«

Ich nicke. »Die Musikstadt, wir wollten dort zusammen unser Glück versuchen. Es gab ein Vorsingen. Aber immer wieder kamen die dunklen Seiten in Tad zum Vorschein, und eine Woche vor unserer geplanten Reise nach Nashville gab es riesigen Ärger. Er ließ sich von einem der Jungs aus der Gang provozieren, dabei habe auch ich etwas abbekommen. Ungewollt. Ich habe ihm gesagt, dass es okay ist und nicht seine Schuld. Und dass ich für ihn da bin. Aber …« Ich merke den Schmerz ganz deutlich.

»Schließlich ist er an dem Tag, als wir uns am Leuchtturm verabredet hatten, um nach Nashville aufzubrechen, nicht aufgetaucht, sondern hat mir nur einen Brief hinterlassen, in dem er mir schrieb, dass es so besser sei. Und er hat mir Geld hinterlassen, viel Geld, um genau zu sein.«

Sam sieht mich fragend an.

»Zwanzigtausend Dollar«, antworte ich schließlich und sie zischt kurz durch ihre Zähne.

»Was? So viel Geld? Und du hast es nicht angerührt?«

Ich schüttle den Kopf. »Nein, ich konnte es nicht verwenden und wollte es auch nicht. Mich hat das sehr verletzt.«

Sie nickt. »Und wo ist es?«, will sie wissen und ich atme tief durch.

»Ich habe es versteckt.«

Ihre Augen weiten sich. »Unter dem Bett oder was? Bist du denn wahnsinnig?«

»Nicht unter dem Bett, aber ja, ich habe es versteckt.«

»Mary, mal im Ernst, dir ist klar, dass damit einige deiner Probleme nicht mehr existieren würden?«

Ja, ich weiß es. Sam hat recht, aber alles in mir wehrt sich dagegen.

»Es wäre falsch. Das war es immer.«

»Oh, Mary.« Sam sieht mich an. »Und dann? War er einfach weg?«

»Ja, spurlos verschwunden. Als hätte es ihn nie gegeben.« Während ich die Worte ausspreche, spüre ich einen Kloß im Hals. Einen Stich in der Brust. Ich habe mir wirklich viele Gedanken um Tad gemacht.

Sam greift nach meiner Hand. »Und du glaubst also, dass dieser mysteriöse Auftraggeber Tad ist? Wie kommst du darauf?«

»Ich weiß. Es klingt verrückt, immerhin ist es so lange her.« Ich atme tief durch. »Erst dachte ich, bei der ersten Begegnung, es wäre das Aftershave, das mir bekannt vorkam. Tad trug immer diesen Duft. Wobei ich mir dann sagte, ich bilde mir das alles nur ein. Aber als ich dann mit dem Konzert fertig war, gab es diese Situation. Er wollte mich wohl nach draußen führen, hat nach meinen Händen gegriffen, da bin ich erschrocken und gegen seine Brust gefallen. Das hat sich so vertraut angefühlt. Ich weiß auch nicht, was dann über mich gekommen ist. Und dann hat er mit dem Daumen plötzlich auch noch Kreise auf meinem Handrücken gezeichnet, genau wie Tad früher. Ich … Und das ist nicht alles. Bei unserem zweiten Treffen kamen wir uns wieder näher. Er hat mich erneut an sich gezogen, und ich habe mit meinen Fingern diese Narbe an seinem Auge gefühlt. Die hatte er sich damals an diesem Abend zugezogen. Als er sich meinetwegen mit einem der Gangmitglieder auf eine Mutprobe eingelassen hat, nur um den Kerl von mir wegzulocken. Er meinte, er wird sie immer mit Stolz tragen.« Ich seufze. »Ach, Sam, ich weiß nicht, wie ich es erklären soll. Aber dieser Duft, die Erhebung auf seiner Haut, an derselben Stelle, das kann doch alles kein Zufall sein. Ist das Ganze einfach nur verrückt? Warum sollte dieser Mann wirklich Tad sein? Und warum sollte er nach all der Zeit wieder in mein Leben treten?«

»Und dann? Hast du ihn darauf angesprochen?«, fragt Sam gespannt.

Ich nicke. »Ich weiß, das war total bescheuert. Aber in diesem Moment, da habe ich es ihm einfach gesagt, ohne nachzudenken. Dass ich zu wissen glaube, wer er ist. Dass er Tad ist.«

»Und dann?«

»Er hat seine Hand weggezogen, ist gegangen, und ich blieb allein zurück und war total durcheinander. Dann ist auch schon Jeff gekommen.« Ich sehe Sam an. »Weißt du, was ich mich frage? Wenn er es wirklich ist, was soll dann das alles? Diese Heimlichtuerei?«

Sie legt den Arm um meine Schultern. »Ach, Süße, warum hast du mir das denn nicht gleich erzählt, schon gestern, nach eurer ersten Begegnung?«

»Na ja, ich konnte es ja selbst nicht glauben. Und mal ehrlich, die Geschichte klingt doch total verrückt. Wir waren verliebt, ja, aber im Nachhinein dachte ich mir oft, dass ich im Prinzip nichts über Tad wusste. Nur dass er ein Leben lebte, das er so nicht wollte, dass er traurig war. Und dass wir für eine gewisse Zeit zusammen glücklich waren.«

»Mir tut das so leid. Du hast ihn wirklich geliebt, oder?«

»Ja, ich meine, es waren nur diese paar Wochen, aber ich glaube, das war wirklich wahre Liebe. Zumindest habe ich nie wieder so intensiv etwas für jemanden empfunden wie für Tad.« Ich schlucke heftig, dann winke ich ab. »Das ist so albern, oder?«

Sam schüttelt den Kopf. »Die Liebe ist nie albern. Und mal ganz ehrlich, wenn er es wirklich ist und jetzt wieder in dein Leben tritt, dann bin ich mir sicher, dass du ihm genauso viel bedeutet hast. Dann hat ihn nur irgendetwas davon abgehalten, dich wiederzusehen. Du weißt ja nicht, was damals passiert ist.« Sie klopft mit den Fingerspitzen auf die Tischplatte. Das macht sie immer, wenn sie nachdenkt. »Ich habe da einen Gedanken«, sagt sie schließlich. »Diese Georgia meinte doch, dass der geheimnisvolle Kunde dich im *Jone's* gesehen hat, oder?«

Ich nicke.

»Und wir haben ja auch schon spekuliert, dass es etwas mit diesem geheimnisvollen Mann zu tun haben könnte, der nach deinen Auftritten immer sofort verschwindet.«

»Ja?« Fragend und auch ein klein wenig ungeduldig sehe ich sie an.

»Pass auf, morgen spielst du doch im *Jone's*, und wenn er da ist, sollten wir versuchen, ihn zu schnappen«, schlägt sie vor.

»Ihn zu schnappen?«

Sam nickt heftig. »Ja, denn das ist die Chance, das Rätsel zu lösen. Und vor allem könntest du nach der langen Zeit endlich Antworten bekommen.«

Kapitel 21

Ich erinnere mich noch gut daran, wie aufgeregt ich war, als ich vor einer Woche das *Jone's* verlassen habe. Welche Vorstellungen ich mir von der Zukunft gemacht habe. Wie sehr ich gehofft habe, dass es mit dem Casting und dem Job bei *Corporate Music* funktioniert.

Ich habe mir allerhand ausgemalt, allerdings nicht, dass ich zusammen mit Sam versuchen würde, den unbekannten Mann zu enttarnen, weil ich glaube, dass er Tad sein könnte – meine Jugendliebe, die ich nie vergessen konnte und die mich anscheinend, warum auch immer, über eine Agentur für ein privates Konzert gebucht hat.

Und nun stehe ich wieder hier. Während ich die Bühne betrete, atme ich tief durch und werfe einen Blick zu Sam, die versprochen hat, Ausschau zu halten, während ich mein Programm absolviere. Da fällt mir ein, dass ich Jone unbedingt noch fragen will, was er mir erzählen wollte. Ich habe schon länger den Eindruck, dass er etwas mit sich herumträgt. Verdammt, derzeit ist mein Leben so außer Kontrolle geraten. Er war so anders, und ich bin mir sicher, irgendetwas liegt ihm auf dem Herzen, und dann frage ich ihn nicht mal danach. Nach dem

Auftritt werde ich mit ihm sprechen. Er ist immer für mich da, wenn ich ihn brauche. Ich will es auch für ihn sein.

Das grelle Licht, mit dem die Bühne angestrahlt wird, blendet mich, die Luft ist warm, und ich greife nach dem Mikrofon. »Hey, alle zusammen, ich bin Mary O'Hanna und freue mich, dass es wieder Donnerstag ist und ich hier für euch im *Jone's* spielen darf.«

Während die Gäste applaudieren, lasse ich meinen Blick über die letzte Reihe wandern, aber der Tisch, an dem er sonst immer sitzt, ist schon anderweitig besetzt. Ob er nicht kommt, weil ich eine Vermutung habe, wer er sein könnte? Denn sonst ist er immer schon da, wenn ich die Bühne betrete. Aber davon darf ich mich jetzt nicht ablenken lassen, ich muss mich auf meinen Auftritt konzentrieren. Trotzdem sehe ich kurz zur Tür, und als sie aufgeht und er tatsächlich hereinhuscht, beginnt mein Herz heftig zu klopfen.

Wie jeden Donnerstag trägt er auch heute ein dunkles Shirt und seinen Hoodie und setzt sich in den hintersten Bereich der Bar.

Ich schließe kurz die Augen und zähle bis fünf, dann fasse ich mich wieder. »Aber ich will euch nicht zu lange warten lassen. Also, los geht's.«

Bevor ich die ersten Töne anspiele, sehe ich kurz zu Sam und versuche, ihr ein Zeichen zu geben. Sie scheint mich tatsächlich verstanden zu haben, denn sie steht auf und schlendert wie beiläufig in den hinteren Bereich der Bar. Ich muss beinahe schmunzeln, weil sie, so ganz in Schwarz gekleidet, wie eine Undercoveragentin aussieht. Wenn man es genau nimmt, sind wir ja auch irgendwie undercover unterwegs.

Ich lege die Finger auf die Saiten meiner Gitarre, fange an zu spielen und zu singen, und irgendwann bin ich wieder so in meiner Musik versunken, dass ich um mich herum nichts mehr wahrnehme.

Wie immer, wenn ich auf der Bühne stehe, vergeht die Zeit unheimlich schnell. Erst als ich den letzten Song beendet habe und Applaus auf mich einprasselt, sehe ich mich wieder nach Sam um und entdecke sie in der Nähe des Unbekannten stehen, der sich jetzt anschickt zu gehen.

Das gibt's doch nicht.

»Danke, es hat mir viel Spaß gemacht. Bis nächsten Donnerstag.« Ich verbeuge mich kurz, dann eile ich schon von der Bühne.

Jone ist mit Ausschenken beschäftigt. Er stellt einen Cocktail vor Lilian ab, die auch öfter mal im *Jone's* ist. Eine ganz liebe Person, die ich sehr gern mag und mit der ich mich schon ab und an unterhalten habe. Sie hat den Traum, Lehrerin zu werden, und hat das Studium erst vor Kurzem beendet. Ich winke ihr zu. Dann werfe ich einen kurzen Blick zu Jone und deute zur Tür, woraufhin er grinst. Sein aufmunternder Blick sagt mir, dass er sicherlich versteht, dass ich die Chance jetzt nutzen muss, um den Unbekannten zu stellen. Schnell haste ich weiter und er wendet sich wieder Lilian zu.

Zu meinem Entsetzen muss ich feststellen, dass der Mann bereits den Ausgang erreicht hat, doch dann gelingt es Sam tatsächlich, ihn zu stellen. Sie scheint etwas zu ihm zu sagen, daraufhin zieht er seine Kapuze tiefer und verschwindet in Richtung der Treppe, die in die oberen Stockwerke führt. Wahrscheinlich plant er, sich dort zu verstecken.

Da es von mir aus nicht weit bis zum Treppenhaus ist, gebe ich Sam mit einem Zeichen zu verstehen, dass ich jetzt übernehmen werde, und folge ihm in einem gewissen Abstand die Stufen nach oben.

Völlig außer Atem erreiche ich schließlich das oberste Stockwerk, gerade als die schwere Eisentür, die nach draußen aufs Dach führt, ins Schloss fällt. Ich ziehe sie mit aller Kraft auf und trete ebenfalls ins Freie, wo mich sofort kalte Luft umfängt.

Ist das nicht total albern, was ich gerade mache? Ich verfolge einen Fremden, nur weil ich vermute, dass er Tad sein könnte. Ich bin doch wirklich nicht mehr ganz bei Trost.

Mein Herz klopft heftig, weil ich die Treppen so schnell nach oben gelaufen bin. Und natürlich auch vor Aufregung. Bis auf die Notbeleuchtung über der Eisentür ist es dunkel, zudem noch kalt, und mir wird bewusst, dass ich kaum etwas anhabe. Fröstelnd reibe ich mir über die Arme.

»Das ist doch so bescheuert«, sage ich laut zu mir selbst, als ich eine leichte Bewegung, einen Schatten wahrnehme. Nun bekomme ich es doch ein wenig mit der Angst zu tun, immerhin bin ich hier oben allein mit ihm. Soll ich ihn ansprechen? Oder lieber wieder gehen? Klar ist, da ist jemand, er ist noch da.

Ich überlege noch einen Moment, dann mache ich einen Schritt in die Richtung, wo ich den Schatten gesehen habe.

»Hey«, sage ich vorsichtig und hoffe vergeblich, dass eine Reaktion kommt. Doch ich will nicht gleich aufgeben, also nehme ich all meinen Mut zusammen und versuche es erneut. »Tad, kann es sein, dass du es bist?«

Mit schlotternden Knien warte ich. Erst passiert nichts, doch dann bewegt sich der Schatten, löst sich aus der Dunkelheit, und wenige Schritte später steht er tatsächlich vor mir.

Tad.

Er ist es wirklich.

»Hey, Mary.« Zum ersten Mal nach langer Zeit vibriert seine Stimme wieder durch meinen Körper. Seine blauen Augen liegen auf mir, die dunklen Haare sind verstrubbelt. Er ist wirklich Tad, der Junge, mit dem ich den besten Sommer meines Lebens hatte.

Aber nicht nur das.

Er ist auch Ethan Blake. Er trägt zwar keine Sonnenbrille, doch es gibt keinen Zweifel.

Alles in mir ist angespannt, mein Herz rast, und mein Magen dreht sich.

Kann das wirklich sein?

Wie konnte ich das nicht bemerken? War ich blind?

Ungläubig sehe ich ihn an. Er hat sich verändert, natürlich hat er das. In meiner Erinnerung war er der schlaksige junge Mann in lässiger Baggyhose. Jetzt hat er ein viel breiteres Kreuz. Sein Körper ist durchtrainiert. Sein Haar trägt er kurz. Damals hatte er, passend zum Skaterlook, halblanges, wuscheliges Haar. Aber sein Blick ist noch immer derselbe. »Tad? Du bist Ethan Blake?«, flüstere ich. Weil ich es noch immer nicht fassen kann. Dann war das also sein Geheimnis.

Regungslos stehe ich da und versuche, meine Gedanken zu ordnen, meinen Herzschlag zu kontrollieren, was gar nicht so leicht ist. Ich freue mich, bin überrascht und doch auch wütend. Und ich habe Tausende von Fragen.

»Dann bist du auch der Kunde, der mich gebucht hat, oder?«, schlussfolgere ich, und er nickt.

Ich seufze und bin so durcheinander. Was soll das Ganze?

»Ich weiß, es ist verrückt, aber lass es mich erklären, Mary.« Er tritt noch einen Schritt auf mich zu, aber ich weiche zurück. Irgendwie ist das gerade alles zu viel.

»Aber warum das Ganze? Was ist das für ein bescheuertes Spiel?«

Er atmet tief durch. »Mary, ich …« Jetzt schiebt er sich die Kapuze ganz vom Kopf, und mein Blick wandert über sein Gesicht, über seine blauen Augen, hinab zu seinem kantigen Kinn. Ja, es ist Tad. Oder Ethan Blake? Oder doch Tad? Oder … Keine Ahnung, ich bin einfach nur noch verwirrt. In all der Zeit habe ich mir so viele Gedanken gemacht, habe mich gefragt, warum er nicht mehr aufgetaucht ist. Warum er sich nie gemeldet hat. Was das mit dem Geld sollte. Und nun das.

Aber ich darf mich davon jetzt nicht beeindrucken lassen. Nicht von diesem Blick, der mich fast schon wieder gefangen nimmt und der mir so sehr gefehlt hat. Der mich ans Meer erinnert, an Sommertage, die nie vergehen.

»Ich weiß echt nicht, was ich sagen soll.« Meine Stimme zittert.

»Ich will es dir wirklich gern erklären, Mary, wenn du mich lässt – bitte.«

Aber ich weiß gerade nicht, ob ich das überhaupt will. Ob ich gerade irgendeine Erklärung verstehen kann.

»Weißt du eigentlich, was ich mir für Sorgen gemacht habe, als du damals nicht gekommen bist und mir nur diesen Brief hinterlassen hast? Diese wenigen Worte. Und dieses Geld.« Ich will die Worte gar nicht aussprechen, tue es aber dennoch. Weil es wichtig ist. Er soll wissen, wie sehr mich das geschmerzt hat.

»Und jetzt erfahre ich das hier. Dass du Ethan Blake bist. Da wundert es mich nicht mehr. Aber verstehen tue ich es dennoch nicht.«

Er sieht mich an, so als würde er nicht wissen, wovon ich rede.

Ich stocke, atme tief durch.

»Tad«, flüstere ich. »War das damals alles nur gespielt?«

Er hebt die Hand, während sich in meinen Gedanken tausend Fragen drehen.

»Nein, Mary, wirklich nicht.« Er sieht mich an, aber ich weiß nicht, ob ich ihm glauben kann und will.

»Und dann bist du auch noch der Mann, der mich gebucht hat«, sage ich fassungslos, aber mehr zu mir selbst, denn jetzt habe ich die Bestätigung meiner Vermutung, warum Tad über so viel Geld verfügt und es mir in den Umschlag gesteckt hat. Weil er ja nicht Tad ist, sondern Ethan Blake, der Sohn aus wohlhabendem Haus und nun selbst einer der reichsten Männer New Yorks.

»Mary, bitte lass es mich dir erklären. Hör mir einfach mal kurz zu.«

Doch ich bin zu verwirrt und weiß nicht, wohin mit all meinen Gefühlen. Deswegen schüttle ich den Kopf. »Tut mir leid, aber ich kann das jetzt nicht, ich …«

Alles in mir wiegt auf einmal zentnerschwer, und ich will nur noch von hier weg. Ich wende mich ab, will auf die Eisentür zulaufen, als er auf mich zukommt, nach meiner Hand greift und mich zu sich dreht.

Mit einem Mal ist er mir ganz nah. So nah, dass ich seinen Atem spüre.

»Glaub mir, es war kein Spiel, ganz und gar nicht. Bitte, es ist mir wichtig, dir alles zu erklären, rede mit mir«, sagt er noch einmal mit Nachdruck.

Doch auch wenn ich seine Nähe mag, weil sie mir so sehr gefehlt hat, schüttle ich den Kopf. Ich bin dazu nicht bereit. Ich entziehe ihm meine Hand, wende mich ab und renne auf die Tür zu, die sich zum Glück genau in diesem Moment öffnet.

Es ist Sam.

»Alles okay?«, fragt sie und mustert Tad stirnrunzelnd. »Das gibt's ja nicht«, sagt sie nach ein paar Augenblicken, und mir ist klar, dass sie Ethan Blake ebenfalls erkannt hat.

»Lass uns einfach schnell verschwinden, ja?«, bitte ich sie beinahe flehend.

Sie nickt, hält mir die Tür auf, und ich husche an ihr vorbei ins Treppenhaus. Was auch immer Tad mir erklären möchte, ich will es nicht hören. Zumindest jetzt nicht. Ich fühle mich wie eine Figur in einem Spiel, und mit einem Zug hat er mich vom Feld geworfen.

»Ich kann das nicht glauben. Ethan Blake, Tad, der mysteriöse Typ aus der Bar und der Mann, der dich gebucht hat, sind ein und dieselbe Person? Wie verrückt ist das denn bitte?«, sagt Sam zum gefühlt hundertsten Mal, als wir endlich zu Hause die Wohnungstür aufschließen.

Auch ich weiß noch immer nicht, was ich sagen soll. Denn das alles ergibt doch keinen Sinn. Ich habe mich in all der Zeit so sehr nach Tad gesehnt, und dann erfahre ich, dass er Ethan Blake ist. Was für ein Spiel hat er mit mir gespielt? Warum hat er mir nicht damals schon die Wahrheit gesagt? War das überhaupt echt für ihn? Oder hat er sich einen Spaß daraus gemacht, mich um den Finger zu wickeln?

Völlig erschöpft lasse ich mich aufs Sofa fallen. Sam nimmt neben mir Platz und sieht mich aufmunternd an. »Ich weiß, du bist sauer, aber vielleicht gibt es ja einen guten Grund für sein Verhalten«, meint sie.

Doch ich zucke mit den Schultern. »Welchen Grund kann es geben, sich einfach nicht mehr zu melden, geschweige denn, mich als Ethan Blake beim Casting so mies zu behandeln und gleich darauf ein Date mit mir zu wollen? Und als er damit bei mir auf Granit gebissen hat, bucht er mich schnell für ein privates Konzert. Das ist doch verrückt!«

Sam wiegt nachdenklich den Kopf hin und her. »Wenn du es so sagst, ist es sicherlich verrückt. Aber alles ist immer eine Sache des Blickwinkels. Sehen wir es mal so: Was, wenn du ihm wirklich wichtig warst und er in all den Jahren genauso gefühlt hat? Vielleicht hat ihn ja irgendetwas Wichtiges davon abgehalten, sich bei dir zu melden. Und als er dich dann wiedergesehen hat, wollte er einfach deine Nähe suchen und war deswegen immer in der Bar, und das mit dem Casting, er könnte selbst überrascht gewesen sein, dich dort zu sehen und …«

»Ist das dein Ernst?« Mit zusammengekniffenen Augen blicke ich zu ihr. »Wir sind hier doch nicht in einem *Twilight*-Film. Und überhaupt, das nennt man auch Stalking.«

In diesem Augenblick vibriert mein Handy. Ich entsperre es und sehe, dass mir Ethan Blake eine E-Mail geschrieben hat. Genervt feuere ich das Handy aufs Sofa.

Sam schaltet sofort.

»Jetzt lies doch wenigstens mal seine Nachricht. Ich weiß, du bist sauer auf ihn. Aber willst du denn gar nicht wissen, was passiert ist oder was der Grund für sein Verhalten sein könnte?«, gibt Sam zu bedenken. »Los, komm schon, gib dir einen Ruck!«

Ich denke kurz nach. Sie hat recht, wenigstens lesen kann ich die Nachricht ja mal. »Na schön, du hast gewonnen.« Mit einem tiefen Seufzer nehme ich das Handy noch einmal in die Hand, öffne die Nachricht und lasse meinen Blick darübergleiten.

»Und? Was schreibt er?«, fragt Sam nun schon ein wenig ungeduldig, und ich lese ihr den kurzen Text vor:

> Bitte, Mary, lass mich dir alles erklären. Ich will dir mein wahres Ich zeigen.

Ich schüttle den Kopf. »Sein wahres Ich will er mir zeigen! Sam, ich weiß offenbar nicht mal, wer er ist. Ist er Tad oder dieser arrogante Ethan Blake oder wer auch immer?«

»Dann schreib ihm doch genau das«, schlägt sie vor.

Stimmt, das ist ein guter Gedanke. Also tippe ich die Antwort ein und warte. Es dauert nicht lange, dann schreibt er schon zurück.

> Gib mir die Chance. Bitte. Lass uns reden. Meinetwegen gleich, ich bin schon ganz in deiner Nähe.

»Wie meint er das, er ist in der Nähe?«, überlege ich laut, nachdem ich Sam die Nachricht erneut vorgelesen habe.

»Nun, er ist Ethan Blake, Liebes. Er wird einen Fahrer haben, und so wie ich ihn einschätze, ist es gut möglich, dass er sich bereits hier irgendwo herumfahren lässt.«

»Das ist doch der totale Wahnsinn. Ich fühle mich beobachtet und …« Entnervt schlage ich mir die Hände vors Gesicht. »Was soll ich nur tun, Sam?«

Sie zuckt mit den Schultern. »Das musst du wissen. Ich würde es mir anhören, aber du kannst ihn gern vorher auch noch ein bisschen schmoren lassen.«

Ich denke einen Moment darüber nach, was ich empfinde. Tad, Ethan Blake – was in den letzten Wochen passiert ist, ist einfach nur verrückt. Um ehrlich zu sein, weiß ich noch immer nicht, wie mir geschieht und was in mir vorgeht. Ich seufze. »Ich habe absolut keine Ahnung, was ich davon halten soll. Auf der einen Seite bin ich so wahnsinnig wütend. Was hat er sich dabei nur gedacht? Doch auf der anderen Seite bin ich natürlich neugierig, wie er das alles erklären will. Vielleicht gibt es ja wirklich eine vernünftige Geschichte hinter alldem.«

Sam sieht mich erwartungsvoll an und nickt.

»Aber ich habe so viele Jahre gewartet, auf ein Lebenszeichen, auf eine Versöhnung, auf irgendetwas. Jetzt soll auch er warten«, füge ich fest entschlossen hinzu.

»Ja, ihn warten zu lassen, ist nicht verkehrt. Und dann kannst du selbst auch noch deine Gedanken ordnen.«

Ich atme tief ein und aus, dann greife ich wieder nach dem Handy und schreibe:

> Ich weiß noch nicht einmal, wer du wirklich bist. Und ehrlich gesagt, habe ich auch nicht das geringste Interesse, es zu erfahren. Bitte lass mich in Ruhe, Tad. Oder soll ich lieber Ethan Blake sagen?

Tad: Bitte gib mir nur ein paar Minuten!

Ich: Nein, die Zeit der Erklärungen hast du leider schon lange verpasst.

Tad: Okay, ich lass dir Zeit, aber bitte denk wenigstens darüber nach.

Ohne noch einmal eine Antwort zu schreiben, schalte ich das Handy aus. Mein Puls rast. Ohne dass ich es wirklich will, bahnen sich Tränen ihren Weg, die ich nur mit Mühe wegzwinkern kann. Ich komme mir so albern vor.

»Weißt du, was dich jetzt ablenken kann?«

Ich sehe sie an.

»Lass uns noch ein wenig ausgehen«, schlägt Sam vor und nimmt mich kurz in den Arm.

»Tut mir leid, ich habe auch keine Ahnung, warum mir das alles so nahegeht. Die Sache ist schon so verdammt lange her, aber …«

»Aber er schafft es immer noch, dich aus der Bahn zu werfen«, schlussfolgert Sam.

Ich zucke mit den Schultern, darauf habe ich ohnehin keine Antwort.

»Wir werden dich jetzt mal auf andere Gedanken bringen. Wer weiß schon, was das Herz fühlt und will. Es kennt nun mal keine Regeln. Aber eines ist sicher: Die Nacht ist noch jung.«

Einen Moment zögere ich, doch ein Blick in Sams wache Augen gibt mir sofort ein Gefühl von Geborgenheit. Ich weiß, mit ihr an meiner Seite werde ich die nächsten Stunden und Tage am besten überstehen.

»Auf uns und alle Frauen da draußen. Wir sind die wahren Helden.« Ich lasse mich von Sams Ausgelassenheit anstecken, und gemeinsam stolpern wir durch die Straßen von New York. Wir singen lauthals das neueste Lied von Lady Gaga, zumindest versuchen wir es. Und endlich fühle ich mich besser.

Irgendwann merke ich, dass ich Hunger habe, und wir beschließen, zu unserem Lieblingshotdogstand in der 72. Straße zu gehen. *Gray's Papaya.* Ich liebe die Würstchen dort und dazu sind sie für New Yorker Verhältnisse auch noch total günstig. Sam und ich waren schon öfter dort, einfach so, wenn uns der Heißhunger gepackt hat oder wenn wir ein Gläschen zu viel getrunken haben.

Wenig später hat jede von uns einen Hotdog in der Hand.

»Ich liebe diese Dinger«, seufzt Sam mit vollem Mund und ich nicke zustimmend.

»Danke, ich bin sehr froh, dich zu haben. Das hier war eine gute Idee.«

Sie streicht sich eine Strähne aus dem Gesicht. »Das sagst du nur wegen des Manhattan von vorhin. Oder waren es zwei oder drei?«

»O Gott, ja, dabei wollte ich echt keinen Manhattan mehr trinken, die sind nämlich gefährlich. Aber das, was heute und in den letzten Wochen alles passiert ist, hat mich so durcheinandergebracht. Da brauchte ich einfach mal irgendwas zum Abschalten. Und Tad – oder Ethan? Pffff, mir doch egal …«

Sam grinst. »Ach ja, und warum siehst du dann ständig auf dein Handy?«

Ich fühle mich ertappt, ich kann Sam einfach nichts verheimlichen. »Ja, ich gebe zu, es ist mir nicht egal. Eigentlich wüsste ich schon gern, was er mir zu sagen hat.«

»Und du wirst es auch erfahren. Glaub mir. Bestimmt machst du dir jetzt Gedanken, ob es doch besser gewesen wäre, gleich mit ihm zu reden, aber es war richtig, ihn ein wenig schmoren zu lassen. Wenn es ihm wirklich wichtig ist, wird er sich schon wieder melden, da leg ich meine Hand dafür ins Feuer. Ein Ethan Blake lässt sich doch keinen Korb geben.«

Ich schweige. Ethan Blake. Wer ist er überhaupt, und was hat er mit dem Mann zu tun, den ich, wenn ich ehrlich zu mir bin, immer in meinem Herzen getragen habe? Tief atme ich die kühle Nachtluft ein, die zusätzlich nach Hotdog und Soße duftet, mich aber auch ein wenig frösteln lässt. »Du hast recht. Ich weiß ja, dass es so ist«, antworte ich schließlich. »Aber hey, wenn er sich nicht meldet, bleibt ja immer noch der heiße Verkäufer von eben«, witzele ich, um die Stimmung, die uns gerade noch berauscht hat, wieder einzufangen.

»Oh, du hältst also Ausschau nach anderen Kerlen?«, neckt Sam mich.

Einfach alles vergessen für den Moment – das ist es, was ich gebraucht habe. Wir gehen los, durch die Nacht in Richtung unserer Wohnung, und für den heutigen Tag verschiebe ich alle Gedanken an eine Sommerliebe, die genauso war wie der Sommer: vergänglich.

Zu Hause angekommen, schleudern Sam und ich erleichtert unsere Schuhe von den schmerzenden Füßen. Ausgelassen lasse ich mich in die Sofaecke plumpsen. Eigentlich bin ich total müde, doch ich merke auch, dass ich die Schwelle, um in einen traumlosen Schlaf zu fallen, ohne mir vorher noch lange den Kopf zu zerbrechen, längst überschritten habe.

»Trinkst du noch einen Kaffee mit mir?«, fragt Sam.

Wie sie das nur immer macht. Es ist, als könnte sie manchmal meine Gedanken lesen. »Klar, warum nicht? Passt doch super nach einem Hotdog.«

Sie lacht.

»Wunderbar. Ich hol schon mal die Tassen raus.«

Wenig später halten wir unsere Nasen in den aromatischen Dampf des heißen Kaffees und kuscheln uns in unseren Wolldecken aneinander.

»Weißt du noch? Früher, bevor ich im *Glam Club* angefangen habe, waren wir ständig unterwegs. Und jedes Mal sind wir danach auf dieser Couch gelandet. Dieses gute alte Sofa war stets der krönende Abschluss unserer Abende.« Sam blickt verträumt ins Leere, und ich reibe meine kalten Füße noch ein wenig mehr an ihren Beinen warm. Es scheint sie nicht zu stören.

»Ja, klar erinnere ich mich«, antworte ich. »Auch der Abend heute war megalustig. Wir sollten wieder öfter einen Mädelsabend machen. Jetzt merke ich erst, wie sehr ich sie vermisst habe.«

Während Sam in ihre Tasse pustet, um den Kaffee zu kühlen, schielt sie mich aus dem Augenwinkel an. »Weißt du denn schon, wie es bei dir weitergehen wird?«

Ich denke eine Weile über ihre Frage nach. »Na ja, keine Ahnung«, sage ich schließlich, »es wird wohl mit Musik zu tun haben. Hoffe ich zumindest. Aber klar, es ist schwer, ich habe das auch gemerkt, trotz des Studiums. Und dann die Rückzahlung der Kosten. Da ist schon noch einiges zu bewältigen.«

Sam blinzelt mich an. »Na ja, da wäre ja noch dieses Geld unter dem Kopfkissen.« Sie lacht und ich rolle mit den Augen.

»Ruf es doch noch lauter.«

Sie will gerade ansetzen, als ich ihr einen bösen Blick zuwerfe.

»Spaß. Wie auch immer. Das wird es, ganz sicher. Vielleicht ist euer Wiedersehen ja auch eine Chance für deine Musikkarriere, schon mal daran gedacht? Er ist reich, wie wir wissen. Er hat Einfluss.«

Ich verschlucke mich beinahe an meinem Kaffee, so entrüstet bin ich über Sams Gedanken. »Das waren wohl ein paar

Manhattans zu viel für dich, was? Du müsstest mich wirklich kennen. Das Thema hatten wir doch eben.«

»Warum? Ich sage doch nicht, dass du gleich mit ihm in die Kiste steigen sollst. Aber anscheinend tut es ihm leid, und vielleicht kannst du das ja einfach ein wenig für dich nutzen. Bei Prada und Dior und mir dann die Kleider leihen.«

»Unsinn, so bin ich nicht, Sam.«

Sie sieht mich an, und dann nickt sie leicht. »Ich weiß, und das liebe ich auch an dir. Du bleibst deinen Prinzipien treu.« Sie streckt sich wie eine Katze.

»Zwar dauert es so vielleicht ein wenig länger, aber am Ende kommst du auf jeden Fall an dein Ziel. Wenn nicht du, wer dann?«

»Nur doof, dass der gut bezahlte Job bei Georgia jetzt auch weg ist.« Ich seufze. »Am liebsten würde ich das Geld zurückgeben, es fühlt sich so falsch an.«

Sam schüttelt den Kopf. »Unsinn, du wurdest gebucht, es war ein Job und Ende. Aber warte mal. Wieso eigentlich? Frag doch mal an, vielleicht hat sie einen anderen Job für dich.«

Kurz überlege ich. »Nein, denn ehrlich gesagt habe ich mich schon gefragt, ob sie nicht sogar mit Ethan unter einer Decke steckt. Das sind in meinen Augen ein paar Zufälle zu viel.«

»Meinst du wirklich? Dass dieser Blake sich da richtig einen Plan zurechtgelegt hat und Georgia am Ende kennt?«

»Ich weiß gerade gar nichts«, seufze ich und stelle die Tasse weg. »Ich weiß nur, dass wir echt langsam ins Bett müssen. Morgen ist mal wieder Zeit zu üben, und, na ja, einen neuen Job finden und Anzeigen durchforsten ist auch zeitaufwendig. Es muss ja jetzt trotzdem weitergehen.«

Sam nickt. »Du hast recht. Und trotzdem ist die Sache mit dem Casting ja noch nicht vom Tisch. Warte doch mal ab, also mit der Jobsuche. Immerhin besteht die Jury nicht nur aus Ethan Blake. Du bist gut, das haben sie sicher erkannt.«

»Es ist lieb, dass du immer noch so positiv denkst.«

»Warum auch nicht, du hast noch keine Absage bekommen.«

Ich winke ab. »Na schön. Lass uns schlafen gehen. Morgen ist ein neuer Tag.«

»Ja, und ich bin gespannt, was er bringen wird. Vielleicht auch neues Glück.«

Kapitel 22

»Hey, Mary, soll ich das Paket zu den anderen legen?«

Ich nicke nur, woraufhin Sam das Päckchen kopfschüttelnd zur Seite legt. »Willst du nicht mal wissen, was drin ist? Es könnte doch kaputtgehen. Womöglich ist es ein kleines Kätzchen, das elendig verhungern muss, nur weil du zu stolz bist, es zu öffnen.«

Ich sehe Sam an. »Es macht keine Geräusche, oder?«

»Nein, aber vielleicht ist es auch schon tot?«

Was für eine grässliche Vorstellung.

Ich rolle mit den Augen und beschließe, mich nicht auf eine weitere Diskussion mit Sam einzulassen, wobei das echt schwierig ist. Sie weiß ganz genau, wie sie mich aus der Reserve locken kann. »Wenn du unbedingt wissen willst, was drin ist, dann schenke ich es dir.«

»Bist du wahnsinnig? Man verschenkt nicht Dinge, die man selbst geschenkt bekommen hat. Das bringt Unglück.«

»Tja, dann werden wir wohl nie erfahren, was drin ist. Miau …«

Sam lächelt. »Ach komm schon«, fleht sie und ich schüttle den Kopf.

»Dann eben nicht. Meine Güte, in den letzten Wochen seit dieser Begegnung mit Ethan bist du echt unmöglich. Dann melde dich doch endlich bei ihm, vielleicht bekomme ich dann ja auch meine alte Mary wieder. Die nicht ständig so grüblerisch dreinschaut und nur noch mit diesem Gesichtsausdruck herumläuft.« Sie runzelt demonstrativ die Stirn.

»Das stimmt gar nicht. Du bist einfach nur neugierig, nichts weiter.« Ich beschließe, die Wohnküche zu verlassen und in meinem Zimmer zu üben, denn ich will mich nicht mehr mit dem Thema auseinandersetzen. Gerade habe ich genug Probleme. Auch meine Mum hat mittlerweile erneut nachgehakt, was jetzt mit dem Job ist und wie es läuft. Sie hat mir noch mal gesagt, dass Dad sich gern für mich einsetzt und einen Job organisieren kann. Einen ordentlichen. Was mich zusätzlich zu der »Ethan Blake«-Enthüllung in den letzten Tagen emotional aufgewühlt hat.

Denn natürlich hat sich *Corporate Music* noch nicht gemeldet und ich habe bisher auch nicht den Mut aufgebracht nachzufragen. Es hakt anscheinend an allen Ecken und Enden. Und es fehlt an Geld. Das habe ich gemerkt, als eine weitere Rechnung eingetrudelt ist. Die ich gerade noch so bezahlen konnte dank der Einnahme bei Georgia. Tatsache ist, dass ich mir schnell etwas überlegen muss. Sam schlägt zwar immer wieder vor, ich solle doch über das nicht angerührte Geld nachdenken – während ich mir in diesen Momenten wünsche, ihr nicht davon erzählt zu haben. Ja, es wäre leicht, es zu nehmen, leichter als die Suche nach einem Job. Aber es ist keine Option und war es auch nie. Ein paar Stellen habe ich gefunden und mich auch darauf beworben, zum Beispiel bei *Unistar Music*, aber es wird immer entweder eine ein- bis zweijährige Erfahrung erwartet oder der Jobantritt ist nicht ab sofort. Um schneller an Geld zu kommen, kam also nur ein Putzjob in die engere Auswahl, der ab sofort in einem der großen Bürogebäude zu besetzen ist. Ich wurde auch prompt zu einem Vorstellungsgespräch eingeladen und werde nachher dorthin gehen.

Und dann ist da natürlich die Sache mit Tad … Bei Tageslicht betrachtet weiß ich, dass ich erfahren will, was dahintersteckt, aber ich weiß auch, dass all das zu gar nichts führen wird, egal, welche Ausreden er auch vorbringt. Obwohl ich es nicht sein will, bin ich – wütend. Wir sind viel zu verschieden. In jeder Hinsicht, auch wenn ich da mal ganz anderer Meinung war. Aber da wusste ich ja auch nicht, wer er ist. Da waren wir einfach zwei Menschen mit Träumen und Problemen, die sich Cupcakes geteilt haben und ihre Gedanken. Wir hatten so viel Hoffnung auf eine gemeinsame Zukunft. Nichts als Schein. Eine Erkenntnis, die erneut dieses Gefühl der Wut in mir aufsteigen lässt.

»Ich gehe üben, wenigstens tue ich damit noch was Sinnvolles, bevor ich zu diesem Vorstellungsgespräch muss«, seufze ich.

Sam sieht mich an. »Ach, Mary, du malst gerade alles schwarz. Aber so düster ist es nicht, hör auf, wütend zu sein, und klär das.«

Ich erwidere nichts, sondern verlasse den Raum und mache mich auf den Weg in mein Zimmer.

»Nicht wütend sein, wie sollte ich nicht wütend sein«, seufze ich irgendwann. »Alles Mist.« Ich will einfach abschalten, mit der Musik. Doch sosehr ich mich auch konzentriere, es will mir nicht gelingen, mich wirklich auf sie einzulassen. Ständig sind meine Gedanken bei Tad und vermischen sich mit den Akkorden und Texten in meinem Kopf. Es ist zum Verrücktwerden. Ein Teil von mir will wirklich mit ihm sprechen, denn da sind so viele Fragen, die noch unbeantwortet sind. Doch ich kann nicht. Noch nicht.

Der neue Song, irgendwie funktioniert es nicht. Gar nichts funktioniert und wieder spüre ich diese Bitternis in mir. Klar, Tad oder Ethan ist nicht für all das verantwortlich. Nicht dafür, dass es nicht klappt, so wie ich es mir immer ausgemalt habe. Aber all das, was war, leistet natürlich einen ordentlichen Beitrag zu meiner Laune. Ich lege den Kopf in meine Hände. Ich verstehe mich selbst nicht mehr. Eigentlich sollte er mir doch egal sein. Und außerdem ist unsere Geschichte schon so lange her. Warum also fällt es mir so schwer, ihn erklären zu lassen, was auch immer er erklären will? Immerhin hätte ich dann endlich meine Ruhe.

Als ich hierher nach New York kam, war alles, was ich wollte, Musik zu machen, meinen Traum zu leben. Ich dachte, es gibt nichts anderes für mich. Die Musik ist meine große Liebe. Und jetzt? Was sind das für Gefühle? Ausgerechnet jetzt. Ich will diese Gefühle nicht, ich kann mich einfach nicht darauf einlassen. Ich bin wütend …

Ich lege die Gitarre weg, stehe auf, greife nach einem Kissen und schleudere es einfach in den Raum. Es rumpelt, und da merke ich, dass ich durch meine unüberlegte zornige Handlung etwas aus dem Regal geschleudert habe.

Das wollte ich nicht. Ich gehe darauf zu und sehe, dass ich den Bilderrahmen erwischt habe, der Becca und mich zeigt, meine Freundin aus Florida. Das Glas ist zum Glück heil geblieben. Ich betrachte es und lächle. Viel zu lange habe ich sie nicht mehr gehört, dennoch schreiben wir uns meistens einmal die Woche. Das letzte Mal, als ich sie gesehen habe, war auf ihrer Hochzeit. Sie hat Jay wirklich geheiratet, denke ich und wieder spüre ich einen Stich. Ob Tad und ich auch eine Zukunft gehabt hätten, wenn er nicht gegangen wäre?

Er wusste so vieles. Von meinem Traum und wie sehr meine Eltern dagegen waren. Ich habe sie sogar einander vorgestellt. Doch mir hat er offenbar alles verschwiegen, sich nicht preisgegeben und mich mit diesem schmerzenden gebrochenen Herzen zurückgelassen.

Ich will das Bild zurück in das Regal stellen, als ich mit einem Mal das Buch entdecke. Das in schwarzes Leder gebundene Buch, das mir Mr Bakerfield damals im Laden geschenkt hat. In dem sich Lieblingssprüche von ihm befinden, Sprüche, die er gesammelt hat, und das er mir geschenkt hat, als ich auf die Zusage von der Juilliard gewartet habe, als noch alles verwüstet war im Laden. Und ich ihn gefragt habe, wie er es schafft, immer alles so positiv zu sehen. Ich habe ewig nicht an dieses Geschenk gedacht.

Ich sehe es an und höre seine Worte.

Mit einem Mal sind sie greifbar nah.

Im Leben kommt man immer an Punkte, an denen man wütend ist, alles schwarz sieht, an sich zweifelt und aufgeben will. Auch mir ging es ab und an so. Aber dann habe ich in dieses Buch geblickt.

Ich ziehe das Buch aus dem Regal. Er meinte, ich soll hineinsehen, wenn mich mal der Mut verlässt, wenn ich an mir zweifle. Und als ich den dunklen Einband aus Leder spüre, weiß ich, dass es längst fällig ist und dass genau jetzt so ein Moment ist, in dem ich es zur Hand nehmen und darin lesen sollte.

Draußen locken die ersten Sonnenstrahlen des Frühlings, und so entscheide ich mich spontan, vor dem Vorstellungsgespräch noch eine kleine Runde spazieren zu gehen, vielleicht befreit das ja meinen Kopf ein wenig.

»Sam, ich bin unterwegs, ich muss etwas durchatmen, bevor ich zum Vorstellungsgespräch antrete!«, rufe ich in Richtung ihrer Zimmertür, die offen steht. »Und bitte nimm kein weiteres Paket für mich an. Ich erwarte nichts. Tust du mir den Gefallen?«

»Ja, ist klar. Aber du weißt schon, dass nur du dem Ganzen ein Ende setzen kannst, oder? Hab ich ja schon erwähnt.«

Jetzt muss ich doch lächeln. »Ja, ich lass mir was einfallen, okay?«

»Okay. Und viel Erfolg später.«

Für Anfang März ist es erstaunlich warm. Mit dem Buch in der Hand sitze ich auf einer Bank im Central Park in der Sonne. Ich bin aufgeregt, aber dann klappe ich es langsam auf und lese die ersten Zeilen.

> Die Wut ist oftmals unser größter Feind. Und sie hilft rein gar nichts, nur dass man blind ist gegenüber dem, was sich vielleicht dahinter verbirgt.

Ich lasse die Worte sacken, denke an den Moment, als Mr Bakerfield sie mir damals gesagt hat. Dass er stets etwas Positives gesehen hat, sogar in der Zerstörung des Ladens. Den er dann gezwungenermaßen renoviert hat. Ja, ist es jetzt auch so? Macht mich die Wut auf Tad auch blind?

So lange trage ich das alles schon mit mir herum. Aber wie kann man neu anfangen, wie kann ich all das vergessen?

Würde es helfen, wenn ich mir anhöre, was Tad zu sagen hat? Ich blättere weiter, lese einige der Sprüche und stoße dann auf einen, der mich sofort berührt. Mein Herz flattert, und es ist, als wäre der Spruch die Antwort auf genau die Fragen, die ich mir zur Zeit stelle.

> »Alles was zu Ende geht, kann auch irgendwann wieder ein Neuanfang sein.«

Ein Neuanfang. Wir könnten alles klären, neu anfangen. Und vielleicht ist das wichtig, um endlich wieder frei zu sein, vielleicht müssen wir beide frei werden. Ich denke daran, wie Tad und ich den Spruch damals auf dem Leuchtturm gelesen und über Träume geredet haben. Auch Tad hat mich noch nicht loslassen können. Vielleicht ist das auch der Grund für all das.

Ich beschließe, auf mein Handy zu blicken und das Postfach mit seinen E-Mails zu checken und sie wenigstens zu lesen. Fünfzehn Nachrichten erwarten mich im Postfach allein heute. Neununddreißig E-Mails von Ethan in einer Woche. Ich fange an zu lesen, er bittet mich um die Chance, sich zu erklären, sagt mir, dass er mich nicht verletzen wollte. Dass es kein Spiel war. Er wünscht sich die Möglichkeit, mich zu sehen.

Ich seufze.

Ja, vielleicht ist es an der Zeit, mit ihm zu reden.

Ich lese seine letzte Nachricht und atme tief durch.

> Mary, ich weiß nicht, ob du überhaupt meine Nachrichten liest. Trotzdem sollst du wissen, dass ich an dich denke und dass ich mir nichts mehr wünsche, als dir alles erklären zu können. Es ist mir bewusst, dass es nicht möglich sein wird, das Vergangene rückgängig zu machen. Aber ich hoffe, du hörst mich wenigstens an.
> Tad

Ich atme tief durch und bin mir auf einmal felsenfest sicher, dass ich mit ihm reden will. Nach dem Vorstellungsgespräch werde ich etwas mit ihm ausmachen.

Ich klappe das Buch zu, denke an Mr Bakerfield und wie sehr er mir tatsächlich fehlt. Dann stecke ich es in meine Handtasche, stehe ich auf und mache mich auf den Weg. Ich will gerade den Central Park verlassen, als ich mich von dem

Eiswagen angezogen fühle. Was soll's, auch wenn mein Geld knapp ist, werde ich mir eine Kugel gönnen.

Kaum halte ich das Eis in der Hand, klingelt mein Telefon. Es ist Mum, und weil ich keine Lust auf weitere Predigten habe, ist mein erster Gedanke, nicht ranzugehen. Dann tue ich es doch.

»Hey, meine Süße, wie geht es dir?«, fragt sie und klingt ein wenig merkwürdig. Vielleicht, weil ich auf die Nachrichten nicht reagiert habe.

»Hey, Mum, ja, alles okay. Es war nur viel los, sorry, dass ich noch nicht geantwortet habe«, sage ich und lecke an meiner Kugel Cookie Cream.

»Das ist schon in Ordnung, ich rufe aber nicht deswegen an. Es geht um etwas anderes.«

Hatte ich also recht, denn sie klingt in der Tat bedrückt.

»Ich habe leider keine guten Neuigkeiten. Es geht um Mr Bakerfield.«

Jetzt bin ich ganz Ohr. »Was ist mit ihm?«

Mum atmet schwer. »Er ist gestorben, Liebes. Ich dachte, ich muss es dir sagen. Du mochtest ihn ja gern. Und er dich auch.«

Als sie die Worte ausspricht, merke ich, wie sich mein Magen verkrampft. Das kann einfach nicht wahr sein. Ich finde das Buch, denke an ihn und erfahre von Mum, dass er gestorben ist. Ich stehe da und bin ganz benommen.

»Wann?«

»Wohl gestern Abend, ich habe es auch gerade erst gehört und dachte, du solltest es wissen.«

Ich schlucke.

»Danke, Mum, danke, dass du es mir gesagt hast.« Ich merke, dass meine Augen feucht sind.

»Nicht weinen, du weißt, er wollte, dass man immer positiv ist und lächelt.«

Jetzt werden meine Augen noch feuchter. Ja, wie gut ich das weiß, denn erst eben habe ich Sprüche mit seinen Worten in der Hand gehalten.

»Ich habe ihn wirklich sehr gern gemocht«, sage ich.

»Das weiß ich«, sagt Mum.

Und dann bricht es aus mir heraus: »Was ist das gerade nur? Das totale Chaos! Und dann auch noch das.«

»Was meinst du? Ist wirklich alles in Ordnung? Du weißt, du kannst mit uns über alles sprechen. Egal was, auch wenn wir nicht alles, was du tust, gutheißen, wir lieben dich, Mary.«

Bei Mums Worten zieht Wärme über meine Haut, und ich schließe kurz die Augen. »Danke, Mum, es ist lieb von dir, dass du das sagst. Also schön, ich bin auf Jobsuche, besser gesagt, ich habe gleich ein Gespräch, aber nicht, wie du denkst, in einer Musikfirma, nein, ich muss putzen, weil ich noch immer keine Nachricht von *Coperate Music* habe und weil alles einfach schwer ist. Aber ich will es so sehr, verstehst du?«

Sie räuspert sich. »Ich dachte, du spielst immer in diesem *Jone's*? Das ist doch auch ein Job.«

»Ja, aber es reicht nicht, die Studiengebühren müssen abbezahlt werden und …«

»Oh, Mary«, flüstert sie, und plötzlich fällt mir ein, dass Jone mir ja neulich etwas sagen wollte. Als ich letztens dort war und ihn darauf angesprochen habe, hat er abgeblockt, es sei gerade so viel los in der Bar. Doch er hat versprochen, mir bei nächster Gelegenheit alles ganz genau zu erzählen. Und wer Jone kennt, der weiß, so freundlich er auch ist, er mag es nicht, bedrängt zu werden. In dieser Hinsicht ist und bleibt er ein sturer Bock. Ich habe mir vorgenommen, auf den richtigen Moment zu warten, doch mir schwant nichts Gutes.

»Liebes, bist du noch dran?«

»Oh, entschuldige. Ich war in Gedanken.«

»Hör zu«, sagt sie. »Du kannst jederzeit nach Hause, und …«

»Mum, darum geht es doch nicht«, unterbreche ich sie.

Aber sie sagt: »Einfach mal, um abzuschalten. Was hältst du davon, setz dich auf den Leuchtturm, und vielleicht spürst du dann, wohin es geht und …«

»Du mochtest es doch nie, wenn ich auf dem Leuchtturm sitze.«

Sie lacht. »Nur in der Dunkelheit.«

Dann schweigen wir kurz.

»Mr Bakerfields Beerdigung ist in einer Woche. Ich weiß noch nicht, ob die Familie unter sich bleiben will, aber ich gebe dir Bescheid. Überleg es dir, ja? – Und, Mary …«

Ich seufze. »Ja?«

»Es ist ernst gemeint, wir lieben dich, okay? Und du kannst mit mir, mit uns, über alles reden, wenn dich etwas bedrückt, warte also nicht, ja?«

Einen Moment lang schweigt Mum, und mir ist gleich klar, dass ihr etwas im Kopf herumgeht.

»Ich rede auch mal mit Dad, wegen des Geldes und …«

»Nein, Mum, ich will das nicht, wirklich, ich schaffe das, irgendwie, keine Ahnung, aber ich krieg das hin.«

»Okay, aber vergiss nicht, du kannst mir wirklich alles sagen. Also, gibt es noch was? Ist da noch mehr, das dich bedrückt?«

Ich schlucke. Mama und ihre Instinkte. Sie ahnt etwas. So gern ich ihr alles sagen würde, wie soll ich denn da nur anfangen? Schließlich habe ich ihr von dem Job bei Georgia gar nichts erzählt. Würde sie überhaupt verstehen, warum ich ihn angenommen habe? Und dann noch Tad.

»Willst du darüber reden?«, fragt Mum mich erneut zärtlich durch das Telefon.

Schließlich nicke ich, auch wenn klar ist, dass sie es nicht sehen kann.

»Also ja, da ist noch was«, sage ich. Das Eis in meiner Hand ist geschmolzen, und irgendwie ist auch zwischen Mum und mir das Eis gebrochen. Mit einem weinenden Auge werfe ich die Waffeltüte in einen Abfalleimer, mache mich auf den Weg zum Vorstellungsgespräch und beginne zu erzählen.

Mum hört mir geduldig zu, und als ich fertig bin, seufzt sie. »Unglaublich. Wie das Schicksal spielt. Erst finde ich dieses Foto, dann hörst du nach all den Jahren wieder etwas von Tad – oder von Ethan oder wie auch immer. Egal, wie er jetzt heißt, du warst damals jedenfalls unheimlich in ihn verliebt. Und dann das mit dem Buch, das du findest, als Mr Bakerfield stirbt. Er mochte Tad auch sehr, ihr beide habt ihn damals sehr glücklich gemacht, als ihr so viel Zeit mit ihm im Laden verbracht habt. Das Autogramm von dir, auf dem er bestanden hat, hängt übrigens nach wie vor an der Wand in der Bäckerei«, sagt sie.

Mein Magen scheint sich erneut zu verknoten. Ich atme schwer ein und bringe kein Wort heraus. Verliebt, denke ich. »Ja, ich war sehr in Tad verliebt«, antworte ich schließlich nach einer Weile. »Und all das jetzt, was gerade passiert. Ich weiß nicht, wie ich damit umgehen soll. Ich war so traurig, als er weg war.«

»Deswegen gibt es doch nur einen richtigen Weg, um wieder klar im Kopf zu werden und deine Gedanken zu ordnen, Liebes. Hör dir an, was er dir zu sagen hat. Ich meine, du hast heute genug Zeichen bekommen, oder? Denk an das Buch, an Mr Bakerfields Spruch.«

Ja, sie hat recht. Und dass sie mich zusätzlich bestärkt, tut gut.

»Ich verstehe, dass du sauer bist, mein Engel. Und weißt du, die Musik war deine erste und große Liebe. Es gab nichts, das zwischen dich und diese Liebe treten konnte. Auch wir haben uns auf den Kopf stellen können.«

Ich unterbreche sie. »Daran hat sich nichts geändert. Und es wird sich daran auch nie etwas ändern. Nicht noch einmal. Ich werde das schaffen, Mum, irgendwie.«

»Lass mich bitte erst zu Ende sprechen«, antwortet sie. »Du musst wissen, ein Teil von mir war immer froh, dass es diese Liebe bei dir gab. Sie hat dich davon abgehalten, Dummheiten anzustellen. Andere Mütter sorgten sich, wenn ihre Töchter nicht zur vereinbarten Zeit zu Hause waren. Das alles kannte ich nie. Du warst immer komplett in deine Gitarre und deine Songs vertieft. Ich glaube, du hast sogar bei dem ein oder anderen Anwärter gar nicht gemerkt, dass er sich für dich interessiert hat.«

Sie macht eine Pause, die ich still abwarte. Normalerweise redet Mum immer wie ein Wasserfall und kommt dabei vom Hundertsten ins Tausendste. Doch jetzt gerade scheint sie sich bewusst Zeit zu lassen und ganz genau zu überlegen, was sie als Nächstes sagen möchte. »Wahrscheinlich fragst du dich gerade, worauf deine Mutter wohl hinauswill.« Sie seufzt. Ich halte die Luft an und atme erst wieder, als sie weiterspricht. »Ja, so war das – bis Tad in dein Leben trat. Also sprich mit ihm.«

Nachdem wir uns verabschiedet haben, stehe ich ein paar Minuten lang einfach nur da, schließe die Augen und versuche, meine Gedanken in vernünftige Bahnen zu lenken.

Ich denke an Mr Bakerfield, spüre erneut Tränen aufsteigen und denke an die Zeit, die ich mit Tad zusammen in der Bäckerei hatte. An die Tage, als ich Tad so nah war und es nicht einmal wusste. Ich rieche Salz, gebohnerten Boden und herbes Aftershave. Wie lange ist das jetzt her? Ich weiß es nicht genau. Im Moment ist alles so unwirklich. Keine Ahnung, weshalb, aber ich vermisse sogar diese zwei Treffen, denn trotz der verbundenen Augen habe ich mich dabei sehr wohl gefühlt. Und merkwürdigerweise konnte ich dort so sein, wie ich bin, ohne mich verstellen zu müssen. Den Grund dafür kann ich nicht einmal richtig festmachen, aber es lag auf jeden Fall an ihm. Er, ich, die Musik und das Gefühl von Freiheit, das auf einmal so präsent wurde. So wie es früher in Florida gewesen war. Er muss es auch gefühlt haben, dessen bin ich mir sicher.

Ja, es ist an der Zeit, denke ich. Und ja, ich habe genug Zeichen bekommen.

Ich blicke auf mein Handy und zucke zusammen. Ich muss mich beeilen, sonst komme ich zu spät zum Vorstellungsgespräch. Meine Nachricht an ihn muss warten.

Dann laufe ich los.

Kapitel 23

»Mein Name ist Mary O'Hanna und ich habe einen Termin zum Vorstellungsgespräch. Es geht um die Anstellung als Facility-Managerin«, sage ich zu der Frau am Empfangstresen. Ich bin außer Atem und noch ganz durcheinander. Was kein Wunder ist nach allem, was eben war. Am liebsten würde ich nach Hause gehen, mich hinlegen, weinen oder gar nichts tun, müsste ich nicht so dringend Geld verdienen. Ich brauche ein regelmäßiges Einkommen, das zusätzlich zu meinem Honorar im *Jone's* Geld in die Kasse bringt. Also stehe ich da, versuche, mich irgendwie zu sammeln, und blicke mich in dieser unfassbar großen Halle um.

Als ich so dastehe und warte, spüre ich erneut diese Aufregung in meinem Bauch.

Das wird schon, du hast schon ganz andere Sachen geschafft, spreche ich mir selbst Mut zu, während die Frau, die aussieht wie ein Victoria's-Secret-Model, mindestens drei Sachen gleichzeitig macht. Telefonieren, in ihren Computer tippen und mich mit gerunzelter Stirn mustern.

»GI Studios, Jenning, wie kann ich helfen?«, flötet sie in ihr Headset und nickt.

»Nein, kein Bedarf. Wiederhören.« Ihr Blick haftet noch immer auf mir, dann geht der Drucker an, sie reicht mir ein Klemmbrett, auf dem ein Blatt Papier eingespannt ist.

»Bitte ausfüllen und mir wiedergeben.«

Sie deutet auf einen der Stehtische, und ich nicke artig, gehe darauf zu und trage meine Daten ein. Als ich fertig bin, reiche ich ihr das Brett mit dem Formular und warte erneut.

»Ihren Ausweis bräuchte ich noch. Zur Sicherheit und zum Abgleich der Daten«, verlangt sie, und ich suche in meiner Tasche nach meinem Geldbeutel, in dem sich das Gewünschte befindet.

»Thanks«, sagt sie knapp und kontrolliert meine Angaben. Anschließend macht sie mit einem dunkel glänzenden Smartphone ein Foto meines Ausweises.

Okay. Das hier ist ja wie in einem Hochsicherheitstrakt.

»Setzen Sie sich bitte dort drüben hin, Miss O'Hanna, und stecken Sie sich den Ausweis an. In wenigen Minuten werden Sie abgeholt«, weist sie mich an. Ich gehorche schweigend und nehme auf einer schwarzen Ledercouch Platz, die neben einem der vielen Aufzüge steht.

Die Minuten vergehen. Immer wieder denke ich an Mr Bakerfield und würde am liebsten von hier verschwinden, als eine Frau mit langen Beinen, hochhackigen Schuhen und einem strengen Dutt vor mir stehen bleibt.

»Miss O'Hanna?«, fragt sie und ich nicke.

Mit einem prüfenden Blick auf mein Namensschild streckt sie mir ihre kalte Hand entgegen. »Ich bin Sandra, folgen Sie mir, Sie werden erwartet, das Gespräch findet im Keller statt.«

Ich erhebe mich und trete hinter ihr in den Aufzug. Er stoppt im Untergeschoss, und als wir aussteigen, führt sie mich in einen großen Raum, in dem schon einige andere Bewerber warten.

»Sie werden nach dem Gespräch wieder hier abgeholt«, sagt die Frau, verlässt den Raum und ich setze mich.

Mindestens fünfzehn Bewerber haben ebenfalls Platz genommen.

Es sind überwiegend Frauen und von ihnen bis auf drei ältere alle jung. Ich zähle vier Männer, einer von ihnen hat weißes Haar und sofort denke ich wieder an Mr Bakerfield. Ich sehe ihn an, er lächelt und mit einem Mal fühle ich mich in die Bäckerei zurückversetzt. Ich denke daran, wie Mr Bakerfield mir Mut gemacht hat, mit welchen Worten er mir das Buch überreicht hat, und an die Sprüche, die ich heute darin gelesen habe.

Und auf einmal erkenne ich: Das hier ist falsch. Ja, ich brauche das Geld, ja, ich muss sehen, welche Ziele ich habe und wie ich sie erreiche, aber das hier ist nicht der richtige Weg für mich.

Ich stehe auf und husche aus dem Raum, vorbei an einem Mann, der gerade eintritt, und haste den Gang entlang in Richtung Aufzug. Ich drücke den Knopf, und als sich die Kabinentür öffnet, trete ich ein. Drücke wieder einen Knopf und warte, bis sie sich endlich schließt. Mein Herz klopft heftig, ja, es war richtig, zu gehen, denke ich, frage mich aber, warum der Aufzug so lange fährt. Als die Tür endlich aufgeht, blicke ich hinaus in einen Flur und stelle fest, dass ich wohl auf den falschen Knopf gedrückt habe, also trete ich zurück in die Kabine. Ich bin eindeutig nicht im Erdgeschoss gelandet. Keine Ahnung, wie das passiert ist. Vielleicht hat zuvor jemand den Aufzug nach oben gerufen. Wie auch immer. Ich will gerade auf E für Erdgeschoss drücken, als ein Mann die Kabine betritt. Er trägt einen Anzug und …

Als ich erkenne, wer er ist, bleibt mein Herz für einen Sekundenbruchteil stehen. Das gibt's doch nicht. Kann das wirklich wahr sein? Hier und jetzt? Oder täusche ich mich vielleicht nur? Ich kneife die Augen zusammen und schaue etwas genauer hin.

Nein, ich täusche mich nicht. Er ist es. Tad oder eher Ethan. Die strubbeligen Haare sind perfekt gestylt, er trägt kein Kapuzenshirt, sondern einen maßgefertigten Anzug, der sich wie eine zweite Haut um seinen Körper schmiegt, und ich kann seine Augen nicht sehen, denn er trägt die Sonnenbrille. Schicksal? Zufall? Ich weiß es nicht, nur, dass mein Herz heftig schlägt, und als er sich zu mir umdreht, zucken seine Mundwinkel.

»Mary, wie …« Er nimmt die Sonnenbrille ab und ich blicke direkt in seine Augen. Klar und blau. Intensiv. Und ich schlucke.

»Was machst du hier?«, will er wissen und ich zucke mit den Schultern.

»Was machst du hier?«

»GI ist eines der Unternehmen, die zur Blake-Gruppe gehören«, sagt er und ich nicke.

»Klar.« Noch immer ist Abstand zwischen uns, doch dann kommt er näher an mich heran.

Ich denke wieder an Mr Bakerfield, und mit einem Mal will ich Tad, einfach Tad, nicht Ethan. Ich will ihn umarmen, ihm nah sein, und ich will ihm erzählen, was ich erfahren habe. Ich spüre die Tränen in meinen Augen.

»Was ist los?«, will er wissen und kommt noch näher an mich heran. Ich trete zurück. »Nichts, wirklich nichts«, versichere ich, aber er glaubt mir nicht.

»Mary, jetzt sag schon.« Er rückt nach, ich trete weiter zurück, spüre die Kabinenwand im Rücken. Ich stelle mich schon darauf ein, dass er noch näher kommt, doch diesmal macht er einen Schritt zurück, betrachtet das Feld mit den Knöpfen, die zu den Stockwerken führen, und plötzlich bleibt der Aufzug stehen. Er hat wirklich den Stopp-Knopf gedrückt.

»Was tust du da?«, rufe ich und will mich an ihm vorbei zu den Knöpfen drängen, doch er packt mit beiden Händen meine Taille, schiebt mich zurück und drückt mich gegen die Wand.

»Ich will die ganze Zeit schon mit dir reden, und jetzt, jetzt bist du hier, also nutze ich die Gelegenheit.«

Ich sehe ihn an, rieche seinen Duft, er hat mir gefehlt. Sehr sogar. Und ich weiß, ich will ihm erzählen, was ich heute erfahren habe. Seine Hände um meine Taille schicken prickelnde Hitzewellen durch meinen Körper.

Er kommt dichter an mich heran. »Mary …« Seine Hände wandern von meiner Taille an meine Wangen. »Sag mir, was ist los? Warum bist du hier? Warum siehst du so traurig aus? Ich kenn dich, also sag es mir.«

Und dann, keine Ahnung, warum, bricht es für den Moment aus mir heraus. »Ich brauche Geld und habe mich für einen Putzjob beworben.«

Er sieht mich fragend an.

»Die Gebühren fürs Studium und …« Ich winke ab. Weil ich nicht mit ihm darüber reden will. Weil mich das mit dem Geld, das er mir damals in den Umschlag gelegt hat und das ich nie angerührt habe, noch immer wütend macht. Und ich es nicht ansprechen will. Also stoppe ich.

»Aber dann konnte ich nicht mehr da unten in diesem Kellerraum bleiben, weil ich an Mr Bakerfield gedacht habe. Einer der Männer hat ausgesehen wie er und – er hat doch immer so an mich geglaubt, und jetzt so was und …«

Tad streichelt meine Wange, sein Körper ist beinahe an meinen gedrückt. Und es tut so gut, ich will es so, ich will ihn, aber doch auch wieder nicht.

Er fasst erneut an meine Taille, aber ich lege meine Hand an seine Brust. Ich will ihn wegschieben, doch wenn ich ehrlich bin, fällt mein Versuch eher kläglich aus. »Nicht«, flüstere ich.

Doch er zieht mich noch ein bisschen mehr an sich.

»Und dann, erzähl weiter«, fordert er mich auf. Seine Stimme ist rau und doch auch weich. Und ich denke kurz daran, wie es immer war, wenn wir uns früher Probleme erzählt haben, wie traurig ich damals nach dem Telefonat mit Mum war. Und mich ihm anvertraut habe. Im Leuchtturm … Hier gerade im Aufzug fühlt es sich ein klein wenig so an.

»Ich habe heute erfahren, dass er gestorben ist, Tad.« Ich hebe meinen Kopf, blicke ihm in die Augen und sehe, wie sich auch sein Blick verändert.

Wie die Trauer augenblicklich in seinen Gesichtszügen erkennbar ist. Er zieht die Augenbrauen hoch, und seine Mundwinkel fallen nach unten, während seine Wangen mit einem Mal schlaff wirken. Als wüsste er nicht, wie er die Nachricht aufnehmen soll, und mir geht es ja auch nicht anders.

»Er ist tot, und du … ich … wir mochten ihn so sehr.« Mehr kann ich nicht mehr sagen, denn jetzt zieht er mich an sich. An seinen Körper, drückt mich, während mir die Tränen kommen. Ich weine gegen seine Schulter, spüre seine Hände an meinem Rücken, über mein Haar streichen und will nichts als bei ihm sein. Es ist merkwürdig, dass wir uns so begegnet sind, hier im Aufzug, und doch ist es genau das, was ich mir ersehnt habe.

Seine blauen Augen haften auf mir, als wir uns wieder voneinander lösen. Aus dem Lautsprecher dringt eine Stimme, Tad tritt zurück, ich wische mir die Augen.

»Ja, hier ist Ethan Blake, der Aufzug ist stecken geblieben«, antwortet er und ich sehe ihn an. Ethan Blake, ja genau, er ist ja Ethan Blake. Obwohl er gerade eben einfach nur Tad war. Ich habe es ganz deutlich gefühlt.

»Das Problem wurde behoben. Mr Blake, entschuldigen Sie die Unannehmlichkeiten«, sagt die Stimme.

Und schon setzt sich der Aufzug in Bewegung. Wir sehen uns an, der Aufzug stoppt, und ich will mich an ihm vorbeischieben, doch er folgt mir und nimmt mich an der Hand.

»Lass uns reden, bitte, heute noch«, flüstert er, beugt sich vor und seine Lippen streifen sanft mein Ohr.

»Okay, später um neun Uhr im *Jone's*?«, frage ich und er nickt.

»Ja, ich werde da sein.«

Kapitel 24

Als ich vor dem *Jone's* ankomme, zögere ich einen Moment, spiele an meiner Handtasche herum, doch dann öffne ich entschlossen die Tür und trete ein. Der vertraute Geruch von Bier und Holz empfängt mich und ich sehe mich um. Er sitzt schon an der Bar und lächelt mir zu. Sofort sehe ich nicht mehr Ethan Blake vor mir, sondern Tad. So wie heute im Aufzug, als wir uns so nah waren.

Während ich auf ihn zugehe, mustere ich sein Gesicht. Wenn ich ihn jetzt so betrachte, kann ich gar nicht verstehen, warum ich ihn nicht auf Anhieb erkannt habe. Gut, am Tag des Castings hatte er sich rasiert und trug nicht den Dreitagebart, den er früher immer hatte. Außerdem saß er im Licht, das mich geblendet hatte. Auch die Haare sind jetzt, so ohne Anzug, viel lockerer gestylt und leicht strubbelig, was einen deutlichen Unterschied ausmacht. Aber dennoch …

»Hey. Schön, dass du da bist«, begrüßt er mich und streicht sich dabei durch die Haare. Er scheint ebenfalls nervös zu sein. Da war heute zwar diese Nähe, trotzdem ist es jetzt seltsam.

»Was willst du trinken?«, fragt er, nachdem ich mich neben ihn gesetzt habe.

»Ein Bier vielleicht«, antworte ich leise.

Jone kommt zu uns her. »Hey, Mary, schön, dass du da bist.« Dann wandert sein Blick zu Tad, und er beginnt zu grinsen. »Kommst du mal eben mit?«, fragt er mich.

Ich folge ihm hinter den Tresen, und wir stellen uns etwas abseits.

»Ist das ein Date?«, will er wissen.

»Date würde ich jetzt nicht sagen, es ist kompliziert, er ist …«, ich werde leiser, »Ethan Blake, aber auch wieder nicht.«

Er zieht eine Augenbraue nach oben. »Okay, klingt in der Tat kompliziert.«

»Ja. Das ist es und eine lange Geschichte, ich erzähle sie dir ein andermal.«

»Gut.« Jone kneift die Augen ein wenig zusammen, und sein Blick wandert erneut zu Tad.

Ich kann genau erkennen, wie neugierig er ist. Wenn wir uns das nächste Mal sehen, wird er mich löchern, da bin ich mir sicher.

»Ich wollte dich ohnehin noch anrufen. Es geht um den morgigen Abend. Hast du Lust, hier zu spielen? Ein zusätzliches Konzert? Ein Sänger, der sonst immer da ist, ist krank geworden.«

Da brauche ich nicht lange zu überlegen. »Klar, ist doch keine Frage. Und dann haben wir auch etwas Zeit zum Reden. Ich weiß, du magst es nicht, wenn man dich bedrängt. Aber du sollst wissen, dass ich da bin, wenn du sprechen möchtest.«

Einen Moment sehe ich einen Schimmer in seinen Augen. »Das ist lieb von dir. Ich komme darauf zurück. Und, Mary, weil du gefragt hattest, du könntest auch an zwei zusätzlichen Abenden hier aushelfen. Würde dir das helfen? Nachdem du deinen Job im Diner verloren hast?«

Ich sehe ihn an. »Das wäre wunderbar, danke, und wirklich, du weißt, ich bin da, ja ich …«

Sarah taucht neben Jone auf und er hält sich einen Finger an die Lippen. Ich verstehe sofort und stoppe, frage mich aber gleichzeitig, was es ist, wenn Sarah nichts davon wissen darf.

»Alles okay? Ist der Typ da drüben dein Date?« Sie mustert Tad unauffällig. Ob sie ihn erkennt? »Der kommt mir bekannt vor«, sagt sie prompt.

Jone lächelt. »Ich erzähle dir gleich alles. Jetzt lass Mary mal zurückgehen.«

»Ach, sag schon, was ist hier los?« Sarah sieht mich bittend an, und so beschließe ich, ihr in Kurzform zu berichten, was passiert ist.

Je länger ich erzähle, desto mehr weiten sich ihre Augen. »Ist nicht wahr. Ich glaube, ich werde verrückt. Jetzt bin ich echt gespannt, was da herauskommt. Ich bin gleich bei euch und nehme die Bestellung auf.«

»Ist gut.« Ich nicke und gehe zurück zu Tad, Sarah folgt uns.

»Also, was darf es sein?«, fragt sie.

Wir bestellen zwei Bier, die Sarah kurze Zeit später vor uns abstellt.

»Geht auf mich.« Tad reicht Sarah zehn Dollar. »Stimmt so«, sagt Tad und Sarah lächelt.

»Wie großzügig.« Sie zwinkert mir zu, dann entfernt sie sich wieder.

Tad hebt seine Bierflasche. »Also dann, stoßen wir an?«

Unsere Augen verharren kurz aufeinander. Plötzlich ist es für einen winzigen Moment wirklich so, als wäre die Zeit, die zwischen uns liegt, nie vergangen, als wären wir wieder Tad und Mary, die sich fast jeden Tag treffen und beim Rauschen des Meeres über das Leben und ihre Träume sprechen. Ich weiß nicht, ob er gerade auch daran denkt.

Schließlich stoßen wir an. »Schön, dass du dir die Zeit nimmst, ehrlich«, meint Tad, bevor er den ersten Schluck aus seiner Flasche nimmt.

»Spricht da jetzt Ethan Blake oder Tad?«, kann ich mir nicht verkneifen zu fragen.

Er neigt den Kopf leicht. »Beide. Übrigens stimmen auch beide Namen. Ethan ist mein erster und Tatum mein zweiter Vorname, ich habe ihn von meinem Großvater«, erklärt er und streicht gedankenverloren mit den Fingerspitzen über den Flaschenhals. Ein paarmal atmet er tief ein und aus, dann sieht er mich intensiv an. »Es tut mir sehr leid, dass ich damals gegangen bin. Das war wirklich nicht in Ordnung. Und das meine ich ernst.«

»Warum hast du es dann getan?«

»Dieser Streit, bei dem ich dich verletzt habe ... Ich dachte, es ist besser so. Du warst so viel besser als ich, Mary«, antwortet er. »Und das bist du immer noch. Schau nur mal, was du in den letzten Jahren erreicht hast. Dass du jeden Donnerstag hier spielst, finde ich wirklich toll. Als ich das erfahren habe, konnte ich es mir nicht entgehen lassen.« Er nippt an seinem Bier.

Ich spüre, wie ich rot werde. »Na ja, kann man sehen, wie man will. Ich meine, wir haben uns heute zufällig getroffen, als ich eigentlich einen Putzjob annehmen wollte. New York ist hart«, erwidere ich.

»Ja, aber du weißt noch immer, was du willst.«

Ich denke daran, wie wir damals über unsere Träume geredet haben. Und wieder habe ich das Gefühl, als wäre die Zeit nicht vergangen. Doch das ist sie. »Ja, ich wollte viel, wir ...«, sage ich und beiße mir auf die Lippen.

»Mary«, er sieht mich an, »es ist nicht, wie es scheint, und ich bin wieder hier.«

Ich sehe ihn an. Als ob das alles erklärt. »Aber dennoch warst du weg.«

Er nickt. »Ja, aber du …«

Ich merke, dass da mehr ist. Dass er irgendwas sagen will, aber er tut es nicht.

Dann schweigen wir.

Ich muss schlucken. In mir sind so viele Fragen, aber jetzt ist noch nicht der richtige Zeitpunkt, um sie auszusprechen. Und auch wenn ich mir fest vorgenommen habe, ihm distanziert gegenüberzutreten, fällt es mir dennoch schwer. Nach unserer zärtlichen Begegnung im Aufzug noch viel mehr.

Tad blickt zur Bühne. »Die Leute sind jedes Mal total erfüllt, wenn du spielst. Das ist ein besonderes Talent.«

»Ja, mich erfüllt es auch. Es ist nach wie vor das, was ich liebe und tun will. Deswegen bin ich heute auch wieder weggegangen und …«

Ich denke sofort an Mr Bakerfield und das Buch. Und Tad scheint das zu spüren.

»Wann ist die Beerdigung?«, will er wissen.

Ich zucke mit den Schultern. »Ich weiß es nicht genau, meine Mum meinte, wohl in einer Woche.«

Er nickt. »Wie geht es deinen Eltern?«

»Gut, aber sie wollen, dass ich nach Hause komme. Mum meinte heute, als ich ihr alles erzählt habe, dass es gut wäre, weil alles schiefläuft, weil ich immer noch auf Antwort von *Corporate* warte und …« Ich seufze und winke ab.

»Das verstehe ich«, meint er nachdenklich. »Und es tut mir leid, wie ich dich bei diesem Casting behandelt habe. Das war nicht meine Absicht, wirklich.«

»Warum hast du dich denn so verhalten?«

»Um ehrlich zu sein, ich hatte plötzlich Angst, dass du mich erkennst. Und …« Er sieht mich mit einem tiefen Blick an. »Dich spielen zu hören, so unvorbereitet, es hat mich kalt erwischt.«

»Warum denn das?«

»Zu viele Gefühle«, flüstert er.

Ich sehe ihn an. »Aber hierher bist du doch auch gekommen? Jeden Donnerstag sogar.«

Er nickt. »Ja, aber darauf war ich eben vorbereitet. Und dort, wenn du mich erkannt hättest, es wäre nicht der richtige Moment gewesen. Ich hatte mir zwar oft vorgestellt, dir zu sagen, wer ich bin, schon damals und dann auch hier im *Jone's*, aber …« Er winkt ab.

Wieder schweift sein Blick zur Bühne, und ich frage mich, was er mir noch sagen will.

»Du warst übrigens wirklich die Beste, die sich beim Casting beworben hat. Der Song, den du geschrieben hast, ist toll. Wenn sie dich nicht nehmen, sind sie bescheuert. Wenn du spielst, das wirkt einfach. Ehrlich, deine Musik kommt aus dem Herzen, so war es schon immer.«

Einen Augenblick erwäge ich, ihn zu fragen, ob sich die Jury schon entschieden hat. Doch ich verwerfe den Gedanken. Auf keinen Fall soll er auch nur auf die Idee kommen, ich würde die Situation ausnutzen wollen, nur weil wir uns kennen. Wenn sie mich nehmen, dann soll es sein, weil meine Musik sie überzeugt hat.

Ich fasse es immer noch nicht, dass ich hier neben Tad sitze. Ich erinnere mich in diesem Moment an so vieles, vor allem daran, wie wir beide Musik gemacht haben, wie viel Harmonie da zwischen uns war. Wie wir in diesem Sommer den einen Song geschrieben haben. Unseren Song. Wir hatten nur diese wenigen Wochen, doch sie waren so intensiv. Wir hatten einfach eine Verbindung zueinander. Doch der Song ist ebenso unfertig geblieben wie unsere Geschichte.

»Was ist mit dir? Machst du denn noch Musik? Oder hast du aufgehört?« Ich weiß nicht, ob es richtig ist, ihn danach zu fragen, aber gerade liegt es mir einfach auf der Seele.

Tad scheint leicht zusammenzuzucken, dann schüttelt er den Kopf. »Nein, ich habe nicht mehr gespielt seit Florida. In meinem Leben hatte die Musik auch einfach keinen Platz mehr.«

Ich sehe ihn an. »Aber warum?«

Wieder liegt sein Blick intensiv auf meinem. »Zu viele Gefühle«, sagt er wieder und ich schlucke.

»Mary, dir zuzuhören, mit dir zusammen Musik zu machen, das hat mich ausgefüllt. Aber ohne dich war es nicht das Gleiche.«

Ich muss an unsere Gespräche auf dem Leuchtturm denken. Damals hat er mir anvertraut, dass es ihn beruhigt, wenn ich spiele. Wenn wir spielen. Dass er so mit den Gefühlen in sich zurechtkommt. Auch mit den dunklen – die immer wieder nach ihm gegriffen haben. Ich blicke in sein Gesicht und entdecke die Narbe von damals, sie ist natürlich verblasst, aber sie ist da. Ich habe sie sogar gespürt, als ich wegen der Augenbinde noch nicht wirklich sicher sein konnte, wer vor mir steht.

»Und was machst du dann jetzt?«, frage ich und versuche zu verbergen, dass ich die kleine Narbe angesehen habe.

»Was ich mache? Das, was man von mir erwartet.« In seinem Blick liegt etwas Bitteres, gemischt mit Traurigkeit, diese Traurigkeit, die ich schon von früher kenne. »Ich bin eben Ethan Blake.«

»Ja, da hat man viel zu tun. Und dann noch die vielen Frauen, die du beglücken musst«, entfährt es mir ungewollt und ich beiße mir auf die Lippe.

Unsere Blicke prallen beinahe aufeinander. Habe ich das gerade wirklich gesagt?

Eine Weile sehen wir uns nur an.

»Tut mir leid, das geht mich nichts an«, sage ich schließlich. »Nun, wenigstens geht es dir gut. Und das ist es ja, was zählt.«

Kaum merklich nickt er.

Ich frage mich, ob es ihm wirklich gut geht. Damals hat er sich doch gewünscht, frei zu sein. Was ist davon noch übrig? Wie viel Tad steckt noch in Ethan Blake?

Ich erinnere mich an die Abende, die wir zusammen verbracht haben, am Strand oder auf dem Leuchtturm. Wir hatten nicht viel, nur die Musik und uns beide. Zwei Menschen, die das Schicksal zusammengeführt hatte, mit der Liebe zur Musik im Herzen – und Geheimnissen, wie ich jetzt weiß.

»Wie bist du zu den Auftritten hier im *Jone's* gekommen?«, fragt er jetzt und wechselt damit das Thema. »Ich meine, die Bar ist ja dafür bekannt, dass sie nur wirklich gute Musiker auftreten lässt. Natürlich hast du es dir absolut verdient, aber ich würde trotzdem gern wissen, wie es dazu kam.«

Gute Frage, wie ist es dazu gekommen?

»Ich habe erst hier als Bedienung gearbeitet und, na ja, eines Abends hat sich die Chance ergeben. Eine Musikerin ist ausgefallen, und ich habe Jone gefragt, ob ich an ihrer Stelle spielen darf. Erst war er etwas skeptisch, dann aber zum Glück begeistert. Ich bin wirklich froh, dass ich den Mut hatte, zu fragen und es zu wagen.«

Dann erzähle ich von der WG, in der ich wohne, und wie Sam, der er ja schon auf dem Dach begegnet ist, und ich uns gefunden haben. Die Zeit verfliegt so schnell, dass wir gar nicht merken, wie es im *Jone's* leerer und leerer wird.

»Ich freue mich für dich«, sagt er schließlich noch einmal.

Verlegen streiche ich mir die Haare aus dem Gesicht, während mich sein Blick fast zärtlich trifft. Ich muss zugeben, mit ihm hier an der Bar zu sitzen, ist schön. Mit ihm zu reden und ihm nah zu sein, entfacht so viele Gefühle in mir. Gefühle, die ich all die Zeit unterdrückt hatte. Alles wirkt gelöst, und doch liegen mir noch immer diese Fragen, wegen derer ich ja eigentlich hier bin, auf dem Herzen.

»Warum hat sich alles so verändert? Warum hast du klein beigegeben? Warum bist du gegangen und all das?«, taste ich mich vor, woraufhin mich Tad wieder so merkwürdig ansieht.

Er antwortet nur: »Wie gesagt, die Musik hatte keinen Platz mehr in meinem Leben. Und es ist zu viel passiert.«

Mein Blick verrät wohl, dass ich ihm diese Erklärung nicht wirklich abnehme. Zumal ich das Gefühl habe, dass da noch mehr dahintersteckt.

»Aber du bist Ethan Blake«, argumentiere ich. »Ich meine, wenn *dir* nicht alle Türen offen stehen, wem dann?«

»Nun, da wären wir wieder bei diesem Schubladendenken. Du denkst, dass es gut ist, aber es ist auch ein Fluch. Dass du damals nicht wusstest, wer ich bin, das war das Beste überhaupt.«

Ich sehe ihn an. »Bist du glücklich?«

»Glücklich. Du hast damals ja mitbekommen, wie mein Vater mit mir gesprochen hat.« Er schüttelt gequält den Kopf. Sein Gesichtsausdruck wirkt nun alles andere als entspannt. »Mal ehrlich, wir, all das, es war ein schöner Traum. Dort in Florida war er real. Aber irgendwann kommt einfach der Punkt im Leben, an dem es ernst wird, an dem ein Mann tun muss, was von ihm erwartet wird. Ich war es meinem Dad schuldig, und er hatte recht, also …« Er lächelt, aber das Lächeln erreicht seine Augen nicht.

»Warum recht? Wie meinst du das? Inwiefern?«

Mit einem Mal sieht er mich ernst an. »Das weißt du doch, Mary, du weißt es.«

Aber ich weiß gar nicht, wovon er redet. Ich muss an so vieles denken. Wie unbeschwert wir damals waren. Wie unbeschwert er war. Wie leicht es war, mit ihm zusammen zu spielen und Songs zu schreiben. Es war, als würden unsere Herzen in derselben Tonlage schlagen. Natürlich wussten wir auch, dass es im Leben nicht nur um Spaß geht. Aber wir hatten einen Plan, wir wollten zusammen sein, egal was ist. Er wollte seinem Dad sagen, dass wir zusammen sind, und dann, dann ist er nicht mehr aufgetaucht. Er hat sich mir verschlossen und nichts als diesen Brief hinterlassen.

»Ich verstehe nicht«, sage ich jetzt und er schüttelt leicht den Kopf.

»Jetzt schau mich nicht so an, es ist okay, ich bin nicht böse … ich war es, oder enttäuscht, keine Ahnung, aber es ist gut so …«, sagt er mit einem Mal und ich zucke zusammen.

»Ich verstehe nicht, wirklich nicht.« Unsere Blicke treffen sich.

»Ist egal, wie auch immer, es war ein schöner Abend, und ich bin froh, dass du gekommen bist, dass wir kurz reden konnten, Mary.«

Doch damit gebe ich mich noch nicht zufrieden. »Ja, das bin ich auch. Aber du wolltest mir alles erklären, was du bisher noch nicht getan hast. Ich weiß weder, warum du mich gebucht hast, noch, warum du mich im *Jone's* nie angesprochen hast. Und vor allem weiß ich nicht, warum du damals einfach aufgegeben hast, und jetzt sprichst du auch noch in irgendwelchen Rätseln.« Ich halte inne und atme tief durch. Mist, ich hätte nicht gedacht, dass mich das noch immer so sehr trifft. Ich räuspere mich und versuche, cool zu bleiben. Dann ergänze ich: »Also, sag es mir, warum du damals einfach ohne ein Wort verschwunden bist, warum du weg warst und mir nur diesen Brief und …«

Unsere Augen treffen sich.

Er nimmt noch einen Schluck aus seiner Bierflasche, und ich merke, wie er mit sich ringt.

»Wie ist es damals eigentlich abgelaufen? Das wollte ich immer schon wissen. Wie hat er es dir erzählt?«

»Er?« Ich verstehe wirklich nicht mehr, was er meint.

»Na, als er bei dir war. Mein Dad.« Er seufzt. »Ich hatte nicht gedacht, dass du damit einverstanden sein wirst, aber es ist okay, wirklich, ich …«

Ich verstehe noch immer nicht.

Mit einem Mal wird sein Blick dunkel.

»Du hast das Geld genommen, Mary, und mein Dad hat mir gesagt, dass es dir wichtiger war als mein Vorschlag, als unser Plan, zusammen zu sein, wegen deines Traums. Ja, ich war gekränkt, aber ich habe es auch verstanden, auch dass du mich nicht mehr sehen wolltest. Nach dem, was an dem Abend passiert ist, nachdem ich dich verletzt habe.« Er atmet tief durch und ich sehe so viel Schmerz in seinem Blick. »Dennoch hast du mir gefehlt und …«

Ich weiche zurück. »Was? Was meinst du, Tad?«

Er zieht die Stirn in Falten. »Mein Dad, er ist doch zu dir gekommen und hat dir diesen Deal vorgeschlagen. Ich war so überzeugt, dass du mich wählen würdest, dass ich meinem Vater versprochen habe, wenn du das Geld nimmst, dann werde ich mich ihm fügen, studieren und dich nie wiedersehen. Als er wiederkam und sagte, dass du, vor die Wahl gestellt, mich oder das Geld zu wollen, dich gegen mich entschieden hast, war ich so enttäuscht und verletzt. Ich war mir so sicher, dass ich recht gegen ihn behalten würde, dass du mich wirklich magst, andererseits konnte ich es auch verstehen, wegen des Studiums, des Traums, den du hattest.«

Ich spüre einen tiefen, harten Stich, der sich durch meinen Körper schiebt und sich direkt in mein Herz rammt. Das hat er all die Jahre geglaubt? Dass ich auf einen Deal mit seinem Dad eingegangen bin. Deswegen lag das Geld im Kuvert.

Ich sehe ihn ernst an.

»Dieses Geld habe ich nie angerührt, Tad, und ich habe deinen Dad nie gesehen.« Dann stehe ich auf und verlasse das *Jone's*.

Kapitel 25

Ich bin völlig erschlagen, außer mir, weiß nicht, was ich denken soll. Nur, dass ich frische Luft brauche.

Dass ich hier einfach nur woanders hinwill, dass ich vollkommen durcheinander bin.

Kurz atme ich tief durch, dann will ich loslaufen, einfach nach Hause, als die Tür aufgeht und Tad vor mir steht. Er sieht mich an.

»Wie meinst du das? Du hast das Geld nie genommen?«, will er wissen und ich atme tief durch.

Ich kann nichts sagen, ich bin einfach noch zu erschlagen von der Information.

Er tritt näher an mich heran. Greift nach meinen Handgelenken und zieht mich an sich. »Was ist passiert? Damals?« Er sieht mich ernst an.

»Ich habe deinen Brief bekommen, in dem stand, dass du nicht mit mir zusammen sein kannst, ich nicht in dein Leben passe, du Geheimnisse hast und ich das Geld für die Unannehmlichkeiten nehmen und bloß nicht nach dir suchen soll«, sage ich jetzt, und die Erinnerungen an den Augenblick dort oben auf den Leuchtturm sind mit einem Mal so spürbar, als wäre es gestern gewesen.

Er schüttelt den Kopf. »Aber ich habe das nicht geschrieben, in dem Brief an dich stand, dass ich dich liebe und wir das schaffen, wenn du wirklich mich willst.«

Ich schüttle den Kopf. »Nein, einen solchen Brief habe ich nie erhalten.« Ich sehe ihn an.

»Was? Aber …« Wieder haftete sein Blick auf meinem. »Mein Dad meinte, dass es immer so sein wird. Dass sich die Menschen immer gegen mich entscheiden, wenn ich nicht der bin, der stark ist und Autorität ausstrahlt. Er meinte, so wird es immer sein, weil ich ein Blake bin, weil die Leute nur mein Geld sehen, den Mann, der zu sein meine Bestimmung ist, und dass mich niemand meinetwegen will. Und ich habe ihm geglaubt.«

»Es war nicht so, Tad«, sage ich leise und er nickt.

»Ich habe immer gehofft, dass du an mich denkst, und dann habe ich dich gesehen, im *Jone's*, und unsere Songs gehört, und ich dachte, dass du mich vermisst. Ich wollte dir nah sein, aber wusste nicht, was du davon hältst. Weil die Abmachung ja lautete, dass wir uns nie wiedersehen. Denn du hattest gewählt.«

Ich stehe vor ihm, unsere Augen treffen sich. Da ist so viel Schmerz und Liebe.

»Ich hätte immer dich gewählt, Tad, wie konntest du daran zweifeln?« Und plötzlich zieht er mich an sich, und seine Lippen landen auf meinen. Es ist ein Kuss, der so viel mehr erzählt, als Worte es jemals könnten. Ein Kuss voller Sehnsucht, der versucht, all den Schmerz auszulöschen, den wir erlitten haben, ein Kuss, der Klarheit bringt. Sein Mund bewegt sich auf meinem, unsere Zungen ertasten sich, und ich seufze, als Tad mich herumwirbelt und gegen die Wand drückt.

Die Leidenschaft brennt zwischen uns, wie sie es immer getan hat, und ich weiß nicht mehr, wie ich je ohne sie leben konnte.

Wieder und wieder küssen wir uns, berühren uns. Meine Hände sind um seinen Nacken geschlungen. Unsere Hüften drängen sich aneinander. Leidenschaftlich und voller Sehnsucht, als ich zusammenzucke, weil Jone mit einem Mal vor uns steht.

»Tut mir leid, ich wollte nicht stören«, sagt er und sieht mich an, wie ich gegen die Wand gelehnt dastehe, Tads Körper an meinem. Wir haben alles um uns herum vergessen.

»Jone, ähm …«

Er lächelt. »Wir sehen uns gleich, lasst euch nicht stören«, sagt er, und ich blicke zu Tad, dessen Lippen noch immer ganz nah sind.

»Wir sollten wirklich reden«, haucht er jetzt.

»Ja, das sollten wir«, flüstere ich zurück, doch dann küsst er mich erneut.

Reden, ja, wir sollten reden. Irgendwann lösen wir uns voneinander und sitzen auf einer kleinen Bank gegenüber dem *Jone's*. Erneut spüre ich den Stich von damals, der mir noch immer durch Mark und Bein geht. Ich denke daran, wie ich seinen Brief auf dem Leuchtturm gefunden habe. Diese wenigen Worte. Wenn ich ehrlich zu mir bin, kann ich es immer noch nicht verstehen. Und jetzt zu erfahren, dass alles anders war. Dass wir gegeneinander ausgespielt wurden von seinem Dad. Dass er unsere Gefühle füreinander ausgenutzt, gegen uns gerichtet und missbraucht hat.

»Du warst sicher sauer auf mich«, vermutet er.

Ich schüttle rasch den Kopf. »Ach, ich hatte viele Gefühle, Enttäuschung gehörte natürlich auch dazu. Ich war traurig, wütend und habe mir Sorgen gemacht, große Sorgen. Denn damals, als wir uns trafen, ich meine …« Tränen stehlen sich aus meinen Augen, dabei will ich das doch gar nicht. Also blinzle ich sie weg und winke mit einem Lächeln ab.

»Ich habe das mit dem Geld nicht verstanden, weißt du? All das. Es war so untypisch.«

Er nickt. »Du sagst es.« Dann greift er nach meiner Hand und ich sehe ihn an.

»Ich bin froh, die Wahrheit zu wissen. Dass es dir gut geht«, flüstere ich.

Er erwidert meinen Blick, sagt jedoch nichts. Es fällt uns beiden nicht gerade leicht, darüber zu reden.

Ob es ihm wirklich gut geht, weiß ich zudem nicht.

Schließlich antwortet er doch. »Es tut mir wirklich leid, das habe ich nicht gewollt. Ich war ebenso enttäuscht, weil ich nicht dachte, dass du das Geld vorziehst.«

Sein Blick liegt immer noch auf mir, aber ich will nicht, dass er mich so traurig ansieht, mit diesem Ausdruck im Gesicht. Die Lippen leicht verzogen.

»Und die Abmachung …« Er streicht sich durchs Haar.

»Ist sie der Grund, warum du mich hier im *Jone's* nicht angesprochen hast?«, frage ich vorsichtig.

»Ja, wie eben schon gesagt, ich wusste ja nicht, wie du reagieren würdest. Und ich wollte dich auch nicht mit der Vergangenheit belasten. Mit dem, was war, ich wusste nicht, wie du dazu stehst.«

»Ich hätte mich gefreut«, sage ich und er nickt.

»Du hast mir immer gefehlt, Mary, immer. Deswegen auch die Buchung über die Agentur, und mein dummes Verhalten bei dem Casting habe ich dir ja auch erklärt. Ich war so überrascht. Und es tut mir im Nachhinein leid, es ist bescheuert, aber ich musste in deiner Nähe sein, wusste nur nicht, wie.«

»Was dein Dad da mit uns gemacht hat, ich kann das noch gar nicht richtig begreifen; und dass du wirklich geglaubt hast, ich hätte das Geld genommen, kränkt mich, Tad.«

Er nickt wieder. »Wir haben noch viel zu bereden.«

»Aber für heute reicht es. Es ist schon spät, und ich bin wirklich müde. Der Abend heute war sehr aufregend, besser gesagt, der ganze Tag war es«, sage ich und Tad sieht mich zustimmend an.

»Du hast recht, lass uns gehen.«

»Uns?«

»Na, glaubst du, ich lasse dich allein gehen?«

Ich lächle.

Dann deute ich auf die Tür. »Ich muss mich noch verabschieden. Jone war ziemlich überrascht, und meine Handtasche brauche ich auch noch. Wartest du?«

Er schüttelt den Kopf. »Ich komme mit.«

Wir verabschieden uns von Jone und Sarah, die ein Grinsen nicht verbergen können. Natürlich wollen sie wissen, warum ich aus der Bar gehechtet bin und was das mit uns beiden ist, aber ich bin einfach zu müde, und als Jone nachhakt, lege ich einen Finger auf meine Lippen und verspreche, dass ich ihm morgen davon berichte. Ich sage den beiden, wie sehr ich mich auf morgen freue, danach verlasse ich zusammen mit Tad das *Jone's*.

»Also dann bring ich dich heim«, sagt er und greift in seine Jackentasche. »Ich rufe rasch Jeff an.«

»Nein, was, warum Jeff? Wenn du mich heimbringst, dann zu Fuß. So wie damals in Florida. Ich liebe New York bei Nacht. Und mal ehrlich, der arme Jeff. Muss er eigentlich immer springen, wenn du rufst?«

»Dir ist schon klar, dass die Temperatur hier mit einer Sommernacht in Florida wenig gemeinsam hat, und du wohnst gut drei Blocks entfernt«, antwortet er.

»Na und? Du kannst mich ja wärmen.« Hab ich das eben gesagt?

Tad sieht mich an und beginnt zu grinsen. »Du hast dich absolut nicht verändert, Mary O'Hanna. Also schön, dann gehen wir eben zu Fuß.«

Ich liebe New York bei Nacht wirklich. Es gefällt mir, dass auch ganz spät immer noch Menschen unterwegs sind. Ich mag den Duft der vielen Imbissbuden und den Straßenverkehr, der in meinen Ohren beinahe wie Musik klingt. Und zusammen mit Tad ist es ein bisschen, als würden wir uns auf einer Zeitreise befinden. Ich denke daran, wie wir in Florida oft am Abend spazieren waren und wie wir uns dann etwas zu essen geteilt haben, vorzugsweise Key Lime Pie aus dem Laden von Mr Bakerfield.

Mr Bakerfield, sofort werde ich traurig. Wie er mit mir gelitten hat.

»Woran denkst du gerade?«, fragt Tad, als wir um die nächste Ecke biegen.

»An Mr Bakerfield«, flüstere ich und sehe Tad an.

Er atmet hörbar tief ein und aus.

»Mich hat das auch kalt erwischt heute. Er war wie ein Vater. Weißt du noch, als er mir die Hand verbunden hat, nachdem ich damals so sauer war. Nach dem Gespräch mit meinem Dad, als Cane und Ruben aufgetaucht sind. Ich war so wütend, aber er hat gesagt, dass Wut nichts bringt. Er war wirklich großartig«.

»Ja, er hatte ein großes Herz. Und die Zeit, die wir zusammen in der Bäckerei hatten, war unvergesslich lustig und …«

»Lustig, ja, auch das«, unterbricht Tad mich. »Da fällt mir gerade ein, wie du mir damals so großzügig den letzten Cupcake überlassen hast.« Er lacht laut los und steckt auch mich damit an. »Ich habe mich so geekelt, als du mir danach sagtest, dass es eigentlich eine Leckerei für Hunde war. Natürlich habe ich mir nichts anmerken lassen, schließlich wollte ich dich beeindrucken.«

»Ach, wirklich? Das ist dir aber nicht so gut gelungen. Dein Gesicht hat Bände gesprochen. Und ebenso das Gesicht von Mr Bakerfield, als er dich fragte, warum du Hundekuchen isst«, bricht es jetzt aus mir heraus. Zu schön ist diese Erinnerung.

»Ja, die Pies schmeckten eindeutig besser – unsere Key Lime Pies«, flüstert er. »Zumindest wenn ich einen abbekommen habe.« Er lacht. »Du hast sie ja fast immer allein verschlungen. Erst als wir unser Ritual eingeführt haben, bekam ich eine kleine Chance. Teilen war nicht so deins, was?«, kontert er und schafft es, meine Traurigkeit wegen Mr Bakerfield ein wenig zu lindern.

»Also wirklich. Willst du etwa immer noch behaupten, ich sei der totale Vielfraß?«

Er zuckt nur mit den Schultern.

»Du bist unmöglich, Tad! Und das bei einem Date.«

Er stoppt und sieht mich an. »Dann ist das hier ein Date?«

Ich lächle, weil ich daran denken muss, dass wir eine ähnliche Unterhaltung schon einmal geführt haben. »Nein, aber es könnte ja eines sein.«

Er grinst und wir gehen weiter, als Tad sagt: »Tut mir leid, wenn ich das jetzt so wiederhole, aber das warst du tatsächlich. Ein Vielfraß.«

Ich bleibe stehen und stemme gespielt entrüstet die Hände in die Hüften. »Diese Anschuldigung weise ich entschieden von mir.« Doch wieder drängt sich die Erinnerung an Mr Bakerfield in den Vordergrund und traurig greife ich den Gedanken von vorhin noch mal auf. »Jetzt, wo er tot ist, gibt es diese leckeren Törtchen nicht mehr. Was zu schade ist, sie haben mir immer gefehlt …«

»… vor allem aber das, was uns in diesem Sommer verbunden hat«, füge ich noch leise hinzu.

Tad nickt. Er überlegt kurz und deutet dann auf die gegenüberliegende Straßenseite. »Ich habe eine Idee. Gleich in der Nähe gibt es eine kleine Bäckerei. Ich weiß nicht, ob sie genau diese Törtchen haben, aber die Auswahl ist wirklich groß. Ab und zu gehe ich dorthin. Was hältst du davon? Wir essen einen Kuchen auf Mr Bakerfield? Und auf uns, unsere Träume, die

Zeit damals …« Er ist stehen geblieben und sieht mich mit diesen blauen Augen so intensiv an, dass es mir beinahe den Atem verschlägt.

»Das ist eine schöne Idee«, sage ich zärtlich.

»Ist das also ein Ja?« Tad zwinkert mir zu.

»Ja, das ist ein Ja.« Die Luft zwischen uns scheint auf einmal zu flirren. Da ist so viel Gefühl. Unsere Blicke begegnen sich erneut und ich fühle mit einer unglaublichen Intensität, wie sehr ich ihn vermisst habe. Und dann dieser Kuss vorhin. Dieser Kuss, der uns einfach so überrannt hat. Aber das sage ich nicht, stattdessen seufze ich. »Aber jeder isst ein eigenes Törtchen. Das mit dem Vielfraß lasse ich mir nicht noch mal nachsagen.«

Tatsächlich befindet sich nur zwei Straßen entfernt ein unscheinbarer kleiner Laden. Ein blaues Schild ziert die Tür, und davor steht eine alte Bank, die in der wärmeren Jahreszeit zum Verweilen einlädt.

»*Eileen's Cakes*«, lese ich laut vor. Dann sehe ich mich um und entdecke auf der Schaufensterscheibe den Schriftzug *Made with Love*. »Wie süß.«

Tad grinst. »Ich denke, du wirst vom Inneren des Ladens ebenso begeistert sein.«

»Dann bist du also öfter hier?« Zögernd spreche ich die nächsten Worte aus. »Mit Frauen? Um sie mit süßen Köstlichkeiten zu verführen?«

Er runzelt die Stirn. »Was denkst du bitte von mir?« Er wirkt ernst und steht mit einem Mal dicht vor mir.

»Nun, Ethan Blake oder Tad oder wie auch immer: das, was ganz New York von dir denkt. Zumindest die Zeitungen schreiben ständig von ›Ethan Blake, dem Womanizer voller Geheimnisse, der sich nur mit Sonnenbrille zeigt‹.«

»Glaubst du das?«

Ich zucke mit den Schultern.

Sein Blick mustert mich weiter.

Er wirkt, als wolle er etwas sagen, tut es dann aber nicht, sondern langt nach dem Griff und öffnet die Ladentür. Schon beim ersten Schritt, den ich ins Innere mache, strömt mir ein unglaublicher Duft in die Nase. Sofort denke ich an Florida und unsere Zeit dort in der Bäckerei. Erinnerungen werden lebendig. Und als ich mich umsehe, kann ich kaum fassen, wie viele Leckereien es hier gibt. Törtchen in allerlei Größen, dazu noch Brownies, Cookies und vieles mehr. Ich fühle mich in der Tat wie in den kleinen Laden von Mr Bakerfield versetzt. »Das ist ja wahnsinnig toll, es fühlt sich an wie zu Hause«, sage ich fast andächtig und sehe zu Tad, der nickt.

»Das war auch mein Eindruck, als ich ihn entdeckt habe. Jedes Mal, wenn ich hierherkam, musste ich an uns denken, an die Zeit, die wir gemeinsam in der Bäckerei verbracht haben.«

Eine Frau mit einer blütenweißen Schürze taucht hinter dem Tresen auf und lächelt uns zu. »Was kann ich euch Gutes tun?«

»Wir wollten ein Törtchen essen. Sie haben nicht zufällig Key Lime Pies?«, frage ich.

Die Frau lächelt. »Doch, die haben wir sehr wohl.« Sie geht zum anderen Ende der Theke und deutet auf die Törtchen, die in Mr Bakerfields Laden eine Spezialität waren.

Sofort läuft mir das Wasser im Mund zusammen. »Oh, Tad, schau dir das an, ich bin so glücklich.«

Er lacht und die Frau ebenfalls. »Na dann«, meint sie. »Wie viele dürfen es denn sein?«

»Vier bitte«, platzt es aus mir heraus, woraufhin ich einen fragenden Blick von Tad ernte. »Die sind nicht alle für mich«, verteidige ich mich rasch. »Ich will Sam eines mitbringen. Sie wird es lieben, das weiß ich.«

Auf Tads Gesicht breitet sich ein Grinsen aus. »Und das vierte ist dann vielleicht doch für mich. Also dann vier Stück bitte.«

Die Frau greift nach einer Zange und packt vier der Törtchen in einen Karton. Nachdem Tad bezahlt hat, verlassen wir den Laden wieder.

Auch wenn von der Wärme des Frühlingsanfangs nachts noch wenig zu spüren ist, setzen wir uns auf die Bank vor dem Laden. Ich lege mir eine der blauen Wolldecken, die dort liegen, über die Beine, währenddessen hat Tad den Karton geöffnet. Schnell nehme ich mir eines der Törtchen und beiße hinein. Der Geschmack von Limetten und Sahne erfüllt meinen Mund.

»Das ist unglaublich, fast so gut wie daheim«, presse ich hervor, noch bevor ich den ersten Bissen ganz hinuntergeschluckt habe.

Tad mustert mich belustigt. »Schön, dass du dich freust. Auf Mr Bakerfield also.« Sein Blick wird ernst.

Ich nicke. »Ja, auf Mr Bakerfield«, antworte ich, ehe ich einen zweiten Bissen nehme und Tad nun ebenfalls in eines der Törtchen beißt.

Eine Weile sitzen wir einfach nur da und genießen die Pies, bis Tad das Gespräch wiederaufnimmt. »Wer hätte das gedacht, dass wir beide mal wieder zusammensitzen und diese Törtchen naschen. Gut, ich habe es mir gewünscht, aber daran geglaubt habe ich nicht.«

Ich sehe zu ihm und weiß genau, was er meint. Denn die Törtchen sind nicht nur irgendwelche Törtchen.

In meiner Erinnerung sehe ich uns aus der Bäckerei in Florida treten. Ich muss daran denken, wie wir auf dem Leuchtturm gesessen haben oder etwas abseits am Strand, und was geschehen ist, als wir die Törtchen aufgegessen hatten. Erinnerungen.

»Tad, weil wir gerade mit den Gedanken in Florida sind: Erst heute habe ich etwas gefunden. Erinnerst du dich an das Buch, das er mir geschenkt hat? Mr Bakerfield. Das mit den Sprüchen? Mit seinen Lieblingssprüchen?«

Er nickt.

»Ich habe es heute entdeckt. Ich war sauer wegen dir und wütend wegen der ganzen Situation und dann habe ich es gefunden. Und ich habe den Spruch gelesen. Dass Wut nichts bringt.«

Tad nimmt meine Hand. »Weißt du noch, wie wir damals etwas in das Buch geschrieben haben?«, fragt er.

Und er hat recht, daran habe ich gar nicht gedacht. »Ja«, ich nicke, »unsere Träume …«

»Es war ein schöner Tag gewesen«, sagt er. »Wir haben um die Key Lime Pies gestritten und …«

Ich hänge meinen Gedanken nach. Wir hatten uns Geschichten erzählt, unser Ritual mit den Törtchen gespielt. Dass derjenige, der die ergreifendere Geschichte aus seinem Leben erzählt, den letzten Key Lime Pie verdient – und dann …

Wieder schweigen wir und essen, während jeder seinen Erinnerungen nachhängt. Bis Tad die Stille bricht und mich ansieht, mit einem Blick, der meine Knie weich werden und mein Herz höher schlagen lässt.

»Schmecken sie dir?«

»Ja, herrlich. Die Törtchen schmecken einfach so gut, nach Sonne und Florida«, sage ich irgendwann, und unsere Blicke haften noch immer aufeinander.

»Ich denke, von deinen Lippen schmecken sie noch besser«, flüstert Tad mit einem Mal und jedes einzelne Wort prickelt durch meinen Bauch.

Ich muss schlucken, weil ich ganz genau weiß, woran er bei diesen Worten gedacht hat. Er weiß es wirklich noch. Denn genau diesen Satz hatte er auch zu mir gesagt, bevor wir uns damals das erste Mal geküsst haben. Das tiefe Blau seiner Augen fängt mich ein, und ich versinke beinahe darin, so wie damals.

»Weißt du auch noch, was ich geantwortet habe?«, frage ich.

Er nickt und rutscht ein Stück näher zu mir. »Dann probier es doch mal aus.«

Ganz sanft flüstert er mir die Worte zu, und wir sehen uns durchdringend an, so intensiv, dass ich das Gefühl habe, das Knistern in der Luft greifen zu können. Dann hebt er seine Hand, und seine Fingerspitzen streichen über meine Wange. Mein Herzschlag beschleunigt sich.

»Tut mir leid, ich konnte mir das nicht verkneifen, ich …« Er lächelt verlegen.

Ich räuspere mich und ertappe mich dabei, wie ich auf seine Lippen starre. Auch wenn so vieles noch nicht geklärt ist, muss ich zugeben, dass ich gerade nichts lieber tun würde, als ihn wieder zu küssen, seine Lippen wieder auf meinen zu spüren, so wie eben noch vor dem *Jone's*. Denn hier mit ihm zu sitzen, lässt die Grenze zwischen Vergangenheit und Gegenwart zerfließen.

Tausende von Erinnerungen flackern durch meinen Kopf, hell wie die Lichter im nächtlichen New York, und durchbrechen die Dunkelheit, die eigentlich um uns herum herrschen sollte, weil sie noch voller Geheimnisse ist. Es erstaunt mich nicht, denn wenn wir zusammen waren, war es nie dunkel, da hatten wir unser eigenes Licht. Und wenn wir uns geküsst haben, war es sowieso hell und warm.

Ich blicke erneut auf Tads Mund, und schon der Gedanke, seine Lippen wieder mit meinen zu vereinen, löst ein Kribbeln in mir aus.

»Der Kuss damals war schön«, sagt er mit heiserer Stimme, als hätte er meine Gedanken gelesen.

»Ja, das war er«, flüstere ich.

»Und der Kuss eben, der auch«, fährt er fort. »Ich weiß nicht, ob ich seitdem irgendwann mal aufgeregter war, außer vielleicht jetzt.«

»Das kann ich dir nicht glauben. Du hast seither so viele Frauen geküsst, die lassen sich bestimmt nicht mehr an zwei Händen abzählen.«

Er greift nach meiner Hand. Darauf bin ich nicht vorbereitet, und sofort spüre ich ein wohliges Ziehen in meinem Bauch. »Vielleicht habe ich das, aber keine von ihnen war wie du. Das ist mein Ernst.«

Seine Worte sind so zuckersüß wie die Füllung des kleinen Törtchens, und doch kann ich sie ihm nicht abnehmen, sosehr ich es auch will, sosehr ich mich nach ihm sehne. Vorsichtig entziehe ich ihm meine Hand. »Ach, Tad«, sage ich nur.

»Mary. Ich weiß, du glaubst mir nicht, aber es ist so und …«

Doch dann kommt er nicht mehr dazu, den Satz zu vollenden, denn ich lege meine Lippen auf seine. Diesmal weniger stürmisch als vorhin, aber genauso leidenschaftlich. Leicht streicht seine Zunge über meine Lippe und ich seufze. Ich habe es so vermisst. So sehr.

Wir küssen uns eine Weile und gehen dann irgendwann los in Richtung meiner Wohnung. Wenig später bleiben wir vor meinem Wohnhaus stehen.

Tad lässt seinen Blick über die Fassade schweifen. »Sehr gemütlich«, stellt er mit leiser Ironie in der Stimme fest, worauf ich ihn gespielt empört in die Seite boxe.

Lachend dreht er sich zu mir, und da wir uns so dicht gegenüberstehen, liegt sofort erneut Anspannung in der Luft. Ich kann nicht anders, als wieder auf seine Lippen zu starren, die mich beinahe magisch anziehen. Sie sind voll und wie zum Küssen gemacht. Doch sosehr ich es will, ich schiebe den Gedanken daran rasch beiseite.

Er holt sein Handy aus der Tasche, wahrscheinlich um die Situation zu entspannen. »Ist jetzt doch etwas spät geworden, schon drei Uhr.« Seine Augen wandern zu dem Karton in meiner Hand. »Ich bin gespannt, wie lange der Kuchen überlebt.«

Ich muss grinsen. »Ich denke, spätestens beim Frühstück muss er der Welt Lebewohl sagen. Sam wird begeistert sein. Danke noch mal für den Tipp mit der Bäckerei.«

»Keine Ursache. Es war wirklich schön, dass wir einen Kuchen auf Mr Bakerfield gegessen haben.«

»Ja, finde ich auch.«

»Weißt du was? Genau das hat mir echt gefehlt. Jemand, der so mit mir redet wie du. Bei dem ich so sein kann. Mary?«

»Ja?«

»Es tut mir so leid, dass ich geglaubt habe, du hättest das Geld genommen.«

»Mir tut es auch leid, alles. Wie es gekommen ist.«

Er nickt. »Wollen wir uns wiedersehen?«

»Wenn du das willst, wenn du das …« Darfst, will ich sagen, doch dann scherze ich: »Klar, sicher, können wir machen. Du musst mich nur buchen, kostet schlappe fünfhundert Dollar die Stunde.«

Er lacht.

»Oder du kommst morgen Abend ins *Jone's*. Wie du ja weißt, trete ich dort auf.«

»Klingt gut, oder wie wäre vielleicht sogar vor deinem Auftritt? Wir gehen ein bisschen durch New York, in den Central Park, oder so?«

»Oder so, ich denke, das kriegen wir hin, okay? Schreibst du mir morgen?«

»Okay.«

»Also dann …«

»War wirklich ein schöner Abend mit dir, Mary.«

»Ja, das finde ich auch«, erwidere ich, während sich unsere Blicke immer wieder verstohlen suchen und finden.

Nun kommt er noch ein kleines Stückchen näher, und ich bekomme eine Gänsehaut, als ich seinen warmen Atem an meiner Wange spüre, so nah stehen wir jetzt voreinander. Langsam beugt er sich zu mir. Ich weiß, ich sollte weggehen, aber ich kann nicht. Schon landen seine Lippen leicht auf meinen, und er küsst mich, warm, vertraut, mit dem Geschmack von Limetten. Sofort werden Tausende von Schmetterlingen in meinem Bauch zu neuem Leben erweckt. Meine Knie sind weich, als seine Lippen sich wieder von meinen lösen.

»Danke für den wunderschönen Abend, Mary«, flüstert er.

Unsere Lippen sind nur wenige Millimeter voneinander entfernt. Das Knistern zwischen uns ist spürbar, und mehr und mehr sehne ich mich erneut nach ihm. Ob es ihm auch so geht?

Als er erneut den Kopf zu mir neigt, springt mein Herz beinahe aus meinem Brustkorb. Der Kuss eben war so schön, ich will mehr davon, mehr von ihm, mehr …

»Hey, ist euch nicht ein bisschen kalt?« Eine Stimme, die ich nur zu gut kenne, durchbricht die Spannung, und wir treten schnell auseinander. Sam steht vor uns und grinst. »Sorry, lasst euch von mir nicht stören. Macht ruhig weiter, wo ihr gerade unterbrochen worden seid.« Sie zwinkert mir zu, dann öffnet sie, leise vor sich hin pfeifend, die Tür und verschwindet im Haus.

Tad lacht auf. »Da wurden wir ja fast erwischt.«

»Leider nur fast«, rutscht es mir heraus.

Er grinst. »Warum *leider*? Es hat dir also offensichtlich gefallen? Du kriegst nicht genug von mir?«

Sofort sind da wieder Tausende von Erinnerungen. An seine Berührungen, überall auf meiner Haut. An die Neckereien von damals.

Ich kneife ihn leicht in den Arm. »Wer weiß. Das musst du herausfinden.«

»Dann werde ich das versuchen.«

Ich will mich gerade abwenden, als er nach meiner Hand greift. Ehe ich michs versehe und einen klaren Gedanken fassen kann, hält er mich in seinen Armen. Ich atme erneut seinen Duft ein, und mein Herz pocht heftig gegen meinen Brustkorb.

»Gute Nacht, Mary, träum was Schönes.«

»Du auch, Tad.« Dann drehe ich mich endgültig um, trete ins Haus und lasse die Tür hinter mir ins Schloss fallen.

Als ich in die Wohnung komme, ist Sam natürlich noch wach und grinst mir entgegen. »Du warst ja ganz schön lange mit ihm unterwegs, dafür, dass du so böse auf ihn warst.«

»Und du bist ganz schön neugierig, wenn ich das bemerken darf«, kontere ich.

Sie rollt mit den Augen. »Na ja, leugnen kann ich es sowieso nicht, oder? Also spann mich nicht so auf die Folter. Ich vermute mal, es war schön?«

»Schön? Ja, wenn ich ehrlich bin, war es das. Sogar viel zu schön«, antworte ich, während ich mich neben sie auf die Couch fallen lasse.

»Ich kann es nicht fassen. Du und Ethan Blake!«

Ich schüttle den Kopf. »Bei mir ist er nicht Ethan Blake. Für mich ist er einfach Tad, der Junge, den ich damals so geliebt habe.«

»Und was habt ihr jetzt geredet?«

Ich denke an das, was ich heute erfahren habe, und kann es noch immer nicht recht fassen.

»Also hast du keine Antworten bekommen, warum er dich gebucht und dieses Spiel beim Casting mit dir getrieben hat.« Sie sieht mich ernst an.

»Doch, das habe ich. Und es ist schrecklich. Ehrlich gesagt, hatte ich das nicht erwartet. Damals habe ich einen Brief bekommen«, sage ich.

Sam nickt. »Das weiß ich.«

Ich sehe sie an. »Das war aber nicht alles. Darin war Geld, das habe ich dir ja schon erzählt. Und es stand drin, dass ich es für die Unannehmlichkeiten erhalte. Damals war ich sehr gekränkt. Ich habe nicht verstanden, warum Tad das macht, mir so was schreibt, jetzt weiß ich, dass es sein Vater war. Und er hat Tad gesagt, dass ich das Geld unserer Beziehung vorgezogen habe. Ich wusste ja nicht, dass er Ethan ist, Sohn aus reichem Hause. Und, na ja, der Vater hat Ethan weisgemacht, dass er sich über meine Entscheidung nicht zu wundern braucht, weil es immer so sein wird, dass ihn niemand mag einfach nur seinetwegen. Und Tad hat ihm das geglaubt. Er war zwar enttäuscht, aber er hat verstanden, warum ich das Geld vorziehe. Als er mich dann zufällig im *Jone's* wiedergesehen hat, war er so angezogen, dass er zu jedem meiner Auftritte gekommen ist. Das beim Casting dagegen hat ihn selbst kalt erwischt, und gebucht hat er mich, weil …«

Sam unterbricht meinen emotionalen Redefluss. »Weil er dir nah sein wollte?«, fügt sie an.

Ich nicke. Spüre Hitze auf den Wangen und bemerke, wie sie mich anstrahlt.

»Das ist schon wirklich sehr süß, aber all das andere mit seinem Dad, wow, ich meine, das ist eiskalt.«

Ich nicke. »Ja, das ist es, ich frage mich aber auch, warum ich das Ganze nicht hinterfragt und nie weitergesucht habe.«

»Hätte ich nach so einem Brief auch nicht. Mary, es tut mir echt so leid. – Und über was habt ihr noch geredet?«, will sie wissen.

»Wir haben über so vieles geredet und sind dann irgendwie von einem zum anderen gekommen. Über die Musik, früher.«

»Kaum zu glauben, dass ihr beide wirklich zusammen Musik gemacht habt«, überlegt Sam. »Das denkt man bei ihm gar nicht. Er wirkt nicht gerade wie ein Musiker. Und immerhin ist er Ethan Blake.«

»Wenn du ihn gehört hättest, Sam, er hat mir sogar Riffs gezeigt, er kann es wirklich, also Tad, oder Ethan, auch egal … Weißt du, er ist gut, was es noch schlimmer macht.«

»Was meinst du?«

»Er hat es wirklich geliebt, aber er macht keine Musik mehr. Ich habe ihn danach gefragt, warum, er meinte, zu viel Gefühl, und hat dann sofort abgeblockt. Dabei war es immer sein Traum, so wie es meiner war. Wir hatten uns so vieles ausgemalt.«

»Glaubst du, da steckt mehr dahinter?«

»Warum er dann aufgehört hat? Ich denke, es hat alles mit seinem Dad zu tun«, sage ich. »Da war zudem so eine tiefe Traurigkeit in ihm, aber er hat nichts gesagt. Ich hatte aber auch das Gefühl, dass er noch nicht so weit ist, darüber zu reden. Und …«

»Und?« Sie sieht mich neugierig an.

»Okay, wir haben uns geküsst und …«

»Das war nicht zu übersehen vor der Tür«, unterbricht sie.

»Davor auch schon und, ja, mein Bauch hat gekribbelt und …«

»Mary, du magst ihn immer noch sehr, nicht wahr?«

Die Frage überrollt mich, doch ich will Sam nicht anlügen, also gebe ich es zu. »Ja, sehr, und ich weiß nicht, gerade habe ich Hoffnung, dass alles doch gut wird.«

Sam seufzt. »O weh.«

»O weh?«, frage ich verwundert. »Das klingt jetzt aber nicht sehr begeistert.«

Sie sieht mich an. »Na ja, du hast bei dem Ganzen eine Sache nicht bedacht, Mary.«

»Und die wäre?«

»Laut dem, was man so in den Zeitschriften erfährt, ist er verlobt. Hat er darüber etwas gesagt?«

Sam hat recht. Daran hatte ich nicht gedacht.

War am Ende alles nur eine Illusion? Und ist das gerade wieder nur eine Illusion? »Nein, hat er nicht. Aber Tad …«

Sie unterbricht mich. »Nun, für dich mag er zwar Tad sein, doch er ist nun mal auch Ethan Blake. Der Ethan Blake, der den Frauen den Kopf verdreht und der, wie man weiß, eigentlich auch vergeben ist. Du hast ihn also nicht nach dieser Catherine«, sie schnippt, »wie heißt sie denn jetzt, ach ja, Van Sailen, gefragt?«

»Er hat nichts über sie erzählt. Ich habe aber auch nicht nach ihr gefragt«, gebe ich ein wenig kleinlaut zu.

Sam zieht die Stirn kraus. »Ich weiß, du kennst ihn anders, aber das ist immerhin auch schon ein paar Jahre her. Seitdem ist er wohl eher Ethan Blake und nicht mehr der Musiker Tad. Das sind zwei unterschiedliche Leben. Er hat ein anderes Leben, eines, für das er sich entschieden hat …«

Ich unterbreche sie. »Entscheiden musste.«

Sie schweigt einen Moment. »Mary, ich weiß nicht, wieso, aber mir gefällt das alles nicht. Du solltest vorsichtig sein und mit ihm darüber reden. Klarheit schaffen, was euch betrifft. Und was das mit euch werden kann. Ich will nicht, dass du dein Herz verlierst.«

Ich weiß nicht, was ich darauf antworten soll.

Sie spricht unbeirrt weiter. »Zudem hast du mir doch erzählt, wie sehr du damals gelitten hast, als Tad weg war. Deswegen will ich auf keinen Fall, dass du am Ende wieder mit einem gebrochenen Herzen dasitzt. Weil er dich ihretwegen verlässt oder sie nicht verlässt oder was auch immer passiert. Ich meine, ihr habt euch geküsst, aber was ist das mit euch, hat es eine Chance, oder ist es nur etwas, das man aufwärmt?«

»Es ist doch nicht gesagt, dass das mit seiner Verlobung wirklich stimmt«, wende ich ein. »Vielleicht ist ja auch alles ganz anders. Du weißt doch, wie die Medien sind. Heute schreiben sie dies und morgen schon wieder was ganz anderes. Ich werde mit ihm reden.«

»Ja, klar. Das schon. Dennoch habe ich auch schon aus anderen Quellen gehört, dass er sie hat, und sogar, dass er es nebenbei mit anderen treibt. Im Club habe ich zum Beispiel auch schon mitbekommen, wie er eine meiner Kolleginnen abgeschleppt hat. Er spielt gern …«

Ich seufze. Der Abend war so schön, und jetzt habe ich dieses merkwürdige Gefühl im Bauch. Dabei denke ich an den Moment, als er vor mir saß und meinte, dass es mit keiner war wie mit mir. Ob Sam recht hat? Ist es ein Spiel? Tad war nie so, aber wie steht es mit Ethan?

»Ich weiß nicht, ich kenne ihn so nicht. Und ich glaube, irgendwas in ihm ist sehr traurig. Da ist etwas …«

Sam legt mir die Hand auf den Arm. »Wie auch immer. Du solltest dich auf alle Fälle in Acht nehmen, okay? Versprich mir das.«

Ich atme tief durch. »Das tue ich, trotzdem vertraue ich auch meinem Gefühl. Und das sagt mir, dass ihn etwas bedrückt. Dass er mir mehr von sich mitteilen will, es ihm aber schwerfällt.«

»Mary, du weißt, ich hab dich lieb, und ich will nicht, dass er am Ende dein Herz bricht.«

»Dafür müsste er es aber erst mal gewinnen, oder?«

Sie grinst. »Mach dir nichts vor, das hat er doch heute schon geschafft. Außerdem weißt du ja, wie ich es sehe. Ich denke, dein Herz hat nie aufgehört, ein bisschen ihm zu gehören.«

Mit diesen Worten verabschieden wir uns ins Bett.

Nachdem ich in meinen Pyjama geschlüpft bin, schließe ich die Jalousien und kuschle mich in die warme Decke. Dann denke ich über alles Mögliche nach. Über den Abend, darüber, wie schön er war. Und über unseren Kuss. Unsere Küsse. Ich denke aber auch an Sams Warnung, und irgendwann bin ich einfach nur noch durcheinander, so wie vorhin schon bei dem Gespräch mit ihr. Vielleicht hat sie ja wirklich recht. Damals, als Tad einfach verschwunden war, ging es mir so schlecht. Sogar die Musik war mir für einige Zeit egal. Soll ich das alles wirklich wieder riskieren? Andererseits sagt man doch, dass ein Leben ohne Risiko gar nicht möglich ist …

Je mehr ich darüber nachdenke, umso mehr überschlagen sich meine Gedanken. Doch irgendwann gelingt es mir endlich, sie auszuschalten, und schon wenige Augenblicke später schlafe ich ein.

Tad sieht mich an, sein Daumen zeichnet Kreise auf meinem Handrücken, und ich genieße es – so wie den Wind hier oben auf dem Leuchtturm. Hier sind wir gern zusammen, hier fühlt es sich echt an.

»Ich will dich nicht verlieren«, flüstere ich in seine Richtung.

Er legt eine Hand an meine Wange. »Ich dich auch nicht, du gehörst zu mir.«

Doch dann verändert sich sein Gesicht mit einem Mal. Die lässige Kleidung, die er bislang getragen hat, verwandelt sich in einen teuren Anzug, seine Augen werden von einer dunklen Sonnenbrille verdeckt. Tad wird zu Ethan Blake, und ich weiche zurück, will etwas sagen, aber es gelingt mir nicht.

Erneut verändert sich sein Gesicht, und Ethan wird wieder zu Tad. »Ich bin nicht der, für den du mich hältst«, haucht er mir zu, und ich spüre Angst in mir.

»Wer bist du dann? Sag mir, wer du bist?«, flehe ich ihn an.

Doch dann löst er sich mit einem Mal ganz und gar auf, wird zu vielen winzigen Teilen und fliegt mit dem Wind davon, der hier oben um meine Nase weht. Nichts bleibt zurück, nur ich – mit tausend Fragen und diesem merkwürdigen Gefühl in der Brust. Diesem Ziehen und der Schwere.

»Wer bist du?« Ich rufe die Worte noch einmal in den Wind, doch Ethan und Tad sind längst fort.

Kapitel 26

Ich bin total gerädert, müde und fühle mich, als hätte mich in der Nacht etwas erschlagen. Und ich weiß auch, warum. Der Traum, dieser fürchterliche Traum. Was wollte er mir nur sagen?

Ich versuche, die Erinnerung daran beiseitezuschieben. Stattdessen blicke ich im Zimmer umher, um mich zu orientieren. Wie spät es wohl schon ist?

Gute Frage. Ich beschließe, langsam aufzustehen und mir erst mal einen Kaffee zu machen. Ja, ich brauche wirklich dringend einen Kaffee. Also schiebe ich die Decke von mir und krabble aus der Wärme in die Kühle meines Zimmers. Sie erinnert mich an den Wind, den ich eben noch im Traum gefühlt habe. Aber ich will das nicht, ich will Wärme.

Draußen höre ich etwas klappern. Ob Sam auch schon wach ist und ich ihr von meinem Traum erzählen kann?

Als ich die Tür öffne, weht mir tatsächlich frischer Kaffeeduft um die Nase.

»Guten Morgen.« Sam strahlt mich an. Ihr fröhliches Lächeln vertreibt für einen Moment all meine Sorgen. Sie hat bereits den Tisch gedeckt und die beiden Törtchen auf einem Teller angerichtet. »Eines für dich, eines für mich. Ich bin schon sehr gespannt.«

»Du bist ein Schatz.« Ich lächle ihr dankbar zu. »Du hast wirklich Frühstück gemacht?«

»Ich dachte, so ist es gemütlicher, und wir können noch mal ein bisschen plaudern.«

Seufzend setze ich mich an den Tisch. »Das sieht so lecker aus. Danke, du weißt gar nicht, wie sehr ich mich darüber freue. Das ist genau das, was ich jetzt brauche.« Ich greife nach der Kanne und schenke uns beiden dampfenden Kaffee ein, während Sam sich ebenfalls niederlässt.

»Schön, dass du dich freust. Ich dachte, das haben wir uns mal verdient. Wir haben immer so viel zu tun, da gönnt man sich das einfach zu selten. Außerdem warst du gestern so geknickt. Hör zu, ich habe mir Gedanken gemacht. Ich wollte nicht so hart klingen, du bist meine Freundin, und ich bin immer für dich da. Die ganze Sache mit Ethan oder Tad ist schon verwirrend genug, da muss ich dich nicht noch zusätzlich verunsichern.«

Ja, verwirrend, das hat Sam richtig erkannt.

Und dann noch dieser Traum, der mir noch immer in den Gliedern steckt. Er war wirklich aufreibend und irgendwie auch unheimlich. Ob Tad – oder Ethan – wirklich nur mit mir spielt, so wie es in dem Traum den Anschein gemacht hat?

»Alles okay? Du wirkst so gedankenverloren«, fragt Sam und nimmt einen Bissen von ihrem Törtchen. Sofort weiten sich ihre Augen. »Mein Gott, das kleine Ding hier ist ja der Hammer!«

Ich lächle. »Die sind superlecker, oder? Ich habe sie geliebt.«

»Das kann ich absolut verstehen, dass du dahingeschmolzen bist, ein Gedicht.«

»Diesen Törtchen habe ich übrigens meinen ersten Kuss mit Tad zu verdanken.«

»Aha. War es denn romantisch?«

»Sehr. Wir haben doch in der Bäckerei gearbeitet, Mr Bakerfield war der Besitzer und …« Ich stocke, denn ich muss wieder an das Telefonat mit Mum denken. »Er war ein lieber, gutherziger Mann, der nach dem Grundsatz lebte, dass jeder eine Chance verdient hat und dass in unseren Mitmenschen mehr steckt, als wir glauben.« Als ich den Satz ausspreche, kommt es mir für einen Moment so vor, als wäre er mit uns im Raum.

»War?«

»Ja, meine Mum hat mir am Telefon erzählt, dass er gestorben ist. Vielleicht hat mich das gestern noch sentimentaler gemacht. Weil ich auch ein Buch entdeckt habe, das er mir gegeben hat. Und dann Tad, all das. Die Erinnerungen. Das Törtchen auf Mr Bakerfield zu essen, war eine schöne Idee. Auch wenn ich gern zu seiner Beerdigung gehen würde. Aber mal eben nach Florida zu fliegen, ist nicht drin.«

Sie sieht mich an.

»Das tut mir leid. Ich kann versuchen, dir was dazuzugeben.«

Ich schüttle den Kopf, merke aber, dass mir Tränen in die Augen treten.

»Nein, ist okay. Du hast auch kaum Geld. Also, bitte nicht«, sage ich und wische sie weg.

»Frag Tad.«

»Was?« Ich sehe sie an.

»Ja, warum nicht? Oder nimm dieses Geld. Ich meine, es ist von seinem Dad. Also was soll's?«

»Nein, auf keinen Fall. Dass es von seinem Dad war, macht es noch schlimmer. Denkst du, ich beweise ihm jetzt nach all der Zeit, dass ich so jemand bin und dieses Geld nehme? Ich sollte es eher zurückgeben«, sage ich, und während ich ebenfalls in mein Törtchen beiße, fällt mir wieder Tads Frage ein, wie lange das süße Teil wohl überleben wird. Sofort bekomme ich wieder ein warmes Gefühl im Bauch. Ja, diese Seite mochte ich an ihm. Der witzige Tad, der aufmerksam war und mich geliebt hat, daran habe ich keinen Zweifel. Doch dann ist da auch ein ganz kleiner Stich. Denn welche Seiten gibt es noch bei ihm? Ob ich mich am Ende doch verrenne und mein Herz zu schnell öffne, so wie Sam es gesagt hat? Weil es keine Zukunft mit uns hat.

Ich sehe sie an. »Heute Nacht hatte ich einen merkwürdigen Traum.«

»Von Tad vermutlich?«

»Ja. Wir beide waren zusammen, aber er hatte unterschiedliche Gesichter. Er war mal Tad, dann wieder Ethan …«

Sam mustert mich mit ernster Miene. »Was du da gerade erzählt hast von Tad und seiner Idee mit den Törtchen, das war echt lieb und romantisch. Dennoch bedrückt dich die ganze Geschichte. Deswegen auch der Traum. Du solltest auf alle Fälle mit ihm reden und alles ansprechen. Nur wenn du Antworten hast, kannst du alles richtig einschätzen, ohne dich von dem, was war, leiten zu lassen. Es ist schön, in der Vergangenheit zu schwelgen, aber wir befinden uns nun mal in der Gegenwart.«

Nachdenklich nicke ich.

»Wie gesagt, ich wollte dich heute Nacht auch nicht verunsichern, Mary, ich wollte nur, dass du aufpasst. Sicher ist Tad anders. Aber hier und heute lebt eben Ethan, und in der langen Zeit ist wohl auch einiges passiert, weswegen er sich so verändert hat. Und es ist bekannt, dass er die Frauen um den Finger wickelt und mit ihnen spielt. Das muss natürlich nicht bei dir passieren, aber es ist nie verkehrt, vorsichtig zu sein, oder?«

Sam hat recht, es ist nie falsch, wachsam zu sein.

Dann frühstücken wir weiter, und mit jedem Schluck Kaffee und jedem Bissen von meinem Törtchen geht es mir besser.

»Übrigens hat Jone mich gebeten, heute Abend noch mal aufzutreten«, fällt mir irgendwann ein.

»Das ist doch toll. Schade, dass ich heute Schicht habe, sonst würde ich sofort mitgehen. Dieser Club geht mir echt auf die Nerven.«

Ich lächle ihr zu. »Das wäre wirklich schön, aber wir holen es bald mal nach.«

Mein Handy vibriert. Es ist Tad, genauer gesagt Ethan, der mir eine E-Mail schreibt:

> Guten Morgen, schon ausgeschlafen? Lust, dass wir den Nachmittag zusammen verbringen?

Sofort kribbelt es in meinem Bauch.

»Was schreibt er?«, fragt Sam.

»Er will wissen, ob wir uns treffen und ein bisschen Zeit zusammen verbringen.«

»Und? Willst du das auch?«

Ich nicke. »Ja, warum nicht? Es könnte eine gute Gelegenheit sein, um noch mal nachzuhaken.«

Sie legt ihren Kopf schief und sieht mir fest in die Augen. »Du weißt, was ich davon halte, klär die Sache. Frag ihn nach seiner Verlobten …« Aufmunternd sieht sie mich an, und ich halte kurz inne, ehe ich meine Antwort ins Nachrichtenfeld tippe.

> Okay, dann treffen wir uns in zwei Stunden am Haupteingang zum Central Park?

Die Antwort lässt nicht lange auf sich warten:

> Ich freue mich, ich werde da sein.

»Wow! So wie du aussiehst, werden ihm die Augen aus dem Kopf fallen.« Bewundernd, aber auch mit einer deutlich erkennbaren Portion Skepsis sieht mich Sam an, als ich in einem dunkelblauen Pullover, beigefarbenen Hosen und meinem Lieblingsmantel aus meinem Zimmer komme. Die Haare habe ich mir leicht eingedreht, Make-up aufgetragen, und ich fühle mich wohl, wenn auch aufgeregt.

»Ach komm, sag schon! Das ist doch ganz okay, oder?«, frage ich leicht zweifelnd. »Außerdem ist das nicht wirklich ein Date oder so. Ich habe ohnehin nicht viel Zeit. Ich trete doch später noch im Jones auf.«

Sie rollt mit den Augen. »Ganz okay? Das ist die Untertreibung des Jahres. Und ist klar, das Outfit gilt einzig deinem Publikum.«

Ich will mich von Sam nicht verunsichern lassen und gehe hinaus in den Flur, um meine Handtasche zu packen.

»Ich bin echt gespannt, was du später erzählst!«, ruft sie mir hinterher.

»Ich auch. Sei sicher, du wirst es erfahren.«

»Davon gehe ich aus.« Sie ist mir gefolgt und nimmt mich jetzt fest in den Arm.

Ich schultere meinen Gitarrenkoffer und drücke ihr noch einen letzten Kuss auf die Wange. Dann schließe ich die Wohnungstür hinter mir, laufe beschwingt die Treppenstufen nach unten und trete hinaus auf die Straße.

Das Leben in New York pulsiert ja eigentlich immer, doch heute kommt es mir noch ein bisschen lebendiger vor, was sicherlich an den Sonnenstrahlen liegt, die bekanntermaßen die Laune der Menschen anheben. Während ich mit der U-Bahn in Richtung Central Park fahre, gehen meine Gedanken natürlich wieder auf Wanderschaft. Ja, ich muss zugeben, dass ich mich schon sehr auf das Wiedersehen mit Tad freue.

Als ich aus der U-Bahn-Station wieder ins Freie komme, scheint die Sonne noch heller vom Himmel. Sie spendet wohltuende Wärme, und ich atme die milde Luft ein. Am Eingang zum Central Park wartet Tad schon auf mich. Lässig lehnt er an einer der Steinsäulen und schaut ein paar Männern nach, die ebenfalls, mit Instrumenten behängt, den Park betreten. Er trägt einen Hoodie – sicher, um nicht als Ethan Blake enttarnt zu werden. Sein Haar ist strubbelig, was ich total mag.

Einen Moment lang blicke ich zu ihm hinüber. Ja, es ist wirklich schön, ihn zu sehen. Nun dreht er den Kopf in meine Richtung und entdeckt mich ebenfalls. Er hebt die Hand, winkt mir zu und lächelt. Dann sind es nur noch wenige Schritte, bis ich vor ihm stehe.

»Hey«, sage ich.

»Hey.« Er beugt sich vor und gibt mir links und rechts ein Küsschen auf die Wange. Mein Herzschlag beschleunigt sich bei der Berührung seiner Lippen. »Schon ganz schön was los hier.«

»Ja, scheint so«, antworte ich. »Der Frühlingsbeginn holt sie alle aus ihren Häusern.« Ich ärgere mich über mich selber. Small Talk war noch nie meine Stärke. Das alles habe ich mir so viel einfacher vorgestellt, und wenn ich an unsere gemeinsame Zeit in Florida denke, kann ich mich nicht an einen Moment erinnern, in dem wir nicht wussten, was wir einander erzählen sollten.

»Du sagtest, du hast heute nur bis sechs Uhr Zeit. Ist dann der Auftritt im *Jone's*?«

Ich bin mehr als froh, dass er das Gespräch in die Gänge bringt. »Ja. Auch wenn ich so oft dort auftrete, ist es doch immer wieder aufregend. Ich freue mich schon richtig. Um sieben muss ich in der Bar sein.«

»Das glaube ich dir gern. Und du siehst gut aus, wirklich.«

Verlegen senke ich ein wenig den Kopf. »Danke.«

»Nichts zu danken.« Er räuspert sich.

Tad blickt auf die Uhr. »Die Zeit reicht, um ohne Hektik einen Kaffee zu trinken. Was meinst du?«

»Das klingt gut.«

Wir machen uns auf den Weg durch den Central Park, und wieder stelle ich fest, wie sehr mir New York ans Herz gewachsen ist, wie sehr ich mich hier angekommen fühle. Die Stadt nimmt mich nicht nur nachts gefangen, auch am Tag hält sie immer wieder Überraschungen bereit. Schließlich erreichen wir das Café, das bei diesem herrlichen Wetter gut besucht ist, zumal heute im Park ja auch eine Musikveranstaltung stattfindet.

Viele Musiker sind hier, haben so wie ich ihre Gitarren oder auch Saxofone und Bässe dabei. Von überallher erklingt Gesang, und ich fühle mich mehr als wohl. Ich habe auch das Gefühl, dass es Tad gefällt, denn er wirkt unheimlich gelöst.

»Wirklich schön hier«, sagt er, während er sich umsieht. »Was soll ich uns holen? Normalen Kaffee oder Latte? Cappuccino?«

»Ich nehme einen Chai Latte.«

»Kommt sofort.« Er begibt sich in Richtung Ausschank, während ich uns einen Platz auf einer der Bänke sichere.

Es dauert nicht allzu lange, bis Tad zurückkommt und mir meinen Chai Latte reicht. Er selbst hat sich für einen Cappuccino entschieden, und so sitzen wir da und genießen einfach den Moment, die Musik und die Menschen um uns herum.

»Wie viele Songs darfst du heute Abend spielen?«, will er irgendwann wissen.

»Die Playlist umfasst elf Songs. Ich hoffe, ich kann die Zuhörer begeistern. Mal sehen, es wird schon werden.«

Er nickt. »Ganz sicher. Du legst so viel Liebe hinein, davon war ich damals schon fasziniert.«

»Danke. Du warst allerdings auch nicht schlecht«, entgegne ich.

Tad nimmt einen Schluck von seinem Cappuccino. Er wirkt gedankenverloren. Zu gern wüsste ich, was ihm gerade durch den Kopf geht.

»Kann sein, aber – nein – diese Zeit ist vorbei.«

»Wirklich?«

Er nickt, aber irgendwie nehme ich ihm das nicht ab.

»Hast du eigentlich die Gitarre noch, die ich dir geschenkt habe?«

Er sieht mich an mit einem Blick, den ich nicht deuten kann.

Dann atmet er tief durch und schüttelt den Kopf. »Nein, leider nicht. Was mich traurig macht, wirklich. Ich musste gestern Abend auch noch an Mr Bakerfield denken. Und daran, was wir in das Buch geschrieben haben.«

Ich nicke. »Willst du es vielleicht sehen?«

Seine Augen weiten sich.

»Ich habe es dabei, es ist in meiner Handtasche«, sage ich und ziehe es hervor.

Tad greift danach und streicht über das dunkle Leder. Dann klappt er es auf und lächelt. »Der Spruch mit der Wut«, flüstert er und lässt seine Finger durch die Seiten wandern. Bis er plötzlich innehält.

Er hat die Seite aufgeschlagen, die wir damals mit unseren Träumen gefüllt haben: Kinder, eine Bar, ewig zusammen, Musik machen.

Ich sehe ihn an. »Wir haben das so gewollt. Musik machen. Und jetzt …?«

Er zuckt mit den Schultern. »Jetzt wirkt es weit weg, so wie Florida.«

Ich nicke. »Ich hatte überlegt hinzufliegen, zur Beerdigung, aber … ach, keine Ahnung.«

Er seufzt. »Ja, ihm die letzte Ehre erweisen, Florida … ein schöner Gedanke.«

Ich lasse den Blick zu meinem Gitarrenkoffer wandern. »Was meinst du?«, frage ich und sehe ihn an.

Das ist jetzt die Gelegenheit, überlege ich. Ich hole meine Gitarre aus dem Koffer und halte sie ihm entgegen. »Du spielst, und ich singe, so wie früher? Einfach der Erinnerung wegen …«

Er scheint zu zögern.

»Komm schon. Hier«, bekräftige ich noch einmal, und schließlich greift er tatsächlich danach.

Er nimmt die Gitarre in die Hand und legt seine Finger auf den Korpus. Dann lässt er sie vorsichtig über die Saiten gleiten, und als die ersten Töne erklingen, ist da ein Glanz in seinen Augen. Ein Glanz, den ich nur zu gut kenne. Er kann mir nichts vormachen, die Musik, er hat sie vermisst.

Schließlich fängt er an, eine zarte Melodie zu spielen. Ich lasse ihn einfach in Ruhe, beobachte ihn nur. Und ich genieße es, ihm zuzuhören. Das war der Plan. Ich wollte wissen, ob er noch immer gern spielt.

Eine Weile versinkt er in der Melodie, doch dann stoppt er und atmet tief durch.

»Du kannst es immer noch. Ich meine das ehrlich. Wenn du spielst, dann hast du einen Ausdruck im Gesicht, der … dann siehst du so glücklich aus«, sage ich mit Bedacht. Tads Blick verbindet sich mit meinem. »Fehlt dir die Musik nicht?«

Er zögert kurz. »Schon, aber es geht nicht. Ich habe gelernt, dass es Wichtigeres gibt. Und Dinge, die eben sind, wie sie sind. Die Zeit ist vorbei, Mary. So wie unsere Träume nur noch Wörter in diesem Buch sind.«

»Warum? Ich sehe doch, wie glücklich es dich macht.«

Plötzlich verändert sich sein Blick, und er legt die Gitarre weg. »Vielleicht. Aber es ist eben, wie es ist.« Ruckartig zieht er sein Handy aus der Tasche. »Wir sollten lieber los, ich habe auch noch viel zu erledigen.«

Was ist denn jetzt los? Bin ich ihm zu nahe getreten? Damit habe ich nicht gerechnet.

»Tad, ich habe das nicht böse gemeint. Ich habe nur das Gefühl, dass dich etwas bedrückt. Warum sagst du mir nicht einfach, was es ist? Ich bin doch für dich da, ich …«

»Nein, mich bedrückt nichts, es geht einfach nur nicht«, fällt er mir ins Wort. Seine Stimme ist mit einem Mal eisig und kühl geworden. Dann wird sein Blick wieder ein wenig freundlicher – sicher hat er bemerkt, wie ich zusammengezuckt bin. »Es geht mir wirklich gut. Aber das geht nicht. Wir sollten los.«

Ich sehe ihn einfach nur an.

»Wir können wieder dort sein, in Florida.«

Er schüttelt den Kopf. »So einfach ist das nicht.«

»Was ist denn damals passiert? Als du weg warst, was war dann?«, frage ich zaghaft.

»Ich konnte nicht mehr, es ist viel passiert, Mary.«

»Dabei hat es dich doch so glücklich gemacht. Ich meine, damals in Florida, da warst du so gelöst. Ich weiß, wegen deiner Mum, aber wir hatten doch den Plan … Einen, der sogar noch hier steht, in diesem Buch.«

»Der durchkreuzt wurde, weil mein Dad uns gegeneinander ausgespielt hat und ich es nicht wert war und weil ich …«

»Weil du?«

Er schweigt.

»Tad, ich wusste doch davon nichts. Du hast mich verlassen und du bist gegangen.«

Er sieht mich an, zuckt nur mit den Schultern.

»Du kannst wieder Musik machen oder versuchen, dich frei zu fühlen.«

»Ich habe viele Verpflichtungen, da passt es einfach nicht.«

Ich denke an Sams Worte, daran, dass er vergeben ist, und ich frage mich, ob das auch eine der Verpflichtungen ist, die ihm Kopfzerbrechen bereiten. Wie alles zusammenhängt.

»Sam, meine Mitbewohnerin und Freundin, meinte, dass du eine Freundin hast – und ich habe natürlich davon gelesen«, sage ich zögernd. »Stimmt das?«

Er sieht mir in die Augen. »Ich will dich nicht anlügen, Mary. Ja, es ist so.«

»Und ihr seid verlobt?«

Er nickt.

Jetzt ist es also raus, ich habe die Antwort. Sam hatte recht, er ist tatsächlich verlobt.

»Und du liebst sie?« Dass ich das wirklich frage ...

»Liebe, was immer das in diesem Zusammenhang bedeutet«, flüstert er, und ich weiß nicht, was ich von dieser Antwort halten soll. Er räuspert sich. »Wie ist es bei dir? Gibt es da jemanden in deinem Leben?«

»Nein, ich habe niemanden.«

Er nickt.

»Okay«, ich sehe ihn an, »wir haben uns geküsst, obwohl du vergeben bist, wir haben da wieder was angefangen und ...«

Er nickt wieder. »Ich weiß, wieder etwas, das ich getan habe, was ich nicht soll.« Er verschränkt seine Arme.

»Und jetzt?«

Er seufzt. »Das war ein Fehler, vielleicht sollten wir einfach gehen, all das hinter uns lassen. Wir sind nicht mehr in Florida, ich ...«

»Sag mir doch einfach, was los ist«, frage ich, aber er schüttelt den Kopf. Ich sehe ihn an.

»Gut, dann lass uns gehen. Aber ich frage mich, was das Ganze sollte? War es dann ein blödes Machtspiel von dir? Etwas, das dir deine Verlobte nicht geben kann? Der Kick, das Mädchen von damals zu verführen, mit verbunden Augen, damit sie nicht weiß, wer sie da gebucht hat? Oder wie soll ich das sonst verstehen? Du hättest einfach da bleiben können, wo du warst.«

»Ja, damit hast du vielleicht recht. Das hätte ich tun sollen.«

Es ist das erste Mal, dass Tad nicht ins *Jone's* kommt, wenn ich auftrete. Nach unserem Streit habe ich auch nicht damit gerechnet. Ich habe es mir zwar ein klein wenig gewünscht, das muss ich schon zugeben, doch bei dem Gedanken daran, was heute im Central Park passiert ist, komme ich zu dem Schluss, dass es mir doch ganz recht ist. Manchmal tut Abstand auch gut. Einfach meine Ruhe haben, abschalten, hier im *Jone's* spielen. Ich merke selbst, wie sehr mich die Sache mit Tad belastet, doch ich versuche, es mir nicht anmerken zu lassen.

Als ich schließlich auf der Bühne stehe, schalte ich dann auch wirklich ab. Ich singe und gebe mich ganz der Musik hin. Trotzdem sehe ich bei jedem Song Tad vor mir. Ich ertappe mich dabei, wie ich im Publikum Ausschau nach ihm halte, aber er ist nicht da.

Nachdem ich das letzte Lied beendet habe, bricht Applaus über mich herein wie eine große Welle, und ich verbeuge mich dankend. Ich gehe von der Bühne und setze mich zu Jone an die Bar. Auch Lilian ist da, sitzt am Tresen mit Freunden und lächelt mir zu.

Jetzt erst merke ich, wie erschöpft ich bin.

»Wasser?«, fragt Jone, und ich nicke.

Als er das Glas vor mir abgestellt hat, nehme ich einen kräftigen Schluck daraus.

Jone mustert mich eindringlich. »Ist alles in Ordnung? Du wirktest heute auf der Bühne irgendwie wütend, dann wieder traurig – einfach anders als sonst. Gut, aber anders.«

Seine Augen ruhen auf mir, und ich räuspere mich. »Ja, das bin ich auch, wütend und traurig und …«

»Raus mit der Sprache, was ist passiert? Hat es was mit ihm zu tun?«

»Ja, ich habe mich in ihm getäuscht, erneut. Ich hätte ihn erst gar nicht wieder in mein Leben lassen sollen. Liebe, all dieses Drama – ich weiß schon, warum ich mich davon ferngehalten habe.«

»Du bist eben wirklich verliebt«, meint er mit einem Lächeln.

»Nein, das ist es nicht.«

»Doch, das ist es immer. Unsere Gefühle haben immer was mit Liebe zu tun, in den unterschiedlichsten Facetten.« Mit einem Mal wirkt er nachdenklich.

»Jone, was ist los mit dir? Du wolltest mir doch schon länger etwas sagen. Was bedrückt dich?«

Er atmet tief durch. »Okay, ich will dich nicht anlügen, aber versprich mir, dass du Sarah erst mal nichts verrätst.« Er wirkt ernst, und in meinem Magen bildet sich ein Knoten.

»Natürlich, ich verspreche es dir.«

»Also, ich war beim Arzt und habe mich untersuchen lassen. Dabei wurde festgestellt, dass ich gewisse Gefäßverengungen habe. Ich habe schon länger gemerkt, dass mir die Arbeit, besonders die Nachtschichten, im Vergleich zu früher mehr und mehr zu schaffen macht. Na ja, deswegen bin ich ja auch zum Arzt. Langer Rede kurzer Sinn: Er hat mir dringend geraten kürzerzutreten. Deswegen überlege ich, die Bar zu verkaufen, um mehr Zeit mit Sarah zu haben.«

Ungläubig sehe ich ihn an. »Wirklich? Du willst die Bar verkaufen?«

»Ja. Mary, ich liebe diesen Ort. Aber ich liebe Sarah mehr, und ich will einfach noch so viel schöne Zeit wie möglich verbringen. Wer weiß, wie schnell sie vorbei ist.«

Ich sehe ihn an und frage mich, ob noch mehr dahintersteckt. Mehr, als er verrät.

»Es ist also sehr schlimm, Jone? Ehrlich gesagt, bekomme ich richtig Angst um dich.«

»Nein, nein, mach dir keine Gedanken. Ich wollte es dir nur sagen, weil ich nicht möchte, dass du am Ende total überrumpelt bist.« Er lächelt. »Und dir kann ich nur eines sagen: Wenn du Tad magst, gib nicht gleich auf. Das Schicksal hat euch aus einem bestimmten Grund wieder zusammengeführt. Hier in meiner Bar. Und du weißt doch, was ich immer sage: Hier geschehen Wunder. Vielleicht seid ihr ja eines davon.«

Für den nächsten Nachmittag haben Sam und ich uns zum Shoppen verabredet, und als ich zur vereinbarten Zeit vor unserem Lieblingssecondhandshop ankomme, winkt sie mir schon entgegen. Als ich in der Nacht nach meinem Auftritt nach Hause gekommen bin, war sie bereits bei der Arbeit, und so konnten wir nicht mehr miteinander sprechen. Stattdessen bin ich kaputt und mit vielen Gedanken ins Bett gefallen. Jones Worte über Wunder und das Schicksal gingen mir nicht mehr aus dem Kopf, und ich habe versucht, das Ganze positiv zu sehen.

Als ich näher komme und unsere Blicke sich begegnen, scheint Sam zu spüren, dass etwas mit mir nicht stimmt, denn sie bombardiert mich nicht gleich mit Fragen – was völlig untypisch für sie ist –, sondern betrachtet mich nur mit ernster Miene.

Ich weiche ihrem Blick aus. »Wollen wir in den Laden?«, frage ich in der Hoffnung, dass ich damit das Thema Tad noch eine Weile umgehen kann. Doch wie Sam nun mal ist, hält sie mich am Arm zurück und dreht mich zu ihr um. »Was ist denn gestern passiert? Ich merke doch, dass da was war, oder?«

Ich schlucke ein paarmal, bevor ich zu erzählen beginne. »Du hattest recht. Tad, also Ethan, er ist verlobt. Und er ist nicht der, für den ich ihn gehalten habe. Ich weiß ehrlich gesagt überhaupt nicht mehr, für wen ich ihn halten soll. Warum er aufgetaucht ist und …« Ich vergrabe das Gesicht in meinen

Händen. »Erst war es schön, wir haben geredet, etwas getrunken. Doch dann habe ich ihn erneut nach der Musik gefragt. Ich habe ihm die Gitarre gegeben, und er hat tatsächlich gespielt. Ach, Sam, ich konnte so gut erkennen, wie viel ihm das noch immer bedeutet, aber dann hat er auf einmal zugemacht, und wir haben uns beinahe gestritten.«

»Das tut mir so leid.«

»Ich habe mich da in etwas verrannt und mich zu sehr in der Vergangenheit verloren. Tad ist nicht mehr da. Und Ethan mag ich nicht sonderlich.«

Sie streicht mir sanft über den Unterarm. »Möchtest du reden? Sollen wir woanders hingehen?«

»Nein, eigentlich will ich gerade gar nicht darüber nachdenken. Lass uns einfach in den Laden gehen. Das fehlte noch, dass wir uns durch ihn das Shopping vermasseln lassen.«

Sie sieht mich skeptisch an. »Bist du sicher? Wir müssen nicht …«

»Doch, ich bin mir sicher! Außerdem gibt es bestimmt noch andere wichtige Dinge zu besprechen, oder?« Ich sehe Sam kritisch an. »Einen Kosmetiktermin am Morgen und danach gleich shoppen? Was, oder soll ich lieber fragen, wer steckt dahinter?«

»Okay, okay«, gesteht Sam. »Vor ein paar Monaten hat doch Rich, dieser neue Bartender, bei uns angefangen.«

»Ja, du hast von ihm erzählt. Er sei so wahnsinnig kindisch auf der einen Seite und dann wiederum arrogant. Wir sprechen doch vom selben Rich?«

»Wirklich, habe ich das gesagt?« Sam wird ein wenig rot und sieht zu Boden. »Ja, kann sein. Aber nach unseren letzten Diensten zusammen muss ich sagen, dass er eigentlich ganz witzig ist, und wahrscheinlich war er nur so arrogant, weil er unsicher war.«

»Ah ja. Wahrscheinlich.« Ich schmunzle. »Nein, jetzt mal im Ernst. Ich freu mich für dich. Nach der Sache mit Jason finde ich es gut, dass du dich mal wieder mit jemandem triffst. Das heißt, du bist endlich über den Arsch hinweg. Oder soll Rich dich nur über Jason hinwegtrösten?«

»Also gut, ich gebe zu, kurz hab ich darüber nachgedacht, Rich einfach nur als kleine Ablenkung zu nutzen, aber weißt du, mittlerweile seh ich das nicht mehr so. Er bringt mich wirklich zum Lachen, und ich mag, wie er die Welt sieht.«

Jetzt bin ich neugierig. »Wie er die Welt sieht? Was meinst du damit?«

»Na ja, er freut sich so über Kleinigkeiten, die ich selbst gar nicht mehr wahrgenommen habe. Zum Beispiel haben wir im Büro so ein verdorrtes kleines Pflänzchen, und er hat es sich zur Aufgabe gemacht, es wieder aufzupäppeln. Zuerst habe ich ihn damit aufgezogen, doch als ich sah, wie es tatsächlich wieder grün wurde, war ich beeindruckt. Vor allem von seiner Art, sich darüber zu freuen. Es ist schön, mit ihm zusammen zu sein. Seine Unbekümmertheit ist echt ansteckend.«

Erstaunt sehe ich Sam an. »Wow, das sind ja ganz neue Töne. Und warum erfahre ich bitte erst jetzt davon?«

Sam zögert einen Moment. »Du hattest in letzter Zeit so viel um die Ohren. Da wollte ich dich lieber nicht mit meinem Zeug nerven.«

Sofort habe ich das Bedürfnis, Sam in die Arme zu nehmen. »Du nervst mich überhaupt nicht. Es tut mir leid, wenn sich in letzter Zeit so viel um Ethan aka Tad aka Typ im Hoodie gedreht hat.«

Sam lächelt mich an. »Quatsch, dir muss doch nichts leidtun. Gegen deine Story ist die Sache zwischen Rich und mir todlangweilig. Ach, wird sich schon zeigen, was bei allem reinkommt.«

Manchmal wünsche ich mir, ich hätte Sams Gelassenheit. Vieles wäre so viel einfacher. »Okay, wann ist das Date?«

»Morgen, wir gehen ins Kino und danach vielleicht noch was trinken.«

Dann kümmern wir uns lieber um dein Outfit für morgen, damit wenigstens eine von uns ihr Glück findet«, sage ich entschlossen und betrete schließlich, so optimistisch ich nur kann, zusammen mit ihr den Laden.

Eine halbe Stunde später sind wir tatsächlich fündig geworden, und ich hoffe, ich konnte meine innere Wut einigermaßen überspielen. Auf keinen Fall will ich zulassen, dass die Sache mit Tad auch nur für einen Moment die Stimmung verdirbt, auch wenn es mir schwerfällt, nicht über unsere mehr als seltsame letzte Begegnung nachzudenken.

»In diesem gelben Top siehst du fantastisch aus«, sage ich, als Sam sich darin im Spiegel begutachtet.

»Meinst du wirklich? Und soll ich einfach eine Jeans dazu anziehen oder doch lieber den Rock? Du weißt schon, den schwarzen, den ich mir neulich gekauft habe.«

»Ich denke, mit dem Rock bist du die Wucht! Du wirst umwerfend aussehen.«

Erleichtert dreht Sam sich noch mal zu mir um, bevor sie in der Umkleidekabine verschwindet. »Danke dir. Ich bin diesmal echt ein wenig aufgeregt. Und tut mir leid, dass wir jetzt nicht mehr so viel Zeit haben, aber du kennst ja meine Mum. Die bekommt die Krise, wenn ich heute zu spät komme. Aber morgen, da lass uns bitte über alles reden, ja?«

Ich schäme mich schon fast, dass Sam sich so große Sorgen um mich macht. Ich hätte Tad nie so nah an mich heranlassen dürfen. »Wenn du unbedingt willst, erzähle ich dir morgen dann alles genauer. Aber mach dir jetzt bitte keinen Kopf.«

»Ehrlich? Okay, aber wir reden auf jeden Fall morgen.«

Vor dem Laden verabschieden wir uns voneinander, und ich mache mich allein auf den Weg nach Hause. Meine Gedanken kreisen noch immer um Tad. Was ist nur geschehen, dass er so reagiert hat? Was immer es auch ist, er hat sich nicht geändert, und ich habe keine Lust auf diese Geheimnisse.

Kapitel 27

Als ich eine Woche später das *Jone's* betrete, habe ich noch immer nichts von Tad gehört. In meinem Leben scheint Stillstand zu herrschen. Denn auch die Jobsuche ist nach wie vor erfolglos. Alles passt einfach nicht. Es ist, wie sich im Kreis zu drehen. Mum hat gefragt, ob ich komme, aber ich kann hier nicht weg. Gern wäre ich bei der Beerdigung dabeigewesen, aber irgendwie ist alles zu viel.

Jone winkt mir vom Tresen aus zu, und ich gehe zu ihm.

»Na, wie geht es dir, Mary? Gibt es was Neues?« Er poliert Gläser mit einem Tuch.

Ich schüttle stumm den Kopf. Sein Blick mustert mich. Mir ist klar, was er auf dem Herzen hat.

»Dann hast du nicht mehr mit ihm geredet?«

Ich atme tief durch. »Er hat sich nicht mehr gemeldet, aber es ist besser so. All der Ballast, ich habe selbst so viel.«

Er hebt eine Augenbraue. »Das wundert mich jetzt aber wirklich.«

»Mich nicht, er ist ja schon mal einfach verschwunden.«

»Vielleicht kommt er ja heute, so wie immer. Und hast du jetzt schon Nachricht von *Corporate*?«

»Ach, das mit Tad oder wie auch immer ist mir echt egal.« Ich seufze. »Gestern habe ich endlich bei *Corporate* angerufen, um nachzufragen, wie sie sich entschieden haben.«

Jone hält einen Moment mit dem Gläserpolieren inne und sieht mich gespannt an.

Ich hebe die Schultern. »Nichts. Sie können rein gar nichts sagen. Es würde noch dauern, und sollte ich in der Zwischenzeit das Interesse verloren haben, bitten sie um eine schriftliche Mitteilung.«

»Die sind offensichtlich sehr von sich überzeugt. Die müssen doch wissen, dass sich ihre Bewerber von irgendetwas ernähren müssen.« Kurz stockt er. »Du kannst, wie gesagt, gern noch eine Zeit lang hier jobben. Es ist mir eine große Hilfe, dass du mich neben deinen Auftritten bei meinen Schichten unterstützt. Aber auf Dauer …«

Ich weiß genau, was er meint. »Mach dir keine Sorgen. Der Job hier hilft mir wirklich und ich werde schon eine Übergangslösung finden. Dann geh ich einfach doch wieder in ein Diner«, entgegne ich im heiteren Ton. Auf keinen Fall soll er sich um mich sorgen. Jone hat ohnehin genug um die Ohren. Ich bin froh, dass ich ihm ein wenig Arbeit abnehmen kann.

Ein Gast, der bedient werden will und Jone zu sich ruft, reißt uns aus dem Gespräch, und Jone legt das Tuch beiseite.

Ich stehe auf und will gerade zur Bühne gehen, als ich Ray entdecke.

»Oh, Miss Mary, ich freue mich so, dich endlich mal wiederzusehen!«, ruft er mir entgegen. »Geht es dir gut?«

Ich nicke. »Es ist okay, Ray. Und bei dir?«

»Es könnte mir nicht besser gehen. Ich bin verliebt.« Rays strahlend weiße Zähne funkeln mir entgegen.

Mein Herz hüpft einen Moment lang vor Freude. »Das ist toll. Erzähl schon!«

»Sie ist fantastisch. Ich hätte nicht geglaubt, dass mich eine Frau noch mal so vom Hocker hauen kann.«

»Oh, das freut mich so für dich, Ray. Du hast dieses Glück so sehr verdient.«

»Weißt du, sie versteht mich und lässt mir meine Freiheiten. Außerdem will sie mich nicht verändern. Sie sagt, sie liebt mich so, wie ich bin, mit all meinen Macken. Na ja, du kennst mich ja, davon hab ich einige.«

Obwohl ich es wirklich nicht will, versetzen Rays Worte mir einen Stich. »Das freut mich wirklich sehr«, sage ich nur noch einmal.

»Danke. Aber nach deinem Auftritt musst du mir unbedingt erzählen, wie es dir so ergangen ist. Was ist aus dem Job bei dieser Georgia geworden? Warst du deshalb in den letzten Wochen so beschäftigt? Du wirkst ein wenig zerfahren.«

Ich habe noch eine halbe Stunde, bis ich an der Reihe bin, also erzähle ich ihm gleich alles, was in letzter Zeit passiert ist, und er hört mir aufmerksam zu.

»Und jetzt?«, fragt er, als ich geendet habe.

»Jetzt ist er weg, genau wie damals.«

Ray legt seinen Kopf ein wenig schief und sieht mich eindringlich an. »Ich glaube, wenn er dazu bereit ist, kommt er wieder. Lass ihm Zeit. Wie gesagt, niemand ist perfekt, man muss nur jemanden finden, der das auch zu lieben weiß.«

»Wenn du nur recht hast, Ray.« Ich deute zur Bühne. »Ich mache mich dann mal bereit.«

Genau das wird mir jetzt guttun. Singen, Musik machen, mich von den Tönen erfüllen lassen.

Und so betrete ich schließlich die Bühne und greife nach dem Mikrofon. »Hallo, ich bin Mary O'Hanna und freue mich, heute wieder für euch zu singen. Legen wir gleich mal los.«

Ich bringe meine Gitarre in Position, atme tief durch und fange an zu spielen. Die Musik hüllt mich ein, lässt mich alles vergessen, und die Zeit vergeht. Als ich das nächste Lied ansinge, sehe ich mich um, aber ich kann Tad nirgendwo entdecken. Wie schon beim letzten Mal hatte ich es mir insgeheim gewünscht, dass er kommt. Aber so ist er eben.

Ich konzentriere mich weiter auf das Lied. Mein Blick wandert zufällig zur Tür, die sich genau in diesem Moment öffnet. Ein Mann schiebt sich hindurch, er trägt einen Hoodie, und sofort fängt mein Herz an, heftig zu schlagen, denn er ist es wirklich.

Tad.

Er sieht zu mir, unsere Blicke treffen sich, dann setzt er sich wie immer in den hinteren Bereich des Saales.

Ich spiele weiter, versuche, mir nicht anmerken zu lassen, wie sehr ich mich freue, dass er doch noch gekommen ist. Es macht mich glücklich und lässt mich auch irgendwie hoffen.

Nach meinem vorletzten Song atme ich tief durch. Der Applaus hüllt mich ein, und ich verbeuge mich. Ich bin mir nicht sicher, ob ich nach meinem Auftritt auf ihn zugehen soll, um mit ihm zu sprechen. Doch schon während die ersten Klänge des letzten Liedes den Raum erfüllen, weiß ich, dass ich es tun werde. Es muss schließlich einen Grund geben, weshalb er trotz unserer Auseinandersetzung hier ist.

»Vielen Dank, bis nächste Woche«, sage ich ins Mikrofon, dann verlasse ich die Bühne und schiebe mich eilig an der Bar vorbei in der Hoffnung, dass Tad nicht gleich wieder verschwindet. Mein Blick fällt zu Jone, der mich breit angrinst, und ich rolle mit den Augen. Aber es ist mir jetzt auch egal. Soll er doch denken, was er will. Ich möchte das mit Tad jetzt klären.

Doch als ich mich dem Tisch nähere, an dem er gesessen hat, ist von ihm nichts mehr zu sehen. Er ist doch tatsächlich schon wieder gegangen!

Mit klopfendem Herzen haste ich zum Ausgang, reiße die Tür auf und stolpere hinaus in die abendliche Kälte. Aber auch hier ist keine Spur von Tad.

Plötzlich schrecke ich auf, denn jemand greift nach meiner Hand und zieht mich an sich. Er ist tatsächlich noch hier. Irgendwie wirkt er nervös, und auch ich kann nicht leugnen, dass mich seine Berührung in Aufregung versetzt. Die Luft ist frisch, aber er ist mir so nah, dass ich seinen warmen Atem spüren kann.

»Du hast mich erschreckt«, raune ich und ärgere mich gleichzeitig über meine Unsicherheit. Rasch befreie ich mich aus seiner Umarmung und versuche, die Fassung zu wahren, obwohl ich spüre, dass mein Körper seine Nähe bereits jetzt vermisst. Ich verschränke die Arme vor der Brust und warte darauf, dass er endlich anfängt zu sprechen.

»Mary, es tut mir leid«, sagt er langsam. »Ich wollte nicht, dass wir uns streiten und so auseinandergehen. Ich weiß, ich habe mich bescheuert verhalten, und ich habe dir noch so viel zu erklären. Das würde ich jetzt gern tun, wenn du mich lässt.«

Am liebsten würde ich Nein sagen, ihm ins Gesicht sagen, dass es mir egal ist. Aber stattdessen nicke ich.

»Was meinst du? Würdest du mit mir mitkommen?« Er deutet auf den Wagen, der am Straßenrand steht und den ich bereits kenne.

Seinen Augen sehe ich an, dass es ihm alles abverlangt, aber auch, wie viel es ihm bedeutet. Schließlich nicke ich erneut.

»Danke, Mary. Wirklich.« Er öffnet mir die Tür, ich setze mich auf den Rücksitz, und er nimmt auf der anderen Seite neben mir Platz.

»Jeff, du weißt, wohin wir fahren.«

Jeff dreht sich zu mir um und lächelt mich an. »Guten Abend, Miss O'Hanna.«

»Guten Abend, Jeff.«

Ich sehe zu Tad, der mehr als nervös wirkt. Ich weiß nicht, was er mir zeigen will, aber ich habe das Gefühl, dass es mir einige Antworten auf meine Fragen bringen wird.

Nach einer kurzen Fahrt durch die abendlichen Straßen stoppt der Wagen, und Jeff hält mir die Tür auf. Nachdem ich ausgestiegen bin, sehe ich mich um und versuche, mich zu orientieren. Mein Blick fällt auf eine Brücke, auf viele Häuser und bleibt schließlich auf Tad liegen, der mittlerweile neben mir steht.

»Du wolltest wissen, was passiert ist, warum all das so ist«, beginnt er und atmet tief durch. »Ich komme immer wieder hierher. Denn das ist die Stelle, an der meine Mutter starb.«

Mir stockt der Atem, und ich wage es nicht, Tad anzusehen. Ich habe mit vielem gerechnet, aber nicht damit. Sofort liegt eine Schwere in der Luft, ich spüre sie in jeder Faser meines Körpers. Und ich merke, dass es Tad alles abverlangt, sich mir anzuvertrauen. Also sage ich nichts, sondern warte und höre ihm weiter zu.

»Die Musik hat Mum und mich immer verbunden. Es war ihr wichtig, dass ich schon sehr früh ein Instrument lerne. Meine Mutter war eine quirlige Frau. Wenn sie sich mal nicht mit jemandem unterhalten hat, hat sie gesungen oder zumindest vor sich hin gesummt. Mum und ruhig – das gab es einfach nie. Ich weiß noch, wie ihre Augen geleuchtet haben, als ich ihr erzählte, dass ich gern Musiker werden würde. Ich glaube, das war es, was sie schon immer für mich gewollt hatte. Und sie musste mich auch nicht dazu überreden. Ich hatte Liebe schon immer mit Musik verbunden, und das lag eindeutig an ihr. Sie war die Brücke.«

Tad sieht mich eindringlich an, und der Moment ist so ernst, dass ich es nicht wage, auch nur einen Ton von mir zu geben. Stattdessen nicke ich verstehend.

Endlich unterbricht er die Stille und spricht weiter. »Eines Tages kam sie voller Begeisterung mit einem Flyer an, auf dem stand, dass es schon in einem Monat ein Vorsingen in Nashville gebe. Der Gewinner habe die Möglichkeit, einen Plattenvertrag zu bekommen. Stell dir das mal vor!«

In Tads Augen erkenne ich, dass er sich weit weg in seiner Erinnerung befindet. Ich trete einen Schritt auf ihn zu und streiche ihm sanft über den Arm.

»Ich war sofort von ihrer Idee angesteckt«, erzählt er weiter. »Wir malten uns aus, was das alles für mich bedeuten könnte. In ihren Augen hatte ich den Sieg bereits in der Tasche. Doch sie hatte die Rechnung ohne Dad gemacht. Als er von der Idee erfuhr, drehte er völlig durch. Er hatte andere Pläne für mich. Das Blake-Imperium.«

Mein Magen verkrampft sich augenblicklich ein wenig.

»Sie versuchte, ihn zu überreden, mich teilnehmen zu lassen, denn sie war so überzeugt von meinem Talent. Irgendwann, an einem späten Herbstnachmittag, ist es dann eskaliert. Die beiden hatten einen furchtbaren Streit. Und wie immer, wenn Mum nicht weiterwusste und sie anscheinend nichts mehr herunterbrachte, ging sie laufen. Mit lauter Musik. Sie sagte immer, dass Bewegung, zusammen mit Musik, die beste Möglichkeit für sie sei, ihre Gedanken wieder in die richtigen Bahnen zu lenken. Gut, solche Momente kamen recht selten vor. Doch wenn es sie gab, dann setzte sie ihre Kopfhörer auf und lief einfach los. So auch an diesem Nachmittag. Meine Mum …« Seine Stimme bricht, und ich greife nach seiner Hand. »Sie nannte Dad einen kaltherzigen Egoisten, sagte ihm, dass sie nicht verstehe, wie man so sein kann, und dass sie niemals zulassen würde, dass ich so werde wie er. Sie zog ihren Sportdress an, nahm ihren iPod mit und machte sich auf den Weg. Ich weiß noch, wie ich ihr nachgesehen habe. Sie drehte sich noch einmal um und winkte mir zu.« Er wendet den Kopf in meine Richtung. »Das war das letzte Mal, dass ich sie gesehen habe. Genau hier hat das Auto sie erfasst.«

Sofort spüre ich diesen Schmerz in mir, wie er durch meinen gesamten Körper jagt. »Das tut mir so leid«, flüstere ich.

»Sie hat das Auto vermutlich nicht gehört, weil sie die Musik so laut aufgedreht hatte und von dem Streit so aufgewühlt war. Natürlich hatte mein Dad nichts anderes in Sinn, als mir die Schuld zu geben. Und ich habe ihm geglaubt. Der Tod meiner Mum war schon so hart, doch danach war es die reinste Hölle. Ich versuchte, meinen Schmerz mit Drogen und Alkohol zu betäuben. Durch das Zeug lernte ich die falschen Leute kennen, und ehe ich michs versah, war ich in einem Sumpf aus Sucht und Kleinkriminalität versunken. Und das als ein Blake. Du kannst dir sicher vorstellen, dass mein Vater getobt hat. Doch nichts von alldem kam bei mir an. Es war mir egal, ob ich lebe oder sterbe – wie du ja weißt.« Er hält kurz inne. »Und wenn mir jemand blöd kam, hätte ich keine Bedenken gehabt, ihn in die Hölle, in der ich mich ohnehin schon befand, mitzunehmen. Als mich mein Vater eines Tages wegen einer Schlägerei mit einem Polizeibeamten gegen Kaution aus dem Gefängnis holen musste, entschied er, mich zwangsweise in eine Entzugsklinik einweisen zu lassen. Da ich minderjährig war und er ohnehin die entsprechenden Kontakte hatte, gelang ihm dies auch.« Wieder sieht Tad gedankenverloren die Straße entlang. »Aber das Einzige, was dort geheilt wurde, war mein Körper. Mein Geist und meine Seele waren schon beinahe gestorben. Verstehst du?«

Ich nicke.

»Dad kam mit meinen Depressionen nicht zurecht. Meine Schwester Susan schien Mums Tod besser zu bewältigen, und er hatte die Hoffnung, die Therapie hätte mir geholfen. Doch während ich vorher noch rebelliert hatte, saß ich jetzt nur in unserer Villa herum und vegetierte vor mich hin. Er war überfordert, und so kam er auf diese Idee, mich über den Sommer zu Mums Schwester nach Florida zu schicken. Wie ich dir schon sagte, ich bin ein Mensch, der das Schlechte einfach anzieht. Es ist fast wie ein Fluch.«

Er lacht, doch es ist ein trauriges Lachen, das mich bis in Mark und Bein erschüttert.

»Ich machte bei meiner Tante genauso weiter, wie ich vor der Therapie aufgehört hatte, und ließ mich dann auch mit den Leuten von der Gang ein. Die Medikamente, die sie mir in der Klinik verschrieben hatten, setzte ich ab, und so kamen die Depressionen mit voller Wucht zurück. Ich war eine Hülle meiner Selbst geworden – in Florida derselbe Mist, das mit der Bäckerei, mir war alles egal, bis ich dich traf. Bis ich in dieser Nacht den Klang deiner Stimme hörte. Ich wollte ein besserer Mensch sein, und dann ist dieser Mist passiert.«

»Der Abend, als wir in der Bar waren?«, frage ich.

»Ja. Ich habe dich verletzt, die Person, die mir am wichtigsten war. Mein Dad meinte zudem, das Video in der Bäckerei zeige mich, und selbst wenn Mr Bakerfield das nicht wollte, würde es doch irgendwann rauskommen. Er hat mir dieses Ultimatum gestellt, er wollte testen, ob du mich willst oder das Geld. Wenn du dich für mich entscheidest, lässt er mich gehen, falls nicht, würde er recht bekommen und ich müsse alles aufgeben. So ist es dann gekommen. Du hast dich – so wurde es mir mitgeteilt – für das Geld entschieden, und da ich ihm geschworen hatte, mich in diesem Fall so zu verhalten, wie er es sich wünscht, habe ich meinem Dad zugesagt, mich zu bessern, ihn stolz zu machen und die Firma zu übernehmen. Er hat die Gitarre weggeworfen. Ich nahm mir fest vor, niemanden mehr zu enttäuschen und zu verletzen, und habe es auch eingehalten. Aber dafür musste ich Tad ablegen. Endgültig, keine Musik, keine Gedanken mehr an dich. Nicht mehr zurücksehen.«

Tränen laufen mir über die Wangen, als ich noch einen kleinen Schritt näher an ihn herantrete. »Es war nicht deine Schuld, Tad. Niemand ist schuld, wenn so etwas Tragisches geschieht, hörst du? Du hast getrauert, warst überfordert. Und auch das mit mir – es war ein kleiner Unfall, du wolltest mir nur helfen.« Ich strecke meine Hand nach seinem Gesicht aus und streichle es sanft. In seinen Augen spiegelt sich der ganze Verlust, den er erleiden musste. »Du bist nicht schuld und auch nicht die Musik. Deine Mum hat sie geliebt, und das hat sie dir hinterlassen, in deinem Herzen.« Ich lasse meine Hand tiefer wandern, lege sie an seine Brust und spüre seinen Herzschlag.

Und dann halten wir uns im Arm – auf der Straße, genau an der Stelle, die einst so viel Unglück in sein Leben gebracht hatte.

Eine halbe Stunde später hält Jeff vor unserem Apartment.

»Da wären wir«, sage ich zu Tad.

»Ja, da wären wir.«

Für einen Moment sehen wir uns einfach nur an.

»Tad?«, flüstere ich dann. Meine Stimme zittert ein klein wenig. »Willst du noch mitkommen?«

»Das würde ich gern, ja.«

»Okay, aber …« Ich zögere.

»Aber?«

»Ich möchte etwas versuchen, aber dafür müsstest du mir noch ein weiteres Mal vertrauen. Meinst du, das kannst du?«

Viele Fragen spiegeln sich in seinen Augen, Neugier und Sehnsucht. Ich überlege schon, ob er wohl doch noch einen Rückzieher macht, aber dann nickt er leicht. »Ja, ich vertraue dir, Mary«, antwortet er und wendet sich dann an Jeff. »Ich bleibe erst mal hier, Jeff, danke.«

Jeff dreht sich zu uns um. »In Ordnung. Dann wünsche ich Ihnen noch einen schönen Abend.« Er will schon die Fahrertür öffnen, als ich ihn unterbreche.

»Danke, Jeff, wir steigen selbst aus, ja?«

Er lächelt. »Gern, Miss O'Hanna. Wie Sie wünschen.«

Als Tad und ich mitsamt meinem Gitarrenkoffer vor meinem Haus stehen, fährt Jeff davon. Der Himmel ist klar, die Luft frisch. In mir regen sich erste Zweifel, ob das, was ich vorhabe, wirklich so eine gute Idee ist. Immerhin ist sie doch sehr gewagt.

Ich lasse meinen Blick kurz zu unseren Fenstern hinaufwandern, hinter denen kein Licht brennt. Fast bin ich erleichtert, dass Sam heute arbeiten muss.

»Mach deine Augen zu«, flüstere ich. Ich ziehe langsam den wollenen Schal von meinem Hals und gehe auf Tad zu. Dabei versuche ich, mir nicht anmerken zu lassen, wie nervös ich mit einem Mal bin. Ich trete hinter ihn, lege ihm den Schal um die Augen und ziehe die beiden Enden zu einem Knoten zusammen.

»Okay, ich verstehe, ist das jetzt die Revanche?«, fragt er, und seine Lippen verziehen sich zu einem unsicheren Grinsen.

Ob es wirklich richtig ist, was ich tue? Kurz huscht mir dieser Gedanke durch den Kopf, aber ich schiebe ihn beiseite. Ja, ich bin mir sicher, dass es richtig ist. Und irgendwie gefällt mir das Spiel auch. Denn jetzt ist zur Abwechslung mal Tad in der Situation, nichts zu sehen, nicht zu wissen, was passiert, und von seinem Gegenüber keine Antwort zu bekommen.

Sanft streiche ich mit der Hand über seine Wange und betrachte seinen Mund, den ich zu gern küssen würde. Er atmet tief durch. Ob er gerade das Gleiche denkt und fühlt wie ich?

»Also dann«, sage ich, während ich den Schlüssel aus meiner Tasche ziehe und die Haustür aufsperre.

Tad folgt mir die Treppe nach oben, bis ich vor unserer Wohnungstür stehen bleibe. »Hier wohne ich, aber wir gehen noch einen Stock höher. Ist das okay?«

Er nickt. »Wenn ich gesagt habe, dass ich dir vertraue, dann meine ich das auch so.«

Nachdem ich kurz in die Wohnung gehuscht bin und eine Wolldecke vom Sofa geholt habe, gehen wir weiter.

Oben angekommen, drücke ich die schwere Eisentür auf, die aufs Hausdach führt. Kühle Luft empfängt uns, und Tad zieht die Schultern nach oben. »Was hast du jetzt hier vor?«

Während ich den Gitarrenkoffer auf dem Boden abstelle, lächle ich.

Seine Hand tastet nach meiner Taille. Eine Weile genieße ich es, wie er mich zärtlich streichelt. Doch dann trete ich zurück, breite die Decke auf dem Boden aus und öffne den Gitarrenkoffer.

»Jetzt musst du dich hinsetzen«, befehle ich und beende damit das Schweigespiel. Ich greife nach Tads Hand, helfe ihm, auf der Decke Platz zu nehmen, und setze mich schließlich ihm gegenüber. »Na schön, du kannst die Augenbinde jetzt abnehmen.«

Tad nickt. Er zieht sich den Schal von den Augen und sieht mich an.

»Ich dachte, hier oben ist es ein klein wenig wie in Florida auf dem alten Leuchtturm.« Ich zwinkere ihm zu. »Na ja, nur ohne Meer und Strand eben.«

Ich nehme die Gitarre aus dem Koffer und halte sie ihm entgegen. Erst zögert er, doch dann greift er danach und legt seine Finger um den Gitarrenhals. Ganz deutlich erkenne ich, wie es ihn ergreift. Und berührt.

Er lächelt leicht und atmet tief durch. Einfach so, ohne ein weiteres Wort, beginnt er, seine Finger über die Saiten der Gitarre wandern zu lassen. Die sanften Töne, die er meinem

Instrument entlockt, klingen nach Erinnerung, nach Sehnsucht und der Hoffnung auf die gemeinsame Zukunft, die uns gestohlen wurde.

Ich schließe meine Augen, spüre die Magie, die immer dann da war, wenn wir zusammen Musik gemacht haben. Selbst nach all der Zeit ist sie sofort wieder da. Jedes Wort, jeder Klang ist so viel mehr als nur Melodie und Text. Wir sind eine Einheit, sind wie Regen und Sturm, sind Klang und Worte. Und auch wenn uns das damals genommen wurde, in diesem Augenblick haben wir es uns zurückgeholt.

Er spielt noch eine ganze Weile, während ich ihn mit meiner Stimme begleite, dann beschließen wir, uns aufzuwärmen und hinunter in die Wohnung zu gehen.

Als Tad sich in unserer Küche umsieht, lächelt er. »Bunt hier drin«, stellt er fest.

»Ja, ich weiß, es ist nicht perfekt, aber wir fühlen uns hier wirklich sehr wohl.« Ich stehe am Küchentresen und schenke uns Wasser in zwei Gläser.

»Ich finde es auch sehr gemütlich, ehrlich.« Er kommt zu mir, greift nach dem Wasserglas und nimmt einen Schluck daraus.

Dann sehen wir uns an.

»Keine Ahnung, wie ich so lange darauf verzichten konnte, Musik zu machen. Und vor allem darauf, mit dir Musik zu machen«, sagt er und schluckt.

»Das weiß ich auch nicht.« Ich zögere kurz. »Tad?«

»Ja?«

»Warum bist du nicht einfach zu mir gekommen, als du mich im *Jone's* spielen hörtest?«

Er zuckt mit den Schultern. »Ich kann das schwer erklären, aber … aber nach dem Tod meiner Mutter und dem Sommer in Florida war ich nicht mehr ich selbst. Viele Jahre baute ich mühsam ein Leben auf, in dem es den Tad in mir nicht mehr gab. Und weißt du, es ging mir wirklich gut dabei. Ich lernte, die Rolle perfekt zu beherrschen, und auf einmal war da kein Schmerz mehr, kein Gefühl des Unzureichendseins und auch kein Gewissen, das mich belastete. Dad war zufrieden. Und zudem war es ja die Abmachung, mich von dir fernzuhalten, weil du es angeblich wolltest. Ich habe versucht, nicht mehr daran zu denken. Endlich war ich zu dem geworden, den er sich immer gewünscht hatte. Doch dann kam der Alltag, und er langweilte mich. Zum ersten Mal nach vielen Jahren hörte ich ihn wieder. Tad. Den Mann in mir, der voller Sehnsüchte war, der immer diesen tiefen Wunsch, Musiker zu werden, in sich trug. Irgendwann«, er atmet schwer, »irgendwann wurde es immer schlimmer. Ich konnte den Drang nicht mehr unterdrücken, zumindest andere Musiker spielen zu hören. Also bin ich nachts wieder zu Tad geworden und durch Bars gezogen in der Hoffnung, etwas zu finden, das mich erfüllt. Irgendeinen Künstler, eine Stimme, Worte oder Klänge, die mich glücklich machen. Und dann warst du eines Abends plötzlich da, im *Jone's*. Nach so langer Zeit fühlte ich mich endlich wieder vollständig. Deswegen war ich jeden Donnerstag dort, um dir nah zu sein, aber ich habe mich nicht getraut, dich anzusprechen. Als du dann beim Casting vor mir standst, war ich total überrascht, dein Song hat mich so berührt. Mein Verlangen, bei dir zu sein, wurde immer stärker, und so dachte ich, ich nutze Ethan Blake zum ersten Mal für etwas Sinnvolles.«

»Deswegen hast du mich über Georgias Agentur gebucht?«

Er nickt. »Ja. Ich musste dir nah sein.« Er sieht mich an. »Sie ist übrigens meine Tante.«

Hatte ich also richtig geschlussfolgert, dass die beiden unter einer Decke stecken.

»Im Ernst? Deine Tante?«

»Ja, die Schwester meines Vaters. Sie ist so völlig anders als der Rest meiner Blake-Familie. Bevor ich den Part übernahm, war sie immer das schwarze Schaf. Trotzdem – oder vielleicht gerade deswegen – hat sie es geschafft, ihr Ding durchzuziehen. Sie ist hin und wieder ein wenig speziell, aber von allen aus Dads Familie mochte ich sie schon immer am meisten. Ich habe mich ihr anvertraut, und sie war gleich begeistert. Die Agentur gibt es tatsächlich, sie … na ja, sagen wir mal so: Georgia bringt gern Menschen zusammen, von denen sie glaubt, dass sie irgendwie etwas füreinander übrig haben. Und ihr gefiel unsere Geschichte. Sie ist zwar ein wenig eigen, aber ich bin froh, dass ich sie habe. In all der Zeit hat sie mir wirklich viel geholfen. Ich weiß, das klingt verrückt, aber so entstand die Idee mit der Buchung über ihre Agentur.« Sein Blick sucht meinen. »Ich hätte nicht gedacht, dass du mich so schnell erkennst, und doch war ich froh darüber, denn das hat mir gezeigt, dass ich irgendwie auch noch in deinem Herzen bin.«

Ich schlucke. Seine Worte berühren mich. »Natürlich warst du in meinem Herzen, Tad, die ganze Zeit warst du das. Für kein Geld der Welt hätte ich nicht dich gewählt.« Ohne lange zu überlegen, greife ich nach seiner Hand und lege sie an meine Brust, in der mein Herz jetzt heftig schlägt. Unsere Blicke vertiefen sich, seine andere Hand wandert an meine Wange und streicht vertraut darüber. Ein warmes Kribbeln überzieht meinen Körper. Und ich genieße es, dass wir uns einfach fühlen, während wir uns gegenüberstehen.

»Nach all der Zeit berührt mich niemand so wie du«, flüstert er. »Jeder Schlag meines Herzens ist wie der Klang deiner Worte, sie sind die Melodie in mir. Ich habe dich so sehr vermisst, und seit du wieder da bist, macht alles einen Sinn. Weil du der Teil in meinem Herzen bist, der gefehlt hat. Und ich will dich Mary, so sehr.«

Wir sehen uns an, sein Blick ist warm und doch spiegelt sich darin so viel Sehnsucht.

»Tad, sosehr mich deine Worte rühren, will ich nicht so mit dir zusammen sein, wenn du mit einer anderen Frau verlobt bist.« In mir tobt ein Kampf der Gefühle. Immer wieder wandert mein Blick zu seinen Lippen. Und mein Herz, es sehnt sich so nach einem Kuss, nach vielen Küssen. Aber wohin soll das führen?

Er kommt noch näher, ich spüre sein Becken an meinem.

»Mary«, sagt er eindringlich. »Ich denke nur an dich«, flüstert er und ich spüre seinen Atem an meiner Wange.

»Tad, wir müssen uns beherrschen, wir ...« Doch bevor ich weitersprechen kann, legt er seinen Zeigefinger auf meine Lippen.

»In deiner Nähe will ich mich nicht beherrschen, ich kann es nicht. Ich weiß, ich darf es nicht, aber ...«, haucht er jetzt beinahe gegen meinen Mund, und dann zieht er mich plötzlich an sich, neigt seinen Kopf, und keine Sekunde später liegen unsere Lippen aufeinander. Voller Sehnsucht treffen sie sich, zart und hart zugleich, und mein Puls beschleunigt sich so extrem, dass ich in einem völligen Rausch aus Gefühlen versinke. Sein Duft in meiner Nase, sein Mund auf meinem, seine Hände, die mein Gesicht umfassen, und das heftige Ziehen, das wellenartig durch meinen Bauch wandert. Es ist wie ein Sturm, der entfacht wurde, der Anfang von etwas, das ich gerade nicht begreife. Ich weiß nur, dass es mir die Beine wegzieht, durch meinen Körper rauscht und dass jeder Widerstand, mich ihm zu entziehen, zwecklos ist.

Jede Faser meines Körpers will mehr von ihm. Mehr von dem weichen Gefühl seiner Lippen, die so gut auf meinen schmecken. Als wären sie nur dafür gemacht, sie zu küssen. Es ist immer so, wenn wir uns küssen, wie damals, wie vor einigen Tagen, als wir uns zum ersten Mal wieder geküsst haben.

Sein Mund bewegt sich auf meinem, seine Zunge streicht über meine untere Lippe, leicht und sanft, und als sich meine Zunge mit seiner verbindet, rast Hitze durch meinen Körper.

Seine Hände wandern von meinem Gesicht abwärts, umfassen meine Taille und mit einem Ruck hebt er mich auf die Arbeitsfläche der Küchenzeile. Ich schlinge meine Beine um seine Schenkel, ziehe sein Becken fester an meines und spüre sofort, wie sehr er mich will. Erregt seufze ich gegen seinen Mund und lasse meine Hände an seine Brust wandern. Ich will seine Haut berühren und krabble mit den Fingern unter das Shirt. Ich spüre Muskeln, harte Muskeln, Tad hat trainiert in den letzten Jahren, seine Brust ist hart und ich fühle die Muskelpartien. Das zu ertasten, mitsamt den heißen Küssen, und sein Becken, das sich an mich drängt, bringt mich um den Verstand. Ich will ihn so sehr, jetzt und am liebsten hier.

Es klingelt. Immer und immer wieder. »Was ist das«, keuche ich gegen Tads Mund.

»Ich befürchte, es ist dein Telefon«, seufzt er.

»Nein.«

Er küsst mich erneut. »Scheint wichtig zu sein«, haucht Tad mir ins Ohr, und sein Atem löst sofort ein weiteres Kribbeln in meinem Bauch aus. Alles in mir will das Klingeln ignorieren, zu seinen Lippen zurückkehren und alles um uns herum vergessen.

»Geh lieber ran«, sagt er ein paar Augenblicke später, löst sich von mir und sieht mich an. »Nicht dass du denkst, ich will das hier nicht. Aber es ist spät, und Anrufe um diese Uhrzeit bedeuten meistens etwas Dringendes.«

»Du Spielverderber. Ist gut, ich sehe nach, Mr Blake«, ziehe ich ihn ein wenig auf und er drängt sich wieder gegen mich.

»Auch wenn du es nicht hören willst, nicht alles ist schlecht an Ethan Blake, glaub mir.«

Ich nicke. »Nein, sicher nicht, küssen kann er genauso wie Tad.«

Er lächelt, und ich schiebe ihn leicht von mir, rutsche von der Küchenzeile und dränge mich an ihm vorbei, dem Klingeln meines Handys entgegen. Ich gehe in den Flur, spüre noch immer das Prickeln in meinem Körper, diese Sehnsucht, während ich nach meiner Handtasche greife, die an der Garderobe hängt. Als ich mein Handy herausfische, spüre ich Tad hinter mir, wie seine Blicke an meinem Körper entlangwandern, und mir wird augenblicklich wieder ganz heiß. Und doch habe ich auch kurz ein Gefühl des schlechten Gewissens. Diese Sache mit Catherine … Seit wann bin ich so schnell zu beeindrucken, dass ich meine Moralvorstellungen ohne Weiteres über Bord werfe? Für den Augenblick verdränge ich meine verworrenen Gedanken. Ich weiß, er muss es klären, ich weiß, es muss etwas passieren. Wir dürfen uns nicht ständig küssen und berühren und …

Mittlerweile hat das Klingeln aufgehört, und ich öffne die Anrufliste.

»Es war Sam«, sage ich verwundert mehr zu mir selbst als zu Tad.

Schon steht er neben mir. »Sam? Sagtest du nicht, sie arbeitet heute Nacht?«

Ich nicke. »Ich rufe sie gleich zurück«, sage ich, während ich ihre Nummer wähle.

Es läutet nur einmal kurz, dann höre ich ihre Stimme.

»Gott sei Dank, Mary. Bitte hol mich hier ab, bitte. Schnell«, schluchzt sie ins Telefon, und sofort spüre ich ein Ziehen in meinem Magen, als würde sich alles verknoten.

»Was ist los?«, will ich wissen.

Tad sieht mich fragend an und ich schalte den Lautsprecher ein.

»Hier ist alles durcheinander. Unsere Leute von der Security konnten sie nicht aufhalten, diese Typen.«

Panik überkommt mich bei ihren Worten. »Was denn für Typen, Sam? Geht es dir gut?«

»Nein, ich …«

Ich atme tief durch.

Tad greift nach meiner Hand und flüstert: »Sag, wir holen sie ab.«

Ich nicke. »Bist du noch im Club?«, will ich wissen.

»Ja.«

»Okay, bleib, wo du bist. Wir sind in zwanzig Minuten bei dir.«

Kapitel 28

Der Club ist wie leergefegt. Ungewöhnlich um diese Uhrzeit. Voller Sorge wandern meine Augen über die Tanzfläche und die Bar. Es sind nur Clubmitarbeiter zu sehen. Ich bin erleichtert, dass ich Tad an meiner Seite habe, auch wenn er mit seiner Sonnenbrille wieder Ethan Blake ist.

Er zieht mich an der Hand hinter sich her und steuert zielstrebig die Bar an. »Hey, Kate«, spricht er die hübsche Blondine dahinter an. Ihre Augen weiten sich, und sie registriert mich erst, als ich direkt neben Tad stehen bleibe. Ihre Blicke scannen mich einen Moment lang. In einer anderen Situation würde ich mir wahrscheinlich Gedanken darüber machen, was sie wohl gerade denkt, aber meine Sorge gilt Sam, die vollkommen aufgelöst ins Telefon geschluchzt hat. So kenne ich sie überhaupt nicht.

»Ethan, was machst du denn hier? Du hättest einfach anrufen können, wie du es mir schon vor Wochen versprochen hast«, antwortet Kate zuckersüß, aber auch mit einem deutlich hörbaren Vorwurf in der Stimme, und wieder gleitet ihr Blick an mir hinab. Klar, dass ich nicht wie an einem Ausgehabend angezogen bin, und sicher sehe ich für Kate neben Tad wie eine unscheinbare graue Maus aus.

Ich drücke leicht Tads Hand, denn ich muss wirklich zu Sam.

Er räuspert sich. »Nein, deswegen bin ich nicht hier. Ich, also wir … wir suchen Sam. Wo können wir sie finden? Und was war hier los?«

»Sam? Die ist dahinten.« Sie zeigt in Richtung der Garderobe. »Gleich dort die Tür. Normalerweise haben Gäste da keinen Zutritt, aber ich denke, in dem Fall kann ich mal 'ne Ausnahme machen. Die Kleine ist immer noch ganz aus dem Häuschen.«

»Danke, Kate. Ich schulde dir was.«

Kate zieht ihre Augenbrauen hoch. »Das hast du schon mal gesagt – und ich warte heute noch. Bild dir nur nichts drauf ein. Ist für Sam. Und du …«, Kate sieht mich eindringlich an, »der da ist nichts für kleine Mädchen wie dich. Er wird dein Untergang, also halt dich am besten …«

Tad legt die Stirn in Falten. »Eifersüchtig?«, fragt er Kate.

Sie verengt die Augen zu Schlitzen und murmelt irgendetwas von »Arschloch«.

Völlig überfordert von diesem Schauspiel, löse ich meine Hand aus Tads und lasse ihn einfach stehen. Ich will nur noch zu Sam. So schnell ich kann, laufe ich zu dem besagten Raum, wo sie hinter einem Stapel Kisten sitzt und weint.

»O mein Gott, Sam, was ist nur passiert?«

Sie schafft es nicht, mir zu antworten. Stattdessen wirft sie sich in meine Arme, und ich wiege sie eine Weile hin und her.

»Nimm erst mal das hier.« Ich reiche ihr ein Taschentuch. »Und jetzt erzähl. Was ist mit deinem Auge? Hat dir jemand wehgetan?« Wut steigt in mir auf. Erst jetzt bemerke ich, dass Tad wieder neben mir steht.

»Kate hat gerade erzählt, dass es eine Razzia gab. Anscheinend fühlte sich eine Gruppe von Jungs auf den Schlips getreten«, erklärt er, während Sam sich lautstark die Nase putzt und nickt.

»Die Jungs wollten verschwinden«, berichtet sie und zittert dabei am ganzen Körper. »Doch einige konnten gefasst werden. Einer der Kerle hat mich dann in die Mangel genommen und mit einem Messer bedroht. Er sagte, er würde mir die Kehle aufschlitzen, wenn die Cops ihn nicht laufen lassen.«

Tad legt ihr seine Jacke um die Schultern, und ich setze mich neben sie, um sie erneut in den Arm zu nehmen.

»Es ging alles so schnell«, erzählt sie weiter. »Die Polizisten haben versucht, auf ihn einzureden, doch er ist immer mehr in Rage geraten. Letztendlich mussten die Polizisten ihm versprechen, ihn gehen zu lassen. Mit einem Mal hat er mich mit voller Wucht zur Seite geschubst, sodass ich mich nicht mehr halten konnte und mit dem Kopf gegen die Bar geknallt bin. Sie sagten, ich sei wohl kurz ohnmächtig gewesen.«

»O Gott, das ist ja furchtbar! Hat ein Arzt sich das angesehen? Warum wurde keiner gerufen?« Ich streiche zart eine Haarsträhne aus Sams Gesicht und schiebe sie ihr hinters Ohr.

Sie schüttelt den Kopf. »Nein, nein, das geht schon. Ich hätte extra ins Krankenhaus gemusst und das wollte ich nicht. Und womöglich hätten sie mich gleich dortbehalten, um weitere Untersuchungen zu machen. Eine Krankenhausrechnung ist momentan bei mir einfach nicht drin.«

Hilfesuchend sehe ich zu Tad, der bereits das Telefon in der Hand hält und Jeff anruft. »Ja, Jeff. Bitte holen Sie uns im *Glam Club* ab. Wir müssen ins nächstgelegene Krankenhaus.«

Sam schüttelt vehement den Kopf, verzieht aber augenblicklich vor Schmerzen das Gesicht.

»Nein, mir und Mary geht es gut. Es ist eine Freundin. Und rufen Sie bitte gleich auch im Krankenhaus an, um mich mit meiner Bekannten anzukündigen … Ja, genau. Wir möchten den Chefarzt sehen.«

In diesem Moment bin ich mehr als dankbar, dass Tad seine Beziehungen nutzt. »Danke«, flüstere ich ihm zu.

»Schon gut«, sagt er und nickt.

»Sie sind sicher Samantha Milane, richtig?« Der Chefarzt der Unfallchirurgie sieht Sam mit warmen, mitfühlenden Augen an. »Tut mir leid, was Ihnen passiert ist. Die ersten Untersuchungen weisen auf ein Schädel-Hirn-Trauma hin, eine Gehirnerschütterung. Ich möchte, dass Sie zur Beobachtung über Nacht hierbleiben. Eine Schwester wird regelmäßig nach Ihnen sehen und Ihre Vitalwerte kontrollieren. Über die Infusion, die wir Ihnen gelegt haben, bekommen Sie außerdem ein Schmerzmittel und eine Kochsalzlösung zugeführt.«

Sam sieht fragend in die Runde. »Ist es denn wirklich nötig, dass ich hier über Nacht bleibe? Mir geht es schon viel besser. Nur wegen dem bisschen Kopfschmerz …«

Mir war klar, dass sie nicht widerspruchslos bleiben würde.

Der Arzt mit der lustigen Nickelbrille erklärt: »Sie haben recht, Kopfschmerzen sind an sich nicht allzu schlimm. Aber wir können erst nach einigen Stunden abschätzen, ob Ihr Gehirn nicht mit einer Schwellung auf den Schlag reagiert. Und das könnte durchaus ernster ausgehen. Deshalb werden wir gleich morgen früh, also in ein paar Stunden, alle nötigen Untersuchungen durchführen. Vertrauen Sie uns. Sie sind hier in guten Händen.«

Ich setze mich zu Sam an die Bettkante. »Hör auf die Ärzte. Lass es besser abklären. Und mach dir bitte keine Sorgen. Ich könnte es nicht ertragen, wenn dir etwas zustößt. Tu es für mich.«

Noch immer sieht sie mich kritisch an, und ihre schönen dunkelgrünen Augen werden feucht. »Aber wie soll ich … na, du weißt schon.«

»Sam, du bist Marys beste Freundin, also bist du auch meine. Ich übernehme das, und ich will, dass es dir an nichts mangelt«, mischt sich jetzt Tad ein. Bevor Sam etwas einwenden kann, fährt er schnell fort: »Du würdest doch genau das Gleiche für Mary tun, oder nicht?«

Endlich nickt Sam zaghaft.

Tad wendet sich an den Professor. »Wann können wir sie morgen abholen?«

»Gegen Mittag, wenn alle Untersuchungen ein positives Ergebnis hatten. Wie gesagt, es handelt sich um eine reine Vorsichtsmaßnahme. Ich gehe nicht davon aus, dass es zu Komplikationen kommt, aber sicher ist sicher.«

»Da haben Sie recht. Bitte kontaktieren Sie uns jederzeit, sollte ihr Zustand sich verschlechtern.«

»Ja, natürlich«, antwortet der Arzt und nickt.

»Hast du gehört? Alles ist gut«, tröste ich Sam, der nun dicke Tränen die Wangen hinabrollen. »Schlaf jetzt ein wenig. Und schreib mir zwischen deinen Untersuchungen mal eine Nachricht, ja?«

»Danke noch mal«, flüstert sie heiser an uns alle gerichtet.

Als wir die Klinik verlassen, sauge ich die kalte Nachtluft tief in meine Lunge ein. Ich bin noch immer ganz durcheinander von dem, was vorgefallen ist. »Was sind das nur für miese Typen?«, frage ich verärgert.

»Man weiß nicht, was da genau passiert ist«, meint Tad. »Aber eine harmlose junge Frau als Schutzschild zu nehmen, ja, das ist wirklich erbärmlich.«

Ich bin fassungslos. Ist das alles, was er dazu zu sagen hat? »Das hört sich fast so an, als fändest du es ansonsten okay, was die gemacht haben. Anscheinend haben die im Club mit Drogen gedealt. Ist das für dich also in Ordnung?«

Tad sieht mich erschrocken an. »So meinte ich das nicht, es ist nur …« Sein Blick schweift an mir vorbei, und ich kann mir nicht vorstellen, woran er gerade denkt.

»Was denn?«, hake ich nach.

Er seufzt. »Es gab eine Zeit, da war ich genau wie sie. Ich hatte nur Dummheiten im Kopf. Und hätte ich damals nicht so viel Geld von zu Hause gehabt, wer weiß, ob ich nicht auch zu solchen Methoden gegriffen hätte, um an die Drogen zu kommen, von denen ich abhängig war.«

Mein Magen verkrampft sich. Sofort erinnere ich mich an die Zeit in Florida. Bevor ich Tad näher kennengelernt habe, hatte ich ihm gegenüber ähnlich negative Gefühle wie heute zu diesem Typen, der Sam verletzt hat.

»Vielleicht hatten sie einfach keine Wahl«, gibt Tad jetzt zu bedenken. »Du hast keine Ahnung, was dieses Zeug aus einem Menschen machen kann.«

Ich sehe ihm eindringlich in die Augen, denn das kann ich so nicht stehen lassen. »Weißt du, es gibt immer eine Wahl. Immer. Doch das war damals schon dein Problem.«

Tad öffnet seinen Mund ein wenig, und ich erwarte, dass er mir widersprechen wird. »Du hast recht, ich hatte eine Wahl und ich habe mich entschieden und bin in die Bäckerei gekommen, oder etwa nicht?«, sagt er und sieht mich ernst an. »Aber lass uns nicht streiten, ja?« Versöhnlich nimmt er meine Hände und drückt mich fest an sich. Sofort fühle ich mich geborgen. Er hat recht, sich jetzt gegenseitig irgendwelche Dinge an den Kopf zu werfen, hat keinen Sinn.

»Nein, ich will auch gar nicht streiten. Ich bin hundemüde. Meinst du, Jeff würde mich nach Hause fahren?«

»Klar, aber nach allem, was geschehen ist, wäre es mir lieber, wenn du in meiner Nähe bleibst. Was hältst du davon, mit in meine Villa zu fahren? Ich verspreche, ich werde dir auch keine Sekunde deines Schlafs rauben. Außer …«

Ich sehe ihn an.

»Außer?«

»Du willst es.«

Wieder ist da diese Spannung zwischen uns. Und ich spüre, wie meine Beine weich werden allein schon bei dem Gedanken daran, gleich wieder mit ihm allein zu sein.

»Also, ist das ein Ja?«

Ich überlege. »Tad, was ist das mit uns? Wartet nicht jemand anderes in deiner Villa auf dich?«

»Mary, hör zu. Es ist nicht, wie du denkst, das mit Catherine und mir, okay, es wartet niemand. Ich weiß, es ist Mist, die Sache mit der Verlobung, aber ich erkläre es dir noch, ja, alles, was du wissen musst. Ich will dich, es ist kompliziert, wegen meines Dads, wegen allem …« Er sieht mich eindringlich an. »Aber ich will dich, nur dich. Und wir könnten dann morgen Mittag wieder gemeinsam hierherfahren, um Sam abzuholen, und anschließend bringen Jeff und ich euch nach Hause.«

Wenn ich ehrlich bin, will ich tatsächlich nicht gern allein sein heute Nacht, aber in seiner Villa … Ich kann nicht garantieren, dass ich mich dann zurückhalten kann. Schon die Berührung seines Oberkörpers heute hat mich fast jede Beherrschung gekostet.

»Okay«, antworte ich dennoch aus dem Bauch heraus. »Aber ich muss wirklich schlafen. Morgen habe ich viel zu tun. Wenn wir Sam abgeholt haben, muss ich den ganzen Tag üben. Mein neuer Song sitzt noch nicht richtig. Und …«

»Verstehe. Ich schwöre!« Schmunzelnd hebt Tad seine Hand, als würde er vor Gericht einen Eid leisten. Und tatsächlich kann ich trotz der letzten Stunden sogar ein wenig darüber lächeln.

Obwohl ich in meinem gesamten Leben noch nie eine solch luxuriöse Villa betreten habe, mal abgesehen davon, dass ich zwar schon hier war, aber mit der Augenbinde die Pracht nicht sehen konnte, nagt die Müdigkeit schwer an mir und nimmt mir jede Neugierde, mich umsehen zu wollen. Völlig erledigt folge ich Tad wortlos in sein Schlafzimmer. Es ist komisch. Ich fühle mich weder fremd noch irgendwie fehl am Platz. Als wäre es völlig selbstverständlich, dass ich hier bin. Das Bett sieht verlockend aus. Große weiche Kissen. Eine kuschelige Decke.

»Komm, leg dich schon mal hin. Möchtest du noch ein Glas Wasser? Oder etwas anderes?«, fragt er mich besorgt und macht dabei ein klein wenig den Eindruck, als wäre er derjenige von uns beiden, der hier nicht zu Hause ist. Tatsächlich scheint er ein bisschen nervös zu sein.

»Alles okay?«, will ich wissen.

»Ja, warum denn nicht?«

»Keine Ahnung, du wirkst irgendwie nervös.«

»Findest du?«

Ich sehe ihn mit hochgezogener Braue an.

»Okay, gut«, gibt er schließlich zu. »Vorhin bei dir, das war wie eine Art Rausch. Und jetzt liegst du in meinem Bett, und ich fühle mich wie ein Schuljunge. Verdammt, aber ich habe geschworen.«

Ich lächle. »Ja, das hast du.«

Es ist wie in einem wahr gewordenen Traum, und wenn ich ehrlich bin, will ich nicht, dass er geht. Dennoch schießen mir sofort die Gedanken und Bedenken an seine Verlobte in den Sinn. Er meinte zwar, es sei alles anders, aber wie soll ich das verstehen? Ich setze mich im Schneidersitz auf das Bett, genieße die komfortable Matratze und ziehe die Decke ein wenig enger um meinen Körper. »Das von vorhin … Ich meine, es war wunderschön, aber findest du es richtig, dass ich hier in deinem Bett liege? Wir müssen nicht mehr heute darüber sprechen. Aber, Tad, du bist verlobt, ich muss dich daran doch nicht erinnern. Und ich will dich, aber wenn ich mit dir schlafe, dann …«

Tad legt seinen Kopf ein wenig schief und sieht mich eindringlich an. Ich kann in seinem Blick nicht lesen, was in ihm vorgeht.

»Ich will dich auch, aber du hast recht. Ich werde gleich nebenan im Gästezimmer übernachten. Solltest du etwas brauchen, klopf einfach an, okay?«

Ich nicke und wage nicht, noch einmal auf seine Verlobte einzugehen. Und schon verlässt er das Zimmer.

Trotz meiner Müdigkeit liege ich wach. Nur in Unterwäsche und mit dem Wissen darum, dass Tad nebenan ist und was er mit mir anstellen könnte, lässt Tausende Gefühle durch mich wandern.

Er will mich auch. Hat er gesagt. Und ich will ihn so sehr. Mein Bauch kribbelt.

Was soll ich nur tun? Alles ist so ungeklärt.

Aber ich bin hier.

Dennoch. Weil er mich will.

Das hat er gesagt.

Weil wir uns wollen, das ist merklich zu spüren.

Auch wenn da noch so vieles ungeklärt ist, führt uns das Schicksal immer wieder zusammen.

Ich denke an das Buch, unsere Träume, wir haben schon so einiges durchgestanden. Ja, die Zeit war kurz, aber intensiv. Und wer kann schon sagen, was mehr wiegt. Oft sind wenige Monate bedeutungsvoller als viele Jahre.

Ich betaste meinen Körper, denke an Tad, schließe die Augen und fühle Hitze, als meine Hand tiefer wandert.

Was tue ich da nur? Ich berühre mich.

Und ich will, dass er es weiß.

Ich taste nach meinem Handy und schicke ihm eine Nachricht auf WhatsApp.

Mary: Bist du noch wach?

Es dauert nicht lange, da sehe ich zwei blaue Haken und dass er schreibt.

Tad: Ja, du anscheinend auch. Kannst du nicht schlafen?

Mary: Mir ist nicht nach Schlafen.

Tad: Aber du hast morgen viel zu tun, oder? Also versuch es.

Mary: Habe ich. Aber jetzt berühre ich mich selbst.

Ich sehe die blauen Haken.

Tad: Du kannst mir nicht so was schreiben und nur so wenig entfernt von mir liegen, dir ist das klar, oder?

Ich lächle, als er wieder schreibt.

Tad: Und jetzt? Wo berührst du dich?

Ich tippe.

Mary: An meiner Brust, und jetzt lasse ich meine Hand tiefer wandern, immer tiefer …

Zwei blaue Haken.

Tad: Okay, das klingt gut. Wenn du hier wärst, würde ich dich küssen.

Ich lächle.

Mary: Wenn du hier wärst, würde ich es zulassen.

Ich sehe, dass er wieder etwas an mich schreibt.

Tad: Ich weiß, du willst Klarheit, Mary, ich weiß, es ist kompliziert, ich weiß, ich habe dir noch nicht alles gesagt. Aber – dass ich dich will und dass ich verrückt nach dir bin, das ist die Wahrheit, und … dass ich mit dir zusammen sein will und alles versuchen werde. Als Tad und auch als Ethan.

Ich lese seine Worte und merke, wie mir warm im Bauch wird.

Mary: Komm her und küss mich.

Tad: Ich war eben noch duschen, ist das okay?

Mary: Komm her …

Ich lege das Handy weg und lausche dem Klopfen meines Herzens. Ich weiß nicht, ob es ein Fehler ist, aber ich weiß, dass ich ihn gerade so sehr will. Ich will ihn in meiner Nähe und ich will ihn spüren. Und dann höre ich Schritte und lausche, wie sich die Türklinke bewegt.

Kapitel 29

Tad trägt nur ein Handtuch um die Hüfte geschlungen, als er aufs Bett zugeht. »Hey, da bin ich«, flüstert er. Er sieht so unheimlich trainiert und sexy aus. Seine Muskeln, die ich heute schon gefühlt habe, als wir uns in der Küche geküsst haben, treten deutlich hervor und ich sehe ihn sehnsüchtig an. Betrachte seine Silhouette und habe das Gefühl, meinen Herzschlag durch den gesamten Raum pochen zu hören.

Ich hebe die Decke ein Stück an. »Komm her«, flüstere ich und er grinst ein wenig schief.

»Mit oder ohne Handtuch?«

Ich lächle. »Ohne.«

Er grinst noch ein bisschen mehr.

Dann lässt er es fallen, und ich schlucke, fühle nur noch Hitze, Verlangen nach mehr. Er kommt unter die Decke, sein nackter Körper bebt über mir. In meinem Unterbauch zieht es gewaltig. Tad stützt seine Ellenbogen neben meinem Gesicht ab, seine nackten Hüften zwischen meinen Beinen.

Und diese Nähe zaubert so unglaublich viele Gefühle in meinen Bauch. Sehnsüchte, Verlangen, Leidenschaft, alles, was ich gar nicht richtig ordnen kann.

Seine Lippen liegen beinahe schon auf meinen, als er flüstert: »Ich hab das ernst gemeint, ich will mit dir zusammen sein.«

Ich sehe ihn an. Noch immer sind seine Lippen so nah, als er sich auf die Seite rollt, mich von der Seite ansieht.

»Danke, dass du das heute gemacht hast, mitgefahren bist und im Krankenhaus warst mit Sam und mir.«

»Das war doch klar.«

Sein Blick brennt sich in meinen, sein ganzer Körper strahlt eine unglaubliche Hitze aus. Ich wünsche mir nichts mehr, als ihn zu spüren, endlich. Jede Faser seines Körpers. Nichts will ich mehr, als ihn zu berühren, und wie von selbst wandern meine Hände Stück für Stück seinen Oberkörper entlang.

»So hart«, flüstere ich und er lächelt.

»Ja, ich habe einiges an Sport gemacht.«

Ich nicke. »Das fühle ich.« Dann lasse ich meine Hand noch tiefer wandern, und als ich seine Leisten entlangstreiche, stöhnt er.

Ich lasse meine Hand zwischen seine Beine gleiten und sofort geht sein Atem schneller. Seine rechte Hand streicht mein Gesicht, mit der linken greift er um meine Taille und zieht mich an sich. Schon die kleine Berührung in der Nähe meines Bauches lässt meinen Körper vor Sehnsucht schreien. Ich will ihn so sehr, und mein Herz überschlägt sich beinahe, als er näher rückt und mich endlich küsst.

»Mary«, seufzt er gegen meine Lippen, nur einen Moment berühren sie sich nicht, doch dann verschmelzen sie erneut und alles dreht sich.

Tad nimmt mich fester, zieht mich energischer an sich, und ich stöhne leise auf, als er meinen BH mit einem gekonnten Griff um meinen Rücken löst.

Ich bin so aufgeregt, dass ich mich kaum traue zu atmen. Ich will seinen Kuss schmecken, seine Zunge, und als sie miteinander tanzen, befürchte ich zu explodieren. Eine Hitze lodert durch mich hindurch, die mich komplett zum Brennen bringt. Ich will mehr, strecke mich ihm entgegen, will mehr von ihm, seinen Händen, seinen Küssen, keuche, als er seinen Mund von meinen Lippen löst und ihn über meinen Hals nach unten wandern lässt. Während er sich mit seinen Lippen meinen Brüsten widmet, streichen seine Finger zwischen meine Beine. Er schiebt meinen Slip über meine Schenkel, sodass ich ihn abstreifen kann, und verschwindet dann unter der Decke. Ich weiß nicht, was mich erwartet, es geht so schnell, da spüre ich schon seine Zunge, die mich liebkost. Sein Mund raubt mir den Verstand, und ich ziehe die Decke von ihm, streiche durch sein Haar und umfasse seinen Kopf, während seine Zunge mich zum Brennen bringt.

Ich weiß nicht, wie lange er mich verwöhnt, immer und immer wieder spüre ich wellenartige Hitzeschübe, bis ich kaum noch atmen kann.

»Ich will dich so sehr, Tad«, stöhne ich und schließlich legt er sich auf mich.

Dann tastet er am Nachttisch nach einem Kondom, reißt die Verpackung auf, kniet sich zwischen meine Beine, und ich sehe zu, wie er es sich überstreift.

Kurz hält er inne und sieht mich mit solch einer Leidenschaft an, dass mir ganz komisch wird.

»Willst du mich wirklich?«

»Sehr«, seufze ich und er nickt.

»Du weißt nicht, wie ich mich nach dir sehne.« Dann beugt er sich über mich, und ich fühle, wie er langsam in mich hineingleitet. Das Gefühl ist so intensiv, dass ich mich an seine Haut kralle, meine Beine um ihn schlinge und schließlich an mich presse, um ihn noch mehr zu spüren.

Er sieht mir noch einmal in die Augen, ich nicke, und dann stößt er kräftiger. Ich keuche, spüre ihn wieder und wieder.

Mein Atem geht schwer, abgehackt, ich werde fortgerissen, während unsere Bewegungen immer heftiger werden und das Gefühl der Hitze, des Glücks, des Verlangens immer mehr von mir Besitz nimmt.

»O Tad«, keuche ich und will ihn noch mehr, noch stärker, so wie ich noch nie jemanden gewollt habe. Er hebt meine Beine über seine Schulter, packt meine Hüften und ich fühle ihn noch tiefer in mir.

Stöhnend lasse ich meinen Kopf nach hinten fallen und verliere mich in ihm.

Dann beugt er sich zu mir, seine Brust an meiner, unsere Herzen im Takt. Meine Hände um seinen Nacken. Er stöhnt, ich stöhne, in meinem Unterbauch zieht es, Hitze durchfährt mich, und dann spüre ich, wie er in mir zuckt. Alles an uns brennt, scheint zu beben, und ich küsse ihn, während er immer wieder leicht sein Becken an mich drückt und keucht. Er hebt den Kopf und sieht mich an.

»Du schaffst mich«, flüstert er und ich grinse.

»Ich hoffe nicht, denn ich habe noch lange nicht genug von dir …«

Sonnenstrahlen kommen durch das Fenster, das wir irgendwann in der Nacht geöffnet haben, und kitzeln mich wach. Wohlig lausche ich eine Weile dem Vogelgezwitscher. Ich greife nach meinem Handy, das auf dem Nachtkästchen liegt, und entdecke sofort eine Nachricht von Sam:

> Hey, ich wollte mich nur wie versprochen melden. Mir geht es gut. Alle Tests waren bisher unauffällig. Ihr könnt mich also wirklich gern um eins abholen. Sam

Sofort schreibe ich zurück:

Das freut mich. Die Sache gestern hat mir wirklich einen Schrecken eingejagt. Sind um eins da, dann mache ich dir die Pancakes deines Lebens, versprochen.

Ich sehe zu Tad, der ebenfalls aufgewacht ist und mich beobachtet.

»Alles gut?«

Ich nicke und er zieht mich an sich. Ich drücke meine Nase an seine und atme seinen Duft ein, unseren Duft, Schweiß und Liebe, überall hängt er im Bett.

»Sam geht's gut«, flüstere ich und küsse ihn.

»Das ist gut, und du bleibst jetzt hier, ich mache Frühstück.«

Ich sehe ihn an. »Was? Du für mich? Ans Bett?«

»Ja, ich für dich, bleib, wo du bist.«

Er steht auf und ich sehe seinen nackten Hintern an. Sofort wird mir wieder heiß, er dreht sich um, zwinkert mir zu und schlingt sich dann das Handtuch um die Hüften.

»Bin gleich wieder da«, sagt er und dann warte ich eine Weile.

Kurz merke ich, wie mir wieder die Augen zufallen, denn viel geschlafen haben wir diese Nacht nicht.

Als ich Kaffeeduft einatme, sehe ich auf. »Das gibt's nicht. Was hast du denn da Leckeres gezaubert?«, frage ich mit Blick auf das Tablett, das er in den Händen hält.

Er grinst. »Kaffee und Scrumbled eggs mit Bacon und frischem Orangensaft.«

»Hast du das gemacht?«

»Ja, na gut, also fast. Okay, ich hab den Orangensaft gepresst. Felicia hat mir geholfen.«

»Felicia?«

»Ja, meine Haushälterin.«

Ich sehe ihn fragend an.

»War sie die ganze Nacht hier?«

Er grinst schief. »Sie wohnt im Nebenhaus, also keine Sorge. Wobei, so laut wie du warst, hat sie dich bestimmt gehört.«

Ich merke, wie mir die Hitze in die Wangen steigt.

Ich sehe ihn nur schief an, nehme dann aber dankbar die Mahlzeit entgegen. Mich plagt ein solcher Hunger, als hätte ich schon wochenlang nichts zu essen bekommen. »Wo ist deine Portion?«, frage ich ihn mit vollem Mund, bevor ich die Eier mit Orangensaft hinunterspüle.

»Öhm, das war für uns beide gedacht.« Er lacht. »Ganz die Alte«, fügt er neckend hinzu.

Ich halte ihm den Teller entgegen, doch er lehnt ab. »Du bist es wohl einfach nicht gewohnt, dass es Frauen gibt, die ganz normale Portionen essen.«

»Meinst du solche Frauen wie Kate oder Catherine?« Tad sieht mich an. »Hey, ich habe dir doch gesagt, es ist nichts, ich will dich und wir finden eine Lösung. Denn auf das hier«, er zieht mir die Decke leicht weg und entblößt meine Brust, »verzichte ich sicher nicht noch mal so lange.« Er beugt sich vor und küsst sie.

Sofort wird mir wieder heiß. »Ich würde auch ungern auf das hier verzichten.« Ich tippe gegen seine Muskeln, doch dann denke ich an gestern, an diese Kate.

Er sieht mich an.»Woran denkst du?«

»Ach, nur daran, dass diese Kate auch gern mehr gehabt hätte, oder?«

»Mary …« Sein Blick liegt auf meinem, er seufzt und rückt näher heran. »Kate war ein harmloser Flirt, weiter nichts. Du hast doch gehört, dass ich sie nicht zurückgerufen habe.«

»Warum denn nicht? Ich dachte, Ethan Blake ist dafür bekannt, dass er die Frauen reihenweise verführt. Was hat mich denn in die Liga derer gehoben, die in deinem Bett liegen dürfen?«

Sein Blick wird ernst. »Sag das nicht, denn so ist es nicht. Außerdem bin ich bei dir nicht Ethan Blake, da schlüpfe ich in keine Rolle. Und die anderen Frauen bedeuten mir nichts, du allerdings schon.«

Ich will ihm glauben, seinen blauen Augen, in denen ich fast ertrinke, ich denke an diese Nacht, wie er mich berührt hat, als wäre ich wirklich die Einzige für ihn. Aber zwischen Kate und Catherine, der *Verlobten,* müssten doch Welten für ihn liegen.

»Was ist los?«, fragt er und richtet sich ein wenig auf.

»Was ist mit dieser Catherine Van Sailen? Ich meine, du und sie, ihr seid …«

»Mary«, sanft streichelt seine Hand meine Wange, »das ist unwichtig. *Sie* ist unwichtig für mich.«

Ich sehe ihn an. »Das heißt?«

»Dass ich eine Lösung finde. Lass uns jetzt einfach keine Probleme wälzen, okay? Lass uns ohne Sorge nur unser Zusammensein hier genießen, uns neu kennenlernen, Musik machen, so wie früher. Ich kläre alles, ich brauche nur Zeit. Für das mit meinem Dad, die Verpflichtung, alles.«

Vielleicht sollte ich ihm wirklich vertrauen. Sicher ist es in seinen Kreisen nicht leicht, eine Verlobung zu lösen. Aber ist es das, was ich will? Seine Geliebte sein, bis er eine Lösung gefunden hat?

»Wollen wir an dem Song von gestern arbeiten?«

»Ja, das würde ich gern, aber zuerst …« Mit Schwung schlägt er meine Decke zur Seite und zieht mich hoch, sodass ich zum Sitzen komme. Sosehr ich es mir auch gerade noch vorgenommen habe, es ist unmöglich. Ich kann mich Tad nicht entziehen. Ich will ihn so sehr, ein Kampf zwischen meinem Herzen und dem Verstand, der Lust und dem Verlangen mit der Vernunft. Seufzend berührt er meine nackte Haut und sieht mich eine Weile an, bevor unsere Lippen sich endlich wieder treffen.

Tads Körper drückt mich gegen die Matratze, seine Lippen saugen zart an meinen, während sein Körper sich zwischen meine Beine schiebt. Ich umschlinge ihn, ziehe seine Hüften fester an mich. Alles an ihm macht mich einfach nur wahnsinnig. Ich greife um seinen Nacken, spüre die Muskeln dort, und während ich gegen seinen Mund seufze, rollt er sich mit mir auf den Rücken.

Das ist die Gelegenheit für mich. »Warte, ich bin gleich wieder da«, sage ich und verlasse hastig das Bett.

»Beeil dich«, raunt er mir auf dem Weg ins Badezimmer hinterher.

Nervös sehe ich in den Spiegel und versuche, mein zerzaustes Haar ein wenig zu glätten. Geht das vielleicht doch alles viel zu schnell? Ich nehme mir eine Gästezahnbürste, die offenbar für mich bereit liegt, und kann ein leichtes Zittern nicht unterdrücken. Gleich nebenan liegt der Mann, den ich von ganzem Herzen liebe. Schon so lange liebe, und doch sind wir in all den Jahren andere geworden. Ich lege die Zahnbürste beiseite, wasche mein Gesicht und mustere mich ein weiteres Mal prüfend im Spiegel. »Okay, beruhig dich, Mary«, spreche ich mir Mut zu. Meine Gedanken spielen Pingpong. Was, wenn er es nicht ernst meint? Wenn er nur vorgibt, er würde mit Catherine sprechen? Weil er sich all dem nicht entziehen kann, was er seinem Dad versprochen hat? Verdammt, soll ich alles, woran ich bisher glaubte, über Bord werfen für einen Mann, den ich zwar zu kennen glaubte und der doch ein ganz anderer ist? Ich atme tief durch und sehe mein Spiegelbild fest an. Stopp, Mary, du liebst ihn und du sehnst dich nach ihm, hast es immer getan. Wie hat Jone gesagt? Die schönsten Töne spielt die Liebe, auch wenn manchmal gerade das die Gefahr ist. Wenn ich es nicht versuche und mich jetzt vor ihm verschließe, werde ich womöglich nie erfahren, wie ernst er es meint. Ich beschließe, auf mein Herz zu hören, und öffne leise die Badezimmertür.

Als ich ins Schlafzimmer komme, dringen sanfte Gitarrenklänge an mein Ohr. Tad sitzt gedankenversunken da, lässt seine Finger über die Saiten wandern, und es klingt so wunderschön, dass ich kurz fürchte, dass alles nur ein Traum ist und die letzten Tage und Wochen nicht passiert sind.

Mein Herz klopft heftig, so sehr erfüllt es mich, ihn so dasitzen zu sehen, völlig versunken in die Melodie, die er spielt. Seit Jahren habe ich mich nicht lebendiger gefühlt als in diesem Moment, den ich am liebsten für immer festhalten würde.

Weil Tad nicht mitbekommen soll, dass ich ihn beobachte, bleibe ich still und lausche einfach nur diesen harmonischen, sanften Klängen. Die Melodie ist so unsagbar schön, und Tad sieht so befreit aus, während er spielt. Mit Bedacht, fast zärtlich hält er die Gitarre fest, und als er ganz leise zu singen beginnt, durchströmt eine ungeahnte Wärme meinen gesamten Körper.

Es ist so viel mehr als bloß irgendein Text. Seine Worte sind voller Gefühl, und was er singt, handelt von uns.

> Weit wie der Sommerstrand,
> deine Hand in meiner Hand.
> In der Dichte der Stadt war ich zu lange verloren,
> dann dieser eine Klang, und ich bin angekommen.

Ich schlucke und kann die Tränen kaum mehr zurückhalten.

> Jetzt bist du Meilen entfernt von mir,
> und während ich hier im Dunkeln sitze und an dich denke,

weiß ich noch immer, wie deine Stimme klingt.
Wenn ich an dich denke, dort am Sommerstrand,
wie du für mich singst.
Solange deine Worte irgendwo erklingen,
werde ich dich wiederfinden.

Ich bin so gerührt, bin ganz eingenommen von meinen Gefühlen. Jetzt hat er wohl doch gemerkt, dass ich im Türrahmen stehe, denn er hält inne und sieht zu mir.

»Das ist so wunderschön. Ist das deine Gitarre? Woher hast du sie?« Meine Stimme ist nur ein Hauch.

»Ich habe mir eine besorgt. Den Song habe ich angefangen zu schreiben, als ich nach Florida wieder zurück in New York war«, erzählt er. »Aber ich konnte ihn nie zu Ende bringen, erst heute Morgen sind mir diese Zeilen eingefallen.«

»Sie sind wirklich schön.«

Er legt die Gitarre auf den Boden und kommt auf mich zu. »*Du* bist es, *du* bist wunderschön«, antwortet er mit heiserer Stimme und küsst mich auf den Mund. Voller Leidenschaft drückt er mich an sich, ich fühle seine nackte Brust an meiner, und in meinem Bauch kribbelt es so heftig, dass ich nichts anderes will, als ihn wieder und wieder zu küssen, ihn zu fühlen, seine Haut auf meiner, seine Berührungen, die meine Haut beinahe brennen lassen.

»Und jetzt«, flüstere ich gegen seine Lippen, als wir unsere Küsse einen Augenblick unterbrechen, »will ich mit dir schlafen, jetzt gleich. Und immer wieder …«

Er seufzt leicht. »Ich denke, das ist eine gute Idee«, meint er lächelnd, und ich vergrabe meine Hände in seinem Haar, verschmelze erneut mit seinen Lippen, während sich sein Becken gegen meines drängt.

Wir sind wie Töne, die zusammen harmonieren, wie Tausende von Klängen, und so viel Gefühl in mir entfachen.

Seine Lippen lösen sich von meinem Mund und wandern meinen Hals entlang. Ich lege den Kopf nach hinten, genieße es, wie er zart an meiner Haut saugt, wie sein Mund über mein Schlüsselbein zu meinen Brüsten wandert, und versinke in den tiefen Gefühlen, dem Brennen, das seine Küsse dort auslösen. Wie konnte ich jemals auf diese Berührungen verzichten, darauf, wie es sich mit ihm anfühlt? Zu spüren, wie erregt auch Tad ist, bringt mich beinahe um den Verstand, und schließlich versinken wir ineinander.

»Sollten wir uns nicht langsam fertig machen?«, frage ich gegen Mittag. »Jeff holt uns in einer halben Stunde ab, um uns zu Sam ins Krankenhaus zu fahren.«

Er lächelt. »Schon, aber ich kann einfach nicht genug von dir kriegen.«

»Das heißt …«, flüstere ich und drücke mein Becken gegen seines.

»Das heißt, ich will mit dir schlafen, wieder und wieder und wieder …«

»Okay, einmal noch reicht«, unterbreche ich ihn lachend.

Und schon nähern sich seine Lippen wieder den meinen, bevor wir schließlich voller Verlangen erneut miteinander verschmelzen.

Kapitel 30

Im strahlenden Sonnenschein sitzen Tad und ich am nächsten Tag mit Kaffee und Bagels im Central Park auf einer Decke und lassen es uns gut gehen. Wie selten erlaubt man es sich, einfach die Termine und Verpflichtungen beseitezuschieben und in den Tag hinein zu leben.

Bei dem Gedanken an Sams Gesicht vorhin, als sie uns zusammen aus meinem Zimmer kommen sah, muss ich grinsen. Ihr Blick hat wirklich Bände gesprochen. Nach allem, was sie erlebt hat, ist sie heute schon fast wieder die Alte. Natürlich wird sie später darauf bestehen, dass ich ihr alles haarklein berichte.

»Woran denkst du?«, will Tad wissen.

»An Sam, wie verdutzt sie dreingeschaut hat. Sie hat so fest geschlafen, als du gestern Abend zu mir kamst, dass sie es gar nicht gemerkt hat. So sprachlos wie vorhin habe ich sie noch nie erlebt.«

»Das kann ich mir ohne Weiteres vorstellen.« Tad legt für einen Moment den Kopf schief, blinzelt ins Sonnenlicht und wirkt unendlich entspannt.

Es ist viel los im Park. Klar, bei diesem Wetter zieht es die New Yorker hierher. Nicht weit entfernt sitzt eine Gruppe junger Frauen ebenfalls mit Kaffeebechern in der Hand auf dem Rasen, während sich Kinderwagen schiebende Mütter und ein paar Skater auf den Wegen tummeln.

Als ich meinen Bagel verspeist habe, greife ich nach meiner Gitarre, und Tad beobachtet mich neugierig dabei.

»Ich hatte eine Idee wegen der Strophe«, erkläre ich.

Er lächelt. »Ach ja? Und die wäre?«

»Was, wenn wir zwei Versionen daraus machen? Die erste singst du, die zweite im Anschluss ich – das wäre dann die Zeit, während du weg warst, aus meiner Sicht. Ich denke, das könnte sich gut machen.« Ich reiche ihm die Gitarre. »Und wie wäre es, wenn du da an der einen Stelle noch einen Riff einbaust?«

Er lässt seine Finger über die Saiten wandern und fängt an zu spielen, mit gesenktem Kopf und geschlossenen Augen. Als er fertig ist, sieht er mich an. »So?«

»Ja, genau. Das war sehr schön, wirklich.«

»Jetzt zu deiner Strophe. Hast du schon eine Idee für den Text?«

Ich nicke.

»Okay, dann lass hören.«

Ich singe den Text und er hört aufmerksam zu. Die Zeit vergeht, und wir sind so in unserem Element, dass wir alles um uns herum vergessen. Und irgendwann singen wir unseren Song. Es ist tatsächlich so wie früher, als wir in Florida zusammen an unserem Song geschrieben, getextet und dann gespielt haben. Die Leichtigkeit von damals ist wieder spürbar.

Ich weiß nicht, wann ich das letzte Mal so glücklich war, so schwerelos und so die Musik gelebt habe. Tad und ich im Park, die Gitarre, wir singen zusammen und küssen uns dazwischen immer wieder – als würde es auf der Welt nichts anderes geben als uns beide. Wir singen von unserer Liebe, vom Vermissen und vom Wiederfinden.

Irgendwann ist der Song fertig, und er ist perfekt geworden.

Nachdem der letzte Ton verklungen ist, sehen wir uns an, als plötzlich Jubel, Beifall und Klatschen einsetzen. Ohne dass wir es gemerkt haben, hat sich eine kleine Traube von Menschen um uns herum gebildet, die begeistert applaudieren. Einige von ihnen haben ihre Handys gezückt und filmen uns.

Verblüfft halte ich mir die Hand vor den Mund. »O mein Gott, das ist ja nicht zu fassen«, sage ich zu Tad, der jetzt ein wenig schief grinst.

»Ja, das ist unglaublich«, entgegnet er, und genau in diesem Augenblick hält uns nichts mehr. Tad zieht mich fest an sich, und wir küssen uns, woraufhin der Applaus von Neuem aufbrandet. Das Ganze ist doch verrückt.

»Habt ihr einen Namen? Findet man euch auf Instagram?«, fragt einer der Zuschauer.

Während ich noch überlege, was ich darauf antworten soll, ruft plötzlich eine Frau dazwischen: »Das ist doch Ethan Blake!«

Und das ist der Moment, in dem sich Tads Gesichtsausdruck komplett verändert. Er sieht mich an. »Lass uns bitte gehen. Ist besser so, okay?« Er steht auf, stülpt sich die Kapuze über den Kopf und zieht mich an der Hand nach oben.

Rasch falte ich die Decke zusammen. Nun habe ich wirklich ein komisches Gefühl. Tad wirkt so hektisch, die Situation gefällt ihm offensichtlich überhaupt nicht.

Mit einem Schlag bin ich wieder in der Realität angekommen. Die Gedanken in meinem Kopf wirbeln wild umher. Schämt er sich womöglich, mit mir gesehen zu werden? Oder ist es etwas anderes?

Tad hängt sich noch den Gitarrenkoffer über die Schulter, dann schieben wir uns eilig an den Menschen vorbei.

»Danke noch mal«, sage ich verschämt lächelnd in die Menge.

Ich habe erdenkliche Mühe, Tad zu folgen, denn er legt ein beträchtliches Tempo an den Tag. Und irgendwann kurz vor dem Ausgang zur Fifth Avenue kann ich nicht mehr.

»Tad! Jetzt wart doch mal!«, rufe ich ihm hinterher.

Er stoppt und dreht sich um.

»Was ist denn nur los?«, frage ich.

»Hast du nicht gesehen, dass sie uns gefilmt haben?«

»Doch, aber …«

»Aber was?« Mit einem Mal wirkt er kalt, und mein Herz durchfährt ein Stich. »Sie haben mich erkannt, das wird heftige Konsequenzen für mich haben. Ich meine, wir küssen uns auf den Aufnahmen, wir spielen dieses Lied. Ich möchte sogar wetten, dass sie schon überall im Netz zu sehen sind. Scheiße, ich habe doch noch nichts geklärt, mein Dad, all das. Verdammt, und jetzt findet er es heraus und Catherine und … Scheiße …« Er zieht sein Handy aus der Tasche und tippt heftig darauf herum. Dann dreht er das Display zu mir.

Tatsächlich ist im Internet bereits etwas über uns zu finden. Ich lese die Hashtags #EthanBlake und #MaryOHanna, gefolgt von der Schlagzeile:

Ethan Blake singt mit Frau im Central Park. Wer ist Mary O'Hanna?

Und dann sehe ich eine weitere Schlagzeile, die wirkt, als hätte jemand einen Eimer kaltes Wasser über mich gegossen:

Was sagt seine Verlobte Catherine dazu?

Mein Magen fühlt sich an wie ein Stein. Und tausend Fragen brechen über mir herein. Wie konnten sie so schnell herausfinden, wer ich bin? Und was ist das mit Catherine?

Die Zeilen, die ich hier lese, machen mir mit einem Mal bewusst, wie sehr ich versucht habe, mir die Situation schönzureden. Ja, die offensichtliche Wahrheit förmlich verdrängt habe. Tad hätte Catherine so schnell wie möglich sagen müssen, dass er die Verlobung lösen will. Es sei denn, er hätte dergleichen nie vorgehabt. Weil er sie immer noch liebt.

Die Erkenntnis trifft mich wie ein Schlag. »Du hast mich angelogen, Tad. Ist es nicht so? Du und diese Catherine, du empfindest doch mehr für sie, stimmt's? Sagtest du nicht, es sei nichts Ernstes? Und dass du mit mir zusammen sein willst. Und jetzt? Schau dich an. Wie konnte ich nur so dumm sein und glauben, du würdest die Verbindung lösen? Du wolltest beides, du wolltest dich mal wieder nicht entscheiden, wer du bist oder was du willst. Tad oder Ethan. Dieses Leben oder das andere. Sag schon! Ist es so?«

Er braucht nicht zu antworten, denn sein Blick verrät alles.

»Verdammt, Mary, ja … nein, ich … ich wollte …«, stammelt er.

»Was? Beides?«

»So ist es nicht. Ich will wirklich bei dir sein. Aber es ist eben alles andere als einfach. Ich habe dir doch gesagt, was ich meinem Dad geschworen habe. Ja, er hat falsch gespielt, das entbindet mich aber nicht einfach von meinem Wort, denn dann wäre ich nicht besser als er. Deshalb brauche ich Zeit, um alles zu regeln.«

»Doch, das ist es. Es *ist* einfach. Er hat dich angelogen, damals, er hat gelogen«, sage ich mit Nachdruck. »Was zählt schon ein Versprechen oder was auch immer, wenn es durch eine Lüge abgenommen wurde. Ich habe das Geld nicht genommen, du kannst es wiederhaben, das alles ist doch Wahnsinn! Ich muss weg.«

Ich gehe auf ihn zu und greife nach meinem Gitarrenkoffer, aber er lässt ihn nicht los. »Mary, jetzt warte doch.«

»Warum soll ich warten, Tad? Und auf was?«

»Ach, verdammt, das Ganze ist echt richtig große Scheiße!« Wütend kickt er einen Stein weg. »Mein Leben, dieser Druck … Ich will nicht, dass du jetzt sauer bist, aber es ist eben komplizierter, ich kann nicht so einfach aus meiner Haut. Aus diesem Deal. Und Catherine … es wird ihr das Herz brechen.«

Seine Worte lassen mich zusammenfahren. »Also war das mit uns ein Fehler? Also wirst du das Ganze nicht auflösen?«

Er sieht mich wortlos an, und mein Herz wird schwer.

»Verstehe.« Ich will mich gerade abwenden, als er nach meiner Hand greift und mich an sich zieht. Mit einem Mal sind wir uns wieder ganz nah.

»Das darfst du nicht mal denken, okay? Und es ist kein Fehler«, raunt er, baut sich vor mir auf und schon treffen seine Lippen auf meine. Alles scheint plötzlich wieder egal zu sein. Wir küssen uns sehnsüchtig.

»Lass es mich klären«, haucht er gegen meine Lippen. »In Ruhe. Bitte.« Meine Knie sind weich und schließlich nicke ich.

»Wir treffen uns in drei Stunden im *Jone's*, ja?«, sagt er hektisch. »Ich muss los.«

Und schon verschwindet er um die nächste Straßenecke. Ich sehe noch, dass er telefoniert. Wahrscheinlich ruft er Jeff an, der ihn abholen soll. Und ich bleibe zurück, mit tausend Gedanken aber auch einem kleinen bisschen Hoffnung.

Stunden später tigere ich im *Jone's* auf und ab. Es ist nicht viel los an diesem Dienstag, dem einen Abend in der Woche, an dem es keine Liveauftritte gibt. Im Hintergrund läuft die CD einer Band, die derzeit als Newcomer gefeiert wird.

Ich stehe da und atme tief durch, als Lilian zu mir herkommt.

»Hey, geht's dir gut?«, will sie wissen und ich sehe sie an. Sicherlich merkt sie, dass etwas nicht stimmt. Oder sie hat sowieso alles schon mitbekommen.

»Ehrlich gesagt, es geht«, erwidere ich vage und sie nickt.

»Ich habe das Video gesehen. Dieses Lied, es ist unheimlich schön. Es hat mich sehr berührt und ergriffen. Es ist so voller Gefühl. Deswegen wollte ich dir nur sagen, lass dich nicht unterkriegen, okay?«

Lilian hat ein unheimliches Gespür für Menschen und das mag ich sehr an ihr.

»Danke, Lilian. Das ist wirklich lieb.«

»Es ist nur die Wahrheit.« Sie streicht sich durch das helle Haar.

»Wie läuft es bei dir? Schon eine Stelle gefunden?«, frage ich zurück und sie schüttelt den Kopf.

»Nichts wirklich Festes. Im Moment bin ich eine Art Springerin und stehe noch auf der Warteliste. Aber ich bin guter Dinge, ich meine – New York ist groß, und es ist einfach meine Traumstadt, ich hab die Hoffnung noch nicht aufgegeben.«

Ich lächle, weil wir uns irgendwie ähnlich sind. Weil wir beide hierhergekommen sind, um einen Traum zu leben.

In diesem Moment betritt Tad die Bar und kommt eilig auf mich zu.

Lilian sieht mich an. »Wir sehen uns, Mary.«

Ich nicke. »Ja, wir sehen uns«, sage ich und wende mich dann Tad zu, der noch ganz aufgeregt ist.

»Hey, tut mir leid, dass ich so lange gebraucht habe, aber …« Er stoppt, und ich will ihn fragen, was los ist. Und ob er Ärger mit seinem Vater hatte, ob er alles klären konnte, es eine Lösung gibt, doch er lässt es nicht zu. Stattdessen legt er den Zeigefinger auf meine Lippen, ehe er sie zärtlich küsst.

»Lass uns hier weg, okay? Irgendwohin, wo wir alleine sind, raus aus der Bar«, sagt er. Ich sehe zu Jone, gebe ihm zu verstehen, dass wir gehen, und steuere mit Tad auf die Hintertür zu. Draußen schaut er sich unruhig um.

»Mist, Jeff ist nicht da, wo bleibt er nur?«

Ich atme tief durch.

»Mary. All das, es ist das Chaos pur, mir tut es so leid. Ich hoffe, er kommt gleich, wir müssen weg, bevor die Leute Wind davon bekommen und die Presse und diese Gaffer.«

Er wirkt getrieben, und um ihn zu beruhigen, umarme ich ihn fest, bis uns eine Frauenstimme aufschrecken lässt.

»Dann stimmt es also, was die Presse schreibt: Ethan Blake und das geheimnisvolle Mädchen aus dem Central Park. Habe ich mir doch gedacht, dass ich euch hier finde. Im *Jone's*, dem sagenumwobenen ›Wohnzimmer‹ der neuen Frau an Blakes Seite. Instagram macht's möglich.«

Das muss sie sein. Catherine Van Sailen. Sie mustert mich von oben bis unten, mit einem Gesichtsausdruck, der alles andere als freundlich ist.

»Catherine …« Tad tritt einen Schritt auf sie zu.

»Schön, dass du noch weißt, wer ich bin, nachdem du meine Anrufe in den letzten Tagen ignoriert hast. Ist sie das?« Ihr Blick wandert zu mir. Ich fühle die Kälte, die von ihr ausgeht, und kann es ihr nicht mal verübeln. Sie streicht sich durch das helle Haar, es ist gepflegt, genau wie ihre gesamte Erscheinung.

Unsicher sieht sie ihn an. »Wie lange geht das schon? Warum muss ich es durch die Medien erfahren?«

Ihre Worte gehen mir durch Mark und Bein, denn ich will mir nicht ausmalen, wie sie sich fühlt. Ich kann sehen, dass sie versucht, stark zu sein, dass sie wütend ist, aber auch verletzt.

»Catherine, mach keine Szene. Ich habe vorhin bei dir angerufen und wollte es dir erklären, aber du bist nicht ran«, erwidert Tad mit einer ganz ungewohnten Schärfe in der Stimme.

»Ich soll mich zurückhalten? Es steht doch überall im Internet. Weißt du, dass du mich damit bis auf die Knochen blamierst? Und das nach allem, was ich für dich getan habe.« Ich fühle mich kleiner und kleiner, erst recht bei dem, was jetzt kommt. »Dir ist schon klar, dass sie dich nur für ihre Karriere benutzt, oder? Und was soll das mit dem Singen? Habe ich da etwas verpasst?«

Inzwischen versammeln sich die Gäste aus der Bar um uns herum, und auch von der Straße kommen einige Schaulustige hinzu. Ich will einfach nur weg.

»Catherine, können wir das bitte woanders besprechen«, sagt Tad.

Sie verzieht das Gesicht. »Ist dir das jetzt peinlich? Dann überleg mal, wie peinlich das erst für mich ist.« Ihre Stimme ist mittlerweile so laut geworden, dass ich zusammenzucke. Wir liefern gerade die perfekte Show, und natürlich gibt es wieder ein paar Gaffer, die alles mit ihren Handys aufnehmen.

»Catherine, bitte halt dich zurück«, zischt Tad noch einmal.

»*Du* redest von Zurückhaltung? Ist das dein Ernst?« Sie geht auf Tad zu. Ihre Augen sind feucht. »Du hast keine Ahnung, was du angerichtet hast. Und Sie«, ihr Blick streift mich kurz, »auch für Sie wird das ein Nachspiel haben! Das verspreche ich Ihnen.«

Hinter ihrer Wut sehe ich deutlich, wie verletzt sie ist.

Dann rauscht sie davon, während ich dastehe und nicht weiß, wie mir geschieht.

»Wir reden später«, raunt Tad mir mit einem eindringlichen Blick zu, dann hastet er Catherine hinterher, während ich zurückbleibe und mein Herz so schnell klopft, dass ich befürchte, gleich in Ohnmacht zu fallen.

»Was ist das zwischen Ethan Blake und Ihnen, Miss O'Hanna?«, fragt mich ein Mann mit blonden Haaren, der plötzlich eine Kamera auf mich richtet.

»Sind Sie ein Paar? Sind Sie seine Affäre?«, ruft ein anderer. »Wie lange schon?«

Ohne ein Wort laufe ich los in der Hoffnung, dass mir keiner folgt.

Keine Ahnung, wie ich es nach Hause geschafft habe. Auf jeden Fall bin ich erleichtert, denn erst als ich unsere Wohnungstür hinter mir schließe, fühle ich mich sicher. Ich kann noch immer nicht begreifen, was da gerade passiert ist. Das Ganze ist doch verrückt, total bescheuert.

Schon kommt Sam auf mich zu. »Ach, du heilige Scheiße«, sagt sie und nimmt mich in die Arme. »Das ganze Netz ist voll von Fotos und Videos von euch beiden. Geht's dir gut, Süße?«

Ich schüttle den Kopf, und heiße Tränen treten mir in die Augen.

»Es tut mir so leid.« Sam drückt mich fest an sich.

Nun fange ich erst recht an zu weinen. »Er hat mich einfach stehen lassen, nachdem Catherine aufgetaucht ist, sie war so aufgebracht, aber auch verletzt«, schluchze ich gegen ihre Brust, und sie streicht mir beruhigend über den Rücken. »Du hattest recht. Es war ein Fehler, ein Riesenfehler, mich auf ihn einzulassen, so blauäugig zu sein und mich so von meinen Gefühlen leiten zu lassen. Er sagte dauernd, dass er die Dinge klärt. Aber das hat er nicht. Er hat mich angelogen und …«

Ich würde mich so gern beruhigen, aber es gelingt mir nicht. Wie kann ein Tag sich innerhalb von wenigen Stunden so drehen? In meinem Kopf veranstalten tausend Fragezeichen ein heilloses Durcheinander.

»Komm, wir setzen uns erst mal.« Sam führt mich zum Sofa und drückt mich behutsam auf das Polster. »Wie seid ihr denn verblieben? Im Internet sieht man nur diesen Streit und dass er ihr dann hinterherläuft.«

Ich putze mir ausgiebig die Nase, bevor ich antworte. »Er meinte, wir reden später, aber ich weiß nicht, ob ich das überhaupt noch will. Er sagt ständig, dass wir reden, dass er die

Dinge in die Hand nimmt, aber was ist dabei herausgekommen? Nichts als Chaos.«

»Das verstehe ich. Aber weißt du, was positiv an der Sache ist?«

Verblüfft sehe ich sie an, denn ich kann mir absolut nicht vorstellen, was sie meint.

Sie zückt ihr Handy. »Dieses Lied, das ihr gesungen habt, es ist irgendwie überall, schau mal. Und der Wahnsinn, was auf deiner Instagram-Seite los ist …«

Ich nehme das Handy entgegen und blicke aufs Display. Innerhalb der letzten Stunde habe ich tatsächlich über tausend neue Follower und unzählige Kommentare unter meine bisherigen Posts bekommen. »Das gibt's doch nicht«, sage ich. Es ist schön, aber auch nicht. Meinte Catherine nicht, dass ich ihn für meine Karriere ausnutze?

»Das Lied ist übrigens der absolute Hammer«, sagt Sam. »Jeder fragt sich, welche Geschichte wohl hinter dem Song steckt und warum Ethan Blake so gut singen und spielen kann. Ich muss zugeben, auch ich bin echt beeindruckt. Du hattest recht, ich habe es nicht geglaubt, ganz ehrlich. Aber ihr beide zusammen, das ist echt heftig.«

»O Gott, ich weiß nicht, was ich sagen soll.« Ich schlage mir die Hände vors Gesicht und schüttle den Kopf.

»Am besten fängst du ganz von vorne an, ich habe Zeit. Also?«

Und dann erzähle ich Sam, was Tad mir kürzlich anvertraut hat. Vom Tod seiner Mutter, der ihm den Boden unter den Füßen weggezogen hat, dass er mit Gangs abhing, Mist gebaut hat und deswegen nach Florida geschickt wurde. Dort hat er auch wieder Mist gebaut, bis wir uns getroffen haben. Obwohl sie Teile der Geschichte schon kennt, tut es gut, ihr alles an einem Stück zu erzählen. Auch noch einmal die Intrige, die sein Vater gesponnen hat, um uns auseinanderzubringen, und dass dieser Deal dazu geführt hat, dass Tad die Musik aufgegeben hat. Wie er durch die Bars gezogen ist und mich auf diese Weise wiedergefunden hat. Und schließlich sage ich ihr auch, dass wir zusammen gespielt haben – und dass wir miteinander geschlafen haben. Nicht nur einmal. Wobei ich davon ausgehe, dass sie sich das sowieso gedacht hat, als er morgens aus meinem Zimmer gekommen ist. Und dass ich mich auf ihn eingelassen habe, obwohl ich von Catherine wusste, er mir aber gesagt hat, dass es zwischen den beiden nicht so ist, wie es scheint. Ich hatte Hoffnung, ja, ich war naiv, vielleicht, aber ich habe mich so nach ihm gesehnt.

Als ich fertig bin, sieht sie mich an. »Soll ich dir was sagen? Das ist die schönste Liebesgeschichte, die ich seit Langem gehört habe.« Bei den letzten Worten zittert ihre Stimme beträchtlich, und sie wischt sich verstohlen eine Träne aus dem Auge.

In diesem Moment summt mein Handy, ich habe eine Nachricht von Tad bekommen: Wir müssen dringend reden.

»Und jetzt?«, fragt Sam.

»Jetzt rede ich mit ihm, aber ich befürchte, dass diese Liebesgeschichte kein Happy End bekommen wird.«

Als ich das Dach unseres Hauses betrete, umfängt mich kühle Luft. Tad ist schon da. Er steht an der Brüstung und blickt hinaus auf die Lichter der Stadt. Jeff hat ihn in einem fremden Wagen hergebracht, und er ist im Schutz der Dunkelheit in unser Haus geschlüpft.

Ich muss daran denken, wie wir hier zusammen gesessen und Musik gemacht haben. Natürlich denke ich auch an seine Nähe, die Zärtlichkeiten, die wir ausgetauscht haben. Und jetzt, nach so kurzer Zeit, herrscht solch ein unfassbares Chaos um uns herum.

»Hey«, sage ich und stelle mich neben ihn.

»Hey.«

Stumm blicken wir eine Weile über die Stadt, die uns wie ein funkelnder Teppich zu Füßen liegt.

»Ist richtig blöd gelaufen heute, das tut mir leid«, sagt er irgendwann. »Was Catherine gesagt hat, war schrecklich, das hast du nicht verdient. Das mit der Karriere und allem. Ihre Wut galt in erster Linie mir, ich will, dass du das weißt.«

Wir sehen uns an. Die angespannte Stimmung erdrückt mich beinahe.

»Mein Dad ist durchgedreht. Er hat mich angerufen und gefragt, ob ich denn alles kaputt machen will. Ob ich mich nicht an die Abmachung halten kann. Er hat mich nur angebrüllt. Ob der Scheiß wieder losgeht … Wie ich alle enttäusche, dass Mum …«

Etwas in mir will nach seiner Hand greifen, doch ich tue es nicht. Ich halte die Luft an und warte darauf, dass er weiterspricht.

»Das hast du nicht verdient, Mary. Du hast nichts …«

»Nichts Falsches getan?«, ergänze ich, woraufhin er nickt.

»Du nicht, Mary, aber ich schon, ich habe Catherine wirklich blamiert. Und ich habe gegen die Abmachung verstoßen … ja, mein Vater hat gelogen, um sie durchzusetzen. Schon klar. Und glaub mir, Mary, das habe ich ihm heute um die Ohren gehauen. Aber es steckt leider noch mehr dahinter, sehr viel mehr.«

Ich sehe ihn an. Noch ein Geheimnis?

Ehe ich etwas sagen kann, räuspert er sich.

»Lass mich bitte alles genau erklären. Darf ich?« Er sieht mich traurig an.

Ich nicke zustimmend.

»Erinnerst du dich an meine Schwester Susan? Du hast sie nie gesehen, aber ich habe dir einige Male von ihr erzählt.«

Ich war irritiert. Was hatte seine Schwester jetzt damit zu tun? »Ja, du erwähntest, dass sie mit dem Verlust eurer Mutter etwas besser zurechtkam als du damals und dass sie ein besseres Verhältnis zu deinem Vater hat.«

»Ja, so ist es. Zumindest war das so. Bis vor zwei Jahren. Von klein auf surft Susan für ihr Leben gern. Sie liebt es einfach.«

Ich lehne mich an die Feuertreppe und habe nicht die geringste Ahnung, worauf er hinauswill. Doch ich höre geduldig zu.

»Und auch sie hatte in der Blake Company eine tragende Rolle. Sie leitete jahrelang die Marketingabteilung und war auch recht gut darin. Dann kam sie vor zwei Jahren und erzählte uns, sie wolle weg. Weg von zu Hause und weg von der Firma. Zuerst sah es Dad als eine Spinnerei, denn sie wollte aus eigener Kraft, ohne seine Hilfe, eine Surfschule in Australien eröffnen. Er dachte, sie sei lediglich überarbeitet und würde ihre ›naiven‹ Pläne bald wieder verwerfen. Wie üblich traute er niemandem außer sich selbst zu, größere Vorhaben in die Tat umzusetzen. Doch es kam anders. Susans Projekt lief gut an und keine zehn Pferde hätten sie zurück nach Hause gebracht.« Tad macht eine Pause und sieht mich an, als wollte er sichergehen, dass ich ihm folgen kann. Ich nicke ihm bestätigend zu, damit er weiterspricht. »Nun, er merkte schließlich, dass all seine Drohungen, unter anderem, ihr den Geldhahn zuzudrehen, erfolglos geblieben waren. Bei einem Telefonat mit ihr hat er sich dermaßen hineingesteigert, dass er noch während des Gesprächs einen Schlaganfall erlitt. Zum Glück war es ein kleiner und er hat sich rasch davon erholt.«

Langsam verlässt mich die Geduld. »Das tut mir leid für deinen Vater. Aber was hat das alles mit mir, was hat es mit uns zu tun?«

Tad zieht eine Braue hinauf und seine Augen funkeln. »Die eigentlich Leidtragende war am Ende meine Schwester. Aus Angst, beim nächsten Schlaganfall womöglich für seinen Tod verantwortlich zu sein, gab sie nach und beugte sich dem

Willen unseres Vaters. Und ich konnte wiederum nicht mit ansehen, wie es ihr zusetzte, ihren großen Traum beerdigen zu müssen. Ich verstand sie so gut. Immerhin ging es mir mit der Musik ja genauso. Zu dieser Zeit ging ich schon eine Weile mit Catherine aus. Wir waren bereits erstaunlich lang miteinander befreundet, und das erste Mal hatte ich wirklich das Gefühl, sie könnte die Leere füllen, die du in meinem Herzen hinterlassen hast.«

Kaum hat Tad den Satz ausgesprochen, kämpfe ich mit den Tränen, dabei will ich auf keinen Fall jetzt weinen. So weh es auch tut, ich versuche mit aller Kraft, mich auf Tads Worte zu konzentrieren.

»Catherine hat mit Susan zusammen studiert. Daher kenne ich sie. Die beiden waren sich schon während der Studienzeit sehr nah gewesen, und Catherine hat mich letztendlich auf eine Idee gebracht, wie wir Susan helfen können. Catherine war in ihrem Job nicht glücklich, und die Herausforderung in unserem Familienunternehmen war genau das, was sie sich beruflich erträumt hatte. Wir sahen die Möglichkeit, durch eine Heirat und Catherines Engagement im Unternehmen meine Schwester sozusagen freizukaufen und ihren Platz einzunehmen.«

Ich kann mir denken, worauf Tad hinauswill, und spüre, wie sich mein Magen verkrampft.

»Tatsächlich willigte mein Vater ein«, sagt er dann auch, »und so kam es zur Verlobung mit Catherine. Meine Schwester ist vor einem Jahr endgültig nach Australien gezogen.«

Meine Stimme klingt heiser. »Also ist die Sache mit Catherine eine Vereinbarung deiner Schwester zuliebe? Das alles ist so verrückt, diese ganzen Deals und …«

Er nickt. »Wenn du so willst, ja, das ist es. Im Grunde war es für mich auch in Ordnung. Ich mag Catherine, wenn auch als gute Freundin und nicht so, wie es für eine Ehe im herkömmlichen Sinne sein sollte. Aber es war mir egal, ich wollte nichts. Ich dachte nicht daran, noch mal eine Liebesbeziehung zu haben. Es hat gereicht. Bis ich dich wiedergesehen habe. Da wurde ich mir auf der Stelle klar, dass ich mit dem Thema Liebe nicht abgeschlossen hatte. Ich brauche dich, ich sehne mich nach dir …«

»Du hättest offen zu mir sein müssen, bevor das alles so intensiv wurde. Denn wie soll es jetzt weitergehen?«, sage ich.

Tad atmet tief durch. »Ich weiß und ich habe mit meinem Dad über uns geredet.«

Jetzt bin ich wirklich überrascht. »Und habt ihr eine Lösung gefunden?«

»Nein, natürlich wollte er von alledem nichts wissen. Er machte mir böse Vorwürfe, ich würde die Familie zerstören und die Firma zugrunde richten. Doch ich habe ihm gesagt, dass ich dich liebe und dass es für Catherine und mich keine Zukunft geben wird.«

»Was hat er genau gesagt?«

Verwundert sieht mich Tad an. »Das ist nicht wichtig, Mary. Wichtig ist nur, dass wir trotzdem zusammen sein werden.«

Ich würde seinen Worten so gern glauben, aber ich bin mir nicht sicher, ob ich eine weitere Verletzung verkraften könnte.

»Und wie war dein Gespräch mit Catherine?«, frage ich.

»Sie wollte wissen, ob es mir mit dir ernst ist und ob ich jetzt die Verlobung löse.« Er tritt näher an mich heran, nimmt meine Hand, seine Haut fühlt sich warm an. »Ich empfinde so viel für dich, Mary, das weißt du.«

Doch als er den Blick von mir abwendet und zu Boden sieht, wird das warme Gefühl mit einem Mal kälter. Meine Kehle schnürt sich zusammen.

Dann spreche ich es einfach aus. »Aber du wirst es nicht tun, habe ich recht? Du löst die Verlobung nicht. Ist es das, was du mir sagen willst?«

Es dauert eine kurze Weile, bis er kaum merklich nickt, woraufhin ich ihm sofort meine Hand entziehe. Er will erneut danach fassen, aber ich lasse es nicht zu.

»Mary, versteh mich nicht falsch, ich verspreche dir, ich werde die Verbindung lösen. Aber ich bitte dich um Zeit. Bis dahin muss es genügen, dass wir uns heimlich sehen. Ich kann nur noch mal sagen, wie leid mir das alles tut. Aber ich kann ihr das nicht antun. Nicht so abrupt. Auch wenn ich so viel für dich empfinde, auch wenn ich mit dir zusammen sein will – es hängt zu viel daran. Nicht nur der Ruf ihrer Familie. Es geht auch um das Glück meiner Schwester. Mein Vater wird alles daransetzen, sie zurückzuholen. Er findet seine Mittel. Er kann ziemlich Druck machen, falschspielen und das will ich Susan nicht antun.«

Seine Worte hallen durch meinen Kopf, und ich bin so unendlich traurig, wütend und durcheinander zugleich. So etwas hatte ich schon befürchtet, aber dennoch war da noch ein Funken Hoffnung, dass er sich für mich entscheidet und unsere Liebe über allem steht.

»Was soll ich jetzt sagen?«, flüstere ich und versuche, den Schmerz in meiner Stimme zu unterdrücken.

»Wie gesagt, es heißt nicht, dass wir uns nicht wiedersehen werden, dass wir nicht wirklich zusammen sind. Wir können uns weiterhin treffen. Heimlich.«

»Nein, da mache ich ganz sicher nicht mit!« Vehement schüttle ich den Kopf.

Er holt tief Luft und sieht mich mit großen Augen an. »Warum nicht, Mary? Das alles ändert doch nichts an meinen Gefühlen. Ich will bei dir sein. Das wäre doch eine Möglichkeit, zusammen sein zu können. Und es ist doch nur eine Frage der Zeit.«

In mir zieht sich alles zusammen. Wut breitet sich aus. »Du machst es dir ganz schön einfach. Du bleibst also Ethan Blake mit der pseudoheilen Familie, und ich bin die Geliebte, mit der sich Tad im Schatten der Dunkelheit trifft und mit der er heimlich Musik macht. Zwei Leben? Bis du den Arsch in der Hose hast, dein Leben so zu führen, wie du es eigentlich möchtest? Tad, das kannst du doch nicht wirklich wollen?«

»Das hat nichts mit wollen zu tun, Mary, du weißt das. Und das wäre vorerst die einzige Möglichkeit.«

»Nein, Tad, ich weiß gar nichts. Ich bin keine Möglichkeit. Du musst anfangen, darüber nachzudenken, was du wirklich willst. Wer du sein willst! Du hast in den letzten Jahren deine Sehnsucht nach dem, was du bist oder sein willst, unterdrückt. Hast dich damit zufriedengegeben. Aber willst du wirklich so ein Leben führen?«

Er fährt sich durch die Haare. »Natürlich hast du recht. Aber es geht nicht anders.«

Unsere Blicke treffen sich wieder. Meine Augen füllen sich erneut mit Tränen, und seine wirken traurig.

»Manchmal muss man zu dem stehen, was man ist«, sage ich, »egal, ob es den anderen gefällt oder nicht. Aber man muss es für sich tun. Ich liebe dich. Aber ich will dich ganz – oder gar nicht.«

»Dann sag mir, was ich tun soll.«

Ich gebe ihm keine Antwort, stattdessen rollt eine Träne über meine Wange. Er will sie mir vom Kinn wischen, doch ich drehe den Kopf weg.

Er weiß also nicht, was er tun soll. Daher gebe ich ihm die Antwort: »Entscheide dich für mich, für unser gemeinsames Leben. Jetzt und nicht irgendwann.«

Er sieht zu Boden. »Ich habe keine Wahl, Mary, die hatte ich nie.«

Ich schlucke. »Man hat immer eine Wahl«, flüstere ich und halte einen Moment inne, ehe ich sage: »Und du hast sie getroffen.«

Ich weiche zurück, als er auf mich zukommt.

»Lass es gut sein, Ethan, geh einfach.« Bewusst verwende ich diesen Namen, Ethan. Weil Tad für mich gestorben ist. Da ist nur noch Ethan Blake, und diesen Mann kenne ich nicht. Ich weiß, er tut es für seine Schwester, er tut es aus den unterschiedlichsten Gründen, aber dennoch tut es einfach weh, und gerade will auch ich ihm einfach nur wehtun.

Ohne ein weiteres Wort drehe ich mich um und gehe, es ist vorbei, und zwar endgültig. Und das Schlimmste daran ist, dass es diesmal, auch wenn er es nicht bemerkt, seine Wahl war.

Ich schlage die Wohnungstür hinter mir zu und lasse mich neben Sam aufs Sofa sinken.

»Und?«, fragt sie leise.

»Es ist vorbei.«

Als sie mich an sich zieht, stürzen die Tränen aus mir heraus wie ein Bach. An Sams Brust weine ich mir den ganzen Kummer von der Seele.

Seit Tad damals in Florida einfach nicht mehr aufgetaucht ist, habe ich immer wieder an ihn gedacht, mir den Kopf darüber zerbrochen, was wohl passiert sein mag. Irgendwie war da immer dieses Gefühl, dass wir uns wiedersehen, dass es nicht vorbei ist, dass unsere Melodie noch nicht ganz verklungen ist. Doch jetzt hat sich dieses Gefühl in Luft aufgelöst. Wir sind nicht mehr als ein Song, der von einer Liebe erzählt, die es niemals geben wird.

Aber wie hat Jone gesagt? Die schönsten Lieder sind die traurigen. Und leider muss ich ihm in diesem Augenblick zustimmen.

Kapitel 31

Ich versuche, mich zusammenzureißen, so gut es geht, aber so recht gelingt es mir nicht. Zudem quälen Sam und mich die unzähligen Anrufe, Nachrichten und das ständige Geklingel an der Tür.

»Ich sage es dir, ich schalte das Festnetztelefon ab und die Türglocke gleich mit«, flucht sie, als sie wieder mal genervt ein Gespräch abwürgt.

»War das wieder ein Reporter?«, frage ich, obwohl ich die Antwort schon ahne.

»Ja, diesmal von der *New York Post.*«

»Die sind total hartnäckig. Mich haben sie heute auch schon auf dem Handy angerufen und über Instagram bombardiert.« Ich schüttle den Kopf. »Sam, wann hört das nur wieder auf? Das geht jetzt schon seit über einer Woche so. Ich will einfach mein Leben zurück.«

Sie nickt. »Nun, was allerdings positiv ist, sind die vielen neuen Follower, dein Account geht ja gerade durch die Decke. Und nicht zu vergessen dieser eine Anruf, den du bekommen hast«, gibt sie zu bedenken.

»Ja, schon, aber irgendwie weiß ich nicht, was ich davon halten soll.«

Sam wirft mir einen ernsten Blick zu. »Mach das nicht schon wieder.«

»Was meinst du?«

»Andauernd zu grübeln, ob die Leute nur wegen Ethan auf dich zugekommen sind und dir die Stelle bei *Corporate Music* angeboten haben. Sie haben sich für dich entschieden, fertig. Wenn du ablehnen willst, dann ist das okay, es ist deine Entscheidung. Aber tu es nicht seinetwegen und aus den falschen Gründen, okay?«

»Ja, aber so ist es doch«, erwidere ich. »Ich meine, sie sind doch alle nur deswegen neugierig, weil wir diesen Song – unseren Song – zusammen gespielt haben.«

»Na und? Dann ist es eben so. Aber sie bleiben auf deinem Account, weil ihnen auch sonst gefällt, was du singst. Denk mal darüber nach, dass du auch bei deinen anderen Videos mittlerweile so viele Likes und positive Kommentare bekommen hast. Ich meine, warum freust du dich nicht einfach darüber? Die Leute sind auf dich aufmerksam geworden. Jetzt kannst du das tun, was du immer wolltest: Musik machen.«

Ich nicke. »Wie soll das nur heute im *Jone's* werden? Glaubst du, da sind auch wieder lauter Reporter? Ich habe Jone vorhin schon geschrieben und danach gefragt. Er meinte, dass schon deutlich mehr los ist als sonst, aber ich soll mich davon nicht abhalten lassen. Er jedenfalls habe kein Problem damit, der Laden brummt wie noch nie.«

Sam grinst. »Jone ist echt 'ne Marke. Wie hat er denn reagiert, als du absagen wolltest?«

»Er meinte, ich soll schleunigst meinen hübschen Hintern hierherschwingen.«

»Das sehe ich wie er.«

»Ich gehe ja hin, ich will Jone auch nicht hängen lassen. Aber das Lied werde ich nicht spielen«, sage ich bestimmt.

»Das verstehe ich, das musst du ja auch nicht. Wart einfach ab, ob dir danach ist. Du machst dein Ding wie jeden Donnerstag, so solltest du es sehen.« Sie streicht mir aufmunternd über den Arm. »Denkst du, dass Ethan – oder eher Tad – heute kommen wird?«

Ich schüttle den Kopf. »Sicher nicht. Er würde zu viel Aufsehen erregen, vor allem aber habe ich ihm gesagt, dass er nicht kommen soll. Ich will ihn nicht sehen, und er soll aufhören, mir weiter zu schreiben.«

»Er hat dir also noch weitere Nachrichten geschickt?«

»Ja, aber mich interessiert es nicht, was er schreibt. Seine Entschuldigungen bedeuten nichts.«

»Ich verstehe dich, er ist wirklich …«

»… ein Mistkerl«, beende ich den Satz und sie lächelt.

»Ja, schon, aber irgendwie, die ganze Geschichte. Er tut mir auch etwas leid. Er kämpft sein Leben lang schon um Anerkennung, darum, es irgendwie allen recht zu machen. Allen voran seinem Dad, dann nimmt er Catherine, damit sie glücklich ist, er hilft seiner Schwester, aber er selbst verzichtet auf alles. Er kann nie er selbst sein, nur bei dir«, sagt Sam.

Als sie die Worte ausspricht, blutet mir das Herz. »Vielleicht, aber er will nicht offiziell bei mir sein. Er verzichtet darauf, und wie soll ich damit umgehen?«

»Ich weiß es nicht.«

Ich runzle die Stirn. »Stellst du dich jetzt etwa auf seine Seite? Als meine beste Freundin?«

»Natürlich nicht. Aber man sollte doch immer beide Sichtweisen betrachten. Und eigentlich finde ich den Vorschlag, den er dir unterbreitet hat, gar nicht so unangemessen. Er will Catherine schonen und verhindern, dass es seiner Schwester geht wie ihm selbst. Gefangen im Leben der Blake-Familie. Alles, um was er dich gebeten hat, ist Zeit.«

»Dein Ernst? Das ist doch der Punkt. Er muss zu sich stehen, wie sollen wir es sonst schaffen. Nichts Halbes, nichts Ganzes. Und das nach all dem, was er getan hat? Die Jahre, in denen ich nicht wusste, was mit ihm los war?«

Sam hebt die Hand.

»Er wusste es doch auch nicht. Er dachte, du hast das Geld genommen. Er dachte, dass wieder einmal jemand ihn nicht will, so wie es ihm sein Vater immer eingeredet hat. Da ist ein tiefer Schmerz, Mary.«

Ich seufze und versuche, meine aufgebrachte Tonlage ein wenig zu reduzieren. »Ja, vielleicht ist das so, aber er muss den Schmerz überwinden und zu sich selbst stehen. Ich wäre doch bereit dazu gewesen. Aber wenn er es nicht ist, was hilft dann all das? Ich würde nur verletzt werden, ich weiß das. Nur weil er feige ist, für das zu kämpfen, was er will.«

»Ich weiß, aber es ist so schade. Ich meine, euer Lied, das sagt doch alles. Ihr beide, ich spüre, es ist was Besonderes.«

»Es ist nur ein Lied«, flüstere ich.

Sie schüttelt den Kopf. »Nein, es ist viel mehr. Du weißt sehr gut, dass es nicht nur ein Lied ist.«

»Wie auch immer. Wir müssen los.« Schulterzuckend schlüpfe ich in den langen braunen Mantel, den ich zum ersten Mal seit Jahren wieder aus den Tiefen meines Kleiderschranks hervorgezogen habe, und setze eine von Sams dunklen Sonnenbrillen auf. »Echt schrecklich, dass ich mich jetzt verkleiden muss.«

»Jetzt sind wir die Superhelden.« Sam lacht auf, und ich blicke sie liebevoll an.

»Weißt du, dass ich unheimlich froh bin, dich zu haben?«

»Ich weiß. Wie gesagt, die Rechnung bekommst du irgendwann.«

Sie zwinkert mir zu, dann verlassen wir die Wohnung.

»Kommt schnell hier rein.« Sarah hat uns, wie versprochen, die Hintertür zum *Jone's* geöffnet, durch die wir jetzt hineinhuschen.

Mein Herz pocht heftig, denn als wir mit dem Taxi am Vordereingang vorbeigefahren sind, stand dort eine lange Schlange am Einlass. »Die Leute da draußen sind aber nicht alle meinetwegen hier, oder?«, frage ich Sarah.

Sie grinst. »Ich vermute, schon.«

»Das alles ist doch so verrückt. Oh Gott, ich krieg das nicht hin.« Ich stütze mich am Türrahmen ab, denn die Nervosität frisst mich beinahe auf.

Jone gesellt sich zu uns. »Hey, Kleine, wie geht es dir?«

»Nicht gut, mir ist übel, und ich … ich kann das echt nicht.«

Er klopft mir auf die Schulter. »Ich verstehe dich gut. Es ist wirklich nervenaufreibend, was da passiert. Die viele Aufmerksamkeit, die plötzlich auf dir haftet, was sie über dich schreiben, das belastet sehr.«

Ich nicke und muss an meine Eltern denken. Mum hat gestern am Telefon so schnell gesprochen, dass sich ihre Stimme beinahe überschlagen hat. Und Dad bot mir an, sofort zu mir zu fliegen. »Das müsst ihr nicht, ich schaffe das«, beruhigte ich sie. Doch insgeheim bin ich mir da gar nicht so sicher.

»Liebeskummer ist schrecklich«, sagt Sarah und reißt mich damit aus meinen Gedanken zurück ins Hier und Jetzt.

Jone verdreht die Augen. »War das jetzt nötig?«

Sie beißt sich auf die Unterlippe. »Tut mir leid, Mary. Du weißt, wie ich es meine, oder?«

Ich nicke. »Liebeskummer ist wirklich scheiße. Ich kann es ja selbst immer noch nicht glauben, dass ich Tad zuerst nicht erkannt habe. Dabei habe ich doch deinen Rat befolgt und ihn mir nackt vorgestellt.«

»Und das lässt dich nicht mehr los, was?« Jone grinst. »Aber darum geht es nicht. Wie gesagt, das ist alles nicht einfach zu verdauen, schon gar nicht in dieser kurzen Zeit. Doch es geht jetzt um was anderes.«

Ich sehe in seine lieben, warmen braunen Augen. »Und was ist das?«

»Das weißt du doch. Es geht um die Musik, meine Kleine. Darum, dass du endlich gehört wirst. Das ist es doch, was du immer wolltest. Also geh da raus und beeindrucke sie mit dem, was du kannst. Zeig es ihnen. Zeig ihnen, wer Mary O'Hanna ist: eine tolle Sängerin und Musikerin, die was zu sagen hat. Okay?«

Sam, die sich bislang aus unserem Gespräch herausgehalten hat, klatscht in die Hände. »Genau so ist es.«

Auch Sarah hebt die Hand und streckt den Daumen nach oben.

»Ich weiß nicht, was ich ohne euch tun würde, ohne euch alle«, sage ich und lasse meinen Blick erst zu Jone, dann zu Sarah und schließlich zu Sam wandern.

»Vielleicht wäre es etwas schwerer, aber es würde genauso gehen«, antwortet Jone, und ich muss lachen. »So ist es mir eindeutig lieber«, stellt er fest. »Also dann, beweis allen, was du drauf hast.«

Ich schnappe mir meine Gitarre. »Du hast recht. Ich gehe da jetzt raus und zeige es ihnen.«

Stille legt sich über den Raum, als ich auf die Bühne trete. Es ist heiß im Saal. Noch vor einer Woche war der Laden zwar voll, aber heute gibt es offenbar keinen noch so kleinen Platz mehr. Jone hat zudem die Tür offen gelassen, und ich kann erkennen, dass sich auch vor dem *Jone's* noch Unmengen von Menschen tummeln.

Meine Knie zittern, als ich ans Mikrofon trete. »Guten Abend, alle zusammen. Ich bin Mary O'Hanna und spiele wie jeden Donnerstag hier im *Jone's*. Heute ist es ein bisschen voller als sonst, aber das soll uns nicht stören.« Die Leute lachen, und ich fühle mich etwas leichter. »Bevor ich zu viel rede, fange ich lieber mal an. Viel Spaß.«

Ich bin jetzt wirklich unheimlich nervös, denn so proppenvoll habe ich das *Jones* noch nie erlebt. Ich nehme all die Handys wahr, die auf mich gerichtet sind, aber dann blende ich sie einfach aus. Ich fange an zu spielen, und mit jedem Song, mit jedem Applaus entspanne ich mich mehr. Einige Leute singen sogar mit. Dieses Gefühl ist unglaublich und berührt mich so sehr, dass mir kurz Tränen in den Augen stehen. Niemals hätte ich mir das erträumt, und jetzt, trotz dieses großen Durcheinanders, ist doch etwas Gutes entstanden.

Ich spiele Song um Song, und als die letzten Klänge durch die Bar gehallt sind und der Beifall verstummt, wende ich mich dem Publikum zu. »Vielen Dank, ich habe mich wirklich sehr gefreut. Danke, dass ihr hier wart. Bis nächsten Donnerstag.«

»Spiel doch bitte *Nur ein Klang*!«, ruft ein Mann in der ersten Reihe, und ich zucke innerlich zusammen.

Ein paar andere stimmen ein: »Ja, Zugabe, Zugabe!« Und schließlich steht das komplette Publikum auf und möchte den Song hören, den ich zusammen mit Tad geschrieben habe.

Mein Puls rast, und meine Hände schwitzen. Was soll ich jetzt nur tun? Tausende Gedanken kreisen durch meinen Kopf.

»Ähm, tut mir leid«, stammle ich. »Eigentlich ist das Lied ein Duett und …«

»Spielen, bitte!« Immer und immer wieder rufen die Leute, bis ich tief durchatme. Ich weiß, ich werde mir damit vielleicht wehtun, ich weiß nicht, ob es richtig ist, aber dennoch sagt mein Herz, dass ich es genau jetzt tun soll.

»Na schön.« Sacht lasse ich meine Finger über die Saiten wandern. Die ersten Klänge fliegen durch das *Jones*, und ich versinke darin. Als ich zu singen beginne, sehe ich Tad und mich sofort wieder am Strand von Florida sitzen, wie wir uns an den Händen gehalten, Kuchen gegessen und uns beim Sonnenuntergang geküsst haben. Ich denke auch daran, wie wir uns wiedergefunden und dann diesen Song geschrieben haben.

Und auf einmal passiert es. Als ich den Refrain ansingen will, bricht meine Stimme, meine Finger sind wie gelähmt, und ich kann die Tränen nicht mehr zurückdrängen. Ich weiß nicht, ob es im *Jone's* jemals so still war, man könnte in diesem Moment wohl die berühmte Stecknadel fallen hören.

»Es tut mir leid«, presse ich heraus und verlasse eilig die Bühne. Ich will einfach nur noch weg, weg aus diesem Saal, und mich irgendwo verkriechen. Ich stürze hinter den Tresen und von dort in den kleinen Lagerraum, wo ich auf einen Hocker sinke und meinen Tränen freien Lauf lasse. Morgen wird mein Auftritt bestimmt in den Medien breitgetreten, und alle werden es mitbekommen. Tad, Catherine …

Doch mit einem Mal wird mir bewusst, dass das Publikum draußen noch immer wie verrückt applaudiert.

Ich sitze da, lausche dem Applaus und bin einfach nur durcheinander. Ich weiß nicht mehr, was ich kann, wer ich bin. Ich denke an zu vieles und plötzlich denke ich auch an Mr Bakerfield. Ich stehe auf, greife nach meiner Tasche und weiß, wonach ich suche. Nach dem Buch, ich trage es zur Zeit immer bei mir.

Ich ziehe es hervor und blättere darin, schließe die Augen und lasse meinen Zeigefinger durch die Seiten wandern. Was würde Mr Bakerfield mir jetzt raten?, denke ich und stoppe.

> Mut braucht Zeit, doch dann kommt das Glück

Ich lese diesen Satz und spüre, wie mir erneut die Tränen kommen.

Ich wünsche so sehr, Tad wäre mutig, ich wünsche, all das, was wir in dieses Buch geschrieben haben, würde wahr werden.

Jone betritt den Raum. Er reicht mir ein Glas Wasser und ich sehe auf.

»Was für ein Auftritt«, flüstert er ganz ergriffen.

Dankbar nehme ich einen tiefen Schluck.

Er blickt auf das Buch. »Was ist das?«

Ich sehe ihn an. »Eine ziemlich persönliche Sammlung von Zitaten, es ist mir sehr wichtig, und gerade habe ich ein bisschen Mut gebraucht. Das, was da eben geschehen ist, war schrecklich. Dieses Lied, ich hätte es niemals spielen sollen.« Ich klappe das Buch zu.

»Dir ist noch gar nicht klar, was du – oder besser ihr – mit diesem Lied geschaffen habt, oder?« Fragend sehe ich ihn an, und er nickt. »Dieses Lied ist viel mehr als nur ein Song. Es ist wahre, pure, echte Liebe. Er bedeutet Hoffnung, er bedeutet, dass Liebe einen findet, dich und mich und alle, egal, woher man kommt, egal, wer man ist. Und soll ich dir was sagen? Das mit euch beiden, das ist noch nicht vorbei.«

»Aber er hat sich entschieden, Jone. Und ich spiele sicherlich nicht seine Freundin in der Nacht.«

»Ach, Kleines. Nur weil er sich jetzt erst mal entschieden hat, heißt das doch lange nicht, dass er seine Meinung nicht ändern kann. Und du weißt, was er gesagt hat, er will dich. Er braucht Zeit, um den Mut zu finden, er selbst zu sein. Und das wird er.«

»Dann ist es vielleicht zu spät.«

Er schüttelt den Kopf. »Für die Liebe ist es nie zu spät. Liebe fragt nicht nach irgendwelchen Meinungen. Sie fühlt, sie ist echt. Und das seid ihr beide auch. Deswegen wird die Liebe am Ende gewinnen.«

Ungewollt tritt mir wieder das Wasser in die Augen. »Daran glaubst du wirklich?«

»Ja, daran glaube ich wirklich.« Er reicht mir ein Taschentuch, mit dem ich mir über die Augen wische.

»Ach, Scheißliebeskummer.«

Jone lächelt. »Glaub einem alten Mann wie mir. Alles wird gut, davon bin ich überzeugt.«

»Ich hoffe es.«

»Da bin ich mir ganz sicher. Denn als ihr neulich in der Bar gesessen habt, habe ich sofort gespürt, dass zwischen euch etwas ist. Etwas Tiefes.«

»Wirklich?«

»Ja, wirklich. Hat er sich denn inzwischen mal gemeldet?«

»Ständig, er will reden, und er meint, dass es wichtig ist und dass es ihm leidtut, wie er sich verhalten hat. Aber ich kann das nicht. Und ich möchte es auch nicht. Es führt gerade zu nichts.«

Jone nickt wissend. »Siehst du, er vermisst dich jetzt schon. Was, wenn du ihm einfach zurückschreibst? Red doch noch mal mit ihm. Das Leben lässt einem zu wenig Zeit, aber meistens ist man sich dessen nicht bewusst«, sagt er und wirkt mit einem Mal nachdenklich.

So kenne ich Jone eigentlich gar nicht. Ob es was mit unserem Gespräch von neulich zu tun hat? Belastet ihn seine Krankheit doch mehr, als er zugibt? Womöglich steckt ja doch mehr dahinter. »Alles okay?«, frage ich, weil mich plötzlich genau dieses Gefühl beschleicht.

»Ja, alles gut, Kleines. Ich denke nur im Moment über so vieles nach. Über das Leben, über Sarah und mich. Wie ich dir neulich schon gesagt habe, überlege ich, die Bar aufzugeben. Ich bin nicht mehr der Jüngste. Und nicht ganz gesund obendrein. Meine Zeit ist begrenzt.«

Jetzt macht er mir schon ein wenig Angst. »Sag so was nicht, Jone. Das passt nicht zu dir jungem Hüpfer.«

»Du kleine Schmeichlerin.« Er grinst kurz, doch dann wird er gleich wieder ernst. »Also, wo war ich stehen geblieben? Ach, genau. Ja, bei euch habe ich diese Gefühle gesehen, und wenn ihr zusammen spielt, wie auf diesem Video, das durchs Internet geht, dann sprüht alles von diesem Gefühl. Und weißt du was? Genau das gibt den Menschen Hoffnung. Ihr seid so verschieden und doch so gleich. Ihr zeigt der Welt nämlich gerade, dass die Liebe einfach kommt, dass man sie nicht bestimmen oder lenken kann, egal, was für Hürden einem auch in den Weg gestellt werden und wie sehr man sich dagegen wehrt. Liebe ist das, was zählt und was verbindet. Das Schicksal hat euch zusammengeführt, getrennt und doch wieder zusammengeführt. Jetzt liegt es an euch, was ihr daraus macht.«

»Klingt fast wie ein Songtext«, bemerke ich trocken.

Er boxt mich leicht in die Seite und lacht. »Du darfst meine Worte gern verwenden. Aber Spaß beiseite, Mary, ihr beide gehört zusammen. Und wie lange kenne ich dich jetzt? Zwei Jahre? In dieser Zeit hast du niemals einen Mann so angesehen, das wird mir auf dem Video auch deutlich. Und er sieht dich auf die gleiche Weise an. Glaub mir, das mit euch ist besonders. Und ich sage dir noch was: Wenn du dieses Gefühl wirklich tief in dir spürst und dir sicher bist, dass Tad der Mensch ist, den du brauchst, dann gib ihm die Chance und red mit ihm.«

Ich will gerade etwas erwidern, als Jone mit einem Mal total blass um die Nase wird. Sein Blick verändert sich, und bereits eine Sekunde später greift er sich an die Brust.

»Jone?«, rufe ich. »Alles okay? Jone!«

Doch da sackt er schon in sich zusammen.

Voller Panik reiße ich die Tür zum Gastraum auf und schreie um Hilfe. Dann knie ich mich neben Jone und ziehe seinen Kopf auf meinen Schoß. »Wir brauchen einen Arzt, schnell!«

Als ich mit Sam nach Hause komme, bin ich unheimlich erschöpft. Der Abend hat mich wirklich viel Kraft gekostet. Erst der Auftritt, das Gefühlschaos und dann Jones Zusammenbruch. Ich weiß gar nicht, wohin mit all meinen Gedanken.

Während ich mich auf die Couch fallen lasse, geht Sam in die Küche und gießt uns jeweils ein Glas Wasser ein. Als sie mit den beiden Gläsern zurückkommt, bemerke ich, wie mitgenommen auch sie aussieht.

Sie setzt sich neben mich und nimmt einen Schluck. »Was für ein Abend. Ich kann das mit Jone noch immer nicht glauben. Hoffentlich meldet sich Sarah bald. Das war echt schlimm.«

»Ich kann dir gar nicht sagen, was ich gefühlt habe, als er zusammengeklappt ist. Ich dachte, das war's, wirklich.« Ich versuche, die Tränen hinunterzuschlucken, was mir aber nicht so recht gelingt.

»Ehrlich, an manchen Tagen passiert gar nichts, und dann kommt alles auf einmal«, sagt sie, während sie auf ihrem Handy herumzufummeln beginnt.

»Und? Was gibt es Neues?«

»Das Video von deinem Auftritt ist überall.«

Ich winke ab. »Ich will es gar nicht sehen.«

Es klingelt an der Tür, und Sam sieht mich fragend an. »Wer kann das sein?«

»Bestimmt wieder bescheuerte Paparazzi, die uns nicht schlafen lassen«, vermute ich und bin mit einem Mal so unheimlich wütend. »Weißt du was? Es ist drei Uhr morgens, und die klingeln hier. Irgendwann ist mal Schluss.« Ich haste hinaus in den Flur, nehme meine Jacke vom Haken und schlüpfe hinein.

»Lass es gut sein, Mary. Wirklich, das hat doch keinen Sinn. Oder willst du jetzt auch noch ein Video im Netz haben, auf dem du wie eine Furie auf irgendwelche Reporter losgehst?«, ruft sie mir noch nach, aber da schließe ich schon die Tür hinter mir.

Gerade will ich die Treppe hinuntereilen, als plötzlich Tad vor mir steht.

»Hey«, sagt er.

Ich zucke zusammen und sehe ihn einfach nur an. Alles in mir überschlägt sich. Ich hatte mit allem gerechnet, nur nicht mit ihm.

Und als er so vor mir steht und ich in seine blauen Augen blicke, überwältigen mich die Gefühle. Sie greifen nach mir wie eine heftige Welle. Die ganze Situation, ständig von Reportern belagert zu werden, der Auftritt heute und dann Jones Zusammenbruch – es war einfach alles zu viel.

»Komm her«, flüstert Tad, dann zieht er mich einfach in seine Arme.

Seine Hand streicht sanft über meinen Rücken, und als ob es so sein sollte, lege ich meinen Kopf an seine warme Brust, schlinge die Arme um ihn. Es tut so gut, dass er da ist. Er hat mir gefehlt. So sehr gefehlt. Ich will ihn einfach nur bei mir haben. Ich will gerade nicht sauer sein, ich will nur ihn.

Und dann lasse ich los. Die Tränen strömen mir aus den Augen, und ich vergrabe mein Gesicht noch tiefer an seiner Brust und genieße es, wie er mir beruhigend durchs Haar streicht. Wie zwei Ertrinkende halten wir einander fest, und ich wünsche, wir würden uns nie wieder trennen.

Irgendwann beruhige ich mich, löse mich aus seiner Umarmung und wische mir über die Augen.

»Es tut mir so leid, was alles passiert«, sagt er. »Und dann noch das mit Jone, und dass du dich so allein gefühlt haben musst …«

Verblüfft sehe ich ihn an. Woher weiß er das mit Jone?

»Das Internet, ihm entgeht nun mal nichts, was denkst du denn«, erklärt er.

Ich nicke, und wieder schauen wir uns an.

»Ich habe im Netz das Video mit deinem Song gesehen, ich wünschte, ich wäre da gewesen.« Er schluckt. »Mir ist so vieles klar geworden, Mary. Ich hätte das nicht sagen sollen. Du hattest recht, ich bin ein totaler Feigling, ich habe nie zu mir gestanden, immer nur Geheimnisse um mich herum aufgebaut. Und dich habe ich mit diesem Vorschlag sehr verletzt. Das war so …«

»So typisch Ethan Blake?«

Er lächelt leicht. »Ja, irgendwie schon, oder einfach feige, so wie es Tad ist. Dieser Tad, der damals am Geländer stand, und ich wünschte, ich könnte mein Verhalten rückgängig machen. Und doch auch nicht, denn … denn es hat mich dazu gebracht, über deine Worte nachzudenken. Darüber, ob ich wirklich so weiterleben will.«

»Und zu welchem Schluss bist du gekommen?«, frage ich vorsichtig.

»Es ist so, wie du sagtest, ich muss zu dem stehen, wer ich bin. Erst durch dich habe ich das wiederentdeckt – und die Musik, die weg war. Ich will das nicht wieder verlieren. Genausowenig wie dich.«

Ich sehe ihn an und will ihm glauben. Und genau genommen tue ich es auch, aber dennoch habe ich Angst. Dieses Leben, das er führt, diese Aufmerksamkeit, der er ständig ausgesetzt ist – will ich das? Kann ich so ein Leben überhaupt aushalten?

»Ich liebe dich, Mary, das ist alles, was ich weiß. Und ich will mit dir zusammen sein. Sag mir, dass du es auch willst, und wir finden einen Weg, ich mache es offiziell, ich stehe zu uns, ich …«

Ich greife nach seiner Hand. »Tad, ich liebe dich auch, doch ich weiß gerade nicht, ob ich das alles schaffe. Die Medien. All das, dieses viele Gepäck, das wir haben.«

»Es tut mir leid, was du im Moment durchmachen musst.« Er legt seine andere Hand an meine Wange. »Das alles ist schwer für dich. Aber lass mich für dich da sein, lass es uns diesmal zusammen schaffen. Du und ich – für immer.«

»Und dein Dad?«

»Das ist mir egal«, flüstert er.

»Catherine?«

»Egal!«

»Deine Schwester?«

»Sie wird es auch ohne mich schaffen, sich von Dad zu emanzipieren, ich habe mit ihr geredet, sie will, dass ich glücklich bin.«

Ich sehe ihn an.

»Sag, dass wir das hinbekommen.« Sanft gleitet seine Hand von meiner Wange zu meinem Hals.

»Ich weiß es nicht«, antworte ich ganz ehrlich, denn sosehr mich seine Worte auch berühren, etwas in mir wehrt sich dagegen. Es ist so viel passiert. Ich weiß nicht, ob es Angst ist oder Unsicherheit oder ob ich ihm womöglich unbewusst doch nicht glaube. Und das sage ich ihm dann auch. »Wie soll ich sicher sein, dass du nicht schon morgen deine Meinung wieder änderst? Dass wieder irgendetwas all das zum Einstürzen bringt. Dass dein Dad sich nicht wieder einmischt.«

»Ich werde meine Meinung nicht ändern. Ich will keine Rolle mehr spielen, das habe ich zu lange getan. Was kann ich nur machen, um es dir zu beweisen?«

Ich zucke mit den Schultern. Ich kann ihm nicht mehr sagen, nicht Ja und auch nicht Nein. Es gelingt mir einfach nicht. »Lass mir ein paar Tage Zeit. Das alles heute war einfach zu viel. Es tut mir leid. Ich brauche diese Zeit jetzt auch.«

Ein letztes Mal sehe ich ihn an, dann drehe ich mich um und lasse ihn stehen, auch wenn es mir beinahe das Herz zerreißt.

Kapitel 32

Bereits eine Woche ist vergangen, seit ich Tad vor meiner Wohnungstür zum letzten Mal gesehen habe. Ich bin so froh, dass Jone wieder aus dem Krankenhaus entlassen wurde. Es war ein Herzinfarkt, doch zum Glück nur ein leichter, und ich kann gar nicht sagen, wie dankbar ich bin, dass er ihn gut überstanden hat.

Deswegen freue ich mich unheimlich, dass er mich gebeten hat, ihn heute in der Bar zu besuchen. Als ich das Haus verlasse, stelle ich erleichtert fest, dass es seit einigen Tagen deutlich ruhiger um mich geworden ist, auch wenn ich noch immer von vereinzelten Fotografen belagert werde.

Dennoch betrete ich das *Jone's* durch den Hintereingang, und als ich in den Gastraum komme, steht Jone hinter dem Tresen und lächelt mir entgegen.

»Wie schön, dich wieder hier zu sehen«, sage ich zu ihm. Meiner Stimme ist die Freude deutlich anzuhören.

»Ja, ich bin auch froh, das kannst du mir glauben, Kleines.«

Ich gehe um den Tresen herum, um ihn zu umarmen.

»Wohin sollen denn die neuen … ah, Mary.« Sarah ist hinter uns aufgetaucht und drückt mich nun ebenfalls. »Da hat er uns einen schönen Schrecken eingejagt, was?« Sie beugt sich zu mir und grinst verschwörerisch. »Wobei ich, unter uns gesagt, eher glaube, dass er es nicht ertragen konnte, dass du an diesem Abend so viel mehr Aufmerksamkeit hattest als er.«

Sarah bringt mich mit ihrer unverblümten Art einfach immer zum Lachen. »Kann gut sein. Das war allerdings echt nicht nötig, du bist und bleibst hier der Star, Jone«, sage ich mit einem Augenzwinkern. Dann fällt mein Blick zufällig auf die Wand hinter dem Tresen. Die Fotos sind nicht mehr da und auch die Weltkarte. »Räumt ihr um?«, frage ich erstaunt.

Sarah sieht zu Jone. Dieser nickt ihr erst zu, bevor er mir antwortet. »Nein, wir räumen aus. Alles, was uns privat am Herzen liegt.«

Ich runzle die Stirn. »Okay, und warum das?«

Ernst, viel zu ernst sehen mich beide auf einmal an. Was ist denn nur passiert?

»Wir haben dich aus einem bestimmen Grund hergebeten, Kleines«, beginnt Jone und räuspert sich dann mehrmals.

»Ist es was Schlimmes?«, rutscht es mir sofort heraus. Die Gedanken in meinem Kopf drehen sich. War es am Ende doch mehr als nur ein kleiner Infarkt? Ist Jone etwa schlimmer krank?

Er richtet seine warmen braunen Augen auf mich. »Nun, wie man es nimmt«, sagt er, greift nach einer Papierrolle und zieht sie auseinander. Es ist die Weltkarte. »Für uns ist es jetzt an der Zeit, das Leben ohne Verpflichtungen zu genießen. Weißt du noch, was ich dir anvertraut habe, kurz bevor dieser Infarkt passierte? Fakt ist, ich bin nicht mehr der Jüngste. Ich habe zwar immer Witze darüber gemacht, aber es ist nun mal so. Deswegen haben wir beschlossen, endlich unseren Traum zu leben und auf Reisen zu gehen. Der Infarkt war ein Warnschuss, und ich habe nicht vor, irgendwann hier in dieser Bar zu sterben, so gern ich sie habe. Viel lieber will ich noch etwas von der Welt sehen und, wenn's denn mal sein soll, unter Palmen am Strand sterben. Zwischen Sarahs Beinen, wenn möglich.« Bei dem letzten Satz ist seine Stimme ein wenig leiser geworden, und ein Lächeln hat sich auf seinem Gesicht ausgebreitet.

Sarah boxt ihn gespielt empört in die Seite. »Du bist echt schrecklich.«

Die beiden sehen sich an, als befänden nur sie sich in diesem Raum. Die Liebe zwischen ihnen ist beinahe greifbar.

»Nun, und das ist der Grund, warum du heute hier bist«, fährt Jone fort. »Ich will kein großes Aufsehen darum machen, mich aber auch nicht davonstehlen, dafür bedeutet mir der Laden zu viel. Es wäre schön, wenn du mir bei der Organisation der Abschiedsfeier hilfst.«

Ich nicke mechanisch. Obwohl wir erst kürzlich darüber gesprochen haben, kann und will ich es nicht richtig begreifen, dass die beiden bald nicht mehr hier sind. Natürlich bin ich traurig, habe Hunderte von Fragen, zum Beispiel, was mit der Bar passiert, aber fürs Erste sollen die beiden wissen, dass ich helfe. Selbstverständlich.

Die Tage vergehen, und ich habe mich total in die Vorbereitungen für Jones Abschiedsfeier gestürzt. Unter anderem habe ich verschiedene Künstler angerufen, die in den letzten Jahren im *Jone's* aufgetreten sind, und um ihr Kommen gebeten. Auch wenn Jone kein großes Aufsehen um seinen Ausstieg haben möchte, will ich, dass diese Überraschung gelingt.

Am Mittwoch, dem Tag vor dem geplanten Fest im *Jone's*, rede ich mit Sarah, die sichtlich nervös ist. »Er wird sich so freuen«, meint sie. Bisher hat Jone noch nicht gemerkt, was ich vorhabe. Er denkt nach wie vor, dass es eine kleine Abschiedsparty nach Feierabend wird.

»Und wir belassen es auch dabei«, flüstere ich und sie nickt.

Wir besprechen noch ein paar Details, dann gehe ich nach Hause. Morgen wird so viel Trubel sein und kurz denke ich an Tad. Wie sehr habe ich mir gewünscht, etwas von ihm zu hören, aber noch immer rührt er sich nicht, und mein Herz schmerzt. Ich hatte nach unserem Zusammentreffen in meinem Treppenhaus wirklich gehofft, dass sich jetzt alles zum Guten wendet, aber vielleicht ist es wirklich besser so. Mit diesem Gedanken gehe ich ins Bett.

Kapitel 33

Sam sieht mich über ihre Kaffeetasse hinweg an, als ich die Küche betrete. Sie strahlt, und ich frage mich, warum. Ich hingegen bin nervös. Unheimlich nervös.

»Heute ist der große Abend«, sage ich und sie nickt.

»Und ein großer Tag.«

Ich sehe sie fragend an. »Na ja, ein normaler Tag oder?«

Aber sie schüttelt den Kopf und schiebt mir ihr Tablet hin. »Lies das«, sagt sie und verschwindet in ihr Zimmer.

Ich starre auf das Tablet, auf dem die Online-Ausgabe der *New York Times* zu sehen ist. Auf der Titelseite prangt ein großes Foto von Tad, darüber steht fett und in großen Lettern:

> Droht das Blake-Imperium zu zerbrechen?
> Wie ernst ist die Verbindung des Erben Ethan
> mit der geheimnisvollen Musikerin?

Ich kann nicht fassen, was ich lese. Mit zitternden Händen greife ich nach dem Tablet und lasse meine Augen über den Artikel fliegen. Das Interview beginnt mit einigen eher belanglosen Fragen zu Tads Arbeit in der Firma. Dann lese ich es:

> Die Blake Company schätzt die Arbeit von Catherine Van Sailen im besonderen Maße. Ihr wird schon in kurzer Zeit mehr Verantwortung übertragen werden.

Ich atme tief ein und halte die Luft an. Mein Herz schlägt wie ein Hammer gegen meine Brust. Dann zwinge ich mich weiterzulesen. Der Reporter fragt, ob etwas an den Trennungsgerüchten dran ist und ob Ethan den Lesern etwas zu seiner geheimnisvollen Mary sagen will. Und wieder fasse ich nicht, was ich lese:

> Catherine Van Sailen ist eine wunderbare und scharfsinnige Frau, die für die Blake Company genau die Richtige ist.

Mir ist, als hörte ich Tads Stimme. Als würde er die Zeilen, die ich lese, selbst sprechen. Ich höre den Klang seiner Worte in meinem Herzen.

> Aber als Lebensgefährtin für mich ist sie es nicht. Und ja, ich werde allen, die es hören wollen, erzählen, dass es in meinem Leben nur eine Frau geben kann: Mary O'Hanna. Sie war, ist und bleibt für immer die Liebe meines Lebens, und ich will sie an meiner Seite, für immer.

Ich schlucke fest und lege das Tablet vorsichtig, als könnten die Worte darin zerbrechen, auf den Tisch. Tief atme ich ein und aus. Ich kann keinen klaren Gedanken fassen. Nur langsam kehrt mein Puls wieder zu einer gesunden Geschwindigkeit zurück. Erneut nehme ich das Tablet in die Hand. Der Reporter befragt Tad jetzt nach unserer gemeinsamen Zukunft und er antwortet:

> Es gibt nichts, das ich mir mehr wünsche, als eine gemeinsame Zukunft mit Mary. Ich will mit ihr leben und mit ihr Musik machen. Welche Konsequenzen das für Blake Company hat, werden Ihre Leser sicher bald in Ihrer Zeitung erfahren.

Ich lese den Artikel wieder und wieder. Was hat das alles zu bedeuten? Entschlossen gehe ich zu Sams Zimmer und klopfe an die Tür. Sofort kommt sie heraus. »Hast du den Artikel gelesen? Ach, was frage ich. Klar hast du ihn gelesen.«

Gemeinsam lassen wir uns auf das gemütliche Sofa der Wohnküche fallen. Ich weiß noch immer nicht, was ich sagen soll, und bin froh, dass Sam das Wort ergreift.

»Er liebt dich, das ist der Beweis, oder? Der Beweis, auf den du gewartet hast, ich würde sagen, er hat sich entschieden.«

Ich merke, wie mir die Tränen kommen.

Sam nimmt mich in den Arm und drückt mich herzlich an sich. »Was willst du jetzt tun?«, fragt sie mich und schiebt mir eine Haarsträhne aus dem Gesicht.

»Ehrlich gesagt, weiß ich es nicht. Heute ist erst mal Jones Tag und – Tad hat mich so lange schmoren lassen, einerseits würde ich ihn am liebsten anrufen oder, besser, ihn sehen, ihm um den Hals fallen, andererseits …«

Sie nickt. »Ja, das verstehe ich. Trotzdem: warum tust du es nicht einfach?«

Sie hat recht. Ich stehe auf, greife nach dem Handy und wähle seine Nummer. Doch er geht nicht ran.

»Er meldet sich nicht«, sage ich und sie atmet tief durch.

»Mach dir keine Gedanken, ihr habt schließlich noch den Rest eures Lebens.« Sie grinst.

»O Gott, wie sich das anhört, aber weißt du was, ich finde es gut«, schluchze ich.

»Hey, lass es raus. Endlich stehst du zu deinen Gefühlen«, sagt sie. Und plötzlich muss auch ich grinsen.

Kapitel 34

Das *Jone's* platzt aus allen Nähten, als ich ans Mikrofon trete. »Hallo, alle zusammen, ich bin Mary O'Hanna und freue mich, hier bei euch zu sein.« Ich sehe zu Jone, der nichts ahnend am Tresen gerade ein Bier zapft. Dann wandert mein Blick zu Sarah. Sie steht mit leuchtenden Augen neben Sam und hebt den Daumen. »Eigentlich würde ich jetzt wie sonst einfach den ersten Song anstimmen, aber das tue ich nicht«, fahre ich fort, und nun habe ich Jones Aufmerksamkeit. »Nein, denn das hier ist kein normaler Abend. Heute gilt der Abend einem großartigen Mann, der sich nach langer Zeit von uns verabschiedet: Jone Taylor.« Überrascht hält das Publikum einen Moment inne, dann setzt Applaus ein, und ich warte, bis er verebbt ist. »Jone wird zusammen mit seiner wunderbaren Frau Sarah auf Weltreise gehen, worüber ich zwar sehr froh bin, denn niemand hat es mehr verdient als er. Aber ich bin auch sehr traurig darüber, denn diese Stadt verliert nicht nur einen großartigen Menschen, sondern auch diese wunderbare Bar, die für Musiker und Musikliebhaber stets mehr als nur eine Anlaufstelle war, um einen guten Abend zu verbringen. Das *Jone's* ist einfach Kult. Hier wurden Künstler geboren, denn Jone Taylor hat erkannt, wer Talent hat. Und vor allem hat er an die Musiker geglaubt, die bei ihm auftraten.« Erneut langer

Applaus. »Deswegen wäre es wirklich eine Schande, ihn einfach so ziehen zu lassen, ohne ihn und die Musik noch mal so richtig zu feiern. Und das machen wir heute auch. Was sagt ihr dazu, Leute?« Abermals tobt das Publikum, und ich blicke zum Tresen hinüber, wo Jone gerade so aussieht, als wollte er sich am liebsten heimlich verdrücken. Ich winke Lilian zu, die ihn ebenfalls aufmunternd ansieht. »Komm zu mir!«, rufe ich Jone zu.

Und tatsächlich schiebt er sich unter Jubelstürmen durch die Menge zu mir auf die Bühne. »Das ist eine Überraschung«, sagt er, und in seinen Augen schimmern Tränen. »Aber eine schöne Überraschung. Vielen Dank.«

»Hast du wirklich geglaubt, wir speisen dich hier mit einer stinknormalen Abschiedsparty ab?« Jone ist sichtlich gerührt. Am liebsten würde ich ihn jetzt in den Arm nehmen.

Dann drehe ich mich wieder zum Publikum. »So, ihr Lieben, jetzt wird gefeiert. Und wie könnte man besser feiern als mit Musikern aus dreißig Jahren *Jone's*. Also dann, legen wir los. Auf einen schönen Abend.«

Ich hebe den Daumen, gebe das Zeichen, und aus allen Winkeln kommen sie auf die Bühne. Ray ist da und viele andere Künstler. Das Publikum ist vor Freude aus dem Häuschen, während mein Blick in die hinterste Ecke des Raumes wandert. Kurz erscheint Tads Bild vor meinem geistigen Auge, ich denke an den Artikel, und mir wird warm im Bauch, ich hätte ihn zu gern hier, ich hätte ihn zu gern telefonisch erreicht und kann es, ehrlich gesagt, kaum erwarten, ihn zu sehen. Doch heute ist Jones Abend. Und er wird ein voller Erfolg, das ist jetzt schon klar.

Es spielen Musiker um Musiker. Ray heizt allen mit dem Saxofon und seiner ehemaligen Band ein. Zu sehen, wie Jone sich freut, lässt mein Herz höher schlagen.

Die Zeit vergeht wie im Flug und irgendwann ist es weit nach Mitternacht. Lächelnd trete ich ans Mikrofon, denn jetzt bin ich an der Reihe. »Hier hat alles für mich angefangen«, sage ich, »und ich bin sehr stolz, ein Teil dieser Familie geworden zu sein. Ich freue mich sehr, dass ich jetzt zum Schluss für euch spielen darf.«

Ich greife nach meiner Gitarre und will gerade beginnen, als ein Raunen durch die Menge geht. Erst bin ich völlig verwirrt, doch dann drehe ich mich instinktiv um.

Hinter mir steht Tad, mit einer Gitarre um die Schulter, und auch Jone ist mittlerweile auf die Bühne gekommen. »Auch ich bin noch immer für Überraschungen gut«, meint Jone mit einem Augenzwinkern, und ich weiß nicht, was ich nun antworten soll.

Tad tritt neben mir ans Mikrofon. Alle Augen im Saal sind auf uns gerichtet. »Hallo, ich bin Ethan Blake, unter diesem Namen kennt man mich zumindest hier in New York. Aber diese wunderbare junge Frau Mary O'Hanna kennt mich eigentlich unter dem Namen Tad.« Im Saal ist es jetzt mucksmäuschenstill geworden, nur das Klicken von Kameras ist zu hören.

»Vielleicht haben einige auch den Artikel in der *New York Times* gelesen. Aber für alle Anwesenden hier …« Er sieht mich kurz an, dann wendet er den Blick wieder ins Publikum. »Unsere Geschichte hat bereits vor über fünf Jahren angefangen. Denn da sind wir uns in Florida zum ersten Mal begegnet und haben uns ineinander verliebt. Uns hat gleich so vieles verbunden, vor allem die Liebe zur Musik. Mary wusste nicht, wer ich bin, erst in den letzten Wochen hat sie es erfahren. Ich war endlich wieder glücklich, denn sie ist der Mensch, der mich ausfüllt, den ich liebe und zu dem ich stehen will. Aber vor allem will ich zu mir selbst stehen. Denn auch wenn es viel zu lesen gibt – über Ethan Blake –, bin ich einfach nur Tad. Und der will ich sein, Tad, der Mary liebt, der Musik macht und ein normales Leben führt.«

Ein wahres Blitzlichtgewitter geht auf uns nieder, und die Menge tobt. Mit einem riesigen Kloß im Hals sehe ich zu Tad. Ich bin gerührt und aufgeregt zugleich und kann das alles noch gar nicht begreifen.

Tad spricht weiter: »Durch Mary habe ich die Liebe zur Musik wiederentdeckt. Gemeinsam haben wir diesen Song geschrieben, den einige hier vielleicht schon kennen. Wir haben vor Jahren in Florida damit begonnen, jetzt ist er fertig geworden.«

Wieder tosender Applaus, und wohlige Wärme strömt durch meinen Körper.

»Ich habe mich so lange versteckt, aber von nun an will ich, dass jeder in ganz New York weiß, dass ich Mary O'Hanna liebe. Wenn ich Johnny Cash bin, ist sie meine June Carter. Aber ich möchte es besser machen als die beiden und nicht ewig warten. Ich möchte mit dir zusammen sein.« Er sieht mir fest in die Augen.

Dann beugt er sich vor und flüstert: »Tut mir leid, dass ich nicht ans Handy gegangen bin, es sollte eine Überraschung werden.«

Ich nicke.

»Mary, ich liebe dich von ganzem Herzen, und ich will nichts anderes, als dich in meinem Leben zu haben, das soll jeder wissen. Und ich hoffe, du willst mich auch noch.« Sein Blick haftet auf meinem. Dann deutet er auf meine Gitarre. »Spiel jetzt mit mir unseren Song. Bitte.«

Er schlägt die ersten Töne an, und kaum dass sie erklingen, ebbt der Jubel des Publikums ab und es wird mucksmäuschenstill im Saal. Tad fängt an zu singen, erst seine Strophe, dann setzt der Refrain ein.

Eigentlich wäre gleich ich an der Reihe. Aber soll ich jetzt mit ihm singen oder nicht?

Während die Menge wieder zu klatschen beginnt und meinen Namen ruft, sind Tads Augen auf mich gerichtet, voller Hoffnung.

Schließlich nicke ich leicht, und dann singe ich unter tosendem Beifall meine Strophe. Wir singen unser Lied, wir singen zusammen auf der Bühne, so wie wir es uns immer gewünscht haben, wie wir es uns damals am Strand von Florida ausgemalt haben. Und als wir fertig sind, kann ich nicht anders, als in Tads Arme zu fallen.

Ohne weitere Worte legen sich unsere Lippen aufeinander.

Kapitel 35

Als das *Jone's* leer ist, sitzen wir an der Bar. Der Abend war so aufreibend, aber ich bin glücklich … unheimlich glücklich.

Jone ebenfalls. Er strahlt, wirkt gelassen und gelöst und sieht mich an.

»Ihr hättet wirklich nichts Schöneres planen können, ich danke euch von ganzem Herzen, es war ein perfekter Abschied, mit Happy End«, sagt er und lächelt Tad und mich an.

Ich nicke, halte Tads Hand und sehe zu, wie Jone seine Sarah küsst.

Dann runzelt er die Stirn. »Nun, ich habe nur ein Problem.«

Er mustert Tad, der jetzt die Arme hebt: »Ich schwöre, ich werde sie glücklich machen.«

Jone sieht ihn streng an. »Das will ich dir geraten haben.« Er wirkt ernst, doch dann lächelt er wieder. »Nein, es geht da um eine andere Sache …« Er sieht zu Sarah, die jetzt nickt. Die beiden scheinen sich einig, nur bei was?

»Ach ja, die andere Sache. Das Problem, das wir haben«, sagt sie mit einem Lächeln, und ich sehe zu Tad.

Der hebt die Schultern. »Ihr habt also ein Problem?«, will er wissen und Sarah grinst.

»Ja, und es dreht sich um dieses Buch.« Jone zieht das lederne Buch von Mr Bakerfield hervor und ich jauchze kurz auf.

»Da ist es, ich habe mich schon gefragt, wo ich es verloren habe.«

Jone lächelt. »Du hast es in der Bar liegen lassen und, na ja, ich hoffe, du verzeihst mir, dass ich es behalten habe. Und Sarah und ich, wir haben hineingesehen, und dann hatten wir ein Problem. Oder besser gesagt, unser Problem war gelöst. Wie man es nimmt.«

Ich sehe zu Tad.

»Jetzt spannt uns nicht auf die Folter«, sagt er mit einem schiefen Grinsen, und ich bin ebenfalls neugierig, was die beiden meinen.

»Wir haben von eurem Traum gelesen, eine Bar in New York, und, na ja, wir haben da zufällig eine, die unbedingt weitergeführt werden soll.« Sarah schiebt uns einen Vertrag zu, einen Pachtvertrag.

»Das ist nicht euer Ernst, oder? Aber wie sollen wir …?« Mein Blick wandert zu dem Betrag, zu der festgelegten Pacht. »Das geht doch nicht, die Bar ist viel mehr wert, und das hier …«

Er nickt. »Ja, und genau deswegen ist es wichtig, dass sie in gute Hände gerät, also was sagt ihr?«

Tad sieht mich an und strahlt. »Was meinst du, Mary, wollen wir uns diesen Traum erfüllen?« Er zieht mich eng an sich und sieht mich mit einem Blick an, dem ich für immer verfallen sein werde.

»Ja, ich sage Ja, und du? Willst du?«

»Ja, ich will«, hauche ich und wir besiegeln es mit einem Kuss.

Epilog

Kurz fühle ich mich in der Zeit zurückversetzt. Ich denke daran, wie ich vor vielen Jahren allein auf dem Leuchtturm stand, Tads Brief in der Hand. Damals fragte ich mich, warum er gegangen ist, warum er mir das Geld hinterlassen hat, warum unsere Geschichte so enden musste.

Der Klang des Windes ist beinahe noch derselbe, doch diesmal ist die Luft nicht kalt, sondern warm. Und ich bin nicht allein, sondern Tad steht neben mir. Unsere Geschichte ist nicht zu Ende. Die Geheimnisse sind inzwischen gelüftet, und unser Song ist nicht mehr unfertig, so wie ich es einst empfunden habe.

Wir sind zusammen, haben uns gefunden und sind an diesen Ort zurückgekehrt, der uns so viel bedeutet. Hier hat Tad den Klang meiner Worte zum ersten Mal gehört, den Klang, von dem er immer gesagt hat, dass er ihn irgendwie gerettet habe. Das Meer rauscht, die Sonne strahlt hell und verteilt ihr goldenes Licht auf der Wasseroberfläche. Bewegt von unzähligen kleinen Wellen, wirkt diese wie Spiegel des Himmels, und während ich tief die salzige Luft einatme, spüre ich ganz intensiv, wie sehr ich Tad liebe.

Gleich nachdem wir das Grab von Mr Bakerfield besucht hatten, sind wir hier raufgekommen. Wir hoffen, dass er von irgendwoher sehen kann, dass wir wieder da sind.

»Ich habe nie vergessen, wie schön es hier oben ist. Aber jetzt ist es sogar noch viel schöner«, flüstert Tad mir ins Ohr, während er meine Taille umfasst.

»Ja, ich habe es auch vermisst, hier zu sein.« Ich lege meinen Kopf zurück, lasse ihn an Tads Brust ruhen und genieße den innigen Moment. Einen Moment, der so leicht ist.

»Hierherzufahren war wirklich eine gute Idee«, meint er.

»Ich habe eben immer gute Ideen.«

Er lacht auf. »Ja, allerdings. Und verrückte Ideen.«

»Hey.« Ich löse mich aus seiner Umarmung und stupse ihn in die Seite. »Das war nicht verrückt, ich habe mich nur an deine tiefsten Sehnsüchte erinnert. Und ich denke, wir sind bereit für neue.« Ich hole das Buch hervor und klappe es auf.

»Du meinst, jetzt nachdem sich unsere Träume erfüllt haben – zumindest fast alle.«

Ich nicke. »Ja, wir haben die Bar, wir sind zusammen, wir machen Musik, fehlt nur noch …«

Er sieht mich an und streicht über meinen Bauch. »Ja, ich hätte nichts dagegen, aber wir haben auch noch Zeit. Wir haben ja nicht mal geheiratet oder so. Aber wie wäre es mit einem Getränk, das wir nach uns benennen, und da wäre noch die Personalfrage, die wir noch nicht geklärt haben. Ach, da fällt mir was ein. Diese Lilian, die sich beworben hat, als Kellnerin, was meinst du? Wäre die was für unsere Bar?«

Ich sehe ihn an. »Auf alle Fälle, sie ist eigentlich Lehrerin, findet aber gerade nichts. Sie braucht eine kleine Sicherheit, um sich nebenher Geld zu verdienen. Ich mag sie sehr gern.«

Tad nickt. »Wunderbar, dann haben wir das auch geklärt. Ich habe auch das Gefühl, dass sie gut zu uns passt.«

»Und was machen wir noch? Einen besonderen Song?«

»Was für eine Frage. Viele Songs, wir werden noch viele Lieder schreiben und wir werden eine Familie sein.«

Wir betrachten die leere Seite im Buch.

»Ich denke, uns wird immer wieder etwas einfallen, aber gerade bin ich einfach nur glücklich mit dir und gespannt, was uns die Zukunft so bringt«, sage ich und Tad streichelt über meine Wange.

»Das bin ich auch. Gut, das mit deinem Vater war dann doch nicht so einfach. Aber ich bin so stolz, dass du ihm gegenübergetreten bist und ihm klar gemacht hast, dass er entweder deine Entscheidung akzeptiert oder er dich komplett verlieren wird. Vielleicht hat ihn dein Glück an sein eigenes erinnert, das er verloren hat. An die Liebe zu deiner Mum, die ihm so fehlt. Und daran, dass es deiner Mutter immer so wichtig war, dass du glücklich bist.«

Tad nickt. »Auf jeden Fall macht es den Anschein, dass er sich langsam an die neue Situation gewöhnt. Das ist ein großer Schritt für ihn. Und sein Blick, als du ihm das Geld gegeben hast …«, sagt Tad und ich nicke.

»Ja, es war richtig.«

»Das war es. Und wer weiß, wenn er Großvater wird, irgendwann, dann erweichen wir sein Herz noch mehr«, sage ich und Tad grinst über meine kesse Wortwahl.

»Das klingt gut, mir gefällt der Gedanke, wirklich.«

Ich küsse ihn auf die Nase. Tad. Ich nenne ihn inzwischen nur noch Tad, für mich ist er einfach immer Tad gewesen. Und ich kann es kaum erwarten, das *Jone's* mit ihm zu führen, dort gemeinsam Musik zu machen und – was noch wichtiger ist – dieses einzigartige New Yorker Lokal fortzuführen, dem Jone so viel Charakter gegeben hat. Diese wunderbare Bar, in der aufstrebende junge Künstler eine wirkliche Chance bekommen, ihr Talent zu zeigen, und wo sich Menschen unterschiedlichster Herkunft begegnen. Ein Ort, der Geschichten schreibt, der magisch ist, ja, der Wunder vollbringt. Und an dem es sicher noch viele Geschichten geben wird. Geschichten wie unsere, voller Herzklopfen, Herzschmerz und Liebe.

»Ich bin auch sehr glücklich«, sagt Tad. Der Wind umspielt meine Haare, legt sich um uns, und ich streiche über seine Wange, berühre zart die Narbe an seinem Auge. »Ich liebe dich, Mary«, flüstert er.

»Und ich liebe dich, Ethan, Tad, geheimnisvoller Mann aus der Bar …«

Tad lacht und kitzelt mich sanft im Nacken. »Du bist echt unverbesserlich. Aber du bist auch das Beste, was mir je passiert ist, und ich will dich nie mehr verlieren.« Er geht vor mir auf die Knie, greift nach dem Gitarrenkoffer und sieht mir fest in die Augen. »Mary O'Hanna …«

Mein Herzschlag beschleunigt sich heftig. Er wird doch nicht …

So war das eben nicht gemeint.

»Tad, wir sind doch gerade erst wieder zusammengekommen, erst vor ein paar Monaten. Ich liebe dich, das weißt du, aber …«

»Aber?« Er runzelt die Stirn. »Du denkst, ich mache dir einen Antrag?«

»Na ja, etwa nicht?«

»Eigentlich wollte ich dich nur fragen, ob du für mich spielst, so wie damals.«

»Oh.« Jetzt komme ich mir blöd vor, doch als Tad zu lachen beginnt, stimme ich in sein Lachen mit ein. Ich setze mich zu ihm und nehme die Gitarre in die Hand.

»Was nicht heißen soll, dass ich dich nicht sofort heiraten würde, aber ich denke, wir haben noch viel Zeit für all das«, meint er und deutet auf das Buch.

Ich nicke. »Ja, das denke ich auch. Und wir haben noch viel vor.«

Dann küssen wir uns, innig und voller Liebe, ehe wir auf unseren Gitarren anfangen zu spielen. Wir schicken die Klänge mit dem Wind davon. Klänge, die aus unseren Herzen kommen, die uns wieder zusammengeführt haben und uns tragen werden, ein Leben lang.

Danksagung

Liebe Leserinnen und Leser,

ein Buch ist immer mit ganz viel Liebe, Gefühl und Herz verbunden. Mit Tränen, Fleiß, Kopfzerbrechen, Herzklopfen und schlaflosen Nächten. Alles davon findet ihr in den Zeilen dieser Geschichte, in jedem Satz, in jedem der vielen Wörter, die ihr eben gelesen habt.

Doch es ist viel mehr als das. Um ein Buchprojekt zu verwirklichen, braucht man auch die Unterstützung derer, die uns am Herzen liegen. Die an das Buch glauben und mindestens genauso viel Liebe hineinlegen. Deswegen danke an die vielen Menschen, die uns bei diesem Projekt unterstützt haben. Danke an Amazon Publishing für die großartige Chance, diese gemeinsame Reihe zu verwirklichen und zu veröffentlichen. Danke an unsere wunderbaren Lektorinnen Ute und Nicole, die ebenso an dieses Buch geglaubt haben und dank deren Anregungen und Tipps es noch mal so viel besser wurde.

Danke an die Hilfe der Menschen, die immer an unserer Seite sind und uns bei unserem Schreiben unterstützen. Nur so wird ein Buch lebendig, und eine Geschichte wie diese lernt fliegen und schafft es dadurch, die Leser hoffentlich glücklich zu machen.

Deswegen auch einen großen Dank an alle, die dieses Buch gekauft, gelesen, weiterempfohlen haben und es lieben. Die mit uns nach New York gereist sind und mit Tad und Mary gefiebert und gelitten haben.

Danke! Euch allen gehört jede einzelne Seite dieser Geschichte.

Eine Bitte: Wenn euch dieses Buch gefallen hat, dann lasst es uns doch bitte wissen. Schreibt uns gern eine Rezension bei Amazon, denn das ist ganz wichtig für uns Autoren. Besucht uns auf Facebook und Instagram, folgt uns auf Amazon oder klickt auf unsere Website und registriert euch für die jeweiligen Newsletter. Hinterlasst ein Däumchen oder einen Kommentar, wie und wo auch immer. Wir freuen uns über jede Rückmeldung.

Ganz lieben Dank!

Eure Michelle & Emily

Anmerkung

Michelle Schrenk und Emily Ferguson kennen sich bereits, seit sie dreizehn und vierzehn Jahre alt sind. Sie haben zusammen die Schulbank gedrückt, sich heimlich Briefe geschrieben und sich ihre Geheimnisse anvertraut. Sie haben zusammen Liebeskummer überwunden, sind auf Partys gegangen, haben mit Eiscreme und vielen Gesprächen so einigen Herzschmerz verdaut oder gemeinsam Herzklopfmomente erlebt. Sie haben *Quit Playing Games* von den Backstreet Boys im Regen gesungen und nie ihre Freundschaft verloren sowie ihre Freude am Leben.

Bis heute schwelgen sie gern in der Vergangenheit und reden über Momente, die sie erlebt haben. Sie lachen zusammen, weinen zusammen und reden über Mode, magische Momente und Männer. Sie genießen ihre Erinnerungen an die vielen Dinge, die sie gemeinsam erlebt haben. Da durfte ein gemeinsames Buch nicht fehlen.

»Feel My Soul« ist der Auftakt ihrer gefühlvollen »New York Dreams«-Reihe, die jung ist, frisch, wild, voller Herzklopfen, Herzschmerz und Tausenden von Erinnerungen aus ihrem Leben.

Wenn ihr benachrichtigt werden wollt, sobald das nächste Buch der Autorinnen erscheint, meldet euch gerne für ihren Newsletter an oder folgt ihnen auf Amazon, Instagram oder Facebook.

Printed in Poland
by Amazon Fulfi lment
Poland Sp. z o.o., Wrocław

61359559R00218